教育部人文社会科学研究青年基金项目
"内蒙古民间文艺搜集整理史研究（1947-1966）"
（项目批准号：19YJC751019）资助出版

内蒙古民间文艺
搜集整理史研究

1947—1966

刘思诚◎著

中国社会科学出版社

图书在版编目（CIP）数据

内蒙古民间文艺搜集整理史研究：1947—1966 / 刘思诚著 . —北京：中国社会科学出版社，2021.6

ISBN 978-7-5203-8624-1

Ⅰ.①内… Ⅱ.①刘… Ⅲ.①民间文学—文学研究—内蒙古—1947—1966

Ⅳ.①I207.7

中国版本图书馆 CIP 数据核字（2021）第 111530 号

出 版 人	赵剑英	
责任编辑	慈明亮	
责任校对	季　静	
责任印制	戴　宽	

出　　版	中国社会科学出版社	
社　　址	北京鼓楼西大街甲 158 号	
邮　　编	100720	
网　　址	http：//www.csspw.cn	
发 行 部	010-84083685	
门 市 部	010-84029450	
经　　销	新华书店及其他书店	

印　　刷	北京明恒达印务有限公司
装　　订	廊坊市广阳区广增装订厂
版　　次	2021 年 6 月第 1 版
印　　次	2021 年 6 月第 1 次印刷

开　　本	710×1000　1/16
印　　张	17.75
插　　页	2
字　　数	302 千字
定　　价	99.00 元

凡购买中国社会科学出版社图书，如有质量问题请与本社营销中心联系调换

电话：010-84083683

目 录

绪　　论

　　1947 年内蒙古自治区成立后，尤其是 1949 年新中国成立后，在党中央和政府的领导下，在内蒙古地区，汉族和蒙古族民间文艺工作者密切合作，大力开展内蒙古民间文艺①作品的搜集整理工作，这也是贯彻落实延安文艺座谈会讲话精神的直接成果。这批内蒙古民间文艺作品成书快，推广力度大，社会普及面广，为新中国社会主义新文化建设提供了地方性经验，其直接影响持续到 50 年代末。该时期的内蒙古民间文艺搜集工作，还培养了新中国第一批蒙古族文艺人才队伍，促进了民族团结，对我国社会主义多民族统一国家文艺工作的长远建设，产生了历史影响。

　　本书旨在系统总结自 1947 年内蒙古自治区正式成立到 1966 年这段时期，尤其是自 1949 年新中国成立至 1959 年新民歌运动接近尾声的十年时间里，在当时的政治文化背景下，我们党在文艺工作和民族工作方面为我们今天留下的可资借鉴的重大历史经验。本书主要运用民间文艺学的理论与方法，在文献法和田野作业法的基础上，开展民间文艺学、现当代文学、民族学和民族文学的交叉研究。对 1947 年至 1966 年这一时段从事内蒙古民间文艺组织领导工作或搜集整理工作的重点当事人和重点作品进行

---

　　①　本书使用钟敬文主编的《民间文学概论》中的"民间文学"概念："民间文学是人民大众的口头创作，它在广大人民群众当中流传，主要反映人民大众的劳动生产、日常生活和思想感情，表现他们的审美观念和艺术情趣，具有自己的艺术特色。"钟敬文主编的《民俗学概论》将民间口头文学分为三类："散文的口头叙事文学，包括神话、传说和各种民间故事；韵文的民间诗歌（抒情的和叙事的长诗、各种歌谣）、谚语、谜语；和综合叙事、抒情、歌舞，具有较多表演成分的民间说唱、民间戏曲。"本书使用民间文艺这一体裁概念，在文本基础上，纳入具有表演性质的音乐和舞蹈部分，注重民间文艺的社会功能。本书使用内蒙古这一区域概念，包括内蒙古地区的传统民间文艺作品，又包括内蒙古地区的新民间文艺作品。新中国成立初期全国开展民间文艺搜集整理工作时，使用的搜集概念，有的按照地区进行搜集，有的按照民族进行搜集。由于内蒙古地区是蒙古族的聚居区，本书使用的内蒙古民间文艺搜集概念，包括蒙古族民间文艺。有些蒙古族民间文艺作品，也在内蒙古地区汉族等其他民族中流传。因此，本书使用的内蒙古民间文艺和蒙古族民间文艺，二者在概念上存在交叉。

反观调查。通过内蒙古民间文艺个案，结合民族历史、民俗文化，来理解
内蒙古民间文学和了解当时相关的搜集、整理、翻译①、推广和出版等实
践活动，并与其他地区、民族的民间文学进行比较研究，对民间文艺搜集
整理工作的田野作业原则与方法、民间文艺体裁学等理论问题进行反思，
从整体上把握当时统一的多民族国家开展文化建设的观念及其相关政策，
为今天的文化建设提供参照。

一　内蒙古民间文艺搜集整理史的研究价值

（一）个案与典范：内蒙古民间文艺搜集整理史的学术价值

第一，拓展民族民间文艺作品搜集整理史的研究。民族民间文艺作品
搜集整理史是民俗学和民间文艺学基础研究的组成部分。本书以 1947 年
至 1966 年，尤其是新中国成立后十年为主要考察时段，以当时刚刚成立
的内蒙古自治区民间文艺搜集整理史为个案，进行系统资料搜集与初步分
析，可以扩大这方面的研究空间。由于全国社会主义新文艺建设和边疆地
区民间文艺建设的需要，内蒙古民间文艺的搜集整理工作在新中国成立之
初得到重视，并且在战争年代文艺经验的基础上，迅速建立了内蒙古民间
文艺组织机构，取得了搜集整理成果。内蒙古自治区属于我国边疆地区，
是蒙古族聚居区，也杂居着大量汉族和一定数量的其他少数民族，同时吸
纳了山西、陕西等地移民，具有多民族、多地区融合的区域民俗文化特
征。内蒙古地区的民间文艺在体裁分类和体裁功能等方面发生变化。当时
对各类体裁的认识、重视和利用程度存在差异，这和不同体裁本身的性质
有关，也和多民族边疆地区的文艺特点有关。本书的内蒙古民间文艺体裁
研究，基于民间文艺不同体裁的特征和对民间文艺总体性质的把握，尝试
结合区域民俗文化特征，灵活应对区域民间文艺体裁研究中的变化和困
难，具有拓展意义。

第二，补充新中国成立初期民间文艺学史研究的资料和内容。本书从
民族民间文艺作品搜集整理史的角度，补充这一时期的内蒙古民间文艺作

---

① 本书研究对象涉及蒙古族民间文艺作品的翻译问题。本书中的"翻译"一词主要指汉
译，即蒙古族民间文学作品由蒙语翻译为汉语。本书作品在涉及翻译问题时，很大程度上还是蒙
古族翻译者和汉族文艺工作者的合作，当时采用这种工作方法的目的，是要更好地推广蒙古族民
间文艺作品。本书涉及蒙古族人名的翻译，尊重并沿用原材料中使用的译字，因而存在布赫（佈
赫）、芭杰（爬杰）、毛依罕（毛一罕）、托门（托门）等不同译名的现象。

品，从当时历史时段和体裁搜集整理划分的实际，采用不同的视角，整体梳理新中国成立初期内蒙古地区各阶段搜集作品，同时采用田野调查资料，重点分析其中的代表作，这对于从具体历史、具体区域条件下，呈现新中国成立初期内蒙古民间文艺的搜集整理史，具有补充研究资料和内容的作用。

第三，充分评价民族民间文艺搜集整理工作的学术价值和历史意义。本书对于新中国成立初期内蒙古民间文艺搜集整理史的梳理，有助于我们全面客观地评价这段搜集整理史。搜集整理内蒙古民间文艺遗产带有抢救性质，这些民间文艺遗产记录了民族地区重要的社会生活、历史事件和风俗习惯等，还有当时对内蒙古民间文艺特点、文化功能和社会功能的研究，这些资料和研究都具有学术价值。当时内蒙古民间文艺搜集整理工作在全国范围内占据突出地位，影响广泛，其工作经验，汉族和蒙古族民间文艺工作者的合作模式和在全国搜集整理工作指导思想下，探索民族化、区域化特色道路的趋势，这些都具有重要的历史意义。

（二）边疆与民族：内蒙古民间文艺搜集整理史的应用价值

第一，从我国东北边疆民间文学史的角度，整理我国内蒙古地区民间文学搜集整理资源。我国少数民族中蕴藏着丰富的民间文艺宝藏，但是在内蒙古自治区成立后，尤其是新中国成立之后才具备大规模搜集、整理、翻译和出版的外部条件。1949年至1959年新中国成立初期的十年间，在国家民族政策和文艺政策的统一指导下，我国民间文艺工作者搜集出版了丰富的内蒙古民间文艺作品。但是半个多世纪后的今天，笔者在北京探访了几处知名图书馆的馆藏发现，内蒙古民间文艺相关作品在北京几处图书馆中分布零散，有的在书刊保存本库，有的只能看到缩微胶卷，有的暂时不对外开放，有的只有存目，而书由于种种原因暂时找不到了，搜集书目信息耗时耗力。在能够查阅的书籍中，多数书质脆弱，甚至轻微破损，亟待修护。因此，有必要从整体上对现有资料进行整理，整理出尽量完整的书单，建立纸本和电子本资料系统，让更多人了解1947年至1966年这一重要时段内蒙古民间文艺的丰富藏量、突出成绩和巨大魅力，为研究者介入这一时期内蒙古民间文艺相关研究，提供基本的学术参考资料。

第二，积极扩大汉、蒙民族民间文艺深度交流的研究成果。内蒙古地区是我国的多民族地区，是蒙古族的聚居区，还有大量的汉族和其他少数民族。内蒙古作为边疆地区，与陕北、山西和甘肃等地毗邻，吸纳了陕西、山西等地移民，还与外国接壤。通过本项个案研究，可以了解内蒙古地区多民族融合的民族民俗，了解各地区之间密切的文化联系。通过比较不同民族的相似故事类型，促进国内各兄弟民族之间的文化交流和民族团结。通过与外国民间文艺作品的比较，促进不同国家、民族间的相互理解和民心相通。

第三，为推动新时代内蒙古地区非物质文化遗产保护、传承和利用工作提供学术参考意见。目前内蒙古地区拥有蒙古族长调民歌、蒙古族呼麦和格萨尔（格斯尔）等入选联合国教科文组织非物质文化遗产名录的项目，还拥有 89 项入选国家非物质文化遗产名录①的项目。本书有利于深刻认识内蒙古民间文艺相关非物质文化遗产项目的丰富性，促进对 1947 年至 1966 年近二十年内蒙古民间文艺搜集整理工作模式的历史经验和局限的反思，将对民族民间文艺的重视一以贯之，探索和改进新时代民族民间文艺工作方面的政策，推动内蒙古非物质文化遗产的传承、保护和利用工作走上新台阶。

二　内蒙古民间文艺搜集整理史的研究现状

本书重点从民俗学和民间文艺学的研究视角切入，对 1947 年内蒙古自治区成立之后，尤其是 1949 年新中国成立之后，我国内蒙古地区民间文艺作品的搜集整理史，包括民歌、民间故事、笑话、史诗与民间叙事诗、民间戏曲和民间舞蹈的研究和作品等，按照体裁进行分类整理；同时，结合田野作业法与文献法，重点建立对民歌和故事体裁的个案研究样本，并借助这些样本，分析当时内蒙古民间文学作品出版物的学术价值和搜集工作的历史价值。

本书在前人研究成果的基础上，主要借鉴了民俗学与民间文艺学在民族民间文艺搜集整理史方面的相关研究，同时参考现代文学、少数民族文学和民族学相关研究成果。以下阐述本书主要借鉴的理论与方法。

（一）国内外民俗学与民间文艺学界的讨论

关于民族民间文艺搜集工作，前人在民间文艺学（民俗学）领域的讨论主要体现在民间文艺史研究、体裁学研究和故事类型研究三个方面，

---

① 中国非物质文化遗产网：国家级非物质文化遗产代表性项目名录，http：//www. ihchina. cn/project. html？ tid＝1#sy_ target1，2020 年 12 月 5 日。

取得了丰硕的研究成果。

1. 民族民间文艺搜集史研究

在有关内蒙古民间文艺作品搜集史的研究和相关搜集史的研究方面，中外学者都有很多著述，本书主要借鉴了以下学者的成果。前人的这些工作在新中国成立初期民间文艺搜集史的指导思想、搜集成果、搜集原则与方法等方面，提出了具体的研究观点与方法，为本书梳理内蒙古民间文艺搜集史提供了理论来源。

1）钟敬文及经典教材的研究成果

钟敬文及经典教材的研究成果，体现在对研究视角，搜集观点与搜集成果，搜集原则与搜集方法，和对民间讲述人、民间艺人的评价四个方面。

首先，在研究视角方面，钟敬文强调民间文艺学理论与方法本来就是民俗学的一部分。1950 年，钟敬文在《民间文艺新论集》的《谈谈口头文学的搜集》一文中提道："特别是民俗学，过去有一个时期（在西洋和中国都一样）它的主要对象就是口头文学。现在虽然已经改变了，但是歌谣、故事等传承文学的记述、研究，到底还是民俗学的一个重要部分。"① 民间文艺学与民俗学的关系是民俗学学科的本体问题，民间文艺学是民俗学中较为特殊的部分。民俗学是内蒙古民间文艺研究不可忽视的研究视角，这有助于本书在第二、三、四章理解和分析各个体裁代表作品的内容特征和艺术形式。

其次，钟敬文对新中国成立初期民间文艺工作的搜集观点和搜集成果进行了总结。钟敬文在《中国民间文艺学的形成与发展》一文中，对 50 年代的民间文学搜集工作进行了全面总结：

新中国成立后，民间文学进一步受到重视。1950 年成立了"中国民间文艺研究会"，郭沫若任理事长，在全国范围内组织推动这方面的工作。50 年代以后不论是搜集还是研究，都继承并发展了解放区这方面工作的优良传统，不但有马克思主义为指导思想和正确的工作方针，而且这项事业也较以前有了更大的群众性。1958 年开展了

---

① 钟敬文：《谈谈口头文学的搜集》，钟敬文编《民间文艺新论集》，北京师范大学出版社 1951 年版，第 199 页。落款："1950 年 5 月 6 日改正稿"。

全国性的采风活动，现在看来它尽管存在一些缺陷，但大大推动了民间文学的搜集工作，扩大了民间文学的社会影响。根据当时采风编辑的《红旗歌谣》（郭沫若、周扬编）即使有缺点，经过重新修订后仍不失为一部优秀的新民歌选集。当时首先大规模地搜集了新旧民歌，接着反帝传说故事也大量地搜集发表。少数民族民间文学的搜集也取得了很大成绩，很多长篇叙事诗、抒情诗被发掘出来，《阿诗玛》的搜集和整理出版，在这方面起了带头作用。在出版方面除了民研会组织编选了许多重要作品选集外，中国社会科学院文学研究所和各地出版社也都出版了这方面的书籍，有的还在国外发生一定影响。很多人在搜集整理工作中作出成绩，例如歌谣搜集方面有韩燕如、安波、严辰等，传说故事方面有肖崇素、董均伦、李星华、肖甘牛、张士杰等。一些民间诗人也出版了专集如《王老九诗选》等。①

上文说明，新中国成立初期的民间文艺搜集工作，在搜集成果和搜集规模方面，既重视传统民间文艺的搜集工作，又重视新民间文艺的搜集工作；不仅重视汉族民间文学的搜集与整理，还重视少数民族民间文学遗产的整理。党中央和政府组织建立民间文学搜集工作的全国性机构，为开展民族地区民间文艺搜集工作提供了组织保障，一些民间文艺工作者发挥了重要作用，使搜集工作具有更广泛的群众性。本书将在第一章梳理民研会、中国社会科学院文学所和各地出版社组织搜集和出版的涉及内蒙古民间文艺的作品。本书将在第二章第二、三节，专门探讨安波、韩燕如等人搜集内蒙古民歌的代表性成果和严辰等人的评论与研究成果。本书第四章第四节还将涉及50年代后期出版的影响较大的《红旗歌谣》，其中就辑录了不少内蒙古民歌。钟敬文的概述为本书的写作廓清了全国民间文艺整体工作的宏观视野和涉及内蒙古民间文艺代表作的搜集个案。在搜集观点方面，钟敬文充分肯定了50年代的民间文艺工作贯彻落实了马克思主义的指导思想，继承了解放区的优良文艺传统。这为本书第二、三、四章梳理内蒙古民间文艺各体裁作品搜集观点提供了参照。

在民间文艺搜集观点方面，钟敬文主编的《民间文学概论》主要对

---

① 钟敬文：《中国民间文艺学的形成与发展》，《钟敬文文选》，中华书局2013年版，第113—114页。落款时间："1989年作"。

马克思主义观点、社会主义新文艺观点、统一国家观点和民族观点进行了论述①，这些成为本书梳理和认识内蒙古民间文艺各体裁搜集工作和搜集观点的思想主线，具体如下。

在马克思主义观点方面，《民间文学概论》指出我国民间文学搜集整理工作的指导思想是马列主义②，我们要坚持历史唯物主义，看到民间文学在传承民族历史方面的重要作用③，同时，提请我们关注少数民族优美的民间文学④。该书指出："毛泽东关于生活是文艺的源泉、批判地继承文化遗产、'百花齐放、百家争鸣'的论述等等，同样是我们学习和研究民间文学的指导原则。"⑤毛泽东1942年发表的《在延安文艺座谈会上的讲话》具有重要指导意义⑥，传达了毛泽东以工农兵为服务对象的民间文艺观⑦，毛泽东认为"群众是真正的英雄"⑧，要求民间文艺工作者要有"眼睛向下的决心"，虚心向群众学习⑨。毛泽东重视民间文艺的观点，促进了我国各民族民间文学的搜集、整理和出版工作，1947年至1966年这一时段的内蒙古民间文艺作品正是在这一背景下搜集、整理和出版的。

在社会主义新文艺观点方面，《民间文学概论》指出：社会主义新时期的民间文艺包括两部分，一部分是过去的传统民间文学作品，它们依旧具有传承的生命力；另一部分是新时期创作的新的民间文学作品，"新中国成立以后，民歌这个体裁最为活跃，新的作品不断产生，1958年还曾出现过创作高潮"⑩。传统民间文艺和反映新社会、新生活的内蒙古新故事和新民歌，都为社会主义新文艺建设提供资料基础。

在社会主义新文艺建设方面，钟敬文强调统一的国家观。他指出：我国是统一的多民族国家，各族人民长时间居住在同一片土地上，创造了中

---

① 钟敬文主编：《民间文学概论》，高等教育出版社2010年版。

② 钟敬文主编：《民间文学概论》，高等教育出版社2010年版，第14页。

③ 钟敬文主编：《民间文学概论》，高等教育出版社2010年版，第11—12页。

④ 钟敬文主编：《民间文学概论》，高等教育出版社2010年版，第83页。

⑤ 钟敬文主编：《民间文学概论》，高等教育出版社2010年版，第14页。

⑥ 1942年5月，毛泽东主持了延安文艺座谈会，并发表重要讲话《在延安文艺座谈会上的讲话》，影响深远。《在延安文艺座谈会上的讲话》全文于1943年10月19日在《解放日报》上正式发表。

⑦ 钟敬文主编：《民间文学概论》，高等教育出版社2010年版，第13—14页。

⑧ 原文注：毛泽东：《〈农村调查〉的序言和跋》，《毛泽东选集》第3卷，人民出版社1966年版，第748页。钟敬文主编：《民间文学概论》，高等教育出版社2010年版，第14页。

⑨ 钟敬文主编：《民间文学概论》，高等教育出版社2010年版，第13页。

⑩ 钟敬文主编：《民间文学概论》，高等教育出版社2010年版，第4页。

华民族的文化共同体。历代农民革命，尤其是我国近现代民主革命和社会主义革命，有各民族人民的参与。各民族政治、经济、文化上的交流，促进了各族和各地区民间文学的交流，有利于民族团结和文化繁荣①。本书在梳理内蒙古民间文艺搜集工作时，注重探讨其与全国搜集工作的关系，注意比较内蒙古民间文艺与其他地区民间文艺的关系。

钟敬文还强调保留少数民族民间文艺本身的特点。《民间文学概论》对苗族、藏族、蒙古族、鄂伦春族民歌风格进行了比较，我们在比较其他民族民歌和蒙古族民歌要注意二者的风格差异。② 关于少数民族民间文艺的艺术形式，他还指出，"在许多少数民族中，往往并存着两种形式的民歌：既有本民族的民歌，又有用汉语和汉族民歌形式传唱的民歌"③，这使得少数民族的民歌更加丰富④。这种认识拓展了本书的搜集视野，内蒙古地区汉语创作和汉族民歌形式的民歌搜集成果，也被纳入本书的梳理范畴。蒙古族和汉族在共同生活和文化交流的过程中，产生了很多蒙汉调和蒙古风格的民歌，如本书将在第二章第三节介绍的韩燕如搜集《爬山歌》的个案，在第四章第二节介绍的内蒙古二人台小戏等。本书在梳理内蒙古地区民间文学作品搜集整理史时，关注在新中国社会主义统一国家观点下，具有少数民族地区风格特点的内蒙古地区与其他地区，各民族民间文艺之间的相互影响，尤其是内蒙古与陕西、山西，蒙古族与汉族民间文艺在内容特征和艺术形式方面的相互影响，注重分析内蒙古民间文艺的民族特点和区域特点。

再次，钟敬文对搜集原则和搜集方法进行了探讨。在搜集原则方面，钟敬文强调"忠实记录"，同时强调搜集者使用记录语言要有民众口语特点，对少数民族民间文学作品而言，就是要保持少数民族自身的语言特点，对作品语言要采用忠实记录的原则：

> 某个地区的口头文学，同当地的群众语言总是紧紧黏合在一起的。而口头文学的语言，不但是表意的，同时也是表情的。它除了直率、豪爽、明朗、纯朴的一面，往往还有含蓄、烘托、双关和暗示的

① 钟敬文主编：《民间文学概论》，高等教育出版社 2010 年版，第 69 页。
② 钟敬文主编：《民间文学概论》，高等教育出版社 2010 年版，第 174 页。
③ 钟敬文主编：《民间文学概论》，高等教育出版社 2010 年版，第 72 页。
④ 钟敬文主编：《民间文学概论》，高等教育出版社 2010 年版，第 72 页。

一面，而后者，有时候正是它微妙传神的地方。①

钟敬文一向强调方言与当地民间文学关系的密切性，没有了语言的地方性，民间文学会丧失很大程度的意蕴。作者主张，"在记录过程中，对于方言及物名的特殊称谓应当尽量保留"②。对少数民族民歌来说，保留和翻译少数民族语言尤为重要。本书在讨论内蒙古民间文艺作品的搜集整理相关问题时，在各个章节中，都会充分借鉴这些搜集原则。

在搜集方法方面，《民间文学概论》指出："1949 年后，汉族与少数民族的学者和文艺工作者亲密合作，大规模地搜集整理了大量优秀的民歌、故事，打开了少数民族灿烂夺目的民间文学宝库，极大地推动了各兄弟民族民间文学的繁荣发展。"③ 诚然，新中国成立之后，汉族与蒙古族民间文艺工作者的合作，推动了内蒙古民歌的搜集、整理、翻译和出版工作。本书在第二章第二节、第二章第五节和第三章第四节，分别介绍了民歌代表作《东蒙民歌选》、民间叙事诗代表作《嘎达梅林》和笑话代表作"巴拉根仓笑话"的搜集个案，其中在搜集方法部分，重点探讨了三个搜集个案中蒙、汉民间文艺工作者的合作模式和蒙古族民间文学的翻译问题。

最后，在评价民间讲述人和民间艺人的历史价值方面，《民间文学概论》指出："这些民间艺术家是人民群众中的一员，深深扎根于民间。他们既是民间文学的优秀创作者、传播者，又是民族文化遗产的出色的保存者和发扬者。他们的作品具有浓厚的民族色彩，同时又显示出民间艺术家的创作个性。他们的活动，对民间文学的继承和发展，具有重大的意义。"④ 该书还特别介绍了发现内蒙古西部汉族故事讲述人秦地女这一搜集工作的价值：

> 其中有些故事讲述家，在努力寻求完美的民族形式来表现故事的思想内容的漫长过程中，更形成了独特的风格。内蒙古自治区著名故事讲述家秦地女，她讲述的一些作品，都能惟妙惟肖地"把童话故事（幻想故事）道地的风格——诗的情绪，诗的语言和结构——给

---

① 钟敬文主编：《民间文学概论》，高等教育出版社 2010 年版，第 116—117 页。
② 钟敬文主编：《民间文学概论》，高等教育出版社 2010 年版，第 117 页。
③ 钟敬文主编：《民间文学概论》，高等教育出版社 2010 年版，第 74 页。
④ 钟敬文主编：《民间文学概论》，高等教育出版社 2010 年版，第 87 页。

传达出来。"她在讲述《张打鹌鹑李打鱼》这个故事时，说到张打鹌鹑磨刀要杀一条"象门扇多农长"的大鲤鱼，她是这样描绘的："鱼哭啦，长长地留下两道眼泪……"正如采录者所指出的："这不是一个平庸的转述者能够做到的"，而是一位很有创作个性的故事讲述家长期锤炼，并且达到炉火纯青的境地的产物。①

本书将在第三章第二节专门探讨搜集者孙剑冰建立的内蒙古乌拉特前旗故事搜集个案，介绍和分析发现民间讲述人秦地女的价值。本书还将在第四章第三节简介内蒙古好来宝说唱的民间艺人。前人对民间讲述人、民间艺人文艺价值和社会价值的认识，对秦地女故事内容特征和艺术形式的理论研究，为本书重新认识这部分资料提供了理论支撑。

2）其他国内外学者的搜集史研究成果

1990年，许钰在《民俗学和民间文艺学》一文中总结了延安时期的民间文艺搜集思想、搜集工作和群众文艺活动的开展情况：

> 进入40年代后，解放区文艺工作者在毛泽东《在延安文艺座谈会上的讲话》指导下，在创作新的人民文艺的活动中着重吸取了民间文艺的营养，同时进行了民间音乐、民歌、民间故事的搜集（尤其注意搜集了具有革命内容和时代色彩的民间文学作品），改造旧的民间艺术的活动等等。②

我们看到这一讲话的指导作用，了解了民间文学各体裁的搜集工作和改造民间文艺活动与政治革命宣传的密切关系。

同时，许钰从整体上指出新中国成立初期我国民间文艺工作，对延安时期民间文艺搜集思想和经验的继承和发展情况：

> 建国以后，民间文学工作在新的历史条件下继承了40年代的革命文艺工作的传统，建立了全国性的"中国民间文艺研究会"，引进

---

① 原文注：孙剑冰：《略述六个村的搜集工作》，《民间文学》1955年创刊号；孙剑冰采集：《天牛郎配夫妻：民间故事》，上海文艺出版社1983年版，第219页。
② 许钰：《民俗学和民间文艺学》，董晓萍、万建中主编《北师大民俗学论丛》，中华书局2013年版，第315页。落款："1990年5月修订"。

了苏联的民间文学理论。这时虽然没有明确地提出建设相对独立的民间文艺学学科的问题，但由于工作的扩展，在刊物上进行了关于民间文学界说、范围界限问题，搜集、整理问题等的讨论，显示出民间文学作为整个文艺工作一部分的特殊性，继而提出民间文学工作"全面搜集、重点整理、大力推广、加强研究"的方针，发表了一批优秀的作品集和研究论著。这个时期（50 年代至 60 年代中期）由于民俗学、民族学、社会学等与民间文学有关的学科未能发展，民间文学方面主要是从文艺学、美学的角度进行评论和研究，客观上形成一个比较单一的民间文艺学的阶段或流派。同时，由于"左"的简单化思想的影响，对于民间文学多方面的题材内容和功能，多种多样的艺术形式和风格等，注意不够。有些问题（如民间文学与宗教的关系、清官形象等）还一度成为禁区，从而大大限制了从文艺学方面研究民间文学的广度与深度。这种历史的局限，目前已经得到相当的克服，并且进行了许多新课题的探讨。①

许钰在以上文字中，总结了新中国成立后民间文学工作方面在思想理论、搜集实践和学科建设方面的成绩与局限。

1979 年，张紫晨在《从五四时期民间文学工作所想起的》一文中②，总结了新中国成立十年间的民间文学工作取得的成就，张紫晨将这十年的成就与五四时期以后的 1920—1930 年这十年进行比较。他指出：

> 这十年，与五四时期的十年，是多么相似。它不仅是比较稳定的十年，对民间文学工作来说，也是一个"黄金时代"的十年。但就以这十年与五四时期民间文学工作相比，也还是可以看出我们的一些不足。这个不足，既表现在我们的工作面上，也表现在科学研究的发展和队伍的建树上。③

与五四时期十年的民间文学成就相比，张紫晨充分肯定了新中国成立

---

① 许钰：《民俗学和民间文艺学》，董晓萍、万建中主编《北师大民俗学论丛》，中华书局 2013 年版，第 315—316 页。

② 张紫晨：《从五四时期民间文学工作所想起的》，《社会科学战线》1979 年第 3 期。

③ 张紫晨：《从五四时期民间文学工作所想起的》，《社会科学战线》1979 年第 3 期。

后的前十年取得的民间文学工作成就，同时也指出工作上的不足。具体而言，张紫晨指出，一方面，中华人民共和国成立最初十年的民间文学搜集工作重视民歌的搜集，但对民间文学其他种类和形式的搜集兼顾得不够，如民间故事这一体裁；另一方面，十六字方针中的"加强研究"部分一直比较薄弱，规划之后不能落实，这与科研队伍的贫弱和科研人才的培养不足有关。①

张紫晨还在《民间文艺学原理》中介绍了个体定居和集体采录队这两种民间文学搜集方式②，在谈到个体定居的搜集方式时，以韩燕如在内蒙古搜集爬山歌为例来说明个体定居搜集方式的优越性③。本书第二章第三节将专门分析韩燕如搜集爬山歌的方法。

郭光在《建国十年来的兄弟民族文学》一文中谈到，党在延安建立第一所民族学院，到新中国成立初期十年期间，在兄弟民族文化机构、文艺团体建设，兄弟民族文学遗产的搜集、整理、翻译和新文学的创作方面的成绩，提出了进一步在翻译人才、民族干部培养，文艺团体建设和交流，出版支持等方面开展兄弟民族文学工作的措施。这也是少数民族文学的经验。④

马昌仪在《兄弟民族文学的巨大成就》中，将各民族自治区都成立民间文学组织机构，当作新中国文化成就的组成部分。⑤

新中国成立初期的民间文艺建设和发展情况，也受到国外学者的关注。日本民俗学者直江广治在《中国民俗文化》中，提出新中国成立初期我国开展了民俗文化研究的基础性工作：

> 抗战胜利后，特别是中华人民共和国成立后，我们期待中国民俗学的研究能建立一个科学的体系。其理由有三：第一，因为太平洋战争而中断的中国民俗学研究所取得的成果为其发展打下了基础；第二，中共政权的基础是民众，以民众的生活史为研究对象的民俗学理应受到重视；第三，毛泽东的"没有调查就没有发言权"（《农民运

---

① 张紫晨：《从五四时期民间文学工作所想起的》，《社会科学战线》1979 年第 3 期。
② 张紫晨：《民间文艺学原理》，花山文艺出版社 1991 年版，第 39 页。
③ 张紫晨：《民间文艺学原理》，花山文艺出版社 1991 年版，第 39 页。
④ 郭光：《建国十年来的兄弟民族文学》，《开封师范学院学报》1959 年第 2 期。
⑤ 昌仪：《兄弟民族文学的巨大成就》，《文学评论》1959 年第 6 期。昌仪，即马昌仪。

动和农村调查》）的号召，而民俗学正是从事调查研究的学科，肯定能如我们预料那样飞速发展。①

如上所言，中华人民共和国成立后有一个显著的倾向，即对散居在中国大陆各地的少数民族的关注，采集了不少这些地区的习俗、信仰、民间文艺等方面的东西。在现在中国大陆通过这种努力，对汉族以外的……少数民族，都有专门的调查资料。中华人民共和国的民族政策就是尊重各少数民族的独立性，这对于这些地区社会、经济的发展，是有关系的。到现在为止，少数民族地区的民间传说、民谣、艺技方面整理偏重于民间文艺方面，这不能不说是一种遗憾。希望以后能进行习俗、信仰、社会组织方面的综合调查。②

直江广治在上文中指出，新中国成立初期具备建立民俗学现代学科的条件，具有充分的前期搜集基础、民众基础和明确的政治导向。直江广治注意到新中国成立初期，注重少数民族地区民间文艺的搜集工作，但搜集工作偏重民间文艺文本方面的搜集，而非综合性的民俗调查。

德国人类学者傅玛瑞（Mareile Flitsch）在《中国民间文学及其记录整理的若干问题》一文中，对中国民族民间文艺集成搜集工作予以充分肯定，虽然此文的讨论主要是针对 20 世纪 80 年代后陆续搜集出版的中国民间文艺集成，但作者的讨论是在对新中国民间文艺搜集工作整体观照的背景下进行的，她认为："只有在极少数的情况下，民间文学的搜集才成为独立的、私人的活动。大多数情况下，它们是不同民间文学研究群体的工作结果，而这些群体的形成，基于 20 世纪初期不同的学派和学者。"③ 因此，"中国民间文学便有了三种不同的形式，即口传的原初资料、用于研究目的的资料以及服务于道德教育目的和政治目的的正式出版物"④。傅玛瑞指出，其中一类民间文学研究群体的代表性人物是钟敬文，并评价道："由他所代表的学派坚信，在社会政治允许的前提下，为了研

---

① ［日］直江广治：《中国民俗文化》，王建朗译，上海古籍出版社 1991 年版，第 208 页。
② ［日］直江广治：《中国民俗文化》，王建朗译，上海古籍出版社 1991 年版，第 208—209 页。
③ ［德］傅玛瑞：《中国民间文学及其记录整理的若干问题》，董晓萍、万建中主编《北师大民俗学论丛》，中华书局 2013 年版，第 499 页。
④ ［德］傅玛瑞：《中国民间文学及其记录整理的若干问题》，董晓萍、万建中主编《北师大民俗学论丛》，中华书局 2013 年版，第 498 页。

究的目的，有必要在书面转录过程中，尽可能地保持口头传承资料的原初面目。"①

傅玛瑞也指出延安搜集工作的地位与影响：

> 在共产党内，也有人很早就认识到，可以有效地利用民间文学，教育党的基本依靠对象农民阶层。广为人知的是，毛泽东本人曾经一度亲自搜集民歌。在中华人民共和国成立之前，在延安解放区最早的整风运动中，深入农村搜集民间文学，并对此加以研究，被确立为将来的一项中心工作。与此同时，延安也积累了如何将民间文学用于政治宣传的经验。延安鲁迅艺术学院的马克思主义学者们预先确定了以后几十年的（民间文学研究的）发展方向。属于延安学派、至今对中国民间文学的研究有重大影响的政治领导人物，是1913年出生于山西的贾芝。他的追随者们倡导对民间文学的彻底更新，他们要在记录转写民间文学的过程中进行大幅度的改变，以达到教育人民的目的。此外，在苏联学习的第二代和第三代知识分子，也把苏联民间文学研究的影响带回中国。②

傅玛瑞分析了延安革命文艺思想和搜集经验，在后来发挥了重要作用，这些作用的体现，有延安文艺工作者的努力，也有苏联民间文艺思想的影响。

以上国内外学者对新中国成立初期总体民间文艺搜集史的研究成果，为本书梳理和研究这一时段内蒙古民间文艺搜集史提供重要的理论参照。

2. 民间文艺搜集体裁研究

在民间文艺搜集体裁研究方面，本书主要借鉴了钟敬文主编《民间文学概论》中的两种方法：单一体裁分析法和比较法。在单一体裁分析法方面，本书主要使用《民间文学概论》中的民间文艺各体裁概念，作为划分内蒙古民间文艺作品体裁的主要依据。在单一体裁比较法方面，《民间文学概论》提供了不同民族、不同地区、不同国家之间的同类体裁

---

① ［德］傅玛瑞：《中国民间文学及其记录整理的若干问题》，董晓萍、万建中主编《北师大民俗学论丛》，中华书局2013年版，第499页。

② ［德］傅玛瑞：《中国民间文学及其记录整理的若干问题》，董晓萍、万建中主编《北师大民俗学论丛》，中华书局2013年版，第500页。

比较个案。内蒙古是一个区域概念，是少数民族聚居区，又是毗邻多国的边疆地区，进行与其他地区、其他民族和国家的同体裁比较研究是必要的。

第一，单一体裁分析法是基于民歌、民间故事、笑话、史诗、民间叙事诗、民间戏曲等各民间文艺体裁的内容特征和艺术形式特点，对作品进行分析。这对于本书梳理和分析内蒙古民间文艺作品的内容特征和艺术形式具有借鉴意义。

在民歌方面，《民间文学概论》认为，民歌在阶级社会中具有社会作用，它是劳动人民进行阶级斗争的武器[①]，而"时政歌就是其中最锐利的匕首和投枪"[②]。时政歌反映了民众的心声，表达了民众对历史、人物的功过是非的独立评判，新中国成立初期搜集的内蒙古民歌中，有很多时政歌。

钟敬文主编的《民间文学概论》对《东蒙民歌选》中的蒙古族情歌《韩密香》的分析，堪称经典范例：

> 有一首蒙古族情歌唱道："震动山峰的，是黑马的四只蹄；扰乱人心的，是韩密香的两只眼睛。"[③] 用马蹄得得震动山峰比喻少女美丽的眼睛扰乱人心，这不仅使用得十分妥帖和奇妙，而且极有民族特点和创造性。[④]

以上文字分析了这首民歌的艺术形式和民族民俗特点，这种分析方法值得本书借鉴。

在笑话方面，《民间文学概论》指出，笑话的内容特征有三类：反映劳动人民的苦难生活，机智人物用智慧为人民办好事；与官府、地主、权贵等上层统治阶级势力做斗争，用智慧战胜统治阶级；讽刺封建制度，讽刺科举制度及旧文人[⑤]。笑话的艺术形式有两类：运用人物对话或自白，

---

① 钟敬文主编：《民间文学概论》，高等教育出版社 2010 年版，第 173—174 页。
② 钟敬文主编：《民间文学概论》，高等教育出版社 2010 年版，第 183 页。
③ 此处例证引用的蒙古族情歌名为《韩密香》（巴林左旗），详见安波、许直合编《东蒙民歌选》，新文艺出版社 1952 年版，第 106 页。
④ 钟敬文主编：《民间文学概论》，高等教育出版社 2010 年版，第 199 页。
⑤ 钟敬文主编：《民间文学概论》，高等教育出版社 2010 年版，第 171 页。

来揭露矛盾；用出乎意料的方式结束故事，往往俏皮，让人在戛然而止之时捧腹大笑，又回味无限①。

在史诗和民间叙事诗方面，《民间文学概论》指出：马克思认为史诗是一种"规范"和"高不可及的范本"②，恩格斯在《家庭、私有制和国家的起源》中，"多次根据《荷马史诗》的资料阐述古代希腊社会各方面的情况"③，"从内容上来讲，反映的生活面十分广阔"④。可见，史诗具有很好的社会历史价值。史诗是"一个民族的特殊的知识总汇"⑤，具体有民族历史与经验智慧；艺术价值与文化传统；早期氏族社会生活三方面⑥。因此，"史诗是文学，也是历史；既是珍贵的文化遗产，也是各民族人民早期生活的百科全书"⑦。可见，史诗内容的丰富性和重要性。

该书指出，蒙古族史诗《江格尔》是"有关斩妖降魔、除暴安良的英雄史诗"⑧，这部史诗反映了蒙古族的文学成就、民族历史和内蒙古地区的早期社会生活，本书在梳理新中国成立初期内蒙古民间文艺搜集史时，我们要重视史诗在蒙古族社会内部传承，和在各民族社会交往和民间文学交流的过程中不断丰富、发展和流传的内容特征。该书还对蒙古族民间叙事诗《嘎达梅林》进行长段介绍，指出《嘎达梅林》是反映阶级斗争、民族斗争的叙事诗，是社会现实的反映，也是艺术化了的现实镜像⑨。以上文字描述了这部蒙古族民间叙事诗产生的社会背景、历史事件和人物原型，分析了社会现实和艺术镜像之间的距离，这段距离恰恰是民众思想和民族精神的集中表达。这对于本书在第二章第五节分析《嘎达梅林》的内容特征和艺术形式，产生重要影响。

在民间戏曲方面，该书提到内蒙古地区的二人台《打樱桃》是"以

---

① 钟敬文主编：《民间文学概论》，高等教育出版社 2010 年版，第 171 页。
② 原文注：[德]马克思：《〈政治经济学批判〉导言》，《马克思恩格斯选集》第 2 卷，人民出版社 1995 年版，第 29 页。钟敬文主编：《民间文学概论》，高等教育出版社 2010 年版，第 214 页。
③ 钟敬文主编：《民间文学概论》，高等教育出版社 2010 年版，第 12 页。
④ 钟敬文主编：《民间文学概论》，高等教育出版社 2010 年版，第 204 页。
⑤ 钟敬文主编：《民间文学概论》，高等教育出版社 2010 年版，第 206 页。
⑥ 钟敬文主编：《民间文学概论》，高等教育出版社 2010 年版，第 206—207 页。
⑦ 钟敬文主编：《民间文学概论》，高等教育出版社 2010 年版，第 207 页。
⑧ 钟敬文主编：《民间文学概论》，高等教育出版社 2010 年版，第 210 页。
⑨ 钟敬文主编：《民间文学概论》，高等教育出版社 2010 年版，第 220 页。

抒情歌舞，赞美劳动，憧憬美好生活"的"抒情喜剧（又可称赞美喜剧）"①。该书同时指出，蒙古族民间信仰受到本土萨满教和藏传佛教文化的影响颇大，蒙古族部分戏曲中也可能带有宗教色彩。

第二，单一体裁比较法，是对单一体裁民间文艺作品在不同地区、不同民族或不同国家之间的比较研究。这对于本书将内蒙古与其他地区，蒙古族与其他民族民间文艺作品进行比较，提供比较维度和参照个案。

在民歌方面，钟敬文主编的《民间文学概论》提到《东蒙民歌选》中的蒙古族民歌《小情人》②，该民歌中运用了"海骝马"一词，注释显示：

> 海骝马，蒙语叫做"河鲁梅鲁"；陕北民歌中也有"海骝马"之称，疑为蒙语的汉译，但也许这是汉语传至蒙古后的变音。③

陕北民歌和蒙古族民歌中有相同的词语，《民间文学概论》给出了两种可能的原因：一是该词原为蒙语，经汉译进入陕北，被用于陕北民歌；二是该词原为汉语，传入蒙古，发生音变，被用于蒙古族民歌。本书在研究蒙古族民歌时，从民歌词汇入手，进行了不同地区和民族民歌的比较研究，分析两种地区或民族文化的交流，探究二者在思想和艺术上的联系与差异。

在民间故事方面，《民间文学概论》认为，不同民族存在相同类型民间故事的这一世界性问题，如蒙古族、藏族、维吾尔族民间故事与《一千零一夜》中某些故事的相似性④，一方面在于各民族的交流，而不应归源于印度，另一方面是在相似的社会环境下产生的类似故事的巧合⑤。各民族民间文学相互影响，表现在思想内容和艺术形式两方面⑥。蒙古族故事在与外国作品做比较时，要考虑各民族民间文学的交流情况和双方故事形成的社会、历史和文化，可以就相似类型故事进行比较研究。在用汉族

---

① 钟敬文主编：《民间文学概论》，高等教育出版社 2010 年版，第 283 页。
② 安波、许直合编：《东蒙民歌选》，新文艺出版社 1952 年版，第 127 页。
③ 参见安波、许直合编《东蒙民歌选》，新文艺出版社 1952 年版，第 127 页。
④ 钟敬文主编：《民间文学概论》，高等教育出版社 2010 年版，第 82 页。
⑤ 钟敬文主编：《民间文学概论》，高等教育出版社 2010 年版，第 78 页。
⑥ 钟敬文主编：《民间文学概论》，高等教育出版社 2010 年版，第 79 页。

故事与蒙古族故事做比较时，就可以从这两方面入手①。

各民族民间文学的交流，一方面有利于增进不同民族之间的了解，增进民族团结，另一方面繁荣我国社会主义多民族文化②。《民间文学概论》中讲道："现代关于红军长征的传说，关于毛泽东、周恩来、朱德等的传说，在少数民族中也有广泛的流传。这些历史传说，生动地反映了少数民族和汉族人民在历史上不可分割的血肉联系。"③蒙古族是中华民族大家庭中的一员，与汉族有长期的经济和文化上的交流，在民间故事方面，二者相互影响。

在笑话方面，钟敬文主编的《民间文学概论》指出：

> 各民族中还流传着很多相同类型的机智人物故事。……蒙古族的《让王爷下轿》与壮族的《哄土司下马》、纳西族的《上楼下楼》情节也很相近，都是作弄地主、贵族，表现人民智慧的故事。④

《让王爷下轿》是蒙古族笑话巴拉根仓的故事中较为有名的一篇。在不同民族中，流传着相同类型的机智人物故事，这反映了各民族在社会历史进程和创作民间故事的思维方式上都有相近之处。这些同类型故事可以增进不同民族之间的交流和相互理解。

在史诗方面，钟敬文主编的《民间文学概论》指出：

> 在多民族杂居地区，民歌和叙事诗的交流表现得更为直接和迅速。……蒙古族的长篇史诗《格斯尔传》，无论题材、人物、语言，都显然是在藏族英雄史诗《格萨尔》的直接影响下形成的。⑤

蒙古族与藏族在佛教文化和英雄史诗方面的交流是十分密切的，以上文字指出了藏族史诗对蒙古族史诗的影响。对比二者史诗和民间叙事诗，我们可以进行藏族与蒙古族之间的文化影响研究，同时也要看到蒙古族史

---

① 钟敬文主编：《民间文学概论》，高等教育出版社2010年版，第79页。
② 钟敬文主编：《民间文学概论》，高等教育出版社2010年版，第69页。
③ 钟敬文主编：《民间文学概论》，高等教育出版社2010年版，第71页。
④ 钟敬文主编：《民间文学概论》，高等教育出版社2010年版，第78页。
⑤ 钟敬文主编：《民间文学概论》，高等教育出版社2010年版，第78—79页。

诗和民间叙事诗自身的特点。

该书还指出：

　　　　这是一种以民族英雄的斗争故事为主要题材的史诗。世界上许多民族都有这样的长诗。如古希腊的《伊利亚特》、《奥德赛》，亚美尼亚的《沙逊的大卫》等，都可算作是这方面的杰出代表。在我国西、北方的少数民族中，有关斩妖降魔、除暴安良的英雄史诗也不少。例如藏族的《格萨尔》，蒙古族的《格斯尔传》、《江格尔》及柯尔克孜族的《玛纳斯》等等。①

　　我们看到在外国作品和我国少数民族民间文学作品中，都有英雄史诗。比较外国作品和蒙古族史诗时，可以从史诗类型和思想内容角度进行比较。《民间文学概论》中提到芬兰的《卡勒维拉》，是"在民族形成期，甚至国家建立以后的一段相当长的时间里"形成的②，同时，"德国的《尼伯龙根之歌》中的许多英雄人物虽然来自公元第四、五世纪民族大迁徙时代，但他们的生活和思想却是 12 世纪的；而到了《尼伯龙根之歌》正式编纂、定稿的时候，则又被披上了 12 世纪封建社会和骑士文化的外衣了"③。我们在比较这类史诗与蒙古族史诗时，要结合历史和社会变迁理解史诗内容的变迁，在变迁中比较外国史诗与蒙古族史诗。

　　在民间戏曲方面，该书比较了云南花灯剧《小放羊》《出门走厂》，安徽凤阳的《打花鼓》，安徽的黄梅戏、江淮戏、常锡戏和泗州戏，与内蒙古二人台小戏《走西口》《打金钱》在反映社会生活时的相似之处，它们都反映了人民在自然灾害和人为战争年代里的疾苦④。该书还比较了柳腔戏曲《寻工夫》和内蒙古二人台《走西口》的主题思想⑤。我们了解到《走西口》是对封建统治者阶级压迫和人民生路难求的反映，并带有无言的反抗。《寻工夫》是对封建地主阶级剥削劳动人民的反映，并体现了人民揭露统治阶级丑恶本质的抗争性。二者都揭露了封建统治阶级的罪

---

① 钟敬文主编：《民间文学概论》，高等教育出版社 2010 年版，第 210 页。
② 钟敬文主编：《民间文学概论》，高等教育出版社 2010 年版，第 211 页。
③ 钟敬文主编：《民间文学概论》，高等教育出版社 2010 年版，第 213—214 页。
④ 钟敬文主编：《民间文学概论》，高等教育出版社 2010 年版，第 276—277 页。
⑤ 钟敬文主编：《民间文学概论》，高等教育出版社 2010 年版，第 276—277 页。

行,《走西口》是以间接反映的方式,《寻工夫》是以直接揭露的方式。《走西口》更多地表现劳动人民谋生的无奈,《寻工夫》更多地表现劳动人民的反抗。从戏曲题材方面,比较了内蒙古小戏与其他省市小戏的"民间家常事务的题材"①。内蒙古二人台《打樱桃》、睦剧《小放牛》和黄梅戏《打猪草》同属反映青年男女在劳动基础上恋爱的爱情戏,相似的爱情戏还有"贵州花灯戏《上茶山》、山西西火秧歌戏《打酸枣》"②。

在比较汉、蒙民间戏曲时,在内容特征上,二者都有反映劳动生产的爱情戏,如汉族的《打酸枣》和蒙古族的《打樱桃》③。在艺术手法上,如汉族的《打猪草》和蒙古族的《打樱桃》都是抒情喜剧④。"一般是通过'对歌'、'对花'的形式,数唱'四季花'、'叹五更'、'十绣锦'、'十二月'等,用妙语双关,比兴咏叹,抒情达意。词曲亲切悦耳,舞姿活泼优美,感情纯朴真切,群众喜闻乐见。"⑤ 二者都"常从生活的横剖面或单侧面反映整个社会现象"⑥,如汉族的《寻夫记》和蒙古族的《走西口》⑦。上述文字还提醒我们注意二者在反映风俗和使用语言方面的差异。在风俗方面,两个民族由于自然环境和社会环境的差异,有不同的民族风俗。在语言方面,两个民族有各自的语言和文字,属于不同语系,差异显著。但由于蒙汉文化交流,蒙古族也使用汉语言文字创造了大量的戏曲。这些戏曲虽然使用汉语言文字,但在分析时,我们更要注意其思想观念、社会民俗和文字用语等方面的特点。

总之,钟敬文主编的《民间文学概论》对民间文艺体裁的分类,对各体裁特点、内容特征和艺术形式的认识,都为本书从民间文艺学的体裁分类角度,梳理新中国成立初期内蒙古民间文艺搜集史,对各体裁代表作进行搜集个案描述,提供理论概念和分析范例。

有的学者指出,在搜集研究多地区多民族民间文艺作品时,要注意不同体裁之间的流动与变异现象。董晓萍在《民间文学体裁学的学术史》一文中指出,我国地域广大、民族众多,一种民间文学作品的体裁很可能

---

① 钟敬文主编:《民间文学概论》,高等教育出版社 2010 年版,第 279 页。
② 钟敬文主编:《民间文学概论》,高等教育出版社 2010 年版,第 280 页。
③ 钟敬文主编:《民间文学概论》,高等教育出版社 2010 年版,第 280 页。
④ 钟敬文主编:《民间文学概论》,高等教育出版社 2010 年版,第 283 页。
⑤ 钟敬文主编:《民间文学概论》,高等教育出版社 2010 年版,第 283 页。
⑥ 钟敬文主编:《民间文学概论》,高等教育出版社 2010 年版,第 283 页。
⑦ 钟敬文主编:《民间文学概论》,高等教育出版社 2010 年版,第 283 页。

发生变异①。董晓萍提出，要解决这种矛盾，不仅要看到民间文学体裁划分的稳定性和相对性，还要抓住民间文学的艺术本质，探讨具体作品的体裁②。爱沙尼亚民俗学者于鲁·瓦尔克（Ülo Valk）探讨了体裁分类的作用③，他指出，要注意体裁与民族志的关系④。于鲁·瓦尔克还指出，体裁分类是梳理和分析资料的重要工具，同时，体裁分类是一种对话框架，体裁分类还反映了不同思维方式的建构⑤。本书就是借助体裁分类的工具作用，对新中国成立初期丰富的内蒙古民间文艺遗产进行梳理和分析。本书对内蒙古和国内外其他地区，蒙古族和其他民族之间单一体裁进行比较研究，就是在相同体裁分类的基础上建立的对话。

3. 丁乃通对秦地女故事的评价

丁乃通（Nai-tung Ting）在《中国民间故事类型索引》中⑥，使用了大量的新中国成立初期取得的民间文学搜集和出版成果，其中涉及内蒙古民间故事的成果性书目主要使用了 10 种。丁乃通运用 AT 故事类型研究方法，对大量内蒙古民间故事进行类型和次类型的分类记录和比较研究。

钟敬文在《中国民间故事类型索引·序》中，充分评价了丁乃通对于新中国成立之后搜集整理的作品资料的使用："更值得指出的，是他大量地利用了全国解放后所收集、记录的，而当时国外有些学者正企图全盘否定这种记录的科学价值。"⑦ 丁乃通在《中国民间故事类型索引·导言》中以董均伦和孙剑冰为例，指出："在中华人民共和国，每个受过教育的

---

① 董晓萍：《民间文学体裁学的学术史》，董晓萍、万建中主编《北师大民俗学论丛》，中华书局 2013 年版，第 349 页。

② 董晓萍：《民间文学体裁学的学术史》，董晓萍、万建中主编《北师大民俗学论丛》，中华书局 2013 年版，第 349 页。

③ ［爱沙尼亚］于鲁·瓦尔克：《民俗学的基本概念》，董晓萍译，朝戈金、董晓萍、萧放主编《民俗学与新时期国家文化建设》，中国社会科学出版社 2013 年版，第 70—73 页。

④ ［爱沙尼亚］于鲁·瓦尔克：《民俗学的基本概念》，董晓萍译，朝戈金、董晓萍、萧放主编《民俗学与新时期国家文化建设》，中国社会科学出版社 2013 年版，第 72 页。

⑤ ［爱沙尼亚］于鲁·瓦尔克：《民俗学的基本概念》，董晓萍译，朝戈金、董晓萍、萧放主编《民俗学与新时期国家文化建设》，中国社会科学出版社 2013 年版，第 72—73 页。

⑥ ［美］丁乃通：《中国民间故事类型索引》，郑建成、李倞、商孟可、白丁译，李广成校，中国民间文艺出版社 1986 年版。

⑦ 钟敬文：《中国民间故事类型索引·序》，［美］丁乃通《中国民间故事类型索引》，郑建成、李倞、商孟可、白丁译，李广成校，中国民间文艺出版社 1986 年版，第 2 页。落款："一九八五年六月廿六日，作于北京国谊宾馆"。

人必须同农民在一起生活一段时间，这使很多中国的知识分子能够熟悉和亲身了解农民。"① 丁乃通引述了孙剑冰发表于 1955 年《民间文学》4 月号的《略述六个村的搜集工作》中对发掘搜集对象的情况的介绍②，指出孙剑冰收集的作品中有大量的童话，是"真的民间故事"③。孙剑冰发表于《民间文学》1955 年 4 月号的《民间童话三篇》使用的确实是"童话"的概念④。丁乃通指出，"积极搜集故事的人，都谈起他们的故事是在什么情况下听到的，这些情况也都是世界各地的民俗学家所熟悉的情况"，丁乃通对孙剑冰搜集的秦地女故事提出的看法是：

> 她（秦地女）的故事又多半是童话……这些故事不见得是在很多人面前出现的，常常，在母亲守望着孩子的枕边，它们做了漫长的冬夜来客。⑤

丁乃通把中国民间文艺工作者孙剑冰搜集内蒙古秦地女故事的搜集方法与世界民间故事搜集者作以比较，发现他们都记录了民间故事的讲述环境。他还认为，"我们必须承认中国民间故事与流传在印度和爱尔兰之间的故事相差并不太远，而且是可以相互比较的"⑥。新中国成立初期搜集和出版的民间故事中有很多是"在中国的边境或少数民族中收集的"⑦，这些边境故事和少数民族故事"一方面往往与国际类型比较接近，另一方面和汉族同类型的故事有无可否认的联系"⑧。

---

　　① ［美］丁乃通：《中国民间故事类型索引·导言》，郑建成、李倞、商孟可、白丁译，李广成校，中国民间文艺出版社 1986 年版，第 1 页。

　　② 孙剑冰：《略述六个村的搜集工作》，《民间文学》1955 年 4 月号。落款时间："1955 年 3 月 20 日"。

　　③ ［美］丁乃通：《中国民间故事类型索引·导言》，郑建成、李倞、商孟可、白丁译，李广成校，中国民间文艺出版社 1986 年版，第 2 页。

　　④ 孙剑冰：《民间童话三篇》，载《民间文学》1955 年 4 月号，第 12—23 页。

　　⑤ ［美］丁乃通：《中国民间故事类型索引·导言》，郑建成、李倞、商孟可、白丁译，李广成校，中国民间文艺出版社 1986 年版，第 6 页。原文注：《民间文学》1955 年 4 月号，第 28 页。

　　⑥ ［美］丁乃通：《中国民间故事类型索引·导言》，郑建成、李倞、商孟可、白丁译，李广成校，中国民间文艺出版社 1986 年版，第 7 页。

　　⑦ ［美］丁乃通：《中国民间故事类型索引·导言》，郑建成、李倞、商孟可、白丁译，李广成校，中国民间文艺出版社 1986 年版，第 9 页。

　　⑧ ［美］丁乃通：《中国民间故事类型索引·导言》，郑建成、李倞、商孟可、白丁译，李广成校，中国民间文艺出版社 1986 年版，第 9 页。

丁乃通充分肯定了新中国成立初期的民间文艺搜集工作的科学价值，大篇幅地推介孙剑冰到内蒙古乌拉特前旗的搜集活动，并认为孙剑冰发现的故事讲述家秦地女是真正的民间艺术家。这一介绍和研究拓展了这一时期民间文艺搜集整理工作的国际视野，在促进学术史反思和跨文化对话方面发挥了积极的作用。丁乃通也指出存在一定的"修改"问题①。

（二）现代文学研究中的讨论

唐弢、严家炎主编的《中国现代文学史》指出：

> 一九四七年五月一日，内蒙古自治区在党中央关怀下正式成立。自治区人民政府十分重视广大人民的口头创作，先后搜集出版了《内蒙民歌集》、《东蒙民歌集》的蒙、汉文本。在部队，枪杆诗、战沟诗、诗传单、快板运动等，都是在党组织领导下推广、普及、发展起来的。所有这些，都为群众性诗歌创作的蓬勃发展和收集保存创造了条件。②

> 在农民群众的诗歌创作中，还有很大部分以极大的热情表现自己翻身的喜悦，歌唱新生活，歌唱共产党，歌唱人民领袖和人民军队。③

> 在内蒙西部的鄂尔多斯草原上，蒙古族人民抗日战争时期就创作了歌颂八路军的民歌。一九四七年内蒙古自治区成立后，蒙族民歌创作更加活跃。骑兵战斗功臣王青山的母亲宝勒高，在送子参军的大会上唱出了《送子出征歌》，用传统民间祝词的形式表现了蒙族人民对革命胜利的期望和信心，情深意长，相当感人。都古尔苏荣的诗歌《我们的骏马》，生动地描述了翻身的蒙族人民努力生产，以军马支援解放战争的热烈情景。④

他们肯定1947年内蒙古自治区成立后，内蒙古民间文艺的搜集工作

---

① ［美］丁乃通：《中国民间故事类型索引·导言》，郑建成、李倞、商孟可、白丁译，李广成校，中国民间文艺出版社1986年版，第10—11页。
② 唐弢、严家炎主编：《中国现代文学史》（三），人民文学出版社1980年版，第254页。
③ 唐弢、严家炎主编：《中国现代文学史》（三），人民文学出版社1980年版，第255页。
④ 唐弢、严家炎主编：《中国现代文学史》（三），人民文学出版社1980年版，第256页。

和群众性文艺的蓬勃发展，尤其是肯定了《东蒙民歌选》等作品的代表性，并高度评价《送子出征歌》的新民歌创作和《我们的骏马》的新诗歌创作，表达了对八路军、对革命的歌颂。

（三）少数民族文学研究中讨论

内蒙古民间文艺搜集工作与蒙古族作家文学人才队伍的建设情况相互影响，密不可分。从少数民族文学角度出发，可以看到民族民间文学与民族作家文学相互学习，共同带来的繁荣的少数民族文学大发展的现象。把握新中国成立初期培育内蒙古民间文艺发展的整体民族文艺生态，有利于本书梳理和研究内蒙古民间文艺的搜集史。本书主要借鉴郭光、马昌仪、白崇人、梁庭望、张公瑾、陶立璠和陈岗龙等学者对新中国成立初期我国在少数民族文学研究方面的成果和政策的总结，其中很大一部分涉及少数民族民间文学。

第一，关于新中国成立初期蒙古族民族文艺和民间文艺成果。1959年，郭光在《建国十年来的兄弟民族文学》一文中指出：

就蒙族的新文学来说，解放后，在党的培养教育下，十来年出现了大批的青年作家。歌颂党、歌颂毛主席、描写革命斗争和自然灾害作斗争的、以及歌颂内蒙人民的幸福的新生活的诗歌、小说和剧本相继出现。解放后出现的赞歌"我们的救星共产党"，表现了蒙族人民在旧社会的痛苦不满，在新社会的幸福和对党对毛主席、对祖国的热爱。民间说唱艺人毛依罕的长诗"铁牤牛"，蒙族的优秀歌手爬杰的诗作，热情的歌颂了草原人民的社会主义建设的伟大成绩。诗人纳·赛音朝克图和巴·布仁贝赫用诗歌赞颂自己的故乡和伟大的祖国。纳·赛音朝克图的歌颂毛主席和伟大祖国的"我握着毛主席的手"、"北京颂"、"迎接国庆节的时候"等；歌颂民族大家庭和平幸福和友谊的"幸福和友谊"；歌唱幸福生活的"沙原，我的故乡"，"生产社的姑娘们"；赞美英雄劳模的"欢迎劳动模范"、"英雄阿伏西"，都是博得广大的农牧民喜爱的名篇。小说家朋斯克描写了金色兴安岭的战斗故事，玛拉沁夫继写名篇"科尔沁草原的人们"之后，又写了长篇"在茫茫的草原上"，反映了在解放战争初期察哈尔草原上的蒙族人民的生活和斗争。乌兰巴干的"草原烽火"，描写了内蒙古党的地下工作者在科尔沁草原发动奴隶和牧民向封建王爷及其主子日本帝国主义者的斗争。安柯钦夫的短篇集"草原之夜"，描绘出了解放后的内蒙草原上的牧民的生活。……正如纳·赛音朝克图在中国作家协会第二次扩大理事会议上说的："今天谁也再不能说我们前进中的蒙古人民，没有写作天才和用自己民族文字进行创作的能力了！"①

郭光对新中国成立初期蒙古族作家文艺和民间文艺的代表作进行了总结。蒙古族诗人纳·赛音朝克图、巴·布林贝赫，小说家玛拉沁夫、乌兰巴干和安柯钦夫，剧作家扎拉嘎胡、敖得斯尔和朝克图纳仁等蒙古族青年作家的民族文艺创作，与蒙古族说唱民间艺人毛依罕和琶杰的说唱作品，与同时期内蒙古民间文艺创作的内容特征是一致的，都反映了内蒙古人民在社会主义新时期的生产、生活建设。本书在梳理内蒙古民间文艺作品时，也会纳入一定的民族文艺作品，因为这些民族文艺作品在内容特征和艺术形式上具有民间文艺性质，更重要的是，在新中国成立初期同内蒙古民间文艺一道，对内蒙古民族民间文艺，对社会主义新文艺建设产生重要历史影响。

1959 年，马昌仪在《兄弟民族文学的巨大成就》一文中指出：

兄弟民族文学可说是新的、年轻的文学，它新的生命是解放后才开始的。十年来，各民族涌现了不少作家，比较年长的、有丰富的创作经验的作家，如蒙古族诗人纳·赛音朝克图（主要作品有诗集《幸福和友谊》及建国十周年献礼长诗《狂欢之歌》）……民间老歌手为我们祖国唱出了更多、更动人的歌：傣族老赞哈康朗英的《流沙河之歌》、蒙古族著名民间诗人毛依罕的长诗《铁牤牛》和《五月之歌》、琶杰的好力宝②《两个羊羔的对话》以及他根据蒙古族英雄史诗《格斯尔传》（第四章）创作的长篇叙事诗《英雄的格斯尔可汗》，都表现了他们的政治热情与艺术才能。更可喜的是出现了大批有天才的饱含着生命力的青年作家，他们的作品已经列入了全国优秀作品之列，例如蒙族青年作家乌兰巴干的长篇《草原烽火》、玛拉沁夫的长篇《在茫茫的草原上》、短篇小说《科尔沁草原的人们》、彝

---

① 郭光：《建国十年来的兄弟民族文学》，《开封师范学院学报》1959 年第 2 期。
② 原文注：好力宝是蒙族的一种说唱形式，大都以四胡伴奏。

族作家李乔的小说《欢笑的金沙江》、蒙古族青年剧作家朝克图纳仁的剧本《金鹰》……蒙古族青年诗人布林贝赫在今年国庆节前夕创作的长诗《生命的礼花》也受到读者的好评。①

马昌仪在上文中,也介绍了新中国成立初期的蒙古族诗人、小说家、剧作家的代表作和民间艺人毛依罕、琶杰的说唱作品。

1998 年,梁庭望、张公瑾主编的《中国少数民族文学概论》指出,新中国成立以来少数民族政治、经济文化的发展态势为民族文学的发展创造了前提②。该书指出少数民族文学的基本特征之一是:

> 民间文学和作家文学同步增长,而以作家文学的日益显示出主流的态势引人注目。在漫长的历史时期中,民间文学一直是少数民族文学的主流,直到新中国成立前,少数民族中大部分民族都没有作家文学。这一态势现在已被打破,不再存在没有作家文学和书面文学的民族。一方面,民间文学特别是新民歌、新故事、新民间说唱曲目、新民间戏剧剧目不断产生。利用民间文学为题材进行再创作取得显著成就,对少数民族民间文学的搜集、整理、翻译规模空前,一部又一部厚重的民间文学集成堂而皇之出现于大雅之堂。另一方面,少数民族作家队伍不断扩大,新作迭出,精品接踵,硕果累累。③

以上对新中国成立前少数民族文学特征的分析,和新中国成立以来,蒙古族民间文学和作家文学的共同发展的态势,都有助于理解少数民族文艺和民间文艺的密切关系,为本书在梳理内蒙古自治区这一蒙古族聚居区的民间文艺搜集史时,纳入一部分蒙古族作家文学,提供了理论支撑。

第二,从"兄弟民族文学"到"少数民族文学"的概念使用变化及其内涵。1984 年,白崇人在《"少数民族文学"的提出及其意义》一文

---

① 昌仪:《兄弟民族文学的巨大成就》,《文学评论》1959 年第 6 期。

② 梁庭望、张公瑾主编:《中国少数民族文学概论》,中央民族大学出版社 1998 年版,第 116 页。

③ 梁庭望、张公瑾主编:《中国少数民族文学概论》,中央民族大学出版社 1998 年版,第 117 页。

中①，指出我国 50 年代初期的报刊上就出现了"兄弟民族的民间文学""少数民族的民间文学"的提法，老舍在 1956 年的中国作协第二次理事会（扩大）会议上作了《关于兄弟民族文学工作的报告》，提出了"兄弟民族文学"的概念，1958 年在中宣部召开的座谈会上提出了关于"编写少数民族文学史或文学概况的任务"，"少数民族文学"的概念被正式提出，从 1960 年作协第三次理事会后不再使用"兄弟民族文学"，而使用"少数民族文学"的概念。

> （少数民族文学）这一概念的核心就是：它是少数民族的文学而不是汉族的文学。那种只要写了少数民族的题材就是少数民族文学的主张是不能成立的。那只是个题材问题。汉族作家反映少数民族人民的生活是值得欢迎的，这表现了这些汉族作家特殊的美的追求和对少数民族人民的情谊，但这些作品不属于少数民族文学。因为任何一个民族的文学都不能由另外民族的人来越俎代庖。至于语言问题（主要指少数民族作家用汉文创作）、题材问题（主要指少数民族作家写汉族人民生活的题材）等，都属于少数民族文学本身的问题，都属于少数民族作家创作上的自由权利。我们应该鼓励和提倡少数民族作家用本民族的语言反映本民族人民的生活和斗争，但并不能因此把那些由于各种原因用汉语文创作的和反映汉族人民生活的少数民族作家的作品，排除到少数民族文学的范畴之外，这样做，不利于发展少数民族文学事业，不利于各民族的文化交流，不利于民族团结，也有损少数民族作家和人民的自尊心。②

白崇人梳理了从"兄弟民族文学"到"少数民族文学"的概念使用变化，并对"少数民族文学"这一概念的内涵进行了界定。他指出，少数民族文学在写作主体上应该是本民族作家；在写作语言上，可以是民族语言，也可以是汉语；在内容特征上，可以是本民族题材，也可以是汉族题材。白崇人对少数民族文学内涵的界定，对本书梳理内蒙古这一少数民族聚居区的民间文艺同样具有借鉴意义，拓展了本书的研究视野，如用汉

---

① 白崇人：《"少数民族文学"的提出及其意义》，《中央民族学院学报》1984 年第 3 期。
② 白崇人：《"少数民族文学"的提出及其意义》，《中央民族学院学报》1984 年第 3 期。

语创作的内蒙古民间文艺作品和汉族题材的内蒙古民间文艺作品均为内蒙古民间文艺作品等。

2001年，陶立璠在《少数民族民间文学和作家文学》一文中，指出少数民族民间文学孕育了少数民族作家文学，如"蒙古族诗人查干，出生在扎鲁特旗一个偏僻的山村，这里是蒙古族说唱艺人的故乡，著名的蒙古族说唱艺人琶杰、毛依罕、扎那都是啜饮着这里的奶汁和山泉水长大的。查干的父亲和大哥都是当地颇有名望的说唱艺人，母亲是很会抒发激情的民歌手，又会讲很多动人的民间故事，这些都给了查干很深的影响"①。又如《蒙古秘史》这部历史文学作品在语言、题材内容、表现手法和风格方面都从蒙古族民间文学中吸取了丰富的养料②。

包薇指出，团结、教育、改造民间艺人，把他们组织起来，使他们为社会主义建设服务，这是党对民间艺人工作的基本方针③。包薇以1955年7月号刊登的蒙古族民间艺人毛依罕的好力宝《铁牤牛》和1956年1月号刊登的蒙古族民间艺人琶杰的《互助合作好》为例，介绍了经过改造的蒙古族民间艺人创作的反映新生活的民间文艺作品④。大量文艺工作者也开始利用内蒙古各族人民群众所爱好的传统形式，如好力宝、二人台、二人转和爬山歌等，生动地反映了我们内蒙古各族人民群众在社会主义建设时期所展现的新的精神面貌⑤。如1955年10月号刊登的纳·赛音朝克图的《北京颂》利用了好力宝形式，1956年1月号刊登的老曾、于末的《黄河翻了身》利用了二人台形式。内蒙古西部地区人民也利用爬山歌的形式歌唱社会主义新生活，如1955年4月号刊登的《改山换海的毛泽东》，1956年3月号刊登的《全靠大伙一条心》，以及1956年9月号刊登的《歌唱合作化》⑥。

---

① 陶立璠：《少数民族民间文学和作家文学》，《青海民族学院学报》1984年第2期。
② 陶立璠：《少数民族民间文学和作家文学》，《青海民族学院学报》1984年第2期。
③ 包薇：《欣欣向荣的内蒙古文艺——1954年7月至1956年12月〈内蒙古文艺〉研究》，《内蒙古师范大学学报》（哲学社会科学版）2013年第5期。
④ 包薇：《欣欣向荣的内蒙古文艺——1954年7月至1956年12月〈内蒙古文艺〉研究》，《内蒙古师范大学学报》（哲学社会科学版）2013年第5期。
⑤ 包薇：《欣欣向荣的内蒙古文艺——1954年7月至1956年12月〈内蒙古文艺〉研究》，《内蒙古师范大学学报》（哲学社会科学版）2013年第5期。
⑥ 包薇：《欣欣向荣的内蒙古文艺——1954年7月至1956年12月〈内蒙古文艺〉研究》，《内蒙古师范大学学报》（哲学社会科学版）2013年第5期。

综上可以看出，《内蒙古文艺》作为"综合性的通俗的群众文艺刊物"，有两个重要的特点：其一，政治性仍然被放置在第一位，文艺创作要达到的目的带有极强的政治色彩，它要为内蒙古自治区的"社会主义建设和社会主义改造事业"服务，因此刊物表现出鲜明的思想性和战斗性。其次，《内蒙古文艺》作为地方刊物，始终强调其"地方的特点"。不仅要为本地区的革命和建设事业服务，刊登的作品也要为本地区的群众喜闻乐见，因此《内蒙古文艺》要求的是"反映内蒙古各族人民生活"作品。在这两个方面受到强调的同时，内蒙古作为多民族聚居区的民族特点浮现出来。地方性和民族性成为这一时期刊物另一个鲜明特点。①

从《内蒙古文艺》这一杂志刊载的作品来看，内蒙古的少数民族文学是作家文学与民间文学的结合体。

第三，在搜集方法上，他们提出，可以从文艺学、民族学、文化学和社会学等视角进行分析②。他们还认为，新中国成立后的50、60年代是少数民族文学工作发展的奠基期③。在搜集、整理和翻译少数民族民间文学方面，开展了"我国有史以来第一次大规模的民族民间文学工作"④，有主力和组织者中国民间文艺研究会及各省区分会、各县（旗）文化馆、乡（社）文化站，民族语言调查组，少数民族社会历史调查队，中央民族大学和地方民族学院以及民族地区相关院校的语文系、中文系的实习队和《格萨尔》等专门调查组这5支队伍⑤。梁庭望指出："这样大规模的对少数民族文学的搜集整理，只有在共产党和人民政府的领导之下才有可能实现，这一史无前例的事业，闪耀着新中国民族政策的光辉，国际友人

---

① 包薇：《欣欣向荣的内蒙古文艺——1954年7月至1956年12月〈内蒙古文艺〉研究》，《内蒙古师范大学学报》（哲学社会科学版）2013年第5期。

② 梁庭望、张公瑾主编：《中国少数民族文学概论》，中央民族大学出版社1998年版，第354—355页。

③ 梁庭望：《20世纪的中国少数民族文学研究》，《中南民族学院学报》（人文社会科学版）2001年第1期。

④ 梁庭望：《20世纪的中国少数民族文学研究》，《中南民族学院学报》（人文社会科学版）2001年第1期。

⑤ 梁庭望：《20世纪的中国少数民族文学研究》，《中南民族学院学报》（人文社会科学版）2001年第1期。

对此羡慕不已。"①党的领导和相对稳定的政治环境是民族民间文艺搜集整理工作的重要前提和保障。

（四）民族学的讨论

民族学在新中国成立初期的民族工作和涉及内蒙古民间文艺搜集工作的研究方面，为本书研究提供了开阔的研究视野。民族史研究部分参照吴文藻、费孝通和杨堃等学者对民族概念和我国统一的多民族国家性质的认识，同时参照义都合西格、田晓岫等学者对蒙古族社会历史的梳理。社会历史调查方面，主要通过林耀华和费孝通的介绍，了解新中国成立初期内蒙古社会历史调查的整体工作，以及对开展内蒙古民间文艺搜集工作的意义。

吴文藻在《民族与国家》一文中，介绍和比较了中外学者对"种族""民族""国家"和"政邦"四者概念的认识，在对四者概念作出区分的基础上，分别提出了"民族"和"国家"的概念，并对二者区别总结如下：

> 民族乃一种文化精神，不含政治意味，国家乃一种政治组织，备有文化基础。民族者，里也，国家者，表也。民族精神，实赖国家组织以保存而发扬之。民族跨越文化，不复为民族；国家脱离政治，不成其为国家。民族跨越文化，作政治上之表示，则进为国家；国家脱离政治，失政治上之地位，则退为民族。民族与国家应有之区别，即以有无政治上之统一为断。②

由此可见，第一，我国是统一的多民族国家，对"民族"和"国家"的认识，对正确处理民族关系具有现实意义。第二，吴文藻论述了民族概念的文化属性，这是多民族凝聚为统一体的文化基础。第三，国家具有政治属性，却也以文化为基础。新中国成立初期，进行社会主义革命和建设，维持政治稳定是国家的首要任务，国家通过新民间文艺建设可以最大限度地团结各民族力量。内蒙古属于边疆地区，少数民族聚居区，内蒙古

---

① 梁庭望：《20世纪的中国少数民族文学研究》，《中南民族学院学报》（人文社会科学版）2001年第1期。

② 吴文藻：《民族与国家》，陈恕、王庆仁编《论社会学中国化》，商务印书馆2010年版，第419页。原文注：本文为作者于1926年4月在美国哥伦比亚大学就学时的作品，载于《留美学生季报》第11卷第3号。

民间文学搜集整理工作既具有文化属性，又具有政治属性。

1985 年，费孝通在《社会调查自白》一文中指出：

> 从我国历史上看，中国人开始使用"民族"这个词汇，是在汉族人民反对清朝统治中国的时候。"民族"这个词可能是梁启超那批人从日本引进的。满清统治者对其他民族的歧视和压迫，激起各族人民强烈的民族自我意识和民族尊严感，又在各民族共同反抗外国帝国主义列强的斗争中，出现一个中华民族的概念。①

以上文字有两点值得注意。第一，这里存在一个民族层次的问题，即在中华民族的内部，我们有汉、蒙、藏等不同的民族。第二，"民族"和"中华民族"两个概念是近现代以来出现，并固定下来的，但中华民族实质性的凝成是一个历史过程。新中国成立初期搜集整理内蒙古民间文学中的蒙古族民间文学时，汉译了大量的蒙古族民间文学，这有利于蒙古族民间文学的传播，促进各民族民间文学的交流，增进民族团结。蒙古族和其他民族民间文学有一定渊源，反映了我国各民族在历史进程中的文化交流情况。

杨堃在《周总理关怀民族学研究》一文中，引述了周恩来总理对于我们没有照搬"苏联模式"采取民族自决，而是采取民族区域自治政策的原因②。首先，历史上我们就是一个统一的多民族国家，我们有统一的政治、文化基础，这也是我们能够实行民族区域自治制度的主要原因。其次，我们是在与帝国主义的对抗中，形成了明确的作为统一的中华民族共同的民族意识，即梁启超"谓对他而自觉为我"③。

义都合西格主编《蒙古民族通史》（全 5 卷）④、《蒙古族简史》修订本编写组编《蒙古族简史》⑤ 和田晓岫著《中华民族发展史》等书都介

① 费孝通：《社会调查自白》，《学术自述与反思：费孝通学术文集》，生活·读书·新知三联书店 1996 年版，第 24—25 页。
② 杨堃：《周总理关怀民族学研究》，《中国民族》1982 年第 2 期。
③ 梁启超：《中国历史上民族之研究》，《饮冰室合集》（八），中华书局 1989 年版，第 1 页。
④ 义都合西格主编：《蒙古民族通史》，内蒙古大学出版社 2002 年版。
⑤ 《蒙古族简史》修订本编写组编：《蒙古族简史》，民族出版社 2009 年版。

绍了蒙古族的民族史①。通过阅读蒙古族的民族史，可以从蒙古族与汉族，以及藏族等我国其他少数民族的历史交流，分析各民族之间的文化交流。

在少数民族地区社会历史调查方面，林耀华在《民族学研究》中指出：

> 早在延安时代对于回族和蒙古族的历史和社会研究，就是在党的领导下，用马列主义立场、观点和方法分析研究民族问题的。②
>
> 1950 年—1956 年期间，民族学工作者在参加中央派赴各少数民族地区的访问团或工作队的工作中，在以调查组的名义参加各少数民族地区的调查研究团体时，都是首先在民族地区摸清基本情况，初步了解各个少数民族社会经济的发展阶段、阶级状态以及民族之间的关系等等，以便提供进行民族工作、制定具体民族方针政策的依据。③

党重视民族问题，从延安时期开始，就对蒙古族历史社会情况进行调查，新中国成立初期，开展大规模的少数民族社会调查。这有利于我们从整体上了解民族地区的发展现状。

1956 年，费孝通在《开展少数民族地区调查研究工作》一文中也介绍道："最近全国人民代表大会民族委员会组织科学研究工作人员，到少数民族地区进行各民族社会历史情况的调查研究工作，要求在 4 年到 7 年内，基本弄清楚各主要少数民族的社会经济结构，调查各民族的社会生产力、社会所有制和阶级情况，尽可能收集历史发展资料和特殊的风俗习惯，进而对各民族历史作系统的研究。"④

在民族识别方面，林耀华在《民族学研究》中指出："解放后的头几年中，民族学工作者在民族识别方面，做了大量的调查研究工作。"林耀华参与了 20 世纪 50 年代初期的内蒙古民族文化调查工作，当时的内蒙古民间文艺搜集工作包括在调查范围之内。

---

① 田晓岫：《中华民族发展史》，华夏出版社 2001 年版。
② 林耀华：《民族学研究》，中国社会科学出版社 1985 年版，第 78—79 页。
③ 林耀华：《民族学研究》，中国社会科学出版社 1985 年版，第 81 页。
④ 费孝通：《开展少数民族地区调查研究工作》，《费孝通民族研究文集》，民族出版社 1988 年版，第 115 页。

　　中央民族学院图书馆编印的《少数民族研究资料索引》第1—4辑收录了自北京解放至1956年12月国内各地期刊所载的重要文章篇目，资料覆盖政治、经济、社会、文化、民间文艺各方面，分为马列主义民族问题理论、我国民族政策、民族工作和全国各民族综合介绍，各地区少数民族介绍和各少数民族情况三大类内容①，为本书研究提供了宝贵资料线索。

　　本书的结构，分为绪论、正文和结论三部分。正文五章。第一章，内蒙古民间文艺搜集整理成果与体裁分布，按照搜查作品的体裁分类，对1947年至1966年，尤其是1949年至1959年搜集出版的内蒙古民间文艺作品进行梳理。第二章，新中国成立初期内蒙古民间文学搜集整理第一阶段代表作，时段为1949年至1953年，重点讨论体裁为内蒙古民歌、史诗和民间叙事诗，搜查工作分析个案《东蒙民歌选》《爬山歌》和《嘎达梅林》。第三章，新中国成立初期内蒙古民间文学搜集整理第二阶段代表作，时段为1954年至1956年，重点讨论体裁为内蒙古故事和笑话，搜集工作分析个案为孙剑冰搜集乌拉特前旗故事和陈清漳等搜集的巴拉根仓笑话。第四章，新中国成立初期内蒙古民间文学搜集整理第三阶段代表作，时段为1957年至1959年，重点讨论体裁为内蒙古民歌，分析个案为内蒙古新民歌运动，《中国民间故事选》的编选工作，二人台、好来宝和蒙古族舞蹈的代表作。第五章，新中国成立初期内蒙古地区民间文学搜集整理工作的基本模式与历史经验，比较了国家搜集与地区性搜集，工作式搜集与民族性搜集的四种模式，总结了内蒙古民间文艺搜集整理史在思想观念和原则方法方面对今天民族民间文艺搜集整理工作的借鉴意义。

---

　　①　中央民族学院图书馆编印：《少数民族研究资料索引》（第1辑），1954年。中央民族学院图书馆编印：《少数民族研究资料索引》（第2辑），1955年。中央民族学院图书馆编印：《少数民族研究资料索引》（第3辑），1956年。中央民族学院图书馆编印：《少数民族研究资料索引》（第4辑），1957年。

第一章　内蒙古民间文艺搜集成果与体裁分布

本章专门梳理新中国成立初期内蒙古民间文艺搜集史的轮廓，重要指以 1947 年至 1966 年，尤其是 1949 年至 1959 年的搜集成果，使用笔者目前搜集到的文献资料，按照民歌、民间故事、笑话、史诗、民间叙事诗、民间戏曲、民间舞蹈等体裁分类，按照作品搜集出版时间顺序进行梳理，通过概述这一时期搜集整理的作品的出版背景，版本信息，主要题材和内容，地位和影响等，从整体上呈现内蒙古民间文艺的搜集整理成果。

第一节　内蒙古民歌的搜集整理

钟敬文主编的《民间文学概论》指出："民间歌谣是人民集体的口头诗歌创作，属于民间文学中可以歌唱和吟诵的韵文部分。它具有特殊的节奏、音韵、章句和曲调等形式特征，并以短小或比较短小的篇幅和抒情的性质与史诗、民间叙事诗、民间说唱等其他民间韵文形式相区别。"①1949 年至 1959 年，内蒙古地区民歌体裁的搜集与整理，在内蒙古民间文学整体搜集与整理工作中是最突出的。本节目前共搜集内蒙古民歌作品 112 种，本书以 80 个词条形式，重点从内蒙古、北京、上海这三个较为集中的出版地及其他出版地分别对内蒙古民歌作品进行概述。

一　在内蒙古出版的民歌

内蒙古地区是内蒙古民歌的创作②和搜集地点，这一出版地的出版成果直接反映了当地的民间文艺发展的情况和内蒙古民间文艺搜集工作的成

---

① 钟敬文主编：《民间文学概论》，高等教育出版社 2010 年版，第 173 页。
② 此处的创作指内蒙古新民歌创作。

绩。1949 年至 1959 年，本书目前共搜集了 46 种主要在内蒙古出版的内蒙古民歌作品，分为 42 个词条对其版本、地位和主要内容进行概述，同一作品的不同版本将收录在同一词条内，不同版本若出版地不同，以最初版本为准建立词条，以代表性作品作为词条名称，并标注作品的出版年份，排列顺序按照初版时间先后。

《东蒙民歌选》（1949—1956）。1949 年初，著名的《蒙古民歌集》出版。它的搜集和印行经历了一段过程。1 月 1 日，由冀察热辽联合大学蒙古自治学院和鲁迅艺术文学院合编《内蒙民歌》印行，但这还不是正式的出版物[1]。

1949 年，内蒙古日报出版发行部出版了东北文协文工团辑《蒙古民歌集》（蒙汉文对照）[2]。从此，这部新中国成立初期内蒙古民间文艺搜集代表作正式诞生了。1950 年，钟敬文在《一年来的新民间文艺学活动》中，总结新中国成立一年内的民间文艺搜集整理工作时评价道：“在这种出版物中比较优秀的，要算去年 11 月出版的、安波编辑的《蒙古民歌集》。这不但是介绍我们兄弟民族（蒙古族）民歌的第一个集子，而且就它的数量或质量看，也都是值得我们称许的。”[3]

在此书的基础上，1952 年，上海新文艺出版社出版了安波、许直合编《东蒙民歌选》[4]。安波在《编后记》中指出，“今年六月，中国民间文艺研究会即给我以任务，要我重新加以编选，并编成汉文歌词，配上曲调”[5]。

1956 年，上海新文艺出版社出版了中国民间文艺研究会主编，安波、许直合编《内蒙东部区民歌选》[6]，这是 1952 年版《东蒙民歌选》的第三

---

① 联大蒙自、鲁艺合编：《内蒙民歌》（油印本），印行时间：1949 年 1 月 1 日。

② 东北文协文工团辑：《蒙古民歌集》（蒙汉文对照），内蒙古日报出版发行部 1949 年版。

③ 钟敬文：《一年来的新民间文艺学活动》，《民间文艺学及其历史》，山东教育出版社 1998 年版，第 495—496 页。落款："1950 年 9 月 18 日北京"。

④ 东北文协文工团辑：《蒙古民歌集》（蒙汉文对照），内蒙古日报出版发行部 1949 年版。安波、许直合编《东蒙民歌选》，新文艺出版社 1952 年版。安波在《东蒙民歌选》的《编后记》中指出："现在本集中所用的材料，主要是选自东北文协文工团出的本子，有一些是未发表过的，有一些是选自内蒙文工团油印出版的'蒙古民歌集'。"安波：《编后记》，安波、许直合编《东蒙民歌选》，新文艺出版社 1952 年版。落款时间："1950 年 8 月 25 日于北京"。

⑤ 安波：《编后记》，安波、许直合编《东蒙民歌选》，新文艺出版社 1952 年版，第 332 页。

⑥ 安波、许直合编：《内蒙东部区民歌选》，新文艺出版社 1956 年版。

次印刷本，只是书名使用概念的变化，内容完全一致。

《内蒙古民歌》（1954—1958）。1954 年，内蒙古人民出版社出版了内蒙古歌舞剧团编，奥其、松来合译的《内蒙古民歌》①。

1958 年，北京通俗文艺出版社出版了中国民间文艺研究会主编，奥其、松来合译的《内蒙古民歌》②。译者奥其、松来在 1958 年版《内蒙古民歌》的《后记》中指出："这些民歌大部分是流传在内蒙古自治区东部的半农半牧区的，其中很少一部分是流传在内蒙古锡林郭勒盟、察哈尔盟草原的。"③《后记》中还指出，这些民歌是在内蒙古自治区文化主管部分的督促和帮助下搜集、整理和翻译的，曲调大部分是通福搜集的，1954 年曾由内蒙古人民出版社出版（即上一条目），1958 年版《内蒙古民歌》在重印 1954 年版的基础上，对原来的译文进行了修改④。

《内蒙古自治区诗歌选集（1947—1957）》（1957）。1957 年，内蒙古人民出版社出版了内蒙古自治区成立十周年纪念文艺作品选集编辑委员会编《内蒙古自治区诗歌选集（1947—1957）》⑤。1956 年，内蒙古自治区成立十周年纪念文艺作品选集编辑委员会在《编辑说明》中指出，这本选集"汇集了我区十年来较好的作品"，用以展现十年来内蒙古自治区文学艺术创作发展的概貌，并作为对内蒙古自治区成立十周年的献礼⑥。该集共收录 45 首优秀的诗歌作品。在主题方面，有歌颂祖国，歌颂毛主席的诗歌，如著名蒙古族作曲家美丽其格的《举杯祝福毛主席》⑦，蒙古族著名诗人巴·布林贝赫的《心与乳》⑧，达斡尔族著名民族文学家孟和

---

① 奥其、松来合译：《内蒙古民歌》，内蒙古人民出版社 1954 年版。

② 奥其、松来合译：《内蒙古民歌》，通俗文艺出版社 1958 年版。

③ 奥其、松来：《后记》，奥其、松来合译《内蒙古民歌》，通俗文艺出版社 1958 年版，第 166 页。落款时间："一九五七年五月"。

④ 奥其、松来：《后记》，奥其、松来合译《内蒙古民歌》，通俗文艺出版社 1958 年版，第 166—167 页。

⑤ 内蒙古自治区成立十周年纪念文艺作品选集编辑委员会编：《内蒙古自治区诗歌选集（1947—1957）》，内蒙古人民出版社 1957 年版。

⑥ 内蒙古自治区成立十周年纪念文艺作品选集编辑委员会《编辑说明》，《内蒙古自治区诗歌选集（1947—1957）》，内蒙古人民出版社 1957 年版。落款时间："1956 年 11 月 5 日"。位于扉页，无页码。

⑦ 美丽其格：《举杯祝福毛主席》，内蒙古自治区成立十周年纪念文艺作品选集编辑委员会编《内蒙古自治区诗歌选集（1947—1957）》，内蒙古人民出版社 1957 年版，第 1—2 页。

⑧ 巴·布林贝赫：《心与乳》，德·白彦、李永年合译，内蒙古自治区成立十周年纪念文艺作品选集编辑委员会编《内蒙古自治区诗歌选集（1947—1957）》，内蒙古人民出版社 1957 年版，第 3—4 页。

博彦的《啊，祖国，亲爱的祖国》①，蒙古族著名民间艺人色拉西的《马头琴手的歌》②；有歌颂社会主义建设和新生活的诗歌，如蒙古族著名诗人纳·赛音朝克图的《幸福和友谊——在锡林郭勒盟"那达慕"大会上》和《蓝色软缎的"特尔力克"》③，蒙古族著名民间艺人毛依罕的长诗《铁犍牛》④，蒙古族著名诗人巴·布林贝赫的《你好，春天》⑤；有歌颂祖国和人民军队的诗歌，如蒙古族著名诗人巴·布林贝赫的《心之歌——当我带上全国人民慰问解放军代表团赠给的纪念章》⑥，还有表达热爱家乡山河，歌颂人民劳动和新生活，思念台湾同胞的诗歌等。

《咱们农民爱唱歌：内蒙古新民歌》（1958）。1958 年，内蒙古人民出版社出版了王世一改编《咱们农民爱唱歌：内蒙古新民歌》。其《后记》指出，王世一改编这本民歌的初衷，是想通过配曲调的方式方便民歌的传唱，以提升民歌在民众中的流传度⑦。王世一在这本民歌集中编入了 20 首民歌，包括序歌《咱们农民爱唱歌》⑧，内蒙古西部区民歌《人民

---

① 孟和博彦：《啊，祖国，亲爱的祖国》，内蒙古自治区成立十周年纪念文艺作品选集编辑委员会《内蒙古自治区诗歌选集（1947—1957）》，内蒙古人民出版社 1957 年版，第 13—14 页。

② 色拉西：《马头琴手的歌》，周戈整理，内蒙古自治区成立十周年纪念文艺作品选集编辑委员会《内蒙古自治区诗歌选集（1947—1957）》，内蒙古人民出版社 1957 年版，第 15 页。落款时间："1950 年"。

③ 纳·赛音朝克图：《幸福和友谊——在锡林郭勒盟"那达慕"大会上》，奥其译，内蒙古自治区成立十周年纪念文艺作品选集编辑委员会编《内蒙古自治区诗歌选集（1947—1957）》，内蒙古人民出版社 1957 年版，第 20—24 页。落款时间："1954 年 7 月 25 日"。纳·赛音朝克图：《蓝色软缎的"特尔力克"》，胡尔查、漠南译，内蒙古自治区成立十周年纪念文艺作品选集编辑委员会编《内蒙古自治区诗歌选集（1947—1957）》，内蒙古人民出版社 1957 年版，第 25—28 页。

④ 毛依罕：《铁犍牛》，漠南译，内蒙古自治区成立十周年纪念文艺作品选集编辑委员会编《内蒙古自治区诗歌选集（1947—1957）》，内蒙古人民出版社 1957 年版，第 29—43 页。落款时间："1955 年 4 月 19 日"。

⑤ 巴·布林贝赫：《你好，春天》，奥其译，内蒙古自治区成立十周年纪念文艺作品选集编辑委员会编《内蒙古自治区诗歌选集（1947—1957）》，内蒙古人民出版社 1957 年版，第 44—46 页。

⑥ 巴·布林贝赫：《心之歌——当我带上全国人民慰问解放军代表团赠给的纪念章》，奥其译，内蒙古自治区成立十周年纪念文艺作品选集编辑委员会编：《内蒙古自治区诗歌选集（1947—1957）》，内蒙古人民出版社 1957 年版，第 93—94 页。

⑦ 王世一：《后记》，王世一编《咱们农民爱唱歌：内蒙古新民歌》，内蒙古人民出版社 1958 年版，第 22 页。

⑧ 王世一编：《咱们农民爱唱歌：内蒙古新民歌》，内蒙古人民出版社 1958 年版，第 1—2 页。

领袖毛泽东》《永远跟着共产党》和《人人贯彻总路线》等 6 首民歌，表达了对党和毛主席和国家政策的歌颂①，内蒙古西部区民歌《四季生产小唱》《社会主义有奔头》和《太阳出来红又圆》等 8 首民歌表达了人们高涨的社会主义生产建设热情②，还有表达民众渴求文化知识的《学文化》③，情歌 3 首如《山歌唱在妹心窝》④，儿歌如《红领巾》⑤。整体上，都是在党和国家的社会主义建设号召下，表现民众生产热情的民歌，情歌的歌词表现的也是青年男女在生产劳动中的爱情。

《内蒙古跃进民歌选》（1958）。1958 年，内蒙古人民出版社出版了中国作家协会内蒙古分会编《内蒙古跃进民歌选》⑥。1958 年中国作家协会内蒙古分会编《内蒙古跃进民歌选》的《前言》指出了内蒙古地区的多民族性："各族的民歌是多姿多采的。象蒙族的叙事诗、鄂温克族的民间抒情诗、鄂伦春族的民间短歌、达斡尔族的民间神话传说、汉族的爬山歌等都是富有民族和地方特色的。"⑦ 在题材方面，涉及工业、农业、牧业、林业等生产、生活领域，新民歌内容丰富，形式多样。

1958 年至 1959 年，内蒙古人民出版社出版了内蒙古群众艺术馆编辑的一系列民歌集。

《内蒙古新歌谣》（1958）。1958 年，内蒙古人民出版社出版了内蒙古群众艺术馆《内蒙古新歌谣》⑧。1958 年，内蒙古群众艺术馆编《内蒙古新歌谣》的《前言》指出，蒙古族有着深厚的民歌传统，在新时代通过创作新民歌，反映民众对党和国家政策的歌颂，和对社会主义生产建

---

① 王世一编：《咱们农民爱唱歌：内蒙古新民歌》，内蒙古人民出版社 1958 年版，第 2—8 页。

② 王世一编：《咱们农民爱唱歌：内蒙古新民歌》，内蒙古人民出版社 1958 年版，第 8—16 页。

③ 王世一编：《咱们农民爱唱歌：内蒙古新民歌》，内蒙古人民出版社 1958 年版，第 16—17 页。

④ 王世一编：《咱们农民爱唱歌：内蒙古新民歌》，内蒙古人民出版社 1958 年版，第 17—20 页。

⑤ 王世一编：《咱们农民爱唱歌：内蒙古新民歌》，内蒙古人民出版社 1958 年版，第 20—21 页。

⑥ 中国作家协会内蒙古分会编：《内蒙古跃进民歌选》，内蒙古人民出版社 1958 年版。

⑦ 中国作家协会内蒙古分会：《前言》，中国作家协会内蒙古分会编：《内蒙古跃进民歌选》，内蒙古人民出版社 1958 年版，第 1 页。落款时间："1958 年 6 月 14 日"。

⑧ 内蒙古群众艺术馆编：《内蒙古新歌谣》，内蒙古人民出版社 1958 年版。

设的热情①。《前言》还说明这本歌谣集是为响应地方党委的号召，同时为党的生日献礼，各省都编辑了这类作品集②。

《台湾一定要解放：内蒙古新歌谣》（1959）。1959 年，内蒙古人民出版社出版了内蒙古群众艺术馆编《台湾一定要解放：内蒙古新歌谣》。《台湾一定要解放：内蒙古新歌谣》包括四个主题，共 51 首歌谣，即："东风早已压西风"（12 首）、"台湾一定要解放"（27 首）"六亿人民齐武装"（8 首）和"中东人民力量大"（4 首）。这本歌谣集痛斥了英美的强盗行为，赞颂了苏联和我们的祖国和人民，表达了要解放台湾的决心。

《总路线闪金光：内蒙古新歌谣》（1959）。1959 年，内蒙古人民出版社出版了内蒙古群众艺术馆编《总路线闪金光：内蒙古新歌谣》。《总路线闪金光：内蒙古新歌谣》包括两个主题，共 35 首歌谣，分别是：齐声歌唱总路线（13 首）和总路线红旗遍地插（32 首）。表达了人民对党的社会主义总路线方针的拥护和歌颂。

《举杯同庆丰收年：内蒙古新歌谣》（1959）。1959 年，内蒙古人民出版社出版了内蒙古群众艺术馆编《举杯同庆丰收年：内蒙古新歌谣》。《举杯同庆丰收年：内蒙古新歌谣》收录了 3 类民歌，分别是："金山银山顶破天"（20 首）、"举杯同庆丰收年"（20 首）、"欢欢喜喜送公粮"（3 首）。三类民歌均属于新民歌，反映了蒙古族在社会主义社会中的生产和收获民俗，表达了民众丰收的喜悦和幸福。

《党的恩情深似海：内蒙古新歌谣》（1959）。1959 年，内蒙古人民出版社出版了内蒙古群众艺术馆编《党的恩情深似海：内蒙古新歌谣》。《党的恩情深似海：内蒙古新歌谣》分为两部分："共产党的恩情深似海"（32 首），歌颂了中国共产党、毛主席、共产主义；"东风越刮越强大"（15 首），表达对美英帝国的藐视和坚决的斗争精神，歌颂了强大的祖国和社会主义社会，歌颂了中苏友谊，并对苏联社会主义和卫星科技表示赞叹。

《万道金线照草原：内蒙古新歌谣》（1959）。1959 年，内蒙古人民出版社出版了内蒙古群众艺术馆编《万道金线照草原：内蒙古新歌谣》。

---

① 内蒙古群众艺术馆：《前言》，内蒙古群众艺术馆编《内蒙古新歌谣》，内蒙古人民出版社 1958 年版，第 1 页。落款时间："1958 年 6 月 16 日"。

② 内蒙古群众艺术馆：《前言》，内蒙古群众艺术馆编《内蒙古新歌谣》，内蒙古人民出版社 1958 年版，第 2 页。

《万道金线照草原：内蒙古新歌谣》分为 3 部分："民族政策象彩霞"（31首），表达了民众对共产党、毛主席和党的政策的拥护和感激之情，指出在社会主义总路线政策下，蒙古族人民生产丰收、生活富足，接触到了先进的科技，各族人民紧密团结在一起；"星星不如牛羊多"（26 首），描绘了水草肥美，牛羊成群的繁荣的牧业发展状况，号召民众学习文化，搞好绿化；"你的亲人不会给你丢脸"（2 首），表达了要将青春贡献给合作社生产发展，鼓励民众勇敢地向前走。

《风吹谷穗刷刷响：内蒙古新歌谣》（1959）。1959 年，内蒙古人民出版社出版了内蒙古群众艺术馆编《风吹谷穗刷刷响：内蒙古新歌谣》。1959 年内蒙古群众艺术馆编《风吹谷穗刷刷响：内蒙古新歌谣》分为 3部分："风吹谷穗刷刷响"（27 首），反映了粮食颗粒饱满，农业丰收的景象，表达了对共产党、社会主义优越性的赞美；"深翻三尺流黄金"（19 首），指出深耕丰收的道理，表达了不怕吃苦、再创丰收的心愿。"送公粮"（3 首），反映了劳动人民收获粮食后送公的生产活动。

《一道金桥通天堂：内蒙古新歌谣》（1959）。1959 年，内蒙古人民出版社出版了内蒙古群众艺术馆编《一道金桥通天堂：内蒙古新歌谣》。《一道金桥通天堂：内蒙古新歌谣》分为两部分："红旗遍地光闪闪"（16首），歌颂了我国的总路线方针政策，号召民众解放思想、破除迷信，表达了民众奔向社会主义幸福生活的喜悦；"井如星布渠如网"（33 首），描绘了我国水利建设的巨大成就，水渠、水库、水车的修建使人们不再向龙王求雨，就有足够的水进行生产建设，提高了防灾、减灾能力，促进了农业的丰收。

《万民欢腾庆丰年：内蒙古新歌谣》（1959）。1959 年，内蒙古人民出版社出版了内蒙古群众艺术馆编《万民欢腾庆丰年：内蒙古新歌谣》。《万民欢腾庆丰年：内蒙古新歌谣》，分为两部分："麦垛顶破九重天"（31 首），描述了大丰收的场景，歌颂了人民的力量，指出粮食丰收空前，表达了对毛主席的感谢和报答之意；"杨柳成行象花园"（24 首），反映了蒙古族地区的绿化工作，美化环境，又有利于发展生产，表达了民众进行绿化的喜悦和对幸福生活的热望。

《万马奔腾上云霄：内蒙古新歌谣》（1959）。1959 年，内蒙古人民出版社出版了内蒙古群众艺术馆编《万马奔腾上云霄：内蒙古新歌谣》。《万马奔腾上云霄：内蒙古新歌谣》分为 4 部分："跃进歌儿大家唱"（11 首），歌颂了跃进民歌鼓舞生产的作用和教育文化功能，表达了民众在生产方面要超过英国、美国的雄心；"斩断黄河灌四方"（11 首），表达了民众渴望以火箭速度跃进的急迫心情和艰苦奋斗的决心；"干劲冲破天"（10 首），表现了民众渴望短时高效进行生产大跃进的信念，希望建设社会主义，快速实现共产主义；"万马奔腾上云霄"（13 首），表达了民众在新时代的跃进干劲，渴望早日实现生产飞跃，迎来社会主义和共产主义。

《兴修水利保丰收：内蒙古新歌谣》（1959）。1959 年，内蒙古人民出版社出版了内蒙古群众艺术馆编《兴修水利保丰收：内蒙古新歌谣》。《兴修水利保丰收：内蒙古新歌谣》包括两部分："如今治水党领导"（36 首），表达了民众对中国共产党领导治水的拥戴，和破除对龙王的迷信，不再求龙王降雨，同时也描述了人民在党的领导下抗洪救灾、引水下山、蓄水灌溉等保障生产的实践活动；"人人不理老龙王"（14 首），民众认识到了自身的力量，表达了不再依赖于"龙王"信仰，要战胜自然的意志，在共产党的领导下，农民修建起水利工程，某种程度上可以有效地缓解干旱洪涝给农业生产带来的灾难，保障农业丰收。

《田里肥足出黄金：内蒙古新歌谣》（1959）。1959 年，内蒙古人民出版社出版了内蒙古群众艺术馆编《田里肥足出黄金：内蒙古新歌谣》。《田里肥足出黄金：内蒙古新歌谣》分为两部分："田里肥足出黄金"（27 首），民众对粪肥的使用经验进行总结，指出粪肥对作物生长的益处，可以大大增产，同时还描述了民众积粪、挑粪、拣粪和送粪等活动的生活画面，表现了民众对生产、生活的热情，反映了劳动人民勤劳、朴实和乐观的进取精神；"深翻土地能增产"（24 首），民众指出要深耕，要多翻地，这样才能高产，反映了民众不怕苦累，力争高产的决心和期待。

《努力攻下文化山：内蒙古新歌谣》（1959）。1959 年，内蒙古人民出版社出版了内蒙古群众艺术馆编《努力攻下文化山：内蒙古新歌谣》。《努力攻下文化山：内蒙古新歌谣》分为 3 部分，分别是："学习文化好处多"（9 首），指出学习文化后，从生产建设角度，能学习知识、发展技术，促进粮食增产，从个人生活角度，能了解国家大事，写信、看报；"努力攻下文化山"（37 首），民众在农业生产的同时，抓紧时间学习文化知识，反映了蒙古社会劳动人民普及知识的学习实践活动；"一个文盲也不剩"（13 首），展现了农民解放思想，渴求知识，开展告别文盲的文化跃进。

《乌拉山前翻铁浪：内蒙古新歌谣》（1959）。1959 年，内蒙古人民出版社出版了内蒙古群众艺术馆编《乌拉山前翻铁浪：内蒙古新歌谣》。《乌拉山前翻铁浪：内蒙古新歌谣》分为 4 部分："白云山顶金光照"（6首），对朱德副主席来到草原表示热烈的欢迎，对党的无微不至的关怀表示感激，蒙古民众纷纷表示要更努力搞好工农业生产；"烟囱林立遍草原"（17 首），展现了蒙古民众发展钢铁工业的信念，在党的领导下，发展工业的同时，努力学习文化知识，把超过英美作为发展目标，表达了对未来幸福生活的期望；"钢铁指标赛火箭"（18 首），把钢铁生产成果归功于党的领导，人民学习知识、钻研技术、连续作战，争取更大的工业成绩；"车间象战场"（33 首），刷油漆、剪板、电焊、吹风，形成热烈的工业画面，工人们为了发展社会主义生产忙碌又充满喜悦。

《公社好像幸福桥：内蒙古新歌谣》（1959）。 1959 年，内蒙古人民出版社出版了内蒙古群众艺术馆编《公社好像幸福桥：内蒙古新歌谣》。《公社好像幸福桥：内蒙古新歌谣》分为两部分："一代辛苦万代甜"（30首），表达了民众对人民公社制度的歌颂，指出公社促进了工农林牧各业的发展，促进工农商学兵各行各业人群的交流与融合，群策群力，合理经营，优化资源配置，表达了人民对共产主义社会的向往；"人民公社万里香"（19 首），歌颂了公社大炼钢铁的实践活动，在人民公社中，民众一起吃饭，一起生产，以公社为家，表达了对共产主义和毛主席的歌颂和对未来幸福生活的期盼。

《钢城歌声更动人：内蒙古新歌谣》（1959）。 1959 年，内蒙古人民出版社出版了内蒙古群众艺术馆编《钢城歌声更动人：内蒙古新歌谣》。《钢城歌声更动人：内蒙古新歌谣》包括两部分，分别是："鼓足干劲建包钢"（16 首），民众用民歌描绘了生活环境由山沟到工业城的变化，歌颂了党的领导，显示了人民不怕苦累的精神和大力发展生产，实现工业跃进、建设祖国、超过英国的心愿；"春色满园一片新"（34 首），歌颂了我国工人阶级的力量，如生产工人、建筑工人，表达了对总路线的拥护和跃进建设社会主义的决心。

《英雄修渠捉活龙：内蒙古新歌谣》（1959）。 1959 年，内蒙古人民出版社出版了内蒙古群众艺术馆编《英雄修渠捉活龙：内蒙古新歌谣》。《英雄修渠捉活龙：内蒙古新歌谣》分为两部分："英雄突破水利关"（37首），描述了人民克服困难、建设水库、修建水渠的过程，以响应毛主席大生产的号召，显示了民众的劳动热情和不怕辛劳的乐观精神；"气死龙王"（11首），反映了民众不再寄希望于龙王降水或止水来调节旱涝，而是靠水利建设实现防灾、减灾，保证农业丰产。

《工业开花遍地红：内蒙古新歌谣》（1959）。1959年，内蒙古人民出版社出版了内蒙古群众艺术馆编《工业开花遍地红：内蒙古新歌谣》。《工业开花遍地红：内蒙古新歌谣》分为3部分，分别是："机器轰隆连天响"（18首），歌颂了党和毛主席的思想领导，反映了农村、城市为实现工业化而进行的厂矿建设，表现了民众渴望实现工业大跃进的决心；"山内开出各种宝"（7首），写出了民众到山里勘探，夜以继日地开矿和工业生产，努力实现社会主义的生产实践；"深山僻野放光芒"（14首），水电站的建设给人们带来了光明，人们运用技术和智慧炼钢、修水库、修铁路、修大桥，给社会主义生活带来了希望。

《技术革命开了花：内蒙古新歌谣》（1959）。1959年，内蒙古人民出版社出版了内蒙古群众艺术馆编《技术革命开了花：内蒙古新歌谣》。《技术革命开了花：内蒙古新歌谣》分为3部分，分别是："群众智慧赛孔明"（22首），指出技术对发展农业生产的重要性，反映了农民动脑筋革新技术、创造新机器、实现机械化的技术革命，实现生产跃进，赶超英国；"技术命革开了花"（9首），歌颂了劳动人民的智慧，在党的领导下，解放思想、改良生产工具，早日实现生产跃进、建设社会主义；"如今的娃娃真听话"（11首），赞扬了少先队员和小朋友在总路线的指引下，一方面努力学习文化知识，另一方面承担一定的生产劳动，除此还负责看守家院、看护家畜和照顾弟妹等工作。

《总路线带来阳春天：内蒙古新歌谣》（1959）。1959年，内蒙古人民出版社出版了内蒙古群众艺术馆编《总路线带来阳春天：内蒙古新歌谣》。《总路线带来阳春天：内蒙古新歌谣》包括3部分内容："党的恩情万丈长"（16首），表达了人民对共产党和毛主席的歌颂，是党给草原人民带来了解放和好生活；"齐看旭日升起来"（23首），表达对党的感激之情，歌颂了总路线，表达了对共产主义社会的期盼；"总路线带来一片新气象"（5首），指出总路线提出后，在技术和文化上都有所飞跃，总路线给人民生产跃进带来了无穷的力量。

《千万土炉赛鞍钢：内蒙古新歌谣》（1959）。1959年，内蒙古人民出版社出版了内蒙古群众艺术馆编《千万土炉赛鞍钢：内蒙古新歌谣》。《千万土炉赛鞍钢：内蒙古新歌谣》分为两部分："钢帅红旗随风飘"（30

首),写出了内蒙古地区高炉遍地的热烈的生产画面,内蒙古人民唱民歌歌颂生产跃进,歌颂祖国,歌颂全国人民齐心协力共建社会主义社会;"采回矿石千万吨"(22首),写出了男女老少总动员,一起开采矿石的生产热情,歌颂了民众不怕苦累、大炼钢铁的生产活动,表达了民众渴望早日实现工业化、赶超英美的心愿。

《青水笑着上山坡:内蒙古新歌谣》(1959)。1959年,内蒙古人民出版社出版了内蒙古群众艺术馆编《青水笑着上山坡:内蒙古新歌谣》。《青水笑着上山坡:内蒙古新歌谣》分为两部分:"青水笑着上山坡"(29首),描写了内蒙古人民打井修渠、引水上山,积极兴建水利灌溉工程的劳动实践,体现水利工程对农业、畜牧业生产的重要意义,水源即粮源;"一担挑走两座山"(17首),描绘了劳动人民在大山里合理配置土地资源,让碱地、沙地、梁地和滩地都变成可利用的资源,反映了劳动人民起早贪黑、不怕苦累的劳动热情,和取得丰硕果实后的喜悦心情。

《文化给咱添翅膀:内蒙古新歌谣》(1959)。1959年,内蒙古人民出版社出版了内蒙古群众艺术馆编《文化给咱添翅膀:内蒙古新歌谣》。《文化给咱添翅膀:内蒙古新歌谣》分为4部分,分别是:"劳动学习双跃进"(22首)描绘了民众在全国扫盲的号召下,学习生字、算术,阅读报纸等热烈的学习场面,强调学习知识对提高文化素质、改善生产技术,方便日常生活的重要性;"师生下田红又专"(15首),叙述了老师和学生在学习文化知识的同时,走上生产一线,参与农业生产和工业生产的劳动实践,表达师生对社会主义建设的热情,将书本知识与劳动实践紧密结合;"新情歌"(5首),描绘的是建立在劳动生产基础上的爱情,表达了民众丰产的心愿;"儿歌"(3首),写出了小朋友努力学习文化知识,同时从小就养成了积极的劳动意识。

《总路线歌大家唱:内蒙古新歌谣》(1959)。1959年,内蒙古人民出版社出版了内蒙古群众艺术馆编《总路线歌大家唱:内蒙古新歌谣》。《总路线歌大家唱:内蒙古新歌谣》分为3部分,分别是:"总路线是幸福桥"(22首),表达民众热爱毛主席,拥护总路线的激动心情,有了总路线就有了奋勇前进的方向;"海能填平山能搬"(22首),表现了民众在总路线指引下,实现社会主义农业和工业生产跃进的决心;"幸福花开人人笑"(16首),表达了民众对总路线指引的社会主义社会的期待,对国富民强、生活富足的未来的期盼。

《一担粪土一石粮：内蒙古新歌谣》（1959）。1959 年，内蒙古人民出版社出版了内蒙古群众艺术馆编《一担粪土一石粮：内蒙古新歌谣》。《一担粪土一石粮：内蒙古新歌谣》分为两部分，分别是："地不上粪不打粮"（38 首），描述了民众对粪肥、水肥和灰肥等肥料的运用和拣粪、送粪、积肥、施肥、追肥的劳动过程，强调了粪肥对促进农作物生长、提高农业产量的重要作用；"新情歌"（17 首），表现了青年男女把水利建设，工农业生产，学习文化知识等社会主义建设事业放在首位的新时期爱情观。

《英雄眼中无困难：内蒙古新歌谣》（1959）。1959 年，内蒙古人民出版社出版了内蒙古群众艺术馆编《英雄眼中无困难：内蒙古新歌谣》。《英雄眼中无困难：内蒙古新歌谣》分为 3 部分，分别是："英雄眼中无困难"（13 首），表现了民众在工农业生产过程中积极战胜困难、保障生产的乐观主义精神，劳动妇女在生产过程中努力争先，发挥了重要作用；"生产大军似条龙"（23 首），描述了男女老少、干部群众、村村户户争当劳动英雄的生产总动员，表达了民众对早日建成社会主义社会的期盼；"嫦娥也要下凡尘"（13 首），描绘了民众在农业生产上的跃进激情和心愿，表达了民众对党的总路线方针的正确领导的拥护。

《脚踏云梯上天堂：内蒙古新歌谣》（1959）。1959 年，内蒙古人民出版社出版了内蒙古群众艺术馆编《脚踏云梯上天堂：内蒙古新歌谣》。《脚踏云梯上天堂：内蒙古新歌谣》分为两部分，分别是："红旗底下干劲欢"（31 首），歌颂共产党、红军给人民带来了幸福的生活，表达对共产主义的向往、对人民政权的热爱，表达了民众在工农业发展中的跃进决心；"跃进歌声无休闲"（30 首），述说了妇女在劳动生产中的突出表现，堪称当代的花木兰和穆桂英，老人在生产过程中也不甘落后，无论干部、群众，还是男女老少，都积极参与我国的社会主义农业生产建设。

《滚滚铁流凝成山：内蒙古新歌谣》（1959）。1959 年，内蒙古人民出版社出版了内蒙古群众艺术馆编《滚滚铁流凝成山：内蒙古新歌谣》。《滚滚铁流凝成山：内蒙古新歌谣》分为两部分，分别是："铁水奔流似潮涌"（40 首），描述了我国钢铁工业生产发展势头，表达了民众对社会主义社会的憧憬和超越英美西方世界的信心和决心；"祖国山山皆是宝"（10 首），歌颂了我国丰富的矿产资源，描述了我国劳动人民采矿并进行工业生产的热情。

　　《遍野铁花映山红：内蒙古新歌谣》(1959)。1959 年，内蒙古人民出版社出版了内蒙古群众艺术馆编《遍野铁花映山红：内蒙古新歌谣》。《遍野铁花映山红：内蒙古新歌谣》分为两部分，分别是："地上高炉赛银河"（35 首），描述民众搭建了大量的土高炉，贡献废铁，日夜炼铁，渴望超过英国、美国的意志；"铁堆高过大青山"（27 首），描绘了全民炼铁、人人先进的炼铁热潮。

　　《人人心里飘红旗：内蒙古新歌谣》(1959)。1959 年，内蒙古人民出版社出版了内蒙古群众艺术馆编《人人心里飘红旗：内蒙古新歌谣》。《人人心里飘红旗：内蒙古新歌谣》分为两部分，分别是："烧尽各种坏思想"（29 首），描绘了我国农村利用小黑板、大字报进行的响应国家"三反""五反"整风运动的宣传活动，把工农牧业作为工作中心，实现思想、生产双丰收；"交心是件好事情"（20 首），表现了民众坚决要和党一条心，秉承总路线方针，凝聚思想、团结向前、搞好生产建设的意愿。

　　《机声遍野震山响：内蒙古新歌谣》(1959)。1959 年，内蒙古人民出版社出版了内蒙古群众艺术馆编《机声遍野震山响：内蒙古新歌谣》。《机声遍野震山响：内蒙古新歌谣》分为两部分，分别是："烟囱顶破天"（26 首），表现了民众响应党的号召大办工厂，和各部门人民创造丰硕的工业果实后的喜悦心情；"闯过技术关"（31 首），表现了民众开动脑筋，努力革新技术，促进生产发展的实践活动。

　　《公社花开满园春：内蒙古新歌谣》(1959)。1959 年，内蒙古人民出版社出版了内蒙古群众艺术馆编《公社花开满园春：内蒙古新歌谣》。《公社花开满园春：内蒙古新歌谣》分为两部分，分别是："一朵朵红花遍地开"（35 首），展现了人民公社制度下民众生产、生活的积极变化，表达了对人民公社的歌颂和对共产主义的期盼；"公社力量大无边"（5 首），指出公社比小社好，表达了对共产党、毛主席的感激之情。

　　《丰收粮垛高入云：内蒙古新歌谣》(1959)。1959 年，内蒙古人民出版社出版了内蒙古群众艺术馆编《丰收粮垛高入云：内蒙古新歌谣》。《丰收粮垛高入云：内蒙古新歌谣》分为 3 部分，分别是："春耕夏锄为丰收"（37 首），描绘了男女社员精耕细作、积肥、割草、深耕、深翻、除杂草、锄地和补苗等扎实的生产过程，表现了民众翘首期盼社会主义的激动心情；"纲要条条甜在心"（7 首），描述了民众对"农纲 40 条"的热情宣传；"全歼十害讲卫生"（4首），描述了民众消除害虫，讲究卫生的行动。

《青山绿水好风光：内蒙古新歌谣》（1959）。1959年，内蒙古人民出版社出版了内蒙古群众艺术馆编《青山绿水好风光：内蒙古新歌谣》。《青山绿水好风光：内蒙古新歌谣》分为两部分，分别是："青山绿水好风光"（46首），描绘了内蒙古地区美丽的自然风光和民众的生活画卷，表达了民众在农业丰收、生活改善后满溢的幸福和喜悦；"放下笔杆拿起锄"（4首），描写了民众对下放干部的欢迎，干部向劳动人民学习，与劳动人民一起建设社会主义新农村。

《内蒙古民歌选》（1959）。1959年，内蒙古人民出版社出版了内蒙古自治区百万民歌展览歌唱运动月委员会编《内蒙古民歌选》。1959年，李欣在《关于大跃进民歌——〈内蒙古民歌选〉序》中指出了创作、搜集和整理这本民歌的大背景："这本民歌选集是内蒙古自治区各族人民一九五八年大跃进中的产物。它生动地说明了在社会主义制度下，文艺与时代的关系，文艺与政治的关系，文艺与生产的关系，文艺与群众的关系。"①

《鄂尔多斯民间歌曲选（初稿）》（1959）。1959年，文化部内蒙古民族艺术调查组编，伊克昭盟鄂尔多斯民歌编译小组、文化部内蒙古民族艺术调查组合译《鄂尔多斯民间歌曲选（初稿）》发行②。通过目录，我们了解到这本民歌选分为12类，分别是："革命民歌"（7首），"暴露封建社会制度的民歌"（13首），"反映放牧生活的民歌"（7首），"歌颂家乡的民歌"（5首），"思亲的民歌"（13首），"恋歌"（17首），"反映男女思念及爱情起变化的民歌"（8首），"爱情不如愿的民歌"（12首），"爱情受阻挠的民歌"（6首），"反映痛苦婚姻的民歌"（4首），"酒歌宴歌等"（6首），"其他类民歌"（3首）。可见，这本民歌集收入的主要是内蒙古传统民歌，反映了鄂尔多斯人民在旧社会受到的阶级压迫和进行的阶级斗争，反映了民众的生活和民俗等。此外，还可以从本书《说明》中看出，这本民歌初稿还需要有关部门的审核，说明我国社会主义新文艺

---

① 李欣：《关于大跃进民歌——〈内蒙古民歌选〉序》，内蒙古自治区百万民歌展览歌唱运动月委员会编《内蒙古民歌选》，内蒙古人民出版社1959年版，第1页。

② 文化部内蒙古民族艺术调查组编：《鄂尔多斯民间歌曲选（初稿）》，伊克昭盟鄂尔多斯民歌编译小组、文化部内蒙古民族艺术调查组合译，1959年。

时期的搜集、整理和出版工作有政府的参与意见①。

《内蒙古得奖歌曲集》(1963)。1963 年, 内蒙古人民出版社出版了中国音乐家协会内蒙古分会编《内蒙古得奖歌曲集》。《内蒙古得奖歌曲集》共收录了 51 首获奖歌曲, 多创作于 20 世纪 50 年代末, 包括 4 首民歌, 分别是内蒙古西部民歌《小青马》②, 内蒙古西部民歌《眊妈妈》③, 内蒙古西部民歌《对了》④, 以及内蒙古伊克昭盟民歌《二道河湾水长流》⑤, 其余 48 首创作为民族歌曲, 有蒙古族文学家玛拉沁夫填词的《草原晨曲》⑥, 蒙古族文学家、诗人巴·布林贝赫填词的《在祖国的土地上》和《公社就是我的家》⑦ 等。1962 年, 中国音乐家协会内蒙古分会在《内蒙古得奖歌曲集》的《前言》中介绍了这本歌曲集的出版背景是 1962 年内蒙古自治区成立 15 周年之际举办的歌曲评奖活动⑧, 歌曲评奖活动的主办单位是内蒙古自治区文化局、文学艺术工作者联合会和中国音乐家协会内蒙古分会⑨。

在以上内蒙古地区出版的民歌作品词条中, 从民歌出版时间看来, 除了前三个词条《东蒙民歌选》(1949—1956)、《内蒙古民歌》(1954—1958) 和《内蒙古自治区诗歌选集 (1947—1957)》, 集中在 1958 年和

---

① 《说明》, 文化部内蒙古民族艺术调查组编《鄂尔多斯民间歌曲选 (初稿)》, 伊克昭盟鄂尔多斯民歌编译小组、文化部内蒙古民族艺术调查组合译, 1959 年。此《说明》位于目录页, 没有说明具体作者, 全集无页码。

② 内蒙古西部民歌, 彦彪编词作曲:《小青马》, 中国音乐家协会内蒙古分会编《内蒙古得奖歌曲集》, 内蒙古人民出版社 1963 年版, 第 9—11 页。

③ 内蒙古西部民歌, 张善编词曲:《眊妈妈》, 中国音乐家协会内蒙古分会编《内蒙古得奖歌曲集》, 内蒙古人民出版社 1963 年版, 第 39— 42 页。

④ 内蒙古西部民歌, 杜村贵编词曲:《对了》, 中国音乐家协会内蒙古分会编《内蒙古得奖歌曲集》, 内蒙古人民出版社 1963 年版, 第 64 页。

⑤ 内蒙古伊克昭盟民歌, 志谦编词曲:《二道河湾水长流》, 中国音乐家协会内蒙古分会编《内蒙古得奖歌曲集》, 内蒙古人民出版社 1963 年版, 第 139—150 页。

⑥ 玛拉沁夫词, 通福编曲:《草原晨曲》, 中国音乐家协会内蒙古分会编《内蒙古得奖歌曲集》, 内蒙古人民出版社 1963 年版, 第 1—2 页。

⑦ 巴·布林贝赫词, 达·仁亲曲, 图一善译配:《在祖国的土地上》, 中国音乐家协会内蒙古分会编《内蒙古得奖歌曲集》, 内蒙古人民出版社 1963 年版, 第 27—28 页。巴·布林贝赫词, 达·桑布曲, 图一善译配:《公社就是我的家》, 中国音乐家协会内蒙古分会编《内蒙古得奖歌曲集》, 内蒙古人民出版社 1963 年版, 第 88—89 页。

⑧ 中国音乐家协会内蒙古分会:《前言》, 中国音乐家协会内蒙古分会编《内蒙古得奖歌曲集》, 内蒙古人民出版社 1963 年版, 第 1 页。落款时间:"1962 年 8 月"。

⑨ 中国音乐家协会内蒙古分会:《前言》, 中国音乐家协会内蒙古分会编《内蒙古得奖歌曲集》, 内蒙古人民出版社 1963 年版, 第 1 页。落款时间:"1962 年 8 月"。

1959 年的民歌词条有 40 个，占多数。在民歌搜集方法方面，搜集者既有汉族民间文艺工作者，又有少数民族民间文艺工作者，中央机构团体，尤其是地方机构团体，发挥了重要组织作用；有的作品涉及汉译问题，有的是汉语创作的民歌；民歌出版形式是内蒙古民歌专辑形式，集中力量出版本地区的民歌。在民歌内容特征方面，有传统民歌，还有大量反映社会主义新生活的新民歌；在创作主体方面，有作家，有民间艺人，有普通民众，有民间文学，还有民族文学。

二　在北京出版的民歌

北京是全国的政治、文化中心，内蒙古地区靠近北京，在北京出版的内蒙古民歌是内蒙古民歌搜集工作代表作的集中体现，有利于在全国范围内推广和交流。本书目前共搜集了 1949 年至 1959 年 19 种主要在北京出版的内蒙古民歌作品，本书将按本人搜集实际的书目，选择其中 14 个词条，对其版本、地位和主要内容进行概述，同一作品的不同版本、同一系列的作品或连续性成果将收录在同一词条内，不同版本若出版地不同，以最初版本为准建立词条，以代表性作品作为词条名称，并标注作品的出版年份，排列顺序按照初版时间先后。

《爬山歌选》（1953—1958）。1953 年，人民文学出版社出版了韩燕如编《爬山歌选》。《爬山歌选》分为三辑，第一辑 7 类内容，第二辑 9 类内容，第三辑 9 类内容，书后附有《曲调》和《后记》。就其数量而言，"原来搜集到的歌共约六千多首，经再三斟酌，选出了不到一千五百首"①。韩燕如在《后记》中指出，"'爬山歌'是绥远、内蒙劳动人民的诗歌"②。《爬山歌选》的搜集工作花费了韩燕如近 20 年的工夫③。

1956 年，人民文学出版社出版了韩燕如编《爬山歌选》（二集）④。《爬山歌选》（二集）分为三辑，第一辑 5 类内容，第二辑 5 类内容，第三辑 6 类内容，书后附有《曲调》和《后记》。1955 年，中国民间文艺研究会在《前言》中指出，《爬山歌选》（二集）是韩燕如"从一九五二

---

① 韩燕如：《后记》，韩燕如编《爬山歌选》，人民文学出版社 1953 年版，第 236 页。落款时间："1952 年 6 月"。
② 韩燕如：《后记》，韩燕如编《爬山歌选》，人民文学出版社 1953 年版，第 233 页。
③ 韩燕如：《后记》，韩燕如编《爬山歌选》，人民文学出版社 1953 年版，第 235 页。
④ 韩燕如编：《爬山歌选》（二集），人民文学出版社 1956 年版。

年六月至一九五四年九月，深入包头市郊区、后套杭锦后旗和乌拉特前旗等数处地方搜集资料，然后编选成书的"①。中国民间文艺研究会在《前言》中还指出："编者多年来从事搜集工作，已搜集到爬山歌万余首；两册选集（合计近三千首），便是从这一万多首中选出来的。"②

1958年，人民文学出版社出版了韩燕如编《爬山歌选》（三集）。《爬山歌选》（三集）分为三辑，第一辑5类内容，第二辑8类内容，第三辑9类内容，书后附有《曲调》和《后记》。1957年，韩燕如在《后记》中介绍了这本选集收录民歌的数量和内容："本集选录的歌近二千首，绝大部分是一九五六年三月至九月，我在武川山区农村里搜集的，一少部分是从历年积压成堆的原始记录材料中选出的。它们的内容包括抗战时期大青山人民群众歌唱我军的赞歌和大草原上的牧歌等等。"③《爬山歌选》一、二、三集都在中国民间文艺研究会主编的民间文学丛书之列。

《业余小提琴曲集》（1957—1959）。1957年，音乐出版社出版了音乐出版社编辑部编《业余小提琴曲集》。1957年音乐出版社编辑部编《业余小提琴曲集》的《编者的话》指出这本曲集是"为了供给业余小提琴演奏者一些简易的演奏资料"④。这本曲集收入了36首曲子，其中包括5首蒙古民歌，分别是《牧歌》《母亲的恩情》《拉骆驼》《蒙古牧歌》和《嘎达梅林》。虽然编辑这本曲集的目的不是搜集，而是学习，但选入5首蒙古族民歌说明这几首蒙古族民歌在当时具有一定的影响力，同时简明易学。

1959年，音乐出版社出版了该社编辑部编《业余小提琴曲集》（第2集）。《业余小提琴曲集》（第2集）共收录民歌52首，其中内蒙古民歌3首，分别是《鄂伦春小唱》《小黄鹂鸟》和《嘎达梅林》。

《太阳太阳比比看：内蒙古民歌选》（拼音扫盲补充读物）（1958）。1958年，文字改革出版社编辑、出版了《太阳太阳比比看：内蒙古民歌

---

① 中国民间文艺研究会：《前言》，韩燕如编《爬山歌选》（二集），人民文学出版社1956年版，第1页。落款时间："1955年6月4日"。

② 中国民间文艺研究会：《前言》，韩燕如编《爬山歌选》（二集），人民文学出版社1956年版，第1页。

③ 韩燕如：《后记》，韩燕如编《爬山歌选》（三集），人民文学出版社1958年版。落款时间："1957年12月26日"。

④ 《编者的话》，音乐出版社编辑部编：《业余小提琴曲集》，音乐出版社1957年版。《编者的话》未标注编者姓名，无落款。

选》（拼音扫盲补充读物）。其《内容说明》指出，"这是译本拼音扫盲补充读物，内容选有内蒙古民歌 26 首，用汉语拼音方案按字注音，标有声调，专供农村扫盲班学员练习拼音和巩固识字用。"①

《蒙古歌曲集》（第一册）（1959）。1959 年，音乐出版社出版了音乐出版社编辑部编《蒙古歌曲集》（第一册）。《蒙古歌曲集》（第一册）收录了 21 首蒙古民歌。有歌颂党和祖国的民歌，如《把一切献给祖国》《可爱的祖国》和《党的红旗》等；有歌颂和平的民歌，如《和平之歌》《蒙中友谊》和《白色的鸽子，蓝色的旗》等；有歌颂自然和生活的民歌，如《蔚蓝的山峰》《家乡的春天》《母亲的恩情》和《幸福的生活》等。这些民歌都表现了社会主义新时期民众的社会生活状况和思想情歌。

《牧歌》（1959）。1959 年，音乐出版社出版了罗忠熔曲、石青词《牧歌》。这本《牧歌》中，只有一首男高音独唱的民歌，带有歌词和曲谱，歌词反映了草原的自然景象。

《农村大跃进歌谣：资料本》（三）（1958）。1958 年，中国民间文艺研究会编辑、出版了《农村大跃进歌谣：资料本》（三）②。从《目录兼资料依据与使用概况表》可以看出各地民歌的搜集状况，内蒙古地区的民歌原据资料并不是很多，最后收入资料本的民歌有 31 首，但是相对于 1150 首的总量也并不多③。31 首内蒙古民歌分别是《爬山歌》6 首（武川）、《那怕你老天不下雨》（卓资）、《平山断流》（萨县）、《太阳太阳比比看》（卓资）、《地上还比天上长》（卓资）、《脚登梯田逛花园》（卓资）、《修水库，拦河坝》（丰镇）、《有事情就在工地说》（兴和）、《绿化大军向前进》（托县）、《文化遍地开》（丰镇）、《火车跑起来冒青烟》（托县）、《妹妹敢和你挑战》（托县）、《农民掌握司雨布》（萨县）、《英雄的战士上战场》（萨县）、《十五的月亮》（萨县）、《空中取土》（兴和）、《雷山水库》（武东）、《种地大队到田中》（科右前旗）、《人强畜壮乐洋洋》（科右前旗）、《永远没有荒火烧》（科右前旗）、《时间即粮食》（科右前旗）、《打井决心似钢铁》（科右前旗）、《磨秃锹镐数不完》（科

---

① 《内容说明》，文字改革出版社编《太阳太阳比比看：内蒙古民歌选》（拼音扫盲补充读物），文字改革出版社 1958 年版。

② 中国民间文艺研究会编：《农村大跃进歌谣：资料本》（三），1958 年。

③ 《目录兼资料依据与使用概况表》，中国民间文艺研究会编：《农村大跃进歌谣：资料本》（三），1958 年。位于第 2 页，原书无页码。

右前旗)、《不打出水不下山》(科右前旗)、《想起"八百"身似火》(科右前旗) 和《一气刨掉满天星》(科右前旗)。这些民歌属于新民歌,反映了社会主义新时期,内蒙古民众的生产生活建设。

《中国民间文学资料·歌谣》(一、二)(1959)。1959 年,中国民间文艺研究会资料室编辑、出版了《中国民间文学资料·歌谣》(一)。在资料本的《说明》中指出:"这本歌谣资料里,所选的是 1959 年 2 月份,全国报刊中所载的歌谣,依照原文,未作修改。共计 1103 首,目的是为了供给民间文学专家、研究者、工作者及有关同志进行研究参考。"① 这本歌谣资料集收录 13 首内蒙古歌谣,分别是《鼓响号鸣上天台》《新社会里诗歌多》《光荣簿上添新人》《干劲赛春潮》《社象一枝花》《大青山也能摇几摇》《翻地三尺》《老矿工的话》《千家万家成一家》《黄河鲤鱼也跃进》《老人》《乐啥》和《一颗宝珠在路旁》。1959 年,中国民间文艺研究会资料室编辑、出版了《中国民间文学资料·歌谣》(二)。《中国民间文学资料·歌谣》(二) 收录了 11 首内蒙古歌谣,分别是《县长扛锹来到了》《我骄傲的"丰产羊"》《高高的山上红旗飘》《毛泽东时代最幸福》《总路线日夜放光芒》《白云山》《地下还比天上长》《颂秀丽》《矿象山泉流四方》《毛主席的恩情说不尽》和《忘了哄娃娃》。另外,还有蒙古族歌谣 3 首:《毛主席的主意好》《幸福不忘党和毛主席》和《牧民挥起钢钎》。反映了社会主义总路线方针政策对生产建设的指导作用,和对党、毛主席的歌颂。在资料本的《说明》指出,"这本歌谣资料里,所选的是 1959 年 3、4 月,全国报刊中所载的歌谣,依照原文,未作修改。共计 1189 首,按省市各兄弟民族分编,包括二直辖市、二十六个省、28 个兄弟民族。有些兄弟民族,因为我们手上没有资材,所以没有编入,这是我们工作的缺点。"②

《中国歌谣选:初选稿》(第 2 卷上下编、第 3 卷)(1959)。1959 年,中国民间文艺研究会国庆献礼丛书办公室编辑、内部出版了《中国歌谣选:初选稿》(第 2 卷上编)。《中国歌谣选:初选稿》(第 2 卷上编),分为农村歌谣和工矿歌谣两大部分,收录了各民族和各地区的歌谣。农村歌谣分为 8 部分,共收录蒙古族歌谣共 11 首。反军阀歌谣 (42

---

① 《说明》,中国民间文艺研究会资料室编《中国民间文学资料·歌谣》(一),1959 年。
② 中国民间文艺研究会资料室:《说明》,中国民间文艺研究会资料室编《中国民间文学资料·歌谣》(二),1959 年。

首），反蒋介石的歌谣（81 首），反封建主地主的歌谣（131 首），反帝国主义的歌谣（25 首），其中蒙古族歌谣 4 首，《八王爷》《蒙古牧歌》《"国兵"歌》和《蒙古人民也要去战争》；劳动歌，包括农事歌 26 首，樵歌 8 首，牧歌 16 首，其中蒙古族歌谣 1 首《牧歌》，渔歌 9 首，采茶歌 2 首，猎歌 5 首；妇女歌谣（54 首），其中蒙古族歌谣 1 首《跟小》；情歌（179 首），其中蒙古族歌谣 4 首，《夸爱人》《装饰家乡》《神密的宝贝》和《嘎扎伶》；其他，包括歌头 18 首，乡土颂 24 首，节令歌 6 首，仪式歌 25 首，其中蒙古族歌谣 1 首《清凉酒》；儿歌 22 首。在工矿歌谣分为 2 部分：反抗斗争的歌（26 首）和揭露控诉的歌（75 首）。

　　1959 年，中国民间文艺研究会国庆献礼丛书办公室编辑、内部出版了《中国歌谣选：初选稿》（第 2 卷下编)[1]。《中国歌谣选：初选稿》（第 2 卷下编）分为 4 部分：第一次国内革命战争时期的歌谣（12 首）；第二次国内革命战争时期的歌谣，包括湘赣革命根据地歌谣（26 首）、湘鄂赣革命根据地歌谣（9 首）、中央革命根据地歌谣（22 首）、闽西革命根据地歌谣（15 首）、闽浙赣革命根据地歌谣（9 首）、洪湖湘鄂西革命根据地歌谣（33 首）、鄂豫皖革命根据地歌谣（13 首）、左右江革命根据地歌谣（共 14 首）、东江和海南岛革命根据地歌谣（20 首）、川陕边革命根据地歌谣（36 首）、陕甘陕北革命根据地歌谣（12 首）、长征线上的歌谣（26 首）；抗日战争时期的歌谣，包括陕甘宁边区歌谣（7 首）、华北敌后解放区歌谣（50 首）、华中敌后解放区歌谣（14 首）、华南敌后解放区歌谣（6 首）、东北地区歌谣（21 首）、战士歌谣（49 首）；第三次国内革命战争时期的歌谣，包括群众歌谣（38 首），其中内蒙古爬山歌（9 首），战士歌谣（69 首）。这本歌谣集收录的内蒙古民歌主要是第三次国内革命战争时期的群众歌谣。

　　1959 年，中国民间文艺研究会国庆献礼丛书办公室编辑、内部出版了《中国歌谣选：初选稿》（第 3 卷）。《中国歌谣选：初选稿》（第 3 卷）收录了 4 类歌谣，分别是颂歌、农民歌谣、工人歌谣和战士歌谣。颂歌中收录了 3 首蒙古族歌谣，《举杯祝福毛主席》《我的美丽可爱的家乡》和《我们是蒙古人民的子孙》。农民歌谣中收录了一首歌唱婚姻法的

---

① 中国民间文艺研究会资料室：《说明》，中国民间文艺研究会资料室编《中国民间文学资料·歌谣》（二），1959 年。

蒙古族歌谣 1 首,《踏上自由幸福的路》。这本歌谣集不仅重视汉族歌谣,还重视少数民族歌谣,在族属方面,覆盖了我国 40 个左右的民族,反映了对各民族民歌搜集工作的重视,出版工作有利于促进我国各民族民歌的相互交流,增进各民族之间的理解。

《工矿歌谣资料》(1959)。1959 年,北京师范学院中文系一年级三班、中国民间文艺研究会国庆献礼丛书办公室编辑、内部出版了《工矿歌谣资料》。《工矿歌谣资料》,收录内蒙古歌谣 6 首,都是 1949 年的歌谣,分别是《赶上英国不发愁》《包钢建设大改观》《窍门不嫌小》《运材人儿日夜忙》《争取双跃进》和《齐动手》,描绘了内蒙古民众积极参与社会主义工业建设的劳动画面,表达了民众建设社会主义的干劲和心愿。其编选原则,按照地区分类收录,同时以中华人民共和国成立为界分为前后两个时段。工矿歌谣是我国社会主义新文艺时期的新民歌,反映了我国社会主义生产建设新风貌。

《红旗歌谣》(1959)。1959 年,红旗杂志社出版了郭沫若、周扬编《红旗歌谣》。《红旗歌谣》分为 4 个部分,分别是:党的颂歌(48 首),其中收录了蒙古族民歌《马头琴手的歌》[1];农业大跃进之歌(172 首),其中收录了内蒙古爬山调《合作化道路通天堂》[2],内蒙古土默特旗情歌《锁住太阳留住哥》[3];工矿大跃进之歌(51 首);保卫祖国之歌(29首)。除此,还有 24 幅插画[4]。1959 年郭沫若、周扬编《红旗歌谣》的《编者的话》中指出:"这本民歌选集,是大跃进形势下的一个产物。"[5]《编者的话》还介绍了这本歌谣集在篇目构成上以汉族歌谣为主,少数民族歌谣较少的主要原因是汉译问题。这本歌谣集只收入了三首蒙古族歌谣,数量较少,与蒙古族歌谣的汉译工作有关。

《中国少数民族歌谣:资料本》(上册)(1959)。1959 年,中国少数歌谣编选组编《中国少数民族歌谣:资料本》(上册)内部出版[6]。《编者说明》指出其搜集和出版过程受到了来自国家和众多相关研究机构的

---

① 郭沫若、周扬编:《红旗歌谣》,人民文学出版社 1959 年版,第 24 页。
② 郭沫若、周扬编:《红旗歌谣》,人民文学出版社 1959 年版,第 69 页。
③ 郭沫若、周扬编:《红旗歌谣》,人民文学出版社 1959 年版,第 118 页。
④ 郭沫若、周扬编:《红旗歌谣》,人民文学出版社 1959 年版,第 118 页。
⑤ 《编者的话》,郭沫若、周扬编《红旗歌谣》,红旗杂志社 1959 年版,第 1—2 页。落款时间:"一九五九年一月八日"。
⑥ 中国少数歌谣编选组编:《中国少数民族歌谣:资料本》(上册),1959 年。

支持，在编选内容上收录了 51 个民族的 3511 首民歌①。其中收录 112 首蒙古族民歌，分类如下：一、颂歌（56 首），（一）歌颂共产党有《歌唱共产党》《才知党比太阳暖》《共产党温暖了我们的心窝》《声声感谢共产党》《我们的救星共产党》和《共产党的恩情比海深》，（二）歌颂毛主席有《红日》《毛主席时代最幸福》《万里红光照人心》《句句记住毛主席的话》《月亮映在白云上》和《马头琴手的歌》，（三）歌颂人民公社有《牧民之歌》《金色的太阳》和《心发红》，（四）大跃进主题分类下有《跃进歌》《牛奶汇成河》《太阳一出草变金》《今朝又唱跃进歌》《都为祖国立大功》《紧紧握住手中枪》《天上去安家》《广阔的草原》《夜晚一片明》《水库歌声》《一炉铁水一炉歌》《牧人的干劲》《驾着钢龙上高山》《肩披日月头顶天》《一声号令震四方》《金钢宝剑也卷刃》《探宝搜矿逞英豪》《钢铁英雄站炉旁》《烟筒更上一层天》《炼铁炼人炼山歌》②《误将铁水当鹊桥》《我的扁担》《思想插上红翅膀》《土高炉象火龙》《千军万马开进山》《地上灯光闪》《半夜满天星》《堆成高山挡太阳》《搬倒泰山当枕头》《一跃十万零八千》《平川水利化》《头顶青山手挥镐》《太阳太阳比比看》《炼钢》③《白云鄂博颂》《把戈壁变成绿洲》《五谷牛羊双丰收》《没有文化真为难》《夫妻学文化》《施肥》和《超英国》；二、反帝歌谣（1 首），《一口唾沫把你淹》；三、合作化（1 首），《社象一朵花》；四、民族团结（2 首），《蒙汉人民是一家》和《各族人民团结紧》；五、歌唱祖国（19 首），《祖国颂》（一）歌唱总路线有《样样听话》（内蒙古）、《奔向幸福门》《胜过烈马千千万》《白天黑夜放光明》《金色的光芒》《千里的雷声万里的闪》《歌唱总路线》《一颗红星照遍天》《贯彻总路线》和《总路线放金光》，（二）反封建有《跟小》《过去是虚伪的社会》《过去一颗粮》《灾民曲》《通州的水》《嘎达梅林》《英雄陶克涛呼之歌》和《泪珠儿沾湿了衣袖》；六、情歌（24 首），《韩密香》《毛吉仁嘎》《只要摸透你的心情》《装饰家乡》《等待》《我俩》《神秘的宝贝》《夸爱人》《小伙子好串姑娘群》《当初为什么》《春之歌》《这束鲜花分外香》《为啥哥哥把你爱》《马头琴》《七宝》《留恋》《牧

---

① 中国少数歌谣编选组编：《中国少数民族歌谣：资料本》（上册），1959 年。
② 《炼铁炼人炼山歌》原文中的"炼"字均为"钅"字旁。
③ 《炼钢》原文中的"炼"字为"钅"字旁。

场丛林里去等我》《喜日就要到了》《不是我不喜欢你》《奴隶的婚姻不自由》《如今那里去找她》《他来信了》《锁住太阳留住哥》和《新绣荷包》；七、传统歌谣（4 首），《我们的故乡》《孤独的小骆驼》《牧歌》和《雁》；八、其他（5 首），《骏马赞》（好来宝）、《他为咱们把羊牧》《好干部》《东风压在西风上》和《一对展翅飞上天》。其《编者说明》指出："我国是一个多民族国家，各民族都有极其丰富的民间歌谣，我们编选这本'中国少数民族歌谣'资料本，是为了搜集各民族现代和传统的民间歌谣，供作精选'中国少数民族歌谣'的参考，同时，也可以给民族文学工作者、民族民间文学爱好者和文艺界同志们提供资料。"①

《中国儿歌选》（资料本）（1959）。1959 年，中国青年出版社出版了中国少年儿童出版社编《中国儿歌选》（资料本）。《中国儿歌选》（资料本）收录了 28 个省、市、自治区的 1515 首儿歌，其中内蒙古自治区儿歌11 首，均为新儿歌，表达了内蒙古人民对社会主义社会的期盼。其《编者说明》指出：

　　　　今年是我们伟大祖国建国十周年，中国民间文艺研究会决定编选"中国歌谣丛书"和"中国民间故事丛书"。在"中国歌谣丛书"中包括"中国儿歌选"。此书的编辑工作，中国共产主义青年团中央委员会责成由我社担任。②

以上文字指出这本儿歌的出版背景是中华人民共和国成立十周年的文艺献礼，在国家整体文艺献礼活动的策划下，受国家有关部门委托，出版社应邀编辑出版了这本儿歌集。同时《编者说明》还指出，这本儿歌选收录的儿歌的范畴覆盖我国各地区和各民族，有传统民歌，但以新儿歌为主，这些新民歌可以反映我国社会主义新时期的生产、生活建设。

《颂歌》（1959）。1959 年，中国青年出版社出版了贾芝、孙剑冰编《颂歌》。1959 年，贾芝在《十年颂歌——庆祝建国十周年》（代序）中，结合国内外政治变化，总结了新中国成立十年来，我国的社会建设成果和民间文艺工作成果。颂歌是社会主义新文艺中引人注目的成果。贾芝、孙

---

①　中国少数歌谣编选组编：《中国少数民族歌谣：资料本》（上册），1959 年。无页码。
②　《编者说明》，中国少年儿童出版社编《中国儿歌选》（资料本），中国青年出版社 1959年版。位于扉页，无页码。

剑冰编的《颂歌》收录了各族民歌，其中包括三组内蒙古爬山歌，韩燕如等搜集的《咱们的领袖毛泽东》（28 首）、和《要定天下共产党》（18首）和王汉林的《合作化道路通天堂》（5 首，没有注明是搜集者还是创作者、演唱者），还包括 4 首蒙古族民歌，分别是《献给毛主席的歌》《马头琴手的歌》《把所有的歌曲唱起来》和《金色的太阳》。《颂歌》是对这一时期歌颂类新民歌的总结，对各族民歌的收录，体现了社会主义新文艺时期我国的民间文艺工作重视对各民族民歌的搜集和整理。贾芝还介绍了新民歌的两个主题"歌唱幸福生活"和"表示坚决愿意跟着共产党走"，它们是最为人民歌颂的主题①。新民歌是各族人民在社会主义新时期表达对社会生活的热爱，在蒙古族新民歌中，我们可以看到从旧社会走来的内蒙古人民对共产党和毛主席的歌颂，对新社会和社会主义建设的歌颂。

《内蒙古歌谣》（1960）。1960 年，人民文学出版社出版了中国科学院内蒙古分院语言文学研究所、中国作家协会内蒙古分会合编《内蒙古歌谣》。1960 年，其他省份在出版搜集整理的民歌时，也选入了部分内蒙古民歌。如，1960 年，人民文学出版社出版的中共青海省委民族民歌搜集整理办公室编《青海歌谣》。又如，1960 年，人民文学出版社出版的中国作家协会新疆维吾尔自治区分会编《新疆歌谣》。

北京是社会主义新文化建设的中心，肩负促进各地区各民族团结内聚、理解交流的政治文化使命。内蒙古既是边疆地区，又是少数民族聚居区，在地缘上靠近北京，吸纳内蒙古民歌成果，作为社会主义新文艺建设的多元基础十分重要。以上词条，在内容特征方面，在北京出版的内蒙古民歌，内蒙古民歌的专辑词条有 4 个，分别是《爬山歌选》（1953—1958）、《蒙古歌曲集》（第一册）（1959）、《牧歌》（1959）和《内蒙古歌谣》（1960），其余 19 个词条都是在多地区或多民族民歌合辑中，收录有内蒙古民歌，这些民歌是经过筛选符合社会主义新文艺建设标准的优秀作品，有的经典民歌被收录于多部合辑。这是统一国家观点的体现，是社会主义新文艺整体成果的展示，有利于内蒙古民歌与其他民族地区民歌的交流。民歌内容以新民歌为主，传统民歌较少。在搜集整理者方面，以汉族民间文艺工作者为主，出版者以中央机构团体和北京机构团体为主。在

---

① 贾芝：《十年颂歌——庆祝建国十周年》（代序），贾芝、孙剑冰编《颂歌》，中国青年出版社 1959 年版，第 1—2 页。落款时间："1959 年 8 月 26 日初稿，9 月 29 日改"。

搜集时间方面，除了《爬山歌选》（1953—1958）、《歌唱祖国的春天》（1955）和《业余小提琴曲集》（1957—1959）4 个词条，其余 21 个词条的出版时间都集中在 1958 年和 1959 年。

三　在上海出版的民歌

新中国成立初期，在出版蒙古族民间文艺作品方面，上海也是一座有突出贡献的城市，就目前内蒙古民歌作品的搜集数量来看，上海出版的数量仅次于内蒙古和北京。本书目前共搜集了 1949 年至 1959 年 10 种主要在上海出版的内蒙古民歌作品，笔者将分为 5 个词条对其版本、地位和主要内容进行概述，同一作品的不同版本、同一系列的作品或连续性成果将收录在同一词条内，不同版本若出版地不同，以最初版本为准建立词条，以代表性作品作为词条名称，并标注作品的出版年份，排列顺序按照初版时间先后。

《蒙古歌集》（1949）。1949 年，上海的大众书店出版了陶今也记译、编著《蒙古歌集》。《蒙古歌集》收入了 50 首歌曲，在扉页上写着"献给——一九三八—三九年一同在蒙古工作的'抗日艺术队'十六位亲爱的同志"，第 1 页上记载的是《抗日艺术队队歌》。共分为 8 个部分。编者对每个部分在总体上都作了介绍，为每首歌曲撰写了或长或短的背景介绍和解析，有的歌曲还附有照片。新中国成立以前，陶今也于 1940 年就出版了一本《蒙古歌曲集》①。

上海的万叶书店在新中国成立初期出版了不少民歌集，其民歌集被不断再版和印刷②。

《中国革命民歌选》（1952—1956）。1952 年，上海万叶书店出版了中央音乐学院研究部《中国革命民歌选》。1952 年万叶书店第 3 版的《中国革

① 陶今也译：《蒙古歌曲集》，新中国文化出版社 1940 年版。
② 参阅人民音乐出版社官方网站（http：//www.rymusic.com.cn/）"概览—发展历程"板块的介绍，"人民音乐出版社的前身——万叶书店是在抗日战争的烽火中诞生的。1938 年 7 月 1 日，在上海苏州河北海宁路咸宁里 11 号，'万叶书店'赫然揭牌。……1953 年 6 月，私营上海音乐出版社和教育书店并入万叶书店，在上海卢湾区南昌路 43 弄 76 号成立了私私合营的'新音乐出版社'。……1954 年 10 月，在党和人民的关怀和大力支持下，经过各方有识之士的积极努力，中国音乐家协会出版部与新音乐出版社公私合营，在北京东城区沟沿头 33 号成立了我国历史上第一个专业音乐出版机构——音乐出版社（1974 年 8 月改称人民音乐出版社）。"（http：//www.rymusic.com.cn/main/newsdetaila.cfm？iCntno＝2786）

命民歌选》收录了 43 首民歌。1954 年新 3 版的《中国革命民歌选》收录了
42 首民歌，拿掉了青海回族民歌《毛主席好比是红太阳》，并在目次中标注
了每首民歌的流行地区、演唱者、词作者或搜集者，其中在流行地区一栏，
标注了区域范围或民族族属①。其中有 2 首内蒙古民歌，10 首陕北民歌，5
首山西民歌，4 首东北民歌，2 首川北老根据地民歌，2 首新疆维吾尔族
民歌，1 首藏族民歌，1 首广州黎族民歌，广东瑶族民歌等 23 个地区的少
数民族的民歌②。在目次的歌曲名后标有 1、2、3、4，附注中指出："曲名后
所附之 1，2，3，4，代表该民歌产生时期：1. 第二次国内革命战争时期；
2. 抗日战争时期；3. 第三次国内革命战争时期；4. 新中国成立后。"③

　　1954 年，上海的新音乐出版社出版了中央音乐学院民族音乐研究所
编《中国革命民歌选》（第 3 版）④。《中国革命民歌选》是中央音乐学院
研究部资料丛刊的一种，由中央音乐学院研究部编辑，万叶书店出版，
1952 年 5 月 10 日初版，1952 年 10 月 10 日第 3 版⑤。《中国革命民歌选》，
由中央音乐学院民族音乐研究所主编，新音乐出版社 1954 年 4 月 15 日新
3 版出版⑥，版权页上标注了有著作权的版本，分别是：1953 年 3 月至 5
月万叶第 3 版，1953 年 9 月至 12 月新音乐新 2 版，这两版累计印数达
2.5 万册⑦。1954 年 4 月 15 日新三版《中国革命民歌选》的印数为 5 千
册⑧。中央音乐学院研究部在 1954 年新三版《中国革命民歌选》的《后
记》中指出，这些民歌反映了"中华民族是酷爱自由和富于革命传统的

---

① 见目次，中央音乐学院民族音乐研究所主编《中国革命民歌选》（简谱版），新音乐出
版社 1954 年版，第 1 页。
② 见目次，中央音乐学院民族音乐研究所主编《中国革命民歌选》（简谱版），新音乐出
版社 1954 年版，第 1—2 页。
③ 见目次，中央音乐学院民族音乐研究所主编《中国革命民歌选》（简谱版），新音乐出
版社 1954 年版，第 2 页。
④ 中央音乐学院民族音乐研究所编：《中国革命民歌选》新音乐出版社 1954 年第 3 版。
⑤ 中央音乐学院研究部编：《中国革命民歌选》，万叶书店 1952 年版。"1952 年 10 月 10 日
第 3 版"疑为"1952 年 10 月 10 日第 2 版"。
⑥ 中央音乐学院民族音乐研究所主编：《中国革命民歌选》（简谱版），新音乐出版社 1954
年版。
⑦ 版权页，中央音乐学院民族音乐研究所主编：《中国革命民歌选》（简谱版），新音乐出
版社 1954 年版。
⑧ 版权页，中央音乐学院民族音乐研究所主编：《中国革命民歌选》（简谱版），新音乐出
版社 1954 年版。

民族"①，那些反映斗争性主题的民歌的传播长期以来遭到限制，"中国共产党诞生以后，领导了农民的革命斗争，才改变了这种情形。第二次国内革命战争以后，革命的民歌以崭新的空前未有的繁荣姿态在革命根据地出现了"②。革命民歌的搜集与出版有赖于中国共产党的成立和现代农民革命斗争的发展。这是一本搜集各地各民族反映革命斗争主题的民歌集，对"第二次国内革命战争时期""抗日战争时期""第三次国内革命战争时期"和"新中国成立后"这4个时期的革命民歌进行总结。民歌当时被用于描绘和鼓舞革命，是革命斗争的文化武器，具有现实意义。新中国成立后，搜集并于1952年出版，1953年、1954年接连再版这4个革命时期的民歌，可以了解不同革命斗争阶段的历史和社会特点，整理我国革命民歌遗产。

《中国民歌选》（**1953—1959**）。1953年，上海的万叶书店出版了中央音乐学院编《中国民歌选》。根据目次，中央音乐学院编《中国民歌选》共收录了10个地区的54首民歌，具体包括17首陕北民歌，11首山西民歌，3首绥远民歌，4首东北民歌，1首四川民歌，3首云南民歌，3首湖南民歌，5首内蒙古民歌，4首青海民歌，3首西康民歌③。陕北民歌占整体数量的三分之一。内蒙古民歌分别是《英雄陶克特胡之歌》《小黄鹂鸟》《白色的羊群》《四季》和《情歌》④。

《兄弟民族歌曲选集》（**1953**）。1953年，上海的工农兵读物出版社出版了波浪编选《兄弟民族歌曲选集》。该书的《前言》中写道："这本歌曲选集，共包括了十多个民族的歌曲艺术。……这些歌不仅充分的表现了各民族艺术特点和民间音乐的优异风格；同时，也表达了各兄弟民族的不同生活。……我想兄弟民族的音乐艺术，是目前读者们所迫切希望知道的，更是音乐工作者们一个很有价值的研究参考资料。"⑤

---

① 中央音乐学院民族音乐研究部：《后记》，《中国革命民歌选》（简谱版），新音乐出版社1954年版，第41页。落款时间："四月二十一日"。

② 中央音乐学院民族音乐研究部：《后记》，《中国革命民歌选》（简谱版），新音乐出版社1954年版，第41—42页。

③ 见目次，中央音乐学院编《中国民歌选》（简谱本），万叶书店1953年版，第5—6页。落款时间："一九五二年四月二十一日"。

④ 中央音乐学院编：《中国民歌选》（简谱本），万叶书店1953年版，第42—45页。

⑤ 编者：《前言》，波浪编选《兄弟民族歌曲选集》，工农兵读物出版社1953年版。无页码。落款时间："一九五三年四月"。

《中国民歌选》（第一、二集）（1959）。1959 年，上海文艺出版社出版了上海音乐学院声乐系编《中国民歌选》（第一集）。

1959 年，上海文艺出版社出版了上海音乐学院声乐系编《中国民歌选》（第二集）[①]。1959 年上海音乐学院声乐系编《中国民歌选》（第二集）是一部声乐教材，共收入民歌 22 首，这些民歌的流传地区基本上都聚居着一定数量的少数民族，如云南民歌 5 首（云南昆明民歌《猜调》、滇南红河民歌《送郎》、云南弥度民歌《弥度山歌》、云南民歌《想娘亲》、云南花灯《十大姐》），青海民歌 3 首（青海民歌《送大哥》、青海花儿《在那遥远的地方》、青海花儿《大眼睛令》），新疆民歌 2 首（南疆民歌《我等你到天明》、新疆民歌《阿拉木汗》），除此还有四川民歌、广西民歌、新疆民歌、绥远民歌等。其中包括 2 首内蒙古民歌，分别是内蒙爬山调《阳婆里抱柴瞭哥哥》、内蒙爬山调《三天路程两天到》（原名《苦了骏马王爷四条腿》）。另外，还包括陕北民歌《丰收》、山西民歌《黄河水黄又黄》。

很多在上海出版过的民歌集具有一定的影响力，接连在上海、北京再版，如《中国革命民歌选》（1952—1956）、《中国民歌选》（1953—1959）和《人民唱片歌曲选》（1954—1958）曾在上海和北京两地多次再版。搜集整理者以上海的个人和机构团体为主，尤其是万叶书店、上海音乐出版社和上海文艺出版社一脉相承，也承担了很多民歌编辑和出版任务。上海《蒙古歌集》（1949）是蒙古民歌专辑，其他 9 个词条均为收录有内蒙古民歌的合辑。在民歌内容方面，以新民歌为主，也有传统民歌。

四　在其他地区出版的民歌

除了内蒙古、北京和上海三地，由于行政区划在不同历史分期的调整，东北和察哈尔与内蒙古在行政区划上有所交叉，早期在东北和察哈尔也出版了一些蒙古民歌集，本书也将其纳入梳理范畴。本书目前搜集了 2 种在沈阳和 1 种在张家口出版的内蒙古民歌作品，分为 3 个词条对其版本、地位和主要内容进行概述。

《内蒙古民族之歌》（1950）。1950 年，东北新华书店出版了乌兰巴

[①]　上海音乐学院声乐系编：《中国民歌选》（第二集），上海文艺出版社 1959 年版。

特尔撰词、刘炽作曲《内蒙古民族之歌》。《内蒙古民族之歌》,记载
了三部民歌:"第一部:我们曾有过自由的时光""第二部:我们也曾
失掉过自由"和"第三部:我们终于到了翻身这一天"。这三部民歌
简要反映了内蒙古的民族历史,反映了 1947 年后内蒙古人民翻身做
主人的喜悦。这体现了在社会主义时期,内蒙古人民重获平等和自由
的心声①。

《新歌五十首》(1950)。1950 年,新华书店东北总分店出版了东北
文艺工作团编《新歌五十首》②。东北文艺工作团在《前言》中指出,图
书出版是为了反映民众的现实生活,更好地开展东北群众歌咏运动③。
《新歌五十首》收录了 3 首蒙古民歌,分别是陈清漳、马维新译词,许直
配歌的《牧歌》,胡尔查译词、许直记谱、安波配歌的《四季》和胡尔查
译词、许直记谱、安波配歌的《龙梅》④。民歌是反映现实生活和斗争的,
反映了民间文学与政治社会的密切关系。

《察哈尔省民歌新编》(1950)。1950 年,察哈尔省文学艺术界联合
会出版了尼尼编《察哈尔省民歌新编》⑤。尼尼,即陶今也。尼尼搜集整
理《察哈尔省民歌新编》的背景是察北草原的群众文艺活动,尼尼搜集
整理民歌的主要目的是通过编写新词和改编旧词给群众歌唱,对群众有所
教益。此外,希望能给民间文艺工作者提供参考⑥。"1952 年,中央决定
将原属察哈尔省的多伦、宝昌、化德三县划归内蒙古自治区。"⑦《察哈尔
省民歌新编》是对察哈尔省民歌的搜集与整理,反映了在抗日战争、解
放战争这些中华民族共同的国家历程中察哈尔省民众的生活文化和精神
情感。

　　以上 3 个词条都是 1950 年的出版物。内蒙古自治区成立于 1947 年,
但内蒙古自治区的行政区划有过几次调整,直至 1955 年撤销热河省。解

---

① 乌兰巴特尔撰词、刘炽作曲:《内蒙古民族之歌》,东北新华书店 1950 年版。
② 东北文艺工作团编:《新歌五十首》,新华书店东北总分店 1950 年版。
③ 东北文艺工作团:《前言》,东北文艺工作团编《新歌五十首》,新华书店东北总分店
1950 年版。落款时间:"7 月 20 日"。
④ 东北文艺工作团编:《新歌五十首》,新华书店东北总分店 1950 年版,第 74—76 页。
⑤ 尼尼编:《察哈尔省民歌新编》,察哈尔省文学艺术界联合会,1950 年。
⑥ 尼尼:《前言》,尼尼编《察哈尔省民歌新编》,察哈尔省文学艺术界联合会,1950 年。
落款时间:"一九五〇年六月一日写于张家口察哈尔省文联"。《前言》无页码。
⑦ "内蒙古自治区概况"编辑委员会:《内蒙古自治区的建立与发展》,《民族研究》1959
年第 12 期。

放战争时期，辽宁和察哈尔同属于冀察热辽军区，并肩作战，协同进行革命文化宣传，更有冀察热辽联合大学鲁迅艺术学院作为军区培养文艺干部的战时学校。1949 年初版于内蒙古乌兰浩特的《蒙古民歌集》就是冀察热辽联大鲁艺组织搜集、整理和出版的。新中国成立前后，冀察热辽的革命斗争和文化活动都值得我们关注，它们与内蒙古民间文艺的搜集整理工作有直接关系。目前搜集到的这类作品有限，但不容忽视。

第二节　内蒙古民间故事的搜集整理

本节目前共搜查内蒙古民间故事作品 28 种，1949 年至 1959 年的民间故事作品有 11 种，本书重点以 11 个词条形式，对内蒙古民间故事作品进行概述。

《内蒙民间故事》（1955）。1955 年，通俗读物出版社出版了李翼整理《内蒙民间故事》。1955 年李翼整理《内蒙民间故事》的《内容提要》指出："本书包括二十七篇流传在内蒙地区的民间故事。故事的采集者李翼同志曾经在内蒙地区生活了很长的时间。他所编选的这些故事主题都很健康，结构也很严谨，富有内蒙的传统习俗，可以使我们看出内蒙人民那种勇敢豪迈的英雄性格。"[①] 编者说明了了这本故事集的故事数量、流传地，从其内容我们能够了解内蒙古地区的传统习俗，了解内蒙古人民的性情。这有利于我国其他地区的民族了解内蒙古地区民众，了解蒙古族，增进民族团结。

《蒙藏民间故事》（1957）。1957 年，少年儿童出版社出版了李翼、王尧整理《蒙藏民间故事》[②]。1957 年李翼、王尧整理《蒙藏民间故事》在《内容提要》中介绍道："本书前半部包括二十七篇流传在内蒙地区的民间故事。故事的采集者李翼，曾经在内蒙地区生活了很长的时间。他所编选的这些故事主题都很健康，结构也很严谨，富有内蒙古地区的地方色彩。读了这些故事以后，可以使我们了解内蒙古的传统习俗，可以使我们看出内蒙人那种勇敢豪迈的英雄性格。后半部一共收集了十三篇流传在西

---

① 《内容提要》，李翼整理《内蒙民间故事》，通俗读物出版社 1955 年版。位于扉页，无页码。

② 李翼、王尧整理：《蒙藏民间故事》，香港：令代图书公司 1957 年版。

藏地区的民间故事。"① 这说明故事集分为两部分，一部分是蒙古族故事，另一部分是藏族故事。将两个民族的故事编为一集出版，说明了两族故事的密切关系。

1955 年至 1958 年，胡尔查积极译介各类体裁的蒙古族民间文学作品。

胡尔查在《〈民间故事〉译后记》中概述了蒙古族民间故事的分类和特色，蒙古族民间故事包括神话、传说都很丰富，题材繁多。蒙古族还有"独具地区特色、民族特色的系列故事，如巴拉根仓的故事、沙格德尔的故事、智谋老翁的故事、格斯尔的故事等等。此外，还有寓言、笑话等等"②。胡尔查对这一时期自己的工作和内蒙古民间文学工作的介绍是："1955 年 5 月，内蒙古第一个民间文学组织，即内蒙古文联民间文学研究组宣告成立，我出任该组负责人。当时，上海少儿出版社邀我给他们译一些适合儿童阅读的蒙古族民间故事。可是，当时民间文学方面出版的读物寥如晨星，很少很少。我只好尽力搜罗，加上自己译了一些，凑到一起，命名为《马头琴》和《智慧的鸟》，约有七八万字，交予他们，均先后出版了。"③ 在组织上，内蒙古成立了内蒙古文联民间文学研究组，是内蒙古第一个民间文学组织，胡尔查是负责人。应上海少儿出版社之邀，胡尔查搜集和翻译了一些适合儿童看的民间故事，即不久面世的《马头琴》和《智慧的鸟》。

《马头琴：内蒙古民间故事》（1956）。1956 年，少年儿童出版社出版了内蒙古文学艺术工作者联合会民间文学研究组编、周公和等绘图《马头琴：内蒙古民间故事》。《内容提要》指出，这些故事反映了蒙古族过去受到压迫的生活如"马头琴""巴林摔跤手"等，和对统治阶级的反抗情绪如"山的儿子""法律与银子"等，同时体现了他们丰富的生活，可以使我们更好地了解和热爱蒙古族同胞④。《马头琴：内蒙古民间故事》

---

① 《内容提要》，李翼、王尧整理《蒙藏民间故事》，香港：令代图书公司 1957 年版。位于扉页，无署名。

② 胡尔查：《〈民间故事〉译后记》，《胡尔查译文集》（第 3 卷），远方出版社 2009 年版，第 505 页。

③ 胡尔查：《〈民间故事〉译后记》，《胡尔查译文集》（第 3 卷），远方出版社 2009 年版，第 505 页。

④ 《内容提要》，内蒙古文学艺术工作者联合会民间文学研究组编《马头琴》（内蒙古民间故事），少年儿童出版社 1956 年版。位于扉页版权页，无署名，无页码。

共收录11个内蒙古民间故事①。《山的儿子》由甘珠尔扎布记，霍尔查译②。《巴林摔跤手》由甘珠尔扎布记，霍尔查译③。《马头琴》由塞野记④。《法律与银子》由甘珠尔扎布记，仁亲译⑤。《孩子和官老爷》由拉姆嘉布述，陈乃雄译⑥。《聪明的高娃》由甘珠尔扎布记，郭勒敏译⑦。《巴拉根仓的故事》（一）、（二）由扎拉嘎胡记⑧。《三兄弟》由甘珠尔扎布记，仁亲译⑨。《勇敢的其哈拉格》由塞野记⑩。《矇眬山的故事》由扎拉嘎胡记⑪。蒙古族民间故事涉及汉译问题，甘珠尔扎布、塞野、扎拉嘎胡参与了蒙古族民间故事的记录工作，胡尔查、仁亲、陈乃雄、郭勒敏参与汉译工作，向全国人民介绍蒙古族丰富的民间文学遗产。

《智慧的鸟》（内蒙古民间童话）（1957）。1957年，少年儿童出版社出版了胡尔查编《智慧的鸟》（内蒙古民间童话）。这是一本配有插图的内蒙古民间童话集。封底的《内容提要》指出这本内蒙古民间童话集表现了蒙古族同胞的丰富想象和高尚道德⑫。《智慧的鸟》共收录11篇内蒙

---

① 目录，内蒙古文学艺术工作者联合会民间文学研究组编《马头琴》（内蒙古民间故事），少年儿童出版社1956年版。

② 内蒙古文学艺术工作者联合会民间文学研究组编：《马头琴》（内蒙古民间故事），少年儿童出版社1956年版，第1—11页。

③ 内蒙古文学艺术工作者联合会民间文学研究组编：《马头琴》（内蒙古民间故事），少年儿童出版社1956年版，第12—18页。

④ 内蒙古文学艺术工作者联合会民间文学研究组编：《马头琴》（内蒙古民间故事），少年儿童出版社1956年版，第19—22页。

⑤ 内蒙古文学艺术工作者联合会民间文学研究组编：《马头琴》（内蒙古民间故事），少年儿童出版社1956年版，第23—26页。

⑥ 内蒙古文学艺术工作者联合会民间文学研究组编：《马头琴》（内蒙古民间故事），少年儿童出版社1956年版，第27—28页。

⑦ 内蒙古文学艺术工作者联合会民间文学研究组编：《马头琴》（内蒙古民间故事），少年儿童出版社1956年版，第29—32页。

⑧ 内蒙古文学艺术工作者联合会民间文学研究组编：《马头琴》（内蒙古民间故事），少年儿童出版社1956年版，第33—41页。

⑨ 内蒙古文学艺术工作者联合会民间文学研究组编：《马头琴》（内蒙古民间故事），少年儿童出版社1956年版，第42—44页。

⑩ 内蒙古文学艺术工作者联合会民间文学研究组编：《马头琴》（内蒙古民间故事），少年儿童出版社1956年版，第45—50页。

⑪ 内蒙古文学艺术工作者联合会民间文学研究组编：《马头琴》（内蒙古民间故事），少年儿童出版社1956年版，第51—58页。

⑫ 《内容提要》，胡尔查编《智慧的鸟》（内蒙古民间童话），少年儿童出版社1957年版。位于封底，无署名，无页码。

古民间童话①。《智慧的鸟》由甘珠尔扎布记,仁亲译②。《小鸟的故事》由松岱记,胡尔查译③。《机智的牧羊人》由甘珠尔扎布记,胡尔查译④。《白银蛇河》由少艾记译⑤。《小白马的故事》由白歌乐、胡尔查合译⑥。《孤独的白驼羔》由白歌乐、胡尔查合译⑦。《大象和耗子》由吉格木德苏伦记、胡尔查译⑧。《骄傲的天鹅》由白歌乐译⑨。《猫与耗子》由仁钦、胡尔查合译⑩。《王爷下轿车》由胡尔查译⑪。《胖喇嘛摔碎了玉石瓶》由胡尔查译⑫。甘珠尔扎布、少艾、白歌乐和吉格木德苏伦在中华人民共和国成立之初都参与了内蒙古故事的记录工作,从事内蒙古故事汉译工作的有仁亲(钦)、胡尔查和白歌乐。

《勇士古诺干》(1957)。1957 年,天津人民美术出版社出版了胡尔查著,江尚、韩宗颜改编的《勇士古诺干》⑬。

《成吉思汗的两匹骏马》(1957)。1957 年,内蒙古人民出版社出版了达赉·白歌乐译《成吉思汗的两匹骏马》⑭。根据扉页上的《内容介

---

① 胡尔查编:《智慧的鸟》(内蒙古民间童话),少年儿童出版社 1957 年版。

② 甘珠尔扎布记:《智慧的鸟》,仁亲译,胡尔查编《智慧的鸟》(内蒙古民间童话),少年儿童出版社 1957 年版,第 2—5 页。

③ 甘珠尔扎布记:《智慧的鸟》,仁亲译,胡尔查编《智慧的鸟》(内蒙古民间童话),少年儿童出版社 1957 年版,第 5—8 页。

④ 甘珠尔扎布记:《智慧的鸟》,仁亲译,胡尔查编《智慧的鸟》(内蒙古民间童话),少年儿童出版社 1957 年版,第 8—13 页。

⑤ 甘珠尔扎布记:《智慧的鸟》,仁亲译,胡尔查编《智慧的鸟》(内蒙古民间童话),少年儿童出版社 1957 年版,第 13—15 页。

⑥ 甘珠尔扎布记:《智慧的鸟》,仁亲译,胡尔查编《智慧的鸟》(内蒙古民间童话),少年儿童出版社 1957 年版,第 15—21 页。

⑦ 甘珠尔扎布记:《智慧的鸟》,仁亲译,胡尔查编《智慧的鸟》(内蒙古民间童话),少年儿童出版社 1957 年版,第 21—27 页。

⑧ 甘珠尔扎布记:《智慧的鸟》,仁亲译,胡尔查编《智慧的鸟》(内蒙古民间童话),少年儿童出版社 1957 年版,第 28—30 页。

⑨ 甘珠尔扎布记:《智慧的鸟》,仁亲译,胡尔查编《智慧的鸟》(内蒙古民间童话),少年儿童出版社 1957 年版,第 30—33 页。

⑩ 甘珠尔扎布记:《智慧的鸟》,仁亲译,胡尔查编《智慧的鸟》(内蒙古民间童话),少年儿童出版社 1957 年版,第 33—34 页。

⑪ 甘珠尔扎布记:《智慧的鸟》,仁亲译,胡尔查编《智慧的鸟》(内蒙古民间童话),少年儿童出版社 1957 年版,第 34—35 页。

⑫ 甘珠尔扎布记:《智慧的鸟》,仁亲译,胡尔查编《智慧的鸟》(内蒙古民间童话),少年儿童出版社 1957 年版,第 35—36 页。

⑬ 胡尔查:《勇士古诺干》,江尚、韩宗颜改编,天津人民美术出版社 1957 年版。

⑭ 达赉·白歌乐译:《成吉思汗的两匹骏马》,内蒙古人民出版社 1957 年版。

绍》，"《勇士古诺干》，是蒙古的民间故事"①。

《骄傲的天鹅：内蒙古民间故事》（1958）。1958年，内蒙古人民出版社出版了达赉·白歌乐译《骄傲的天鹅：内蒙古民间故事》。1958年该书收录了《骄傲的天鹅》《鹿和角》和《看谁的智慧高》等14篇蒙古族的动物故事②。

《中国民间故事选》（1958—1961）。1958年，作家出版社出版了贾芝、孙剑冰编《中国民间故事选》。《中国民间故事选》，是"为了献给全国第一次民间文学工作者会议"③。从封面可知，《中国民间故事选》是中国科学院文学研究所"中国各民族民间文学丛刊之一"，收录了"30个民族的124篇作品"④。这本故事集收录了大量的革命故事。贾芝和孙剑冰在《前记》中指出，在革命时期和社会主义建设时期，民众在革命故事中表达了对党和伟大领袖的歌颂⑤。

1959年出版了贾芝、孙剑冰编《中国民间故事集》。1959年贾芝、孙剑冰编《中国民间故事集》收录了2篇蒙古族民间故事，分别是《马头琴》和《猎人传》。这本《中国民间故事集》是之前贾芝、孙剑冰编《中国民间故事选》的精简本。从目录来看，《中国民间故事》共收录了30个民族的132篇故事，其中包括蒙古族故事5篇，分别是《马头琴》《巴林摔跤手》《报仇棒》《猎人海力布》和《猎人传》。这本《中国民间故事集》覆盖我国汉族、蒙古族、回族、藏族和维吾尔族等21个民族的45篇故事，其中蒙古族故事两篇，分别是《马头琴》和《猎人传》。这本故事集除了在内容上有所精简，方便读者快速了解我国各民族的民间故事外，还增加了插图，以增添读者阅读的趣味性。这是在社会主义新文艺时期，我国民间工作者为促进各民族故事的传播而作的努力。

1961年，作家出版社出版了贾芝、孙剑冰编《中国民间故事选》（第

---

① 《内容介绍》，胡尔查著，江尚、韩宗颜改编《勇士古诺干》，天津人民美术出版社1957年版。位于扉页，无署名，无页码。

② 达赉·白歌乐译：《骄傲的天鹅：内蒙古民间故事》，内蒙古人民出版社1958年版。

③ 编者：《前记》，贾芝、孙剑冰编《中国民间故事选》，作家出版社1958年版，第1页。落款时间："1958年6月19日"。

④ 贾芝、孙剑冰：《前记》，贾芝、孙剑冰编《中国民间故事选》，作家出版社1958年版，第1页。落款时间："1958年6月19日"。

⑤ 贾芝、孙剑冰：《前记》，贾芝、孙剑冰编《中国民间故事选》，作家出版社1958年版，第2页。

二集),是为了"献给那时在北京召开全国民间文学工作者大会"①。

《内蒙古民间故事》(1958)。1958 年,少年儿童出版社出版了孙剑冰编著、王树忱绘图的《内蒙古民间故事》,配有插图。② 共收录内蒙古故事 12 则,分别是:《老鞘胡》③《你的营生多末》④《瞎汉教书》⑤《"一字不识"招驸马》⑥《梦先生》⑦《张打鹌鹑李钓鱼》⑧《三番五次没意思》⑨《有个讨吃的,有个鞭杆子》⑩《天心桥一簇花》⑪《天牛郎配夫妻》⑫《门墩墩、门挂挂、锅刷刷》⑬《蛇郎》⑭。其中,《张打鹌鹑李钓

---

　　① 贾芝:《民间故事的魅力——〈中国民间故事选〉二集序言》,贾芝、孙剑冰编《中国民间故事选》(第二集),作家出版社 1961 年版,第 21 页。落款时间:"1961 年 11 月 2 日夜"。

　　② 《内蒙古民间故事》,少年儿童出版社 1958 年版。

　　③ 《老鞘胡》,孙剑冰编著、王树忱绘图:《内蒙古民间故事》,少年儿童出版社 1958 年版,第 1—5 页。原文落款:根据乌拉特前旗四区社杜东海、高海宽、刘胡开、郭老生和五区刘清河、阎银旺等人的讲述整理。

　　④ 《你的营生多末》,《内蒙古民间故事》,少年儿童出版社 1958 年版,第 5—6 页。原文题注:原述者:内蒙古乌拉特前旗东油坊村徐小海。采录时间:1954 年 8 月。

　　⑤ 《瞎汉教书》,《内蒙古民间故事》,少年儿童出版社 1958 年版,第 6—9 页。原文题注:原述者:内蒙乌拉特前旗蓝湖坝村李红。采录时间:1954 年 8 月。

　　⑥ 《"一字不识"招驸马》,孙剑冰编著、王树忱绘图《内蒙古民间故事》,少年儿童出版社 1958 年版,第 9—16 页。原文题注:原述者:内蒙古乌拉特前旗东油坊村徐小海。采录时间:1954 年秋。

　　⑦ 《梦先生》,《内蒙古民间故事》,少年儿童出版社 1958 年版,第 16—27 页。原文题注:原述者:内蒙古乌拉特前旗东油坊村徐小海。采录时间:1954 年 8 月。

　　⑧ 《张打鹌鹑李钓鱼》,《内蒙古民间故事》,少年儿童出版社 1958 年版,第 27—37 页。原文题注:篇名是原述者起的。原述者:内蒙古乌拉特前旗圪堵村秦地女(近七十岁)。采录时间:1954 年 8 月。

　　⑨ 《三番五次没意思》,《内蒙古民间故事》,少年儿童出版社 1958 年版,第 37—47 页。原文题注:原述者:内蒙古乌拉特前旗圪堵村孙贵(男,约五十岁,木匠)。采录时间:1954 年 8 月下旬。

　　⑩ 《有个讨吃的,有个鞭杆子》,《内蒙古民间故事》,少年儿童出版社 1958 年版,第 47—58 页。原文题注:根据内蒙古乌拉特前旗四区东油坊村赵月生和五区傅家圪堵村秦地女、李虎圪堵村王刚的口述重新整理。

　　⑪ 《天心桥一簇花》,《内蒙古民间故事》,少年儿童出版社 1958 年版,第 58—71 页。原文题注:搜集地点:内蒙乌拉特前旗四区升恒号村、五区傅家圪堵村。讲述人:刘胡开(男,中年,住升恒号),秦地女。

　　⑫ 《天牛郎配夫妻》,《内蒙古民间故事》,少年儿童出版社 1958 年版,第 71—83 页。原文题注:原述者:内蒙乌拉特前旗秦地女。

　　⑬ 《门墩墩、门挂挂、锅刷刷》,《内蒙古民间故事》,少年儿童出版社 1958 年版,第 83—90 页。原文题注:原述者:内蒙乌拉特前旗傅家圪堵村秦地女,苏木图村刘保子(男,不到二十岁。他只讲了故事的一半)。

　　⑭ 《门墩墩、门挂挂、锅刷刷》,《内蒙古民间故事》,少年儿童出版社 1958 年版,第 91—102 页。原文落款:根据秦地女的讲述并参考其他资料整理。

鱼》《有个讨吃的，有个鞭杆子》《天心桥一簇花》《天牛郎配夫妻》《门墩墩、门挂挂、锅刷刷》和《蛇郎》6 则故事，是由秦地女讲述的。

《蒙古族民间故事集》（1962）。1962 年，上海文艺出版社出版了中国科学院内蒙古分院语言文学研究所《蒙古族民间故事集》①。书中的蒙古族民间故事以传统故事为主，其思想主题分为社会斗争和自然斗争，也有反映蒙古族民俗的题材②。书的《前言》还指出，巴拉根仓的故事是蒙古族有名的机智人物故事，反映了劳动人民与统治阶级之间的矛盾和斗争精神③。巴拉根仓的人物形象是蒙古族人民的智慧和勇敢的化身。

《蒙古民间故事》（1955）。1955 年，少年儿童出版社出版了［蒙古］霍扎《蒙古民间故事》，［苏］柯契尔金绘图，王崇廉、范之超译④。1955年，译者范之超在《译者的话》中指出："这本书里收集的，都是蒙古人民共和国的民间故事。"⑤ "这本书里的二十篇故事，有的是反映古代蒙古人民对残忍的统治者的痛恨，有的是表达他们对自由幸福生活的愿望。"⑥

本节 11 个词条中，前 10 个词条是内蒙古民间故事，最后 1 个词条《蒙古民间故事》（1955）是蒙古国翻译过来的民间故事，作为参照文本也纳入了梳理范畴。从出版时间来看，内蒙古民间故事多出版于 50 年代中后期。从民间故事出版形式来看，既有内蒙古民间故事专辑，也有纳入全国性合辑中出版的形式，如《中国民间故事选》（1958—1961）。上海少年儿童出版社对内蒙古民间故事的出版工作是突出的，有 6 个词条中的作品都是由它出版的。中央机构和内蒙古地方机构积极组织搜集和出版内蒙古民间故事，蒙古族翻译者胡尔查、达赉·白歌乐搜集和翻译的作品也是突出的。

---

① 中国科学院内蒙古分院语言文学研究所：《蒙古族民间故事集》，上海文艺出版社 1962年版。

② 中国科学院内蒙古分院语言文学研究所：《前言》，中国科学院内蒙古分院语言文学研究所：《蒙古族民间故事集》，上海文艺出版社 1962 年版，第 4 页。落款时间："1961.5"。

③ 中国科学院内蒙古分院语言文学研究所：《前言》，中国科学院内蒙古分院语言文学研究所：《蒙古族民间故事集》，上海文艺出版社 1962 年版，第 5 页。

④ ［蒙古］霍扎：《蒙古民间故事》，［苏］柯契尔金绘图，王崇廉、范之超译，少年儿童出版社 1955 年版。

⑤ 范之超：《译者的话》，［蒙古］霍扎《蒙古民间故事》，［苏］柯契尔金绘图，王崇廉、范之超译，少年儿童出版社 1955 年版，第 1 页。

⑥ 范之超：《译者的话》，［蒙古］霍扎《蒙古民间故事》，［苏］柯契尔金绘图，王崇廉、范之超译，少年儿童出版社 1955 年版，第 2 页。

第三节　　内蒙古笑话的搜集整理

本节共搜集到 1 种内蒙古笑话作品，但目前没有搜查到 1949 年至 1959 年的作品，本节以 1 个词条的形式，对内蒙古笑话作品进行概述。

《巴拉根仓的故事》(1960)。1960 年，内蒙古人民出版社出版了陈清漳、塞西、芒·牧林整理《巴拉根仓的故事》①。书的《后记》中指出：巴拉根仓是蒙古族劳动人民塑造的勇敢和智慧的机智人物形象。巴拉根仓的故事"反映了蒙族劳动人民与封建统治者之间的尖锐的矛盾和斗争"，民众通过巴拉根仓的故事表达对统治阶级的不满，并与之斗争。②

本节介绍的巴拉根仓笑话是蒙古族笑话中的经典。它的搜集工作在新中国成立初期就已经开始了，但是目前搜集到的书籍的成果形式出现在 60 年代初，由内蒙古人民出版社出版，但巴拉根仓笑话在上一节内蒙古民间故事的全国性合辑中有所收录，具有一定代表性和影响力。

第四节　　内蒙古史诗和民间叙事诗的搜集整理

本节目前共搜查内蒙古史诗和民间叙事诗作品 7 种，1949 年至 1959 年的有 4 种，本书重点以 4 个词条形式，其中史诗词条 3 个，民间叙事诗词条 1 个，对内蒙古史诗和民间叙事诗作品进行概述。

《洪古尔》(1950—1958)。1950 年，商务印书馆出版了边垣编写《洪古尔：蒙古民族故事》③。1958 年，中国民间文艺研究会主编，作家出版社出版了边垣编写《洪古尔》④。

《英雄格斯尔可汗》(1959)。1959 年，作家出版社出版了琶杰说唱，其木德道尔吉整理，安柯钦夫译的《英雄格斯尔可汗》⑤。托门在《"英

---

① 陈清漳、塞西、芒·牧林整理：《巴拉根仓的故事》，内蒙古人民出版社 1960 年版。

② 整理者：《后记》，陈清漳、塞西、芒·牧林整理：《巴拉根仓的故事》，内蒙古人民出版社 1960 年版，第 97 页。落款时间："1960.1.19 呼和浩特"。

③ 边垣编写：《洪古尔：蒙古民族故事》，商务印书馆 1950 年版。边垣，原名边燮清，参见斯钦巴图《发现边垣——纪念〈洪古尔〉出版七十周年》，《民族文学研究》2020 年第 2 期。

④ 边垣编写：《洪古尔》，作家出版社 1958 年版。

⑤ 琶杰说唱、其木德道尔吉整理：《英雄格斯尔可汗》，安柯钦夫译，作家出版社 1959 年版。

雄格斯尔可汗"——为"英雄格斯尔可汗"出版而作》一文中指出，这部蒙古族史诗是对蒙古族草原游牧生活的反映，反映了蒙古人民的爱憎①。史诗题材来源于蒙古社会的现实生活，通过这部史诗我们可以了解蒙古族民族民俗。

《格斯尔传》（蒙古族）（1960）。1960 年，人民文学出版社出版了（蒙古族）桑杰扎布译的《格斯尔传》（蒙古族）②。《译者前言》中指出："从喜马拉雅山到贝加尔湖，从黑龙江岸到帕米尔高原，蒙、藏两族的广大人民对于格斯尔这一英雄形象，可以说是家喻户晓，尽人皆知的。"③ 这说明蒙古族史诗《格斯尔传》的流传范围较广，不仅在蒙古族中流传，还在藏族人民中有较广泛的影响。

《嘎达梅林》（1951）。1951 年，海燕书店出版了中国民间文艺研究会编，陈清漳等译《嘎达梅林：蒙古民间故事诗集》④。该书被编入中国民间文艺研究会主编的"民间文学丛书"出版，该书除了《嘎达梅林》，还收录了《都楞扎那》《龙海》和《英格与勒城》3 首民间叙事诗⑤。

以上 4 个词条都是在北京和上海两地出版的，这体现了国家对蒙古族史诗和民间叙事诗搜集和出版工作的支持，也有利于其推广。《洪古尔》是江格尔史诗的一部分，在 1950 年就有了搜集版本，但属于个人搜集的成果，后来纳入中国民间文艺研究会丛书再版。《英雄格斯尔可汗》（1959）和《格斯尔传》（蒙古族）（1960）的出版，与 20 世纪 50 年代后期中央机构组织开展格萨尔（格斯尔）史诗搜集工作有关。民间叙事诗《嘎达梅林》是由内蒙古文工团陈清漳等人搜集和翻译的，在新中国成立初期，在全国范围内有较大的反响。这 4 部作品都是汉族和蒙古族民间文艺工作者合作搜集、整理和翻译的结果。

---

① 托门：《"英雄格斯尔可汗"——为"英雄格斯尔可汗"出版而作》，琶杰说唱、其木德道尔吉整理《英雄格斯尔可汗》，安柯钦夫译，作家出版社 1959 年版，第 1 页。

② 桑杰扎布译：《格斯尔传》（蒙古族），人民文学出版社 1960 年版。

③ 桑杰扎布：《译者前言》，桑杰扎布译《格斯尔传》（蒙古族），人民文学出版社 1960 年版，第 1 页。落款时间："1960 年 1 月"。

④ 中国民间文艺研究会编：《嘎达梅林：蒙古民间故事诗集》，陈清漳等译，海燕书店 1951 年版。

⑤ 陈清漳、美丽其格合译：《都楞扎那》，第 40—42 页。陈清漳、松来合译：《龙海》，第 43—46 页。陈清漳、松来扎木苏、美丽其格合译：《都楞扎那》，第 47—57 页。

第五节　内蒙古民间戏曲的搜集整理

本节目前共搜查内蒙古民间戏曲作品 6 种，1949 年至 1959 年的民间戏曲作品有 4 种，本书重点以 5 个词条形式，其中好来宝说唱词条 4 个，二人台小戏词条 1 个，对内蒙古民间戏曲作品进行概述。

《好来宝》（1955）。1955 年，内蒙古人民出版社出版了内蒙古自治区文化局编《好来宝》。

《春风解冻：内蒙民间传说诗》（1956）。1956 年，通俗读物出版社出版了琶杰等、陶·漠南等译《春风解冻：内蒙民间传说诗》。

《好来宝选集》（1957）。1957 年，作家出版社出版了中国曲艺研究会主编《好来宝选集》。该书《编辑前言》中指出："'好来宝'是内蒙地区流行的一种说唱形式，大都以四胡伴奏，边拉边唱；具有灵活的特点，说唱历史故事和现实生活，都很方便。解放以后，这种形式，有了更大的发展，先后创作和整理了不少优秀作品。现根据已发表的翻译成汉文的作品，编选一部分出版，供大家阅读、研究。"① 《好来宝选集》共收录 6 首好来宝，分别是毛依罕的《铁牤牛》，琶杰的《互助合作好》，哈斯朝鲁和巴达马仁沁的《夸马》，琶杰的《两只羊羔》，道尔吉、乌苏格博彦和纳·赛音朝克图的《富饶的查干湖》，和琶杰的《镇压魔鬼的故事》②。

《毛依罕好来宝选集》（汉文）（1959）。1959 年，作家出版社出版了安柯钦夫、芒·牧林译《毛依罕好来宝选集》（汉文）③。其《内容说明》指出："好来宝是内蒙古地区流行的一种说唱形式，以四胡伴奏，说唱历史故事或现实生活。毛依罕为内蒙古有名的民间艺人，这个集子收入他唱的好来宝诗三首。……这些作品在群众中都有过一定的影响，可以看作毛依罕的代表作。"④ 托门在《内蒙古民间艺人毛依罕》（代

---

　　① 中国曲艺研究会：《编辑前言》，中国曲艺研究会主编《好来宝选集》，作家出版社 1957 年版。落款时间："1957 年 4 月"。

　　② 中国曲艺研究会主编：《好来宝选集》，作家出版社 1957 年版。

　　③ 安柯钦夫、芒·牧林译：《毛依罕好来宝选集》（汉文），作家出版社 1959 年版。

　　④ 《内容说明》，安柯钦夫、芒·牧林译：《毛依罕好来宝选集》（汉文），作家出版社 1959 年版。

序）中指出："正因为毛依罕的创作有较高的思想性和艺术性，所以传播的面也比较广，说书厅里每天的听众都很多。从一九五三年以后（一九五三年以前没有统计数字）在他的创作中有十八篇好来宝被内蒙古人民广播电台录音，经常广播。有些好来宝已译成汉文被广大读者欣赏着。"①

《二人台剧本选集》（1960）。1960 年，内蒙古人民出版社出版了内蒙古自治区文化局编《二人台剧本选集》。《二人台剧本选集》共收录包括《人民公社好》《牧童谣》和《水磨沟》等 35 个剧本，每部剧本设有提要。

好来宝是经典的蒙古族说唱类型，出版多在 1950 年中后期。《好来宝》（1955）是在内蒙古出版的，《春风解冻：内蒙民间传说诗》（1956）、《好来宝选集》（1957）和《毛依罕好来宝选集》（汉文）（1959）都是在北京出版的，有好来宝合辑，也有蒙古族民间艺人琶杰和毛依罕的好来宝个人专辑，有利于在全国范围内的传播。二人台小戏作品在 1950 年末得到了一定程度的搜集，本节目前搜集到在内蒙古出版的《二人台剧本选集》（1960）。

第六节　内蒙古民间舞蹈的搜集整理

本节目前共搜查内蒙古民间舞蹈作品 7 种，1949 年至 1959 年的民间戏曲作品有 6 种，本书重点以 5 个词条形式，对内蒙古民间舞蹈作品进行概述。

《牧人舞：蒙古人民共和国舞蹈》（1957）。1957 年，北京出版社出版了北京群众艺术馆编、周鹤亭记录、野蜂绘图的《牧人舞：蒙古人民共和国舞蹈》，该书以图文的形式，从音乐、动作、场记、服装和道具几个方面介绍了牧人舞的舞蹈要领。这本书记录的是蒙古国的舞蹈，有利于我们了解蒙古族舞蹈，体会舞蹈语言的情感。

《少数民族舞蹈画册》（1958）。1958 年，民族出版社编辑、出版了

---

① 托门：《内蒙古民间艺人毛依罕》（代序），安柯钦夫、芒·牧林译《毛依罕好来宝选集》(汉文)，作家出版社 1959 年版，第 14 页。落款时间："1958 年 9 月 17 日（本文系节译）"。

《少数民族舞蹈画册》①。1958 年民族出版社编《少数民族舞蹈画册》采取图文并茂的方式介绍了我国少数民族的舞蹈。其中介绍的蒙古族舞蹈有"蒙古族鄂尔多斯舞",选取的图片是"1955 年在第五届世界青年与学生和平友谊联欢节上获一等奖"的图片②;"蒙古族挤奶员舞",选取的图片是"1957 年在第六届世界青年与学生和平友谊联欢节上获铜质奖章"的图片③。这本画册反映了,第一,新中国成立后各民族舞蹈在表达的思想主题上的转变,我国各族人民创造了新舞蹈以表达对新社会的歌颂。第二,各民族舞蹈相互交流,在相互学习中获得提升。第三,我国少数民族舞蹈被发掘,促进了各民族的文化交流,有利于民族团结④。在社会主义新时期,在总路线的指引和新社会的影响下,少数民族舞蹈会创造出更多优秀的表现人民生产、生活的舞蹈,发挥社会作用⑤。

《内蒙古地区民间舞蹈教材》(1958)。1958 年,公私合营西城誉印社出版了北京舞蹈学校印《内蒙古地区民间舞蹈教材》⑥。北京舞蹈学校编印的《内蒙地区民间舞蹈教材》介绍了内蒙古地区的民间舞蹈,对内蒙古各民族的民间舞蹈进行挖掘、整理和少量的发展,说明北京舞蹈学校重视学习和挖掘内蒙古的民间舞蹈。《内蒙地区民间舞蹈教材》分为"单一动作部分"和"基训部分"两部分。在第一部分,"单一动作部分",分为"一般性的舞蹈动作""表现劳动与日常生活的舞姿与动作"和"单一的技巧部分"3 部分⑦。在第二部分,"基训部分",分为"脚的位置""手的几个基本方位""手的几种基本姿态""上身的训练部分"和"脚的训练部分"5 部分,从做法、要领和节奏几个方面进行介绍,大量使用附注对舞蹈动作进行说明⑧。

《筷子舞:蒙古舞》(1959)。1959 年,上海文艺出版社出版了甘珠

---

① 民族出版社编:《少数民族舞蹈画册》,民族出版社 1958 年版。
② 民族出版社编:《少数民族舞蹈画册》,民族出版社 1958 年版,第 2 页。
③ 民族出版社编:《少数民族舞蹈画册》,民族出版社 1958 年版,第 3 页。
④ 《前言》,民族出版社编《少数民族舞蹈画册》,民族出版社 1958 年版。无署名,无页码。
⑤ 《前言》,民族出版社编《少数民族舞蹈画册》,民族出版社 1958 年版。
⑥ 北京舞蹈学校印:《内蒙古地区民间舞蹈教材》,公私合营西城誉印社 1958 年版。
⑦ 北京舞蹈学校印:《内蒙古地区民间舞蹈教材》,公私合营西城誉印社 1958 年版,第 1—18 页。
⑧ 北京舞蹈学校印:《内蒙古地区民间舞蹈教材》,公私合营西城誉印社 1958 年版,第 42—77 页。

尔扎布、王宪忠改编，明太作曲的《筷子舞：蒙古舞》。书的《前言》中指出："筷子舞是内蒙古歌舞团经常演出的节目之一。1955 年根据内蒙古西部地区伊克昭盟民间舞而改编的。初期的筷子舞在表现内容和艺术质量上都很低，后经领导的支持，老艺人吉格登（曾获 1955 年十月一日内蒙古第一届民族民间音乐舞蹈戏剧观摩大会一等奖）的指教，以及近几年全国各兄弟团体的帮助，这个舞蹈才逐渐成长起来，在演出中受到广大群众的欢迎。"① 来自民间舞的筷子舞被成功改编为广大群众热爱的舞蹈，离不开地方政府的支持、老艺人的贡献和各族兄弟的协助。这让我们了解到，在社会主义新文艺时期，地方政府组织艺人改编民间舞，各民族相互交流促进民间艺术成熟的积极局面。该作品《前言》介绍了筷子舞的起源，筷子舞是劳动人民用以反抗封建阶级统治、进行阶级斗争的民间文艺形式，后来还用于表达对日本帝国主义的不满②。在社会主义新文艺时期，民间工作者发现了这种带有革命意义的民间舞，因此，对其进行了搜集、改编和创作工作。

《内蒙古舞蹈选集》（一）（1965）。1965 年，内蒙古人民出版社出版了内蒙古民间艺术研究室编《内蒙古舞蹈选集》（一）。布赫在《内蒙古舞蹈选集》（一）的《序》中指出，《内蒙古舞蹈选集》（一）收录的是 1947 年至 1958 年搜集、整理的在内蒙古民众中有影响力的内蒙古舞蹈作品③。《内蒙古舞蹈选集》（一）共收录 13 种舞蹈作品，分别是《鄂伦春舞》《马刀舞》《牧马舞》《鄂尔多斯舞》《挤奶员》《筷子舞》《哈库麦舞》《太平鼓舞》《布谷鸟舞》《毕拉尔的节日舞》《打秋千》《摔跤舞》和《第一次训练》。《内蒙古舞蹈选集》（一）从音乐、动作说明、场记、服装说明、道具说明、注意事项等方面对这 13 种舞蹈作品进行了介绍。贾作光、甘珠尔扎布和王宪忠在附录中分别叙述了自己改编和创作内蒙古舞蹈作品的经过。布赫在序言中也对《内蒙古舞蹈选集》（一）中的几部舞蹈作品有所简介。

① 编者：《前言》，甘珠尔扎布、王宪忠改编，明太作曲《筷子舞：蒙古舞》，上海文艺出版社 1959 年版，第 3 页。落款时间："1959.9.16"。

② 编者：《前言》，甘珠尔扎布、王宪忠改编，明太作曲《筷子舞：蒙古舞》，上海文艺出版社 1959 年版，第 3—4 页。

③ 布赫：《序》，内蒙古民间艺术研究室编《内蒙古舞蹈选集》（一），内蒙古人民出版社 1965 年版，第 3 页。落款时间："1963 年 4 月"。

　　以上 5 个词条作品中，有 3 种是在北京出版的，其中 1 种是蒙古国舞蹈，1 种是收录于少数民族舞蹈合辑，1 种是作为舞蹈学校的教材；另外 2 种 1 种在内蒙古，1 种在上海。可见内蒙古民间舞蹈不仅在内蒙古地区，还在全国受到欢迎。这些舞蹈作品在蒙古族传统舞蹈的基础上，加入了吴晓邦、吉格登、甘珠尔扎布、贾作光、王宪忠等蒙、汉舞蹈艺术家的改编和创作，成为内蒙古社会主义新文艺的代表作，在全国引起强烈反响。

第七节　内蒙古民间文艺其他体裁的搜集整理

　　内蒙古民间文艺其他体裁的作品本节只搜集到 1 种。就目前本人搜集的时间和范围看，当时对民间谚语等其他体裁成果的搜集成果较少。

　　《蒙古谚语》（1959）。1959 年，内蒙古人民出版社出版了额尔敦·陶克陶编《蒙古谚语》。额尔敦·陶克陶是蒙古族有名的语言学家。

小　结

　　笔者共搜集了 164 种民间文艺作品的出版信息，其中民歌 112 种，民间故事 28 种，笑话 3 种，史诗和民间叙事诗 7 种，民间戏曲 6 种，民间舞蹈 7 种，其他 1 种。在这 164 种作品中，1949 年至 1959 年的作品，共有 129 种；其余 35 种作品，包括 1959 年之后的内蒙古民间文艺作品，其中有的作品是 1949 年至 1959 年搜集整理工作的出版成果，有的作品是 1949 年至 1959 年搜集整理工作的延续工作的出版成果，有的出版作品可以作为 1949 年至 1959 年搜集整理书目的参照书目。1949 年至 1959 年期间的 129 种作品，包括民歌 103 种，民间故事 11 种，史诗和民间叙事诗 4 种，民间戏曲 4 种，民间舞蹈 6 种，其他 1 种[①]。具体体裁作品数量见表 1-1，1949 年至 1959 年每年各体裁作品数量见图 1-1。

---

　　① 作品书目，详见本文主要参考文献的资料部分"内蒙古民间文艺作品汇录（1947—1966）"。

表 1-1　　　内蒙古民间文艺各体裁作品数量（1949—1959）①

类型＼年份	1949	1950	1951	1952	1953	1954	1955	1956	1957	1958	1959
民歌	2	2	0	2	3	4	2	4	3	16	65
民间故事	0	0	0	0	0	0	2	1	3	3	2
笑话	0	0	0	0	0	0	0	0	0	0	0
史诗和民间叙事诗	0	1	1	0	0	0	0	0	0	1	1
民间戏曲	0	0	0	0	0	0	1	1	1	0	1
民间舞蹈	0	0	0	0	0	0	0	0	3	2	1
其他民间文艺体裁	0	0	0	0	0	0	0	0	0	0	1

从表 1-1 看来，在新中国成立初期，在内蒙古民间文艺各体裁中，民歌作品的数量最多，且远远多于其他民间文艺体裁作品的数量。故事次之。民间舞蹈又次。史诗和民间叙事诗、民间戏曲又次。笑话在 1949 年至 1959 年时段还没有书出版。

从图 1-1 看来，1949 年至 1959 年，内蒙古民间文艺作品每年的数量是不平衡的。表 1-1 显示出民歌 1949 年至 1957 年，每年作品数量都不多，1958 年至 1959 年作品数量明显增多。民间故事从 1955 年至 1959 年出现作品，但数量不多。史诗和民间叙事诗在 1950 年、1951 年每年有 1部作品，1958 年、1959 年每年有 1 部作品。民间舞蹈在 1957 年至 1959年有作品出现。除了这些，其他民间文艺体裁在 1959 年有 1 种。图 1-1显示的每年各体裁作品的数量，不能完全反映各体裁的搜集情况。如有些作品虽然出版的时间较晚，但搜集工作早有进展，通过报纸、杂志、广播等其他途径传播。因此，内蒙古民间文艺各体裁的数量，可以作为我们研究这一时段搜集工作的参考，却不能作为研究的唯一依据。

以上总结了内蒙古民间文艺各个体裁作品的出版数量和出版时间分布情况。本章还使用 64 个词条对内蒙古民间文艺各个体裁作品的内容进行了梳理。从出版地来看，民歌作品的出版地集中在内蒙古、北京和上海三

---

① "表 1-1 内蒙古民间文艺各体裁作品数量（1949—1959）"，制表人：刘思诚，制表时间：2015 年 4 月 10 日。表格内容来源于笔者目前搜集到的内蒙古民间文艺作品的出版信息。

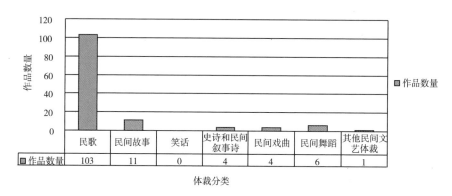

作品数量	民歌	民间故事	笑话	史诗和民间叙事诗	民间戏曲	民间舞蹈	其他民间文艺体裁
作品数量	103	11	0	4	4	6	1

体裁分类

图1-1　内蒙古民间文艺各体裁作品数量分布（1949—1959）①

地，内蒙古地区出版的民歌作品以内蒙古民歌专辑为主，北京和上海两地以收录内蒙古民歌的合辑为主，使得新中国成立初期内蒙古民歌在区域性和全国性出版物方面都很丰富，既有利于内蒙古民歌在本地的传承和保护，又有利于内蒙古民歌在全国的推广和交流。内蒙古的故事、笑话、史诗和民间叙事诗、民间戏曲和民间舞蹈出版物虽然数量不多，但也都具有区域性和全国性两类。从搜集者和出版者来看，以北京、内蒙古和上海的机构团体为主，尤其是在20世纪50年代中后期，搜集者中也有突出的个人和团体，既有蒙古族民间文艺工作者，又有汉族民间文艺工作者。在记录和翻译方面，多采用蒙、汉合作的工作模式。这使内蒙古民间文艺作品，既具有搜集和保存民族地方民间文艺遗产的性质，又具有在全国推广的交流与示范性质。这是新中国成立初期，我国重视边疆地区、少数民族地区文化建设，努力开展社会主义新文艺建设的直接成果。

---

① "图1-1 内蒙古民间文艺各体裁作品数量分布（1949—1959）"，制图人：刘思诚，制图时间：2015年4月10日。表格内容来源于笔者目前搜集到的内蒙古民间文艺作品的出版信息。

第二章 新中国成立初期内蒙古民间文艺搜集工作的第一阶段及其代表作（1949—1953）

从本章起，在以上描述新中国成立初期民间文艺搜集作品概貌的基础上，根据搜集者、搜集作品和社会影响的实际，分不同阶段讨论新中国成立初期内蒙古民间文艺搜集工作的成果。共分为三阶段：第一阶段，1949年至1953年，重点讨论的代表作为《东蒙民歌选》《爬山歌选》和《嘎达梅林》；第二阶段，1954年至1956年，重点讨论的代表作为内蒙古乌拉特前旗故事和巴拉根仓笑话；第三阶段，1957年至1959年，重点讨论的代表作为《中国民间故事选》等。此外，对于补充搜集的新中国成立初期民间文艺作品，包括民歌、民间故事、笑话、史诗、民间叙事诗、民间戏曲和民间舞蹈等，也附带进行讨论。

从整体上来看，本章所关注的第一阶段民歌搜集整理成果虽然不多，但是却具有很强的代表性和影响力，史诗和民间叙事诗也取得了一定的搜集成果，产生了较大的影响，汉、蒙民间文艺工作者合作的成果也比较突出。

第一节 内蒙古民歌搜集工作与搜集观点

在新中国成立初期的第一阶段，内蒙古民歌的搜集成果数量虽然不多，但具有一定的代表性和影响力。本节主要从内蒙古民歌搜集的马克思主义观点、社会主义新文艺观点、统一国家观点和民族观点来梳理内蒙古民歌的搜集原则和搜集方法。

一　马克思主义观点

此指在新中国成立初期内蒙古民间文艺搜集工作中，在延安文艺讲话精神的指引下，从搜集者和搜集作品两方面看，都比较自觉地强调马克思主义观点的指导作用。

民间文艺学者认为，马克思主义是民族民间文学搜集工作的指导思想。钟敬文认为，马克思主义经典作家也非常重视民间文学的社会历史价值，如恩格斯、高尔基等①。新中国成立初期，我国致力于内蒙古民间文艺搜集整理工作的采录者以马克思主义为指导思想，重视民族民间文学的搜集、整理与利用，如安波、许直、韩燕如等。

1950 年，安波在《东蒙民歌选》的序言《谈蒙古民歌》中指出，在日本投降、抗战胜利后，内蒙古社会历史和政治环境发生变化，内蒙古民歌是这一政治巨变的反映②。民间文艺与革命文艺相互影响、天然融合，一起为革命斗争和社会建设做宣传和服务。安波是我国著名的音乐家、革命文艺家和民族民间文艺家，他能够自觉将马克思主义指导思想和革命文艺改编与创作、民族民间文艺搜集整理工作相结合。

韩燕如在搜集内蒙古爬山歌时写道：

> 我的邻居是一家贫农，他有三个闺女，嫁后个个受气，三闺女嫁了个老女婿，逃回娘家就再也不愿意回去。她在地里劳动的时候，在家纺纱的时候，经常编唱自己爱唱的歌，歌中叙述着自己的遭遇。我恍惚意识到这就是旧中国妇女普遍的申诉。在激动中，我常常隔着一道墙，将她的歌记录下来。③

这位妇女所唱的民歌反映了她自身的遭遇，也反映了旧中国妇女的不幸遭遇。韩燕如结合歌唱者的社会地位和时代背景，对歌唱者充满同情，是对马克思主义方法论的自觉运用。

韩燕如在 1956 年出版的《爬山歌选》（二集）的后记《搜集爬山歌

---

① 钟敬文主编：《民间文学概论》，高等教育出版社 2010 年版，第 11—12 页。

② 安波：《谈蒙古民歌》，安波、许直合编《东蒙民歌选》，新文艺出版社 1952 年版，第 14 页。落款时间："1950 年 8 月 25 日写于北京"。

③ 韩燕如：《后记》，韩燕如编《爬山歌选》，人民文学出版社 1953 年版，第 234—235 页。

的一点体会》中指出，要更好地理解民歌，就要有正确的认识和热爱，这样才能更好地体察歌者在民歌中想要表达的情感，从民歌的文化表达看到其生活境况等社会信息①。这要求民间文艺工作者自觉运用马克思主义指导思想。

一些学者认为，运用马克思主义观点，能更清楚地认识到内蒙古民歌是内蒙古民众社会历史与民俗的反映。

1952 年出版的乌兰巴特尔撰词、刘炽作曲《内蒙古民族之歌》中记载了三部民歌："第一部：我们曾有过自由的时光""第二部：我们也曾失掉过自由"和"第三部：我们终于到了翻身这一天"三首民歌，它们反映了内蒙古地区的民族历史和 1947 年后内蒙古民众翻身做主人的喜悦心情。从马克思主义的观点来看，这是新中国成立后，内蒙古民众在新的社会历史环境下重获平等和自由的心声②。

1954 年出版的中央音乐学院民族音乐研究所编《中国民歌选》的《前言》指出民歌内容的丰富性，并提出结合历史知识研究民歌的方法。新中国成立后，我国进入新民主主义革命阶段。这要求我们研究内蒙古民歌时，以马克思主义唯物史观为指导，结合历史背景和社会环境来理解和分析民歌③。

钟敬文等学者认为，在民间文艺搜集工作中学习马克思主义、毛泽东思想，就要在记录和整理过程中虚心向民众学习，以更好地领会民歌的思想内涵和艺术表现手法。钟敬文主编的《民间文学概论》指出："真正在学习民间文学方面取得一些成就，使新文学面貌一新的，却是在毛泽东《在延安文艺座谈会上的讲话》发表以后，作家深入生活、努力接近人民之后。"④ 在内蒙古民间文艺工作者中，有很多人曾从事延安文艺建设，在内蒙古民间文艺搜集工作中能够自觉发扬延安文艺精神，移植延安文艺建设经验。

钟敬文主编的《民间文学概论》描述了延安时期解放区的民间文艺

---

① 韩燕如：《搜集爬山歌的一点体会》，韩燕如编《爬山歌选》（二集），人民文学出版社1956 年版，第 209—210 页。落款时间："1955 年 6 月 22 日"。

② 乌兰巴特尔撰词、刘炽作曲：《内蒙古民族之歌》，东北新华书店 1950 年版。

③ 《前言》，中央音乐学院民族音乐研究所编《中国民歌选》，音乐出版社 1954 年版，第1 页。落款时间："一九五二年四月二十一日"。《前言》无作者署名。

④ 钟敬文主编：《民间文学概论》，高等教育出版社 2010 年版，第 14 页。

建设：

> 在解放区，各文化单位搜集、油印了许多流传于人民中的抗日歌谣和其他革命歌谣，并进行了推广，使这些作品在动员群众、团结群众、教育群众方面发挥了巨大的鼓舞作用。尤其是 1942 年延安文艺座谈会之后，解放区的民间文学的搜集整理工作大规模地开展了起来。①

延安文艺时期，我国民间文艺工作者以毛泽东 1942 年《在延安文艺座谈会上的讲话》为工作指导思想，重视民歌等民间文艺形式，形成了影响深远的民歌搜集传统。安波在延安文艺时期受到延安文艺思想和民歌搜集传统的影响，这一时期接触到的蒙古民歌，也成为他日后热心组织搜集整理和醉心研究蒙古民歌的基础。

安波是延安时期重要的民间文艺工作者，关于安波音乐作品的特点和创造，许直在田野访谈中指出，安波的音乐语言深入群众，简单易学，创作的歌曲在士兵和群众中广为流传，安波还引入了延安的音乐创造经验，介绍了上滑音、下滑音等，自己还有散板等音乐体裁的作品。

安波在 1949 年《〈蒙古民歌集〉出版感言》中，追忆在延安文艺时期，延安文艺工作者吕骥和刘炽先后采集过蒙古民歌，同在延安的安波有机会接触到了这批蒙古民歌资料，由此萌生了采集蒙古民歌的兴趣②。他还指出，1945 年日本投降后，安波在下乡时期搜集了七八十首蒙古民歌，这是安波搜集蒙古民歌的开端。1950 年，安波在《东蒙民歌选》的《编后记》中再次提到，1946 年自己到热河喀喇沁右旗这一蒙汉杂居区帮助群众做翻身工作，蒙古族民歌占多数，但由于时间紧，只搜集了四十几首，其他同志也记了一些③。

解放战争时期，由于革命的需要，鲁艺由延安搬到了东北。安波在 1952 年出版的《东蒙民歌选》的《编后记》中指出，1947 年，冀察热辽

---

　　① 钟敬文主编：《民间文学概论》，高等教育出版社 2010 年版，第 4 页。

　　② 安波：《〈蒙古民歌集〉出版感言》，东北文协文工团辑《蒙古民歌集》（蒙汉文对照），内蒙古日报出版发行部 1949 年版，第 3 页。落款："1949 年 9 月 19 日于东北文协"。

　　③ 安波：《编后记》，安波、许直合编《东蒙民歌选》，新文艺出版社 1952 年版，第 331 页。落款："1950 年 8 月 25 日于北京"。

联大鲁艺学院成立，七八十位能唱民歌的蒙古族同学的到来，成为安波等人开展蒙古民歌搜集工作的契机，并取得了突出的成绩。1949 年 1 月 1 日印刷了"内蒙民歌"的油印本①，1949 年正式出版了《蒙古民歌集》②，1952 年整理出版了《东蒙民歌选》③。

安波带领的这支队伍既是冀察热辽鲁艺的一支，后来又成为东北文协文工团（1949 年 5 月 4 日后的东北文艺工作团）的组成部分。这支队伍某种程度上延续了延安文艺传统。《蒙古民歌集》与冀察热辽鲁艺的教育契机和发展历程密不可分，在解放战争的战火中延续了延安文艺民歌搜集传统。

吕骥在《纪念安波同志有深刻的现实意义》一文中指出，安波对很多地区的民间音乐都有研究，如在冀察热辽时期，安波热情地从事内蒙古民歌的收集研究工作，吕骥认为这体现了安波对民族民间音乐的热爱和重视，更重要的是安波能够认识到向民间音乐遗产学习的重要意义④。

从搜集的民歌作品来看，内蒙古民歌与陕北民歌具有可比性。延安文艺作品对内蒙古民间文艺作品有一定的影响。

1950 年，尼尼在《察哈尔省民歌新编》的《前言》中将陕北民歌与内蒙古民歌的比较：

> 去年秋季，我在省委文工团工作的时候，曾下乡到察北草原上开展农村文艺工作。我们在那里一面演出，一面办乡村文艺训练班。在这时候，我们了解了由于察北地区经济文化落后，农村分散，往往一个村散布二三十里，这里三家，那里五家，因此察北草原地上的人民，很少有唱大戏和群众性大秧歌等文艺活动。但是群众对艺术是热爱的：比如，老乡们听到那里有演戏的，从几十里地套上牛车接亲戚叫朋友的去看演出。每当年节冬闲或是收割莜麦刨山药的时候，就可听到莜麦腔等小调，唱遍在草原上。⑤

---

① 联大蒙自、鲁艺合编：《内蒙民歌》（油印本），印行时间：1949 年 1 月 1 日。
② 东北文协文工团辑：《蒙古民歌集》（蒙汉文对照），内蒙古日报出版发行部 1949 年版。
③ 安波、许直合编《东蒙民歌选》，新文艺出版社 1952 年版。
④ 吕骥：《纪念安波同志有深刻的现实意义》，纪念著名革命音乐家安波诞辰七十周年活动委员会编《安波纪念文集》，春风文艺出版社 1987 年版，第 29 页。
⑤ 尼尼：《前言》，尼尼编《察哈尔省民歌新编》，察哈尔省文学艺术界联合会，1950 年。

从以上文字，我们了解到编者看到了地方文化资源的分散和匮乏，同时看到民众对文艺的热爱，这是这本民歌集搜集前当地的文化背景。尼尼提到察北草原"很少有唱大戏和群众性大秧歌等文艺活动"，这是把察北草原与陕北作对比。陕北民间文艺的开展取得了很大的成绩，全国各地都在学习陕北民间文艺工作的经验。内蒙古开展民间文艺工作过程中，陕北经验对内蒙古自治区组织民众文艺活动是很好的借鉴。

1959 年天鹰在《一九五八年中国民歌运动》中指出：

> 语言的特点对于诗歌的形式也是重要的，不同的语音和地方语汇，使得诗歌句子的结构和组织也就不同，所以甘肃、青海一带流行的"花儿"，陕北、内蒙古一带的"信天游"、"爬山调"，和华南的诗歌不同；北京的歌谣和华北、东北一带的歌谣、江南的歌谣也有很明显的区别。[①]

天鹰将陕北信天游与内蒙古的爬山歌并提，可见二者形式的相近。

1955 年，胥树人在《北国春光——记内蒙古自治区第一届民族民间音乐舞蹈戏剧观摩演出大会》一文中指出：

> 汉族的音乐演出同样得到各族人民的欢迎。张二银清唱了有名的爬山调。它的曲调和唱法与陕北的信天游差不多。在河套与陕北之间的广大地区，蒙汉人民音乐上的交流是很多的。据说陕北的"打黄羊"，来源就是一首蒙古歌曲。[②]

以上文字指出内蒙古爬山调和陕北信天游的相类性，蒙汉音乐交流繁多。并以陕北的"打黄羊"为例，指出其来源是一首内蒙古歌曲，充分说明了蒙汉音乐的交流。

1955 年，中国民间文艺研究会在《爬山歌选》（二集）的《前言》中指出：

[①]　天鹰：《一九五八年中国民歌运动》，上海文艺出版社 1959 年版，第 251 页。
[②]　胥树人：《北国春光——记内蒙古自治区第一届民族民间音乐舞蹈戏剧观摩演出大会》，《人民音乐》1955 年第 Z1 期。

"信天游"和"爬山歌"是同一类型的有着血缘关系的诗歌，不过因为产生的地区不同，又各自有它自己的特色罢了。但在一部分地区（如靠近陕北的伊盟地区），二者的关系，实在是难分难解的。[①]

中国民间文艺研究会进一步强调了"信天游"和"爬山歌"两种民歌形式的密切联系，称"信天游"和"爬山调"是"有着血缘关系的诗歌"。同时，强调了二者产生地区不同，各有特色。但是内蒙古与陕北毗邻，在地理位置上，二者边界地区的民歌，如"靠近陕北的伊盟地区"，同时陕北和内蒙古民歌特点的影响，也就兼而有之、融为一体和难解难分了。

韩燕如在1983年再版的《爬山歌选》（下）的《后记》中指出：

> 爬山歌的形式基本上是两行一段体。它和陕北的信天游同属一种类型。但，它们毕竟是产生于两个不同的地区，因此，它们所反映的社会生活内容和乡土风味儿不可能是相同的。特别是在曲调方面更是如此。听了大青山的《大黑牛耕地》，再听陕北的《兰花花》，就会使你感到前者粗犷、高亢，后者委婉、明朗。它们的艺术成就不是以瑰丽取胜，倒是以质朴赢人。[②]

以上文字肯定了内蒙古"爬山调"和陕北"信天游"的联系，强调了二者的不同。由于地理位置差异，历史角色和历史境遇的差异，两地文化传统和民族构成的不同，两地民歌在题材内容和曲调风格方面都会有所差异。我们要综合比较两地民歌，分析二者的异同，看到民歌这种民间文艺在两个地区文化交流方面做出的贡献。我们也了解到内蒙古爬山歌具有粗犷、质朴的艺术特点。

二　社会主义新文艺观点

本书使用的社会主义新文艺概念，与洪长泰（Chang-Tai Hung）和黎

---

① 中国民间文艺研究会：《前言》，韩燕如编《爬山歌选》（二集），人民文学出版社1956年版，第5页。

② 韩燕如：《后记》，韩燕如编《爬山歌选》（下），中国民间文艺出版社1983年版，第255—256页。落款时间："1979年11月27日于北京"。

敏前后从不同角度使用的这一概念有重合性①。不过将之用于内蒙古个案的研究，在本书中，它有两个含义：一方面，指新中国成立后，在新的国家政策，尤其是民族政策和文艺政策的影响下，我国民间文艺搜集整理工作的指导思想；另一方面，指在社会主义革命和建设时期，我国民众新创作的反映生产、生活现状的民间文艺风格的作品。在社会主义新文艺时期，开展内蒙古民间文学搜集整理工作，是对我国搜集整理工作指导思想的贯彻，也是对内蒙古民众创作的新民间文学作品的搜集和整理。

在新中国成立初期内蒙古民间文艺搜集作品中，有一个共同特点，就是为构建社会主义新文艺而努力。这一构想中，通过赞美内蒙古民歌的方式，传达了三种思想倾向：一是反映劳动人民社会地位的提高；二是表达对共产党和党的领袖的热爱；三是歌颂新国家、新生活。

第一，内蒙古民歌反映了劳动人民社会地位的提高。内蒙古民歌首先是内蒙古民众社会生活的反映。近代以前，我国民众长期处于封建主义的压迫之中。新中国成立之前，我国民众处于帝国主义、封建主义和官僚资本主义三座大山的压迫之下，苦不堪言。

安波在 1949 年出版的《蒙古民歌集》的《〈蒙古民歌集〉出版感言》中指出：

> 但对于广大读者来说，我想更重要地，是从这些民歌中，深刻地领会一下内蒙人民过去所受的苦难（大汉族主义的，日本帝国主义的，封建王公的严重压迫），以及今日他们解放后的欢欣。②

从安波的叙述中，我们可以看到，作为我国少数民族的蒙古族民众除了受到以上压迫，还受到大汉族主义的压迫。

许直在 1952 年出版的《东蒙民歌选》一书中，谈到在一个叫作"五十家子"的内蒙古营子搜集民歌时的场景：

---

① ［美］洪长泰：《到民间去：1918—1937 年的中国知识分子与民间文学运动》，董晓萍译，中国人民大学出版社 2015 年版。黎敏：《建国初十年民俗文献史》，中国文史出版社 2008 年版。

② 安波：《〈蒙古民歌集〉出版感言》，东北文协文工团编《蒙古民歌集》，内蒙古日报社 1949 年版，第 5 页。

那次他们唱了很多，中年人唱他们被日寇拉去当兵的"国兵"的"国兵歌"，老年人唱怀念儿子被反动派拉去当兵的"兴栓歌"，唱歌引起了他们对生活的回忆，一个老大娘一边唱"国兵歌"，一边哭起来，别人是无法制止她的，她要哭，她要唱，她要控诉在那些年代里他们所受的苦难。①

"国兵歌""兴栓歌"都属于革命民歌，表达了内蒙古民众对国民党反动派的控诉。

1956年，韩燕如编辑出版了《爬山歌选》（二集），他在写于1955年的《搜集爬山歌的一点体会》中指出：

> 民歌是劳动人民的口头创作，它是千千万万劳动人民实际生活的反映；在已往的封建统治时代，它总是和一切反动的黑暗的统治势力进行着斗争。②

韩燕如指出在封建社会中，民歌是民众进行阶级斗争的武器。内蒙古爬山歌中有反映民众反抗帝国主义者、封建统治阶级和官僚资本主义的题材，表达了民众的不满情绪和斗争意志的民歌。如《爬山歌选》中的《富人稀少穷人多》《财主舒服的脱了骨》和《长工受的无名罪》等③。又如《爬山歌选》（二集）中的《十亩田地九亩荒》《山倒崖塌白灵子飞》和《由穷变富丰收年》等④。

第二，表达了内蒙古人民对中国共产党和党的领袖的热爱。中央音乐学院研究部在1952年出版的《中国革命民歌选》的《后记》中指出，各族人民在党和毛主席的领导下获得了政治自由，在民族政策下获得了平等

---

① 许直：《我采集蒙古民歌的经过和收获》，安波、许直合编《东蒙民歌选》，新文艺出版社1952年版，第326页。落款时间："1950年8月15日"。

② 韩燕如：《搜集爬山歌的一点体会》，韩燕如编《爬山歌选》（二集），人民文学出版社1956年版，第214页。

③ 韩燕如编：《爬山歌选》，人民文学出版社1953年版，第2—6、7—10、19—34页。

④ 韩燕如编：《爬山歌选》（二集），人民文学出版社1956年版，第2—6、7—13、25—41页。

自由，各族人民用民歌来表达对党和毛主席的爱戴①。我们研究这本革命民歌选中的内蒙古民歌时，要结合内蒙古自治区的革命历程与这一期间的民族政策和文艺政策，这样才能更好地理解内蒙古民歌中的革命文艺思想。

1953 年《爬山歌选》出版，韩燕如在写于 1952 年的《后记》中指出：

> "七七"抗战前夕我离开家乡，等解放后回来，绥、蒙已完全是另一个新的天地了，人民尽情地兴奋地歌颂着毛主席、共产党和新中国。生活的面貌变了，劳动人民的思想感情显得更加健康饱满，新的歌也大量地涌现出来。②

中国共产党带领全国各族人民走向解放，建立新中国，党和国家的民族政策使内蒙古人民在政治上翻了身，生活上得到了改善。各地各族民众中都涌现了大量的表达对党和领袖的热爱的新民歌。

第三，歌颂新国家、新生活。从民俗学和民间文艺学者的研究看，新中国成立初期社会主义新文艺可以大致分为两类：一类是过去的传统民间文学作品，诞生它们的社会历史环境变迁了，但它们依然在民众中口口相传；另一类是在新民主主义革命时期，在新中国成立，向社会主义社会过渡和基本确立社会主义制度后的社会建设过程中，创作的新的反映时代特征和民众心声的民间文学作品③。这些新民歌在宣传革命文艺思想，反映民众心声方面有着积极的作用，表达了对新国家、新生活的歌颂。

安波介绍了内蒙古地区的民歌传统，我们明白了音乐和民歌在蒙古族民众的社会精神生活中的重要地位，了解了蒙古族人民的艺术才能。他指出：

---

① 中央音乐学院研究部：《后记》，中央音乐学院研究部《中国革命民歌选》，万叶书店 1952 年版，第 33—34 页。落款时间："四月二十一日"。

② 韩燕如：《后记》，韩燕如《爬山歌选》，人民文学出版社 1953 年版，第 235 页。

③ 关于新中国成立初期社会主义新文艺建设特征，参见钟敬文主编《民间文学概论》，高等教育出版社 2010 年版，第 4 页。原文为："在社会主义时期，过去产生的传统的民间文学作品，很多仍然在人民群众中流传。……在新民主主义革命时期，曾经产生大量反映革命斗争的传说故事和红色歌谣；新中国成立以后，民歌这个体裁最为活跃，新的作品不断产生，1958 年还曾出现过创作高潮。"

……歌唱已成为他们不可缺少的重要的生活手段了。他们不仅用来发抒情感，装饰礼节，还用它来传播知识与新闻。任何一件新奇的事情，不久就被编成民歌而普遍传出，经过民歌他们可以知道千里以外所发生的事件。①

安波指出，在新中国，蒙古族人民当家做主人，社会地位提高了，他们用民歌来表达这一变化，抒发他们的幸福新声。内蒙古新民歌反映了民众在战争胜利后的喜悦心情和对新社会的热切期盼。

韩燕如强调了"爬山歌"在内蒙古民众生活中的重要地位，可以反映内蒙古劳动人民的思想情感和精神文化②。同时，"爬山歌"还具有历史价值和社会政治作用③。新中国成立后，内蒙古人民的生活发生了翻天覆地的变化④。韩燕如搜集内蒙古传统民歌的同时，也关注到了内蒙古的新民歌，这些新民歌反映了新的社会生活和民众的精神风貌，是社会主义新文艺时期的民歌遗产。从韩燕如对抗战前夕和 1947 年后自己家乡的变化的描述，我们可以感受到政治环境的变化给社会环境和人民精神面貌带来的改变，这些变化促进了新民歌的创作和传唱，表达了革命胜利的喜悦和对新国家的歌颂。

三　统一国家观点

此指为建设社会主义新文艺，搜集者能够在统一国家观点下注重全国各地区搜集作品的分布，尤其是边疆地区和少数民族地区，同时将各地作品进行比较，促进各地区的文化交流。

钟敬文主编的《民间文学概论》中指出：

我国是一个统一的多民族国家，在辽阔的土地上，居住着五十多

---

① 安波：《谈蒙古民歌》（代序），安波、许直合编《东蒙民歌选》，新文艺出版社 1952 年版，第 2 页。

② 韩燕如：《前言》，韩燕如编《爬山歌选》（二集），人民文学出版社 1956 年版，第1 页。

③ 韩燕如：《前言》，韩燕如编《爬山歌选》（二集），人民文学出版社 1956 年版，第1 页。

④ 韩燕如：《前言》，韩燕如编《爬山歌选》（二集），人民文学出版社 1956 年版，第213—214 页。

个兄弟民族。各族人民在长期历史进程中，以辛勤的劳动、无穷的智慧，创造了我们中华民族光辉的历史和灿烂的文化，共同为我国的繁荣发展作出了伟大的贡献。①

钟敬文强调，我国统一的多民族国家性质体现在"多民族"和"统一"两个方面。我国的五十六个民族密不可分。他们长期生活在同一历史进程中，共同创造了中华民族的历史和文化。新中国成立后，我国重视传统民歌和新民歌的搜集工作，这些民歌反映了我国统一的多民族国家历史和文化。

1950 年，尼尼编《察哈尔省民歌新编》出版，察哈尔省后来划归内蒙古自治区，尼尼在《前言》中指出：

> 关于唱词，大都是歌唱爱情的。抗日战争期间，这里的人民在共产党领导之下，英勇的参加了民族解放战争，当时曾产生了一些抗日小调。随着形势的发展，解放战争中，土地改革运动中，都有群众新编的民歌出现。但是这些群众作品，我们没有很好的搜集和保存下来，这是很可惜的。②

《察哈尔省民歌新编》所收录的民歌具有时代性和群众性。我国是统一的多民族国家，一个地区的民歌可以与其他地区的民歌相互交流，一个地区的民歌不仅可以在本地区流传，也在其他地区传唱，一个地区的民歌搜集整理实践能够给其他地区提供经验，具有借鉴意义。

1953 年波浪编选《兄弟民族歌曲选集》出版，这本书收录 4 首内蒙古民歌，其中 1 首是内蒙古昭乌达盟民歌《十五的月亮和姑娘》③，3 首内蒙古伊克昭盟的舞曲，分别是《爱情舞曲》《双人舞曲》和《筷子舞

---

① 钟敬文主编：《民间文学概论》，高等教育出版社 2010 年版，第 69 页。
② 尼尼：《前言》，尼尼编《察哈尔省民歌新编》，察哈尔省文学艺术界联合会，1950 年。
③ 陶今也记谱译词：《十五的月亮和姑娘》（内蒙古昭乌达盟民歌），波浪编选《兄弟民族歌曲选集》，工农兵读物出版社 1953 年版，第 31 页。

曲》①。

1956 年中央音乐学院民族音乐研究所编《中国革命民歌选》（简谱版）出版，在写于 1955 年的《修订版后记》中指出：

> 新中国成立以来，各个地区，各族人民都在歌颂毛主席共产党、歌唱自己幸福的新生活，产生了不少新的民歌。这些民歌从各个方面，各个角度反映了我们新的革命斗争生活。②

我国的民间文艺工作者在编选民歌集时，重视各民族的民歌。这本民歌选收录了 4 首内蒙古民歌，分别是《乌拉山》《拥护八路军》《嘎达梅林》和《红旗歌》③。

这一时期的不少出版物的作者和编者都描述了 1947 年成立内蒙古自治区以来，各族人民在近现代民族解放、民主革命和社会革命的统一历史进程中，在休戚与共的血肉联系和革命友谊的基础上建立了亲密无间的新型民族关系。民歌是对这一变化的歌颂。1947 年内蒙古自治区成立后，尤其是 1949 年新中国成立后，内蒙古地区各族人民团结协作，开展社会主义革命和建设，在新民族关系中继续开创统一的历史和文化。

在 50 年代民间文艺搜集工作中体现的统一国家观点还有一个特点，就是将国内各地民歌做比较。就内蒙古搜集工作而言，就是将内蒙古民间文艺作品与其他地区民间文艺作品做比较。

钟敬文主编的《民间文学概论》指出：

> 从 1949 年至 1966 年的 17 年中，我国的民间文学工作者对各民族的民间文学作品进行了大规模的调查和采集。……据不完全统计，

---

① 孙文瑞记：《爱情舞曲》（内蒙古伊克昭盟舞曲），波浪编选《兄弟民族歌曲选集》，工农兵读物出版社 1953 年版，第 51 页。孙文瑞记：《双人舞曲》（内蒙古伊克昭盟舞曲），波浪编选《兄弟民族歌曲选集》，工农兵读物出版社 1953 年版，第 51 页。孙文瑞记：《筷子舞曲》（内蒙古伊克昭盟舞曲），波浪编选《兄弟民族歌曲选集》，工农兵读物出版社 1953 年版，第 51 页。

② 中央音乐学院民族音乐研究所：《修订版后记》，中央音乐学院民族音乐研究所编《中国革命民歌选》（简谱版），音乐出版社 1956 年版，第 50—51 页。落款时间："一九五五年六月二十五日"。

③ 中央音乐学院民族音乐研究所：《修订版后记》，中央音乐学院民族音乐研究所编《中国革命民歌选》（简谱版），音乐出版社 1956 年版，第 19—21 页。

17 年中，省、市、自治区以上出版社所公开出版的各民族民间文学作品专集，就有两千四百多种，而云南、贵州、青海、广西、内蒙古等省、自治区所搜集编印的少数民族民间文学的大量原始资料尚未包括在内。如此巨大的成绩，是 17 年民间文学事业的硕果。①

从以上文字，我们看到编者将云南、贵州、青海、广西、内蒙古五个省和自治区并提，云南、贵州、青海、广西和内蒙古在民族构成上聚居着很多我国的少数民族。《民间文学概论》肯定了中华人民共和国成立初期 17 年间，我国各族民间文学取得的重要成绩。这些成绩，还不包括内蒙古和云南、贵州、青海、广西的少数民族民间文学原始资料。内蒙古地区聚居着很多的少数民族，是蒙古族的聚居区。我们可以把少数民族比较集中的省份进行比较，在民间文学搜集工作方面，比较各个省市的少数民族民歌与内蒙古的蒙古族民歌的搜集情况。

还有一种倾向是将内蒙古民歌与外国民歌做比较。1950 年，安波在《谈蒙古民歌》中指出："一位外国的蒙古民歌研究者说：'蒙古诗歌不论在形式上，内容上都全无原始的性质，而应看做是依据比较进步的艺术方法创造出来的。'这话说得一点也不错。除了形象的准确性与语言的丰富性之外，我们还看到最突出的一点是，'兴'与'比'手法运用的巧妙。"② 外国的蒙古民歌研究者肯定蒙古民歌的成熟度，无形之中是与外国民歌比较之后的结果，这是统一国家的前提下，所采用的中外比较方法。安波要证明，外国研究者对蒙古民歌与外国作品所作的比较，从不同的角度，提高了内蒙古民歌的地位。

四　民族观点

此指用少数民族自己的民俗文化观评价和欣赏少数民族民间文艺作品。就内蒙古地区而言，在我国的长期社会历史发展中，汉族对内蒙古蒙古族民族民间文学发生了一定的影响，汉族与蒙古族民间文艺也有互相影响。自 20 世纪 50 年代起，我国很多民间文艺搜集工作者对蒙古族民间文艺作品表现了欣赏和学习态度，也有不少搜集者从蒙古族民间文艺表演的

---

① 钟敬文主编：《民间文学概论》，高等教育出版社 2010 年版，第 111 页。

② 安波：《谈蒙古民歌》，安波、许直合编《东蒙民歌选》，新文艺出版社 1952 年版，第 9 页。

乐器、场合、仪式、民俗等方面，认识和理解蒙古族传统民间文艺，搜集了当地的文艺作品，也与当地民众建立了良好的关系。

钟敬文主编的《民间文学概论》指出汉族民歌影响少数民族民歌的三种情况，分别是"汉族民歌直接被少数民族接受并流传"①"少数民族用汉族民歌形式进行创作"②和"少数民族接受了汉族民歌的某些影响，并把它融进了自己民族的民歌中"③。我们在把蒙古族民歌与汉族民歌进行比较时，要考察蒙古族民歌是在哪些方面受到了汉族民歌的影响，属于哪种情况，这样更有利于分析蒙古族民歌。蒙古族与汉族民歌有相似之处，也有差异，有相互影响，也有各自的特点。我们比较蒙汉民歌时，不仅要比较其相似点，也要比较其差异点。蒙古族是能歌善舞的民族，有源远流长的民歌传统。蒙古族不仅有丰富的本民族民歌，内蒙古地区和我国其他地区的蒙古族，由于与汉族长期杂居，蒙汉两族的民歌相互影响，如内蒙古流行的蒙、汉民歌的结合的"爬山歌"。

安波在内蒙古地区工作时间不算很长，但他称赞道，"内蒙民族是歌咏民族，是音乐民族"，并指出歌唱、音乐在蒙古人民生活中的重要地位，民间歌手与说唱艺人在内蒙古是很受人尊敬的④。

他还注意到蒙古族民乐马头琴的特点，并且真诚地欣赏，热情地赞扬，也指出马头琴、四胡等蒙古族乐器的使用现状，和与汉族乐器的关系。他指出，蒙古族民间普遍使用的乐器，除了马头琴，与汉族使用的乐器是一样的⑤；马头琴这种蒙古族传统乐器可以追溯到成吉思汗时期，但在东蒙也很少使用了⑥；内蒙古很多民间乐器都是由汉族全盘移过去的⑦。在内蒙古民间乐器中，蒙古族传统乐器越来越少，接受了很多汉族乐器。民间乐器是影响民间音乐曲调、风格的重要因素。汉族民间乐器的传播，

---

① 钟敬文主编：《民间文学概论》，高等教育出版社 2010 年版，第 72 页。
② 钟敬文主编：《民间文学概论》，高等教育出版社 2010 年版，第 72 页。
③ 钟敬文主编：《民间文学概论》，高等教育出版社 2010 年版，第 72—73 页。
④ 安波：《谈蒙古民歌》，安波、许直合编《东蒙民歌选》，新文艺出版社 1952 年版，第 1 页。
⑤ 安波：《谈蒙古民歌》，安波、许直合编《东蒙民歌选》，新文艺出版社 1952 年版，第 3 页。
⑥ 安波：《谈蒙古民歌》，安波、许直合编《东蒙民歌选》，新文艺出版社 1952 年版，第 3 页。
⑦ 安波：《谈蒙古民歌》，安波、许直合编《东蒙民歌选》，新文艺出版社 1952 年版，第 12 页。

能够很大程度地影响内蒙古的民间音乐和民歌。但汉族乐器即使全盘移植到蒙古族民间音乐的演奏中，蒙古族民间音乐由于音乐题材、演奏传统和演奏方法等方面的差异，与汉族音乐也会不尽相同。

他还认为，内蒙古民间文艺的生活化倾向十分突出，民歌是蒙古族人民生活的一部分，在日常生活、节日盛会和宗教祭祀中都要演唱。

> 他们在生活中歌唱的场合是非常之广的。不仅歌唱他们日常生活中的喜悦忧伤，而且在一切重要的节日及盛会时都要歌唱。在东蒙的农业区每年的新年，都要组织"拜年的歌咏队"，这与汉人的秧歌队相似。"敖包会"（庙会）时，必须唱献歌以敬佩神；赛马时，赛马的双方群众分站两旁，各唱歌以赞美自己的马，以鼓舞自己赛马的人。结婚时，宴会时必须请歌手来唱歌；冬季里更是歌唱的好机会，各村争请"郝什切"到他那里去说书，常常能说一两个月。①

通过他的介绍，我们了解到蒙古族与汉族在民歌歌唱的场合、队伍和用途方面有很多相似之处。蒙古族民歌的表演场合很广泛，在宗教神圣时间，在民间传统竞技，在人生重要节点，在日常生活中都会开展民歌活动。在民歌表演队伍方面，蒙古族的"拜年歌咏队"与汉族"秧歌队"相似。但仅从蒙古族的敬神传统、赛马传统，说唱艺人"郝什切"的叫法来看，其与汉族的歌唱传统和组织也还是有差异的。

陶今也认为，蒙古族独特的历史地理生活环境，使他们的民歌蕴藏了本民族的独特情感、思想认知和话语范围。他以一首蒙古族《军歌》② 为例，歌中分别以"羊群""草场"比喻我方军队和敌人，不同于牛和马，羊吃草的同时会伤害草根，用羊群比喻我方军队，将敌人比作即将被啃噬的草场，体现了我方军队消灭敌人的决心和气势。这是由蒙古族民俗产生的民歌灵感。这首《军歌》深刻地反映了将敌人斩草除根的坚定意志，更好地唱出了我军的心声。作为草原民族的蒙古族熟悉羊的动物性，羊与草场的关系，这是写出以上民歌的民俗基础。

晓星、陈齐丽、吴毓清指出：

---

① 安波：《谈蒙古民歌》，安波、许直合编《东蒙民歌选》，新文艺出版社 1952 年版，第1—2 页。

② 陶今也记译、编著：《蒙古歌集》，大众书店 1949 年版，第 7 页。

放牧经济在蒙族人民生活中占着主要的地位；长期的放牧生活使蒙族牧民对于牲畜（特别是马匹）产生了十分细腻的感情。在鄂尔多斯民间故事、民间赞词、民间谚语等人民口头创作体裁中，都有关于人们对于马匹的生动的抒情的描写。无疑，这种放牧劳动生活也很自然地要反映到民间歌曲中来。鄂尔多斯民间放牧生活歌的特点主要表现在人们对自己心爱的劳动对象——马的赞颂上面。①

上文揭示了蒙古族民歌中的一个重要题材，即对马的赞颂。蒙古族的传统经济模式是放牧经济，与汉族的农业经济不同，马在蒙古族民歌中是一个重要的意象，蒙古族有大量的马的题材的民歌。关于马的名称也划分格外细致，根据马的颜色、用途、繁育能力、年龄、性别等有 54 种名称，还有大量描述马的性格和文化精神的词汇。②

他们还发表了对蒙古族爱情民歌的看法：

鄂尔多斯民间抒情歌中爱情主题占的比例最大。它基本上可以分为两类：一类是青年男女互相爱悦思慕的歌曲；一类是因爱情不如愿而引起双方痛苦情绪的歌曲。前一类歌曲表现了蒙族青年男女追求爱情自由的美好愿望以及他（她）们纯洁、真挚、坚贞的相思，如《薇林花》《在宁静的沙坵上》《森吉德玛》《鄂托克旗西边》……后一类歌曲和包办婚姻制相联系，反映了宗法家长对于自由恋爱的阻挠和干涉，给青年男女带来很大的痛苦和不幸，如《瞭望》《干得尔西里》《怀念心爱的人儿》《鸿雁》……这两种情绪在生活中很难截然分开，在歌曲中也是相互交错的。它反映了在阶级社会中人们美好的愿望与封建社会现实之间的深刻矛盾。③

---

①　晓星、陈齐丽、吴毓清：《论鄂尔多斯的民间歌曲》，文化部内蒙古民族艺术调查组编《鄂尔多斯民间歌曲选》（初稿），伊克昭盟鄂尔多斯民歌编译小组、文化部内蒙古民族艺术调查组合译，1959 年，第 8—9 页。

②　参见邢莉等《内蒙古区域游牧文化的变迁》，中国社会科学出版社 2013 年版，第 54—56 页；呼日勒沙主编《草原文化区域分布研究》，内蒙古教育出版社 2007 年版，第 274—275 页。

③　晓星、陈齐丽、吴毓清：《论鄂尔多斯的民间歌曲》，文化部内蒙古民族艺术调查组编《鄂尔多斯民间歌曲选》（初稿），伊克昭盟鄂尔多斯民歌编译小组、文化部内蒙古民族艺术调查组合译，1959 年，第 13 页。

　　他们把蒙古族的爱情歌分为两类，表达青年男女爱情的真挚和对婚姻制度的不满情绪，这些歌曲的创作源于蒙古族自己的生活，用蒙语演唱，具有蒙古族民歌自己的特点。

　　安波还从蒙古族的民族信仰角度，谈到蒙传佛教对民歌的影响，他说：

　　　　蒙古民歌中还有 5/4 的拍子，如"天上的风"，这是一首古老的歌，原词充满了佛教意味……①

　　安波指出：东蒙民歌中有"带有佛教色彩的颂歌"，但数量是极少的②，因为"佛教虽为一般内蒙人民所信仰，但出世升天的思想毕竟与活人要活的意愿大相径庭"③。这说明宗教因素对蒙古族民歌的影响也不是绝对的，我们在分析作品时，要具体问题具体分析。

　　钟敬文主编的《民间文学概论》指出，藏族对蒙古族的影响要大一些④。安波早在 50 年代已提出类似的看法：

　　　　外族音乐的影响当是构成蒙古民歌调式复杂的重要原因。……由于宗教的关系，西藏曲调可能也移入了一些，最近二十年来，外蒙的新的歌曲又不断地传入内蒙。⑤

　　1952 年出版的安波、许直合编的《东蒙民歌选》中，有一篇民歌《薛梨散丹》⑥，题注显示"薛梨散丹"是"藏语，男人名"⑦，蒙古族把

　　① 安波：《谈蒙古民歌》，安波、许直合编《东蒙民歌选》，新文艺出版社 1952 年版，第 13 页。
　　② 安波：《谈蒙古民歌》，安波、许直合编《东蒙民歌选》，新文艺出版社 1952 年版，第 7 页。
　　③ 安波：《谈蒙古民歌》，安波、许直合编《东蒙民歌选》，新文艺出版社 1952 年版，第 7 页。
　　④ 钟敬文主编：《民间文学概论》，高等教育出版社 2010 年版，第 82 页。
　　⑤ 安波：《谈蒙古民歌》，安波、许直合编《东蒙民歌选》，新文艺出版社 1952 年版，第 12 页。
　　⑥ 《薛梨散丹》（巴林右旗），安波、许直合编《东蒙民歌选》，新文艺出版社 1952 年版，第 125—126 页。
　　⑦ 安波、许直合编：《东蒙民歌选》，新文艺出版社 1952 年版，第 125 页。

藏语名作为自己的名字，这是藏族在语汇上对蒙古族的影响。又如《丁克尔扎布》中对藏语词汇"巴达玛"的运用①，体现了蒙古族对藏族语汇的借用。内蒙古地区有很多宗教题材的民歌。

蒙古族与汉族在语言上属于不同的语系，蒙古族民歌在汉译的过程中也涉及风格、音韵等方面很难完全传达原作神韵的时候。这在某种程度上削弱了蒙古族民歌的魅力，但是我们还是要坚持将蒙古族民歌尽量贴切地翻译成汉语，这样有利于蒙古族民歌的传播，增进我们对蒙古族人民和语言民俗的理解，促进民族团结。

第二节　民歌代表作之一：安波、许直合编《东蒙民歌选》

本节重点介绍新中国成立初期第一阶段内蒙古民歌搜集工作的代表作，安波、许直合编《东蒙民歌选》，这部民歌集是中国民间文艺研究会主编的民间文学丛书之一②，曾在全国范围内引起很大反响。本节通过文献法梳理了《东蒙民歌选》及其相关版本的地位和关系，其搜集过程与搜集思想，题材内容与主题思想，艺术形式和对搜集民歌若干问题的认识。还通过田野作业法，访谈到了两位重要的当事人，记录者和编者之一许直先生，和翻译者胡尔查先生，补充了对这一搜集活动的认识。

一　《东蒙民歌选》的版本与地位

在对许直先生的田野访谈中，我们搜集到《内蒙民歌》（油印本）这一珍贵版本③。我们了解到《内蒙民歌》（油印本）当时只印了50本，大多数拿给海默去给内蒙古宣传队排练《白毛女》，并非正式的出版物，但它是《蒙古民歌集》的雏形。《蒙古民歌集》和《东蒙民歌选》是具有

---

① 《丁克尔扎布》（扎赉特旗），安波、许直合编《东蒙民歌选》，新文艺出版社1952年版，第185—188页。"巴达玛"原文注：藏语，即莲花意，但蒙人却把巴达马和汉语莲花合成一个语词。详见《丁克尔扎布》（扎赉特旗），安波、许直合编《东蒙民歌选》，新文艺出版社1952年版，第187页。

② 安波、许直合编：《东蒙民歌选》，新文艺出版社1952年版。

③ 联大蒙自、鲁艺合编：《内蒙民歌》（油印本），印行时间：1949年1月1日。

全国影响力的蒙古民歌作品版本①。

1950 年，钟敬文在《一年来的新民间文艺学活动》一文中，对 1949 年新中国成立后一年内的民间文艺搜集整理工作进行了总结②。钟敬文指出：

> 在这种出版物中比较优秀的，要算去年 11 月出版的、安波编辑的《蒙古民歌集》。这不但是介绍我们兄弟民族（蒙古族）民歌的第一个集子，而且就它的数量或质量看，也都是值得我们称许的。③

钟敬文高度评价《蒙古民歌集》是兄弟民族民歌的第一个集子的重要地位，并称赞其有质有量。

1950 年初，严辰在《文艺报》上发表《读〈蒙古民歌集〉》一文④，高度评价 1949 年 11 月出版的《蒙古民歌集》。

1950 年，安波在《民间文艺集刊》（第一册），发表《谈蒙古民歌》的研究文章⑤，1952 年《东蒙民歌选》出版，这篇文章成为序言，全面地介绍了蒙古民歌的特点⑥。

1951 年，许直在《民间文艺集刊》（第二册），发表《我采集蒙古民歌的经过和收获》的文章⑦，叙述了自己采集蒙古民歌的过程和对蒙古民歌的认识。

关于《东蒙民歌选》收录的民歌来源，安波在《东蒙民歌选》的《编后记》中指出：

---

① 东北文协文工团辑：《蒙古民歌集》（蒙汉文对照），内蒙古日报出版发行部 1949 年版。安波、许直合编《东蒙民歌选》，新文艺出版社 1952 年版。

② 钟敬文：《一年来的新民间文艺学活动》，《民间文艺学及其历史》，山东教育出版社 1998 年版，第 490—501 页。

③ 钟敬文：《一年来的新民间文艺学活动》，《民间文艺学及其历史》，山东教育出版社 1998 年版，第 495—496 页。

④ 严辰：《读〈蒙古民歌集〉》，《文艺报》1950 年第 1 卷第 9 期，第 34—35 页，1950 年 1 月 25 日。

⑤ 安波：《谈蒙古民歌》，《民间文艺集刊》（第一册），1950 年，第 23—30 页。

⑥ 安波：《谈蒙古民歌》，安波、许直合编《东蒙民歌选》，新文艺出版社 1952 年版，第 1—15 页。

⑦ 许直：《我采集蒙古民歌的经过和收获》，《民间文艺集刊》（第二册），1951 年，第 49—51 页。

现在本集中所用的材料，主要是选自东北文协文工团出的本子，有一些是未发表过的，有一些是选自内蒙文工团油印出版的"蒙古民歌集"。①

可见，《东蒙民歌选》在 1949 年初《内蒙民歌》（油印本）和 1949 年 11 月版《蒙古民歌集》的基础上，补充了一些未曾发表的作品，还吸收了内蒙古文工团搜集的一些蒙古民歌成果。

1956 年，上海新文艺出版社出版了中国民间文艺研究会主编，安波、许直合编《内蒙东部区民歌选》②，是 1952 年版《东蒙民歌选》的第三次印刷本。

通过文献搜集和田野调查，我们获得的《东蒙民歌选》相关版本如表 2-1 所示：

表 2-1　　　《东蒙民歌选》及其相关版本信息及来源一览表③

序号	作　品	编　者	出版/印行时间	资料来源
1	《内蒙民歌》（油印本）	联大蒙自、鲁艺合编	1949 年 1 月 1 日	田野搜集
2	《蒙古民歌集》（蒙汉文对照）	东北文协文工团辑	1949 年 11 月	文献搜集
3	《东蒙民歌选》	安波、许直合编	1952 年 1 月	文献搜集
4	《内蒙古东部区》	安波、许直合编	1956 年 9 月	文献搜集

通过对许直先生的田野访谈，我们认识到这 4 版蒙古民歌的印行和出版都有其重要的背景：在《内蒙民歌》基础上，由海默创作的蒙古歌剧《十五的月亮》是为革命宣传服务的，具有革命文艺的特点。《蒙古民歌集》的出版是第一届文代会后的决定，这体现了我国对少数民族民间文艺的重视。《东蒙民歌选》收入优秀的符合社会主义新文艺标准的民歌，经过汉语配歌，主要解决传唱问题，进一步扩大了蒙古民歌的流传度和影响力。《内蒙东部区民歌选》在内容上与《东蒙民歌选》完全一致，只是作品名称的改变，把"东蒙"换成了"内蒙古东部区"，是统一国家观的

---

① 安波：《编后记》，安波、许直合编《东蒙民歌选》，新文艺出版社 1952 年版，第 333 页。落款："1950 年 8 月 25 日于北京"。

② 安波、许直合编：《内蒙东部区民歌选》，新文艺出版社 1956 年版。

③ 制表时间：2015 年 4 月 10 日。

体现，足见新中国成立初期我国在社会主义新文艺建设，尤其是边疆文艺建设方面的慎重。

二　《东蒙民歌选》的搜集方法

首先，在记录方面，《内蒙民歌》（油印本）是《蒙古民歌集》的雏形，又是构成《东蒙民歌选》的主要部分。许直是主要的记谱者，胡尔查是主要的翻译者。

1950 年，许直在《我采集蒙古民歌的经过和收获》一文中指出：

> 我开始记录民歌是很偶然的。那是四八年的十月间，在热河名"那拉必鲁"的一个村子里，——冀察热辽联大鲁艺的短训班所在地——在短训班里有五六十个蒙古同学，他们来自东蒙各处，一直到最北的达古尔蒙古。现实有位同志用四胡拉蒙古小曲，我觉得很动听，便随意的记录了一些，那知随着记录其他的同志便纵情的唱起来，这时我才了解到这些同志虽是文艺工作者，但却与汉人中生长在城市里的文艺工作者不同，他们是熟知自己的民歌、民间故事，以及民间习俗的，不但会唱很多民歌而且能源源本本的把有关于民歌的故事，产生的地点，以及最初的创作者，加以详细的说明。[1]

在以上文字中，许直述说了自己采集蒙古民歌的缘起是被蒙古族同学演奏的音乐所吸引。许直进而意识到这些蒙古同学身上的民间文艺财富。许直将这种财富描述为"熟知自己的民歌、民间故事，以及民间习俗的，不但会唱很多民歌而且能源源本本的把有关于民歌的故事，产生的地点，以及最初的创作者，加以详细的说明"[2]。

胡尔查自述自己于 1948 年春天离开家乡，和一群蒙古族青年进入冀察热辽联合大学鲁迅艺术文学院的经历[3]，胡尔查称"鲁艺"为革命文艺

---

[1] 许直：《我采集蒙古民歌的经过和收获》，安波、许直合编《东蒙民歌选》，新文艺出版社 1952 年版，第 324—325 页。

[2] 许直：《我采集蒙古民歌的经过和收获》，安波、许直合编《东蒙民歌选》，新文艺出版社 1952 年版，第 325 页。

[3] 胡尔查：《我与民间文学》，《胡尔查译文集》（第 1 卷），远方出版社 2009 年版，第 1 页。

的摇篮。胡尔查指出，在那里自己"受到了马列主义、毛泽东文艺思想的教育"。胡尔查强调："在毛主席《在延安文艺座谈会上的讲话》的启迪下，我们懂得了继承优秀民族文艺遗产的重要性。"① 鲁艺学习时期，胡尔查在思想上，受到马列主义文艺思想和毛泽东文艺思想，尤其是毛泽东《在延安文艺座谈会上的讲话》的文艺思想的影响；在实践上，开启了民间文学这一生的事业。

在民间文学实践方面，胡尔查指出：

> 由校方组织，把我们蒙古族学员所记忆的民歌全部记录了下来，并组织我们到学校驻地附近的喀喇沁蒙古族村民中进行采风。②

由此可见，胡尔查是蒙古族民歌遗产的保存者和口述者，是民歌采风活动中民歌的记录者，胡尔查还是蒙古族民歌的汉译者。

然后，在极为困难的条件下，在解放战争时期，许直和胡尔查一起整理和汉译蒙古族民歌③。

其次，在整理方面，《东蒙民歌选》是在《蒙古民歌集》的基础上，吸纳了一些内蒙古文工团搜集的民歌作品，编辑而成，其整理方法的指导思想是社会主义新文艺的标准。

在对许直的田野访谈中，许直强调《蒙古民歌集》的性质是一本资料，当时被认为是糟粕的部分，可能还真是宝贝。许直这里强调的资料性质，是要忠于记录，忠于民歌本身，是从艺术的角度肯定蒙古民歌的价值。许直不赞成用发声法来演唱蒙古民歌。这是"天籁说"的音乐自觉④，与将《蒙古民歌集》看作资料的思想是一致的。因此，许直在排版《蒙古民歌集》时，按照资料的观点，把蒙古民歌全部都放上出版了。许直指出这正是这本《蒙古民歌集》的可贵之处。这种可贵体现在忠实记

---

① 胡尔查：《我与民间文学》，《胡尔查译文集》（第 1 卷），远方出版社 2009 年版，第 1 页。

② 胡尔查：《我与民间文学》，《胡尔查译文集》（第 1 卷），远方出版社 2009 年版，第 1 页。

③ 胡尔查：《我与民间文学》，《胡尔查译文集》（第 1 卷），远方出版社 2009 年版，第 1—2 页。

④ 钟敬文主编《民俗学概论》指出老庄的自然民俗观是我国古代民俗理论"天籁说"的源头。钟敬文主编：《民俗学概论》，高等教育出版社 2010 年版，第 307 页。

录,体现了蒙古天籁的艺术真实,抢救了这批蒙古民歌遗产,为学术研究提供客观的原始资料。许直指出,《东蒙民歌选》的 87 首是精华,也是被认为是优秀的。我们看到《蒙古民歌集》中的《秃子》版本,最后两段涉及"睡觉"[1],在《东蒙民歌选》中最后两段就被删掉了[2]。许直认为这不是糟粕,具有文学价值,不能绝对地评判。由此,我们可以看出,《东蒙民歌选》在原始资料的基础上,更重要的是成为范本,要符合当时社会主义新文艺的标准,因此,在整理时要进行一定的删除和改编处理。

再次,在翻译方面,面临多种困难,《东蒙民歌选》主要用蒙汉合作的方法,尝试蒙古族民歌的翻译。

1952 年,中国民间文艺研究会主编民间文学丛书之一,安波、许直合编的《东蒙民歌选》出版[3]。安波在写于 1950 年的《编后记》中指出:

> 今年六月,中国民间文艺研究会即给我以任务,要我重新加以编选,并编成汉文歌词,配上曲调。[4]

《东蒙民歌选》在《蒙古民歌集》的基础上增加了汉文歌词,配上了相应的曲调,这就突破了《蒙古民歌集》不能用汉语演唱的局限,有利于蒙古族民歌在全国的流传。

1950 年,安波在《东蒙民歌选》的《编后记》中指出根据中国民间文艺研究会的策划重新编选《蒙古民歌集》时遇到了困难:

> 这是一件很吃力的工作,除了我日常工作的繁杂之外,还因为,(一)我是不懂蒙文的,对于内蒙民歌的认识亦只是一知半解。(二)翻译可唱的歌词本来就是很难的,又配上原来的曲调更是难而又难。因为蒙文与汉文根本隶属的语系就不同,有许多句子由蒙文口译而加以意会觉到甚美,但一经译成汉文,就觉得十分蹩

---

① 《秃子》(巴林右旗),东北文协文工团辑《蒙古民歌集》(蒙汉文双语),内蒙古日报出版发行部 1949 年版,第 153—156 页。

② 胡尔查译词,许直记谱配歌:《秃子》(巴林右旗),安波、许直合编《东蒙民歌选》,新文艺出版社 1952 年版,第 165—167 页。

③ 安波、许直合编:《东蒙民歌选》,新文艺出版社 1952 年版。

④ 安波:《编后记》,安波、许直合编《东蒙民歌选》,新文艺出版社 1952 年版,第 332 页。

脚了。而且句子的长短与汉文同一意义的句子就相差甚远，一般是
两段蒙词才能译成一段汉词，但有时既不够一句，比半句又多，真
是麻烦得很。①

安波指出蒙文和汉文在语系上的差异，其语词结构和表达翻译起来非
常艰难。汉文译文与蒙文原文不能完全对应，使之与原有曲调相配更增添
了歌词的翻译难度。

1950 年，安波在《谈蒙古民歌》中还指出：

由于语言的要求，构成蒙古诗歌最显著的特征是用韵的不同。它
不同于汉文只要脚韵，而是除了脚韵之外，还用"头韵"与"半谐
音"。②

所以蒙古民歌歌唱起来立即会感到词的音韵之美，这是译成汉文
后所不能弥补的损失。③

安波通过自己的翻译实践总结出以上经验，蒙古民歌语言与韵律密切
联系，翻译成汉文后，蒙语的一些艺术表达则很难传达。

面对蒙古民歌的翻译困难，安波再次与许直合作，将《东蒙民歌选》
的出版首先归功于许直"热情而专心的劳动（包括选材、编词、配歌、
抄写等等工作）"④，其次归功于胡尔查提供的材料和翻译工作，还有鲁
艺同学扎木苏的口译和民歌背景的介绍⑤。

1950 年，安波在《谈蒙古民歌》（代序）中谈到自己在翻译实践过
程中的一些做法。安波指出，当提到蒙古族的民间歌手、说唱艺人等名称
时，采用了保留蒙古语的汉语音译，在后面用括号注明汉语对应称谓的方

---

① 安波：《编后记》，安波、许直合编《东蒙民歌选》，新文艺出版社 1952 年版，第
332 页。

② 安波：《谈蒙古民歌》，安波、许直合编《东蒙民歌选》，新文艺出版社 1952 年版，第
8 页。

③ 安波：《谈蒙古民歌》，安波、许直合编《东蒙民歌选》，新文艺出版社 1952 年版，第
8 页。

④ 安波：《编后记》，安波、许直合编《东蒙民歌选》，新文艺出版社 1952 年版，第
332 页。

⑤ 安波：《编后记》，安波、许直合编《东蒙民歌选》，新文艺出版社 1952 年版，第
333 页。

法，如"道亲"（民间歌手）、"郝什切"（说唱艺人）、"脱利齐"（歌手名）①。在提到蒙古民歌体裁时，采用保留蒙古语的汉语音译，并作以解释的方法，如"图林道"，"育林道"，"前者是在庄重严肃的场合唱的，后者则是在日常生活中所唱的"②。

1950 年，安波在《东蒙民歌选》的《编后记》中，描述了自己翻译蒙古民歌的背景和过程。安波指出蒙文和汉文在语系上的差异，其语词结构和表达翻译起来非常艰难③。汉文译文与蒙文原文不能完全对应④，这是我们在实现蒙汉民歌对译上的困难。

1950 年，许直在《我采集蒙古民歌的经过和收获》一文中，谈到蒙古族民歌语言的翻译问题，是从分析和学唱蒙古族民歌的角度提出的⑤。许直主张"把蒙古歌词变成汉文歌词"，这样虽然削弱了蒙古民歌的美，但在思想情感和艺术体验上带给人更深入的理解。这是许直在搜集和学习蒙古民歌过程中的经验之谈。某种程度上讲，将蒙文译为汉文是很必要的，这有利于蒙古民歌的传播，有利于各民族民歌的交流。同时，要深入理解蒙古民歌，学习语言学、音韵学，力求更好地展现出蒙古民歌的魅力。

许直、胡尔查在《蒙古民歌集》的《关于采译本集民歌的几说点明》一文中介绍了翻译蒙古民歌的方法：

> 关于本集民歌的翻译方法，为了使汉人研究民歌的同志能比较直接的理解蒙古民歌的内容，除遇有特殊困难时，一般都以直译为主，但有时在汉人生活里找不出适当的语句，（比如蒙古话形容马的走法

---

① "……在东蒙现今，'道亲'（即民间歌手）与'郝什切'（即说唱艺人）仍是最受尊敬的人。据说，在西北蒙古奥伊拉特族中的职业歌手多系世袭的贵族出身，'脱利齐'（歌手名）是最辉煌的称号……"详见安波《谈蒙古民歌》，安波、许直合编《东蒙民歌选》，新文艺出版社 1952 年版，第 1 页。

② 安波：《谈蒙古民歌》，安波、许直合编《东蒙民歌选》，新文艺出版社 1952 年版，第 2 页。

③ 安波：《编后记》，安波、许直合编《东蒙民歌选》，新文艺出版社 1952 年版，第 332 页。

④ 安波：《编后记》，安波、许直合编《东蒙民歌选》，新文艺出版社 1952 年版，第 332 页。

⑤ 许直：《我采集蒙古民歌的经过和收获》，安波、许直合编《东蒙民歌选》，新文艺出版社 1952 年版，第 328—329 页。

就有十几种，在汉词中只有几种）也只得用近似的词句代替。①

以上文字指出《蒙古民歌集》的翻译方法以直译为主，但在蒙汉词语对译的过程中有时出现难以找到对应表达的不平衡现象。

安波在写于 1950 年的《编后记》中，指出勇夫和那森图在《蒙古民歌集》的译词方面给予过具体的帮助②。

许直、胡尔查在《蒙古民歌集》的《关于采译本集民歌的几点说明》一文中还指出：

　　在搜集时，奇木德道尔基、奥德斯尔、叶贺、奇哈拉哥等同志，曾先后给以很大的帮助。付印前，译词方面更得到勇夫同志的热心修正，在此我们都深深致谢！③

《蒙古民歌集》的汉译在胡尔查翻译的基础上，还有许多同志作出了修正的努力。

贾芝在《记民间文学萌芽时代的浇灌者》中指出：中国民间文艺研究会（以下简称"民研会"）第一次理事会，决定出版一套中国民间文学丛书，安波、许直合编《东蒙民歌选》就是选题之一④。

　　在延安时代就以采风和研究民歌著名的已故音乐家安波同志，首先编了《东蒙民歌选》和《秦腔音乐》。他曾到会内来和我一起商定《东蒙民歌选》中几首民歌的译文，作了反复的推敲，到能入乐

---

①　许直、胡尔查：《关于采译本集民歌的几点说明》，东北文协文工团辑《蒙古民歌集》，内蒙古日报出版社出版发行部 1949 年版，第 7 页。落款时间："1949 年 11 月"。原题为《关于采译本集民歌的几点说明》，现改。

②　安波：《编后记》，安波、许直合编《东蒙民歌选》，新文艺出版社 1952 年版，第 331—332 页。

③　许直、胡尔查：《关于采译本集民歌的几点说明》，东北文协文工团辑《蒙古民歌集》，内蒙古日报出版社出版发行部 1949 年版，第 8 页。

④　贾芝：《记民间文学萌芽时代的浇灌者》，贾芝《播谷集》，人民文学出版社 1994 年版，第 72 页。落款："1990 年 2 月 23 日夜。1993 年 4 月 29 日改。《民间文学》1989 年第 4 期。"原题注：原文在《民间文学》发表时，题目为《民间文学事业在春天里萌发》。

为止。①

　　贾芝积极整合延安时期培养的党的文艺工作者，帮助安波推敲《东蒙民歌选》的译文。这种民歌出版工作的目标是建设社会主义新文艺，同时有利于促进全国民间文艺的交流和全国各族、各地人民的交流与团结。

　　关于搜集少数民族民歌的方法，钟敬文主编的《民间文学概论》指出：

　　　　1949 年后，汉族与少数民族的学者和文艺工作者亲密合作，大规模地搜集整理了大量优秀的民歌、故事，打开了少数民族灿烂夺目的民间文学宝库，极大地推动了各兄弟民族民间文学的繁荣发展。②

　　以上文字介绍的开展少数民族民歌搜集工作的方法是汉族与少数民族文艺工作者合作搜集。

　　例如，1949 年出版的《蒙古民歌集》就是汉族民歌搜集者许直先生和蒙古族民歌演唱者胡尔查先生合作，记录、翻译和整理的蒙古民歌。安波在《〈蒙古民歌集〉出版感言》中指出：

　　　　就在这一时期，许直同志与胡尔查同志亲密合作，记录了二百余首民歌，他们整理、抄写、翻译，前后经过了半年之久，到现在总算完成了初步的工作。③

　　内蒙古自治区是蒙古族的聚居区，在搜集整理蒙古族民歌时，需要汉语和蒙语、汉文和蒙文的转译。这就需要汉族和蒙古族的民间文艺工作者通力合作。

　　许直精通音乐和汉文，胡尔查兼通汉文和蒙文，二人合作记录和整理

---

　　①　贾芝：《记民间文学萌芽时代的浇灌者》，贾芝《播谷集》，人民文学出版社 1994 年版，第 74 页。

　　②　钟敬文主编：《民间文学概论》，高等教育出版社 2010 年版，第 74 页。

　　③　安波：《〈蒙古民歌集〉出版感言》，东北文协文工团编《蒙古民歌集》，内蒙古日报社1949 年版，第 4 页。

蒙古民歌的词曲，进而使得编纂出我国第一部少数民族民歌集《蒙古民歌集》成为可能。除此，还有汉族民间文艺工作者安波的整理和探索，贾芝的修改建议，蒙古族文艺工作者勇夫、那森巧克图、额尔敦·陶克陶等人的翻译意见。这种蒙汉合作的搜集和翻译工作模式具有重要历史价值。

在蒙古民歌的翻译问题上，其他民间文艺工作者的思考也值得借鉴。如 1957 年，中央音乐学院民族音乐研究所编《中国民歌选》（第二集·简谱版）出版，在《编后》中指出：

> 在编选这本民歌集的时候，编者深深地感觉到民歌的原始记录（包括录音）的重要。常常遇到这样的情形：一首非常流行的民歌，经过作曲家改编后，大家却搞不清它究竟来自何处、原谱原词究竟是怎样的、谁记录的、何时何地记录的，演唱者是谁更是难以查考了。有些究竟是不是民歌也都缺乏确实的材料证实。这种情形使我们在编选民歌时，遇到很多困难。兄弟民族的歌曲，由于缺乏民族语言的记录可资对证，有些歌的译词是否与原意大相径庭，记谱是否有失实之处，也难以确知。我们只好怀着不安的心情等待着读者，尤其是兄弟民族的读者指正。我们希望今后每一个民歌采集者都能够注意到原始记录的完整性。至少在发表一首歌的时候，不要忘记演唱者或记谱者的姓名。[1]

以上文字指出采集民歌时，记录包括演唱者、时间、地点、原作词者、原谱曲者等基本信息的重要性。兄弟民族的民歌还涉及民歌翻译的问题，留存兄弟民族语言的原搜集文件是极为重要的，不然在以后的编选过程中无法进行核实。编者深感忠实于地方语言、民族语言记录的重要性和民族语言翻译、曲谱记录的重要性与困难。

1957 年，奥其、松来在中国民间文艺研究会主编《内蒙古民歌》的《后记》中指出：

---

① 中央音乐学院民族音乐研究所：《编后》，中央音乐学院民族音乐研究所编《中国民歌选》（第二集·简谱版），音乐出版社 1957 年版，第 55—56 页。落款时间："1957 年 1 月 1 日"。

在翻译上，我们主要是采取了直译的方法，但是，有些难以用汉文直译，或者说没有最恰当的汉文来表达原歌的时候，也采取了意译的办法；而音乐语音，如"嗬依"等等，我们大都省略了。同时，我们也没有配曲，只是把曲谱附在后面，供音乐工作者们参考。①

以上文字中，奥其和松来介绍了他们翻译蒙古族民歌的方法，即以直译为主，以意译为辅，还有处理音乐语音、曲谱的方法。蒙古族语言的翻译问题，在蒙古族民歌汉译的过程中显露出来，如何更原汁原味地向其他兄弟民族传达蒙古族民歌的神韵是新中国成立初期的翻译者不断思考的问题。

最后，在出版方面，《东蒙民歌选》的出版离不开当时全国文艺政策的支持。

1950年，召开了中国民间文艺研究会成立大会，周扬在《中国民间文艺研究会成立大会开幕词》中宣告了中国民间文艺研究会的成立，并指出，"成立民间文艺研究会是为了接受中国过去的民间文艺遗产"②。郭沫若在《我们研究民间文艺的目的——在中国民间文艺研究会成立大会上的讲话》中指出成立中国民间文艺研究会"就是要对中国古代和现代的民间文艺进行深入的研究"，具体的研究目的有5点，分别是："保存珍贵的文学遗产并加以传播"，"学习民间文艺的优点"，"从民间文艺里接受民间的批评与自我批评"，"民间文艺给历史家提供了最正确的社会史料"和"发展民间文艺"③。

1950年，中国民间文艺研究会这一机构的成立对全国民间文艺工作的发展具有重大作用。在思想上，贯彻党和政府的指导思想，明确搜集原则、方法和意义等。在实践上，建设民间文艺搜集队伍，发动群众，直接组织搜集整理出版工作，间接组织和指导地方机构和地方民间文艺工作者从事民歌搜集工作，取得了很大的成绩。

1952年，安波、许直合编的《东蒙民歌选》出版，安波在写于1950

---

① 译者：《后记》，中国民间文艺研究会主编《内蒙古民歌》，奥其、松来合译，通俗文艺出版社1958年版，第166—167页。

② 周扬：《中国民间文艺研究会成立大会开幕词》，贾芝主编《新中国民间文学五十年》，大众文艺出版社2004年版，第2页。落款时间："1950年3月29日"。

③ 郭沫若：《我们研究民间文艺的目的——在中国民间文艺研究会成立大会上的讲话》，贾芝主编《新中国民间文学五十年》，大众文艺出版社2004年版，第5—6页。落款时间："1950年"。

年的《编后记》中指出：

> 那本内蒙民歌集的出版，得到内蒙报社诸同志很大的帮助，特别是勇夫同志，那森巧克图同志都拿出了很大的时间，对译词加以仔细的校正。但那时的译词尚未配上曲调，是只能看，不能唱的，能唱的只有蒙文。[1]
>
> 今年六月，中国民间文艺研究会即给我以任务，要我重新加以编选，并编成汉文歌词，配上曲调。[2]

安波所言"内蒙民歌集"即指 1949 年出版的《蒙古民歌集》[3]。从安波的叙述中，我们了解到：第一，在民研会成立以前，1949 年《蒙古民歌集》的出版得到内蒙古日报出版社的支持，勇夫和那森巧克图还在译词上给予具体的帮助。第二，1952 年《东蒙民歌选》的编辑出版，是应中国民间文艺研究会的要求，在《蒙古民歌集》的基础上进行改编，并出版[4]。第三，《东蒙民歌选》在《蒙古民歌集》的基础上增加了汉文歌词，配上了相应的曲调。

勇夫在《蒙古民歌集》的序言中指出：

> 在内蒙地区，民间流传着的歌曲，确实是够丰富的；过去虽也有人留心和研究过，但是并没有将它汇集起来印成集子。而今天之所以能够搜集编印出版，其主要原因是在共产党领导下的新内蒙，重视人民的文化，并培植它，发扬它，所以才获得了这样地繁荣滋长的好机会。[5]

勇夫将内蒙古民歌得以搜集的原因归为两点：一是内蒙古地区流传着

---

[1]　安波：《编后记》，安波、许直合编《东蒙民歌选》，新文艺出版社 1952 年版，第 331—332 页。

[2]　安波：《编后记》，安波、许直合编《东蒙民歌选》，新文艺出版社 1952 年版，第 332 页。

[3]　指东北文协文工团辑《蒙古民歌集》（蒙汉文对照），内蒙古日报出版发行部 1949 年版。

[4]　指东北文协文工团辑《蒙古民歌集》（蒙汉文对照），内蒙古日报出版发行部 1949 年版。

[5]　勇夫：《序》，东北文协文工团辑《蒙古民歌集》（蒙汉文对照），内蒙古日报出版发行部 1949 年版，第 1 页。落款时间："1949 年 11 月"。

丰富的民歌,具有深远的民族音乐传统;二是党的文化政策重视和扶植人民的文化。

在对许直的田野访谈中,我们了解到出版《蒙古民歌集》是第一次文代会上的决定,1949 年 7 月安波、勇夫参加完文代会,① 就安排许直出版《蒙古民歌集》,1949 年 11 月《蒙古民歌集》出版,正如许直所说,是很仓促的。《蒙古民歌集》的出版,体现了国家对这批蒙古民歌的重视。在对胡尔查的田野访谈中,我们了解到《蒙古民歌集》的出版,具体是由安波写信给内蒙古东部区党委安排的,党委书记王铎、内蒙古日报社社长勇夫,编辑额尔敦陶克陶、那森巧克图,内蒙古画报社社长尹瘦石,排版的日本人和蒙古族徒弟,都为《蒙古民歌集》的出版作出了不同程度的贡献。总之,《蒙古民歌集》的出版与中国共产党的文化政策引导有关。在此基础上,编辑出版的《东蒙民歌选》也是国家文艺机构的决定。

1949 年,胡尔查随安波来到沈阳,被"东北局分到了东北文协文工团工作,安波同志任该团团长"②。胡尔查对东北文协文工团工作时期是这样描述的:

> 在东北文协文工团工作的一段日子里,安波同志仍让我继续进行《蒙古民歌》的汉译修改工作。任务完成后,安波同志代表组织亲切地对我说:"你是民族干部,党培养你,是为了让你回到民族地区,为自己的民族工作。"我无条件地接受了组织上的安排,在 1949 年 9 月离开沈阳,与许直同志接受了联系出版《蒙古民歌集》的任务,乘北上的列车,回到了当时的内蒙古自治区首府乌兰浩特。③

胡尔查介绍了在安波的安排下,与许直一起接受出版《蒙古民歌集》的任务。还介绍了安波让自己回到民族地区的指示,国家注重民族干部的

---

① 文代会指"第一届中华全国文学艺术工作者代表大会",召开时间是 1949 年 7 月 2 日至 19 日。内蒙古文协筹委会主任勇夫、副主任尹瘦石、周戈等代表自治区出席,勇夫代表自治区向大会致辞并献旗。详见博特乐图主编《当代草原艺术年谱·音乐卷》,内蒙古大学出版社 2013 年版,第 11 页。

② 胡尔查:《我与民间文学》,《胡尔查译文集》(第 1 卷),远方出版社 2009 年版,第 2 页。

③ 胡尔查:《我与民间文学》,《胡尔查译文集》(第 1 卷),远方出版社 2009 年版,第 2 页。

培养，这有利于我国少数民族地区的文艺建设。

在安波、许直和胡尔查的共同努力下，使东北文协文工团辑《蒙古民歌集》于1949年出版了①，胡尔查指出其出版过程如下：

> 经与中共内蒙古工委联系，我俩被安排在内蒙古文工团食宿，《蒙古民歌集》的出版，则由内蒙古日报社印刷厂承揽（当时内蒙古自治区尚未建立出版社）。经过两个月夜以继日地校勘，1949年11月，我国第一部少数民族民歌集——《蒙古民歌集》（蒙汉文合璧，并附有新蒙古文）在内蒙古工委的重视支持下诞生了。②

这本《蒙古民歌集》的出版具有重要意义，它是新中国成立后第一部少数民族民歌集，并且在翻译方面，采取蒙汉文双语形式，成为蒙古民歌的一种搜集范式。

三　《东蒙民歌选》的内容特征

（一）题材内容

许直、胡尔查在《关于采译本集民歌的几点说明》中指出，东北文协文工团辑《蒙古民歌集》共收录蒙古民歌156首，并根据内容将所收民歌分为5类，分别是革命类、生活类、爱情类、宗教类和杂类。③现根据《蒙古民歌集》载许直、胡尔查撰写的《关于采译本集民歌的几点说明》中对所采集民歌在题材内容上的分类和介绍（见表2-2）。

表2-2　　　《蒙古民歌集》题材分类、数量与内容介绍一览表④

分　类	内容介绍	数　量
第一辑　革命类	歌颂为蒙古民族争取自由独立的英雄人物和事迹，及反抗清廷、军阀、日本帝国主义统治的歌曲	9首

---

① 东北文协文工团辑：《蒙古民歌集》（蒙汉文对照），内蒙古日报出版发行部1949年版。

② 胡尔查：《赤子之心　报效祖国》，贾芝主编《新中国民间文学五十年》，大众文艺出版社2004年版，第608页。落款："1999年12月匆于呼和浩特"。

③ 许直、胡尔查：《关于采译本集民歌的几点说明》，东北文协文工团辑《蒙古民歌集》（蒙汉文对照），内蒙古日报出版发行部1949年版，第7—8页。

④ 表2-2表格分类、内容、数量和介绍来源于许直、胡尔查《关于采译本集民歌的几点说明》，东北文协文工团辑《蒙古民歌集》（蒙汉文对照），内蒙古日报出版发行部1949年版，第7—8页。介绍文字略有改动。制表时间：2014年8月28日。

续表

分　类	内容介绍	数　量
第二辑　生活类		41 首
（一）妇女生活	反对旧式婚姻	12 首
（二）思乡怀亲		14 首
（三）孤独生活	叙述鳏寡及孤儿生活	9 首
（四）宴歌	蒙古人喜庆宴会时唱的	6 首
第三辑　爱情类		80 首
（一）恋　歌	男女情爱中欢悦、赞美的情歌	33 首
（二）相思失恋		29 首
（三）喇嘛偷情	暴露讽刺过去蒙古的封建特权阶层的淫欲生活	9 首
（四）情歌联唱	以几个人的凯叙述的爱情故事	9 首
第四辑　宗教类	赞颂喇嘛教佛教的歌曲	8 首
第五辑　杂　类	有说书曲调 7 首	18 首
共　计		156 首

通过以上表格数量可知，《蒙古民歌集》中的爱情类数量最多（80首），生活类数量次之（41首），杂类18首，革命类9首，还有宗教类8首。

安波、许直合编《东蒙民歌选》分为歌词之部和歌曲之部，根据歌词之部的目次列表如表2-3所示。

表 2-3　　　　《东蒙民歌选》题材分类、数量与内容介绍一览表[①]

分　类	内容介绍	数　量
我们的家乡	对家乡的赞颂、怀念及其他有关游牧生活的歌曲[②]	7 首
英雄陶克特胡	歌颂八路军和人民英雄的故事及在日寇统治期间内蒙古人民积极消极反抗的歌曲[③]	9 首
清凉酒	蒙古人欢宴聚会时唱的"宴歌"及其他与此相近的歌曲[④]	9 首

---

① 表2-3分类名称系每类民歌的代表作品。内容介绍来源于《东蒙民歌选》每类民歌前的介绍，安波、许直合编《东蒙民歌选》，新文艺出版社1952年版。介绍文字略有改动。制表时间：2014年8月29日。

② 安波、许直合编：《东蒙民歌选》，新文艺出版社1952年版，第18页。

③ 安波、许直合编：《东蒙民歌选》，新文艺出版社1952年版，第30页。

④ 安波、许直合编：《东蒙民歌选》，新文艺出版社1952年版，第52页。

续表

分　类	内容介绍	数　量
青菜花	反对旧式婚姻及其他有关妇女生活的歌曲①	12 首
孤独的小骆驼羔	反映孤儿生活的歌曲②	7 首
崩博莱	赞美、欢聚等男女情爱的情歌③	16 首
薛梨散丹	相思、离别、失恋、诙谐、讽刺及长篇叙事的男女情爱的歌曲④	17 首
鹿	大部为达古尔蒙古族的歌曲，包括达古尔舞曲、对唱和扎赉特旗的朗诵故事歌曲⑤	7 首
共　计		84 首

《东蒙民歌选》共收录民歌 84 首，较《蒙古民歌集》的 156 首，减少了 72 首，减少了近一半。在分类上，《蒙古民歌集》分为 5 大类，在生活类和爱情类又分别细化为 4 小类。《东蒙民歌选》分为 8 类，分类与内容的对应关系更为直观。

（二）主题思想

1950 年，安波在 1952 年出版的《东蒙民歌选》的序言《谈蒙古民歌》中指出：

我们知道，一切文艺都是政治经济生活的反映，民歌自不能例外。内蒙民歌在今天已经起了大的变化，这原因就是因为内蒙人民的生活已来了一个大变化。

"八一五"，对东蒙人民来说，真是翻天覆地的变动！在音乐上也来了一个空前的情况。首先是我们革命歌曲的传播，其次外蒙革命歌曲的大量涌入（如"我们的英雄"、"红旗歌"、"外蒙国际歌"、"牧羊歌"等外蒙歌曲都已在东蒙普遍唱开）。所有这些，与旧的东蒙民歌相比都是崭新的东西。明朗，健康，有力，雄壮，——这都是旧的蒙古曲调所缺乏的东西，因之东蒙人民之所以热烈地喜欢这些新

---

① 安波、许直合编：《东蒙民歌选》，新文艺出版社 1952 年版，第 66 页。
② 安波、许直合编：《东蒙民歌选》，新文艺出版社 1952 年版，第 88 页。
③ 安波、许直合编：《东蒙民歌选》，新文艺出版社 1952 年版，第 104 页。
④ 安波、许直合编：《东蒙民歌选》，新文艺出版社 1952 年版，第 124 页。
⑤ 安波、许直合编：《东蒙民歌选》，新文艺出版社 1952 年版，第 172 页。

的革命歌曲，除了政治思想的觉悟之外，就从歌唱要求上来说也是很
自然的。①

　　安波在以上文字中指出，在日本投降、抗战胜利后，内蒙古社会历史
和政治环境发生变化，内蒙古民歌的思想内容也随之发生了巨大的变化。
　　安波在分析民歌的变化时，自觉地将马克思主义指导思想和革命文
艺改编与创作、民族民间文艺搜集整理工作相结合。民间文艺与革命文
艺相互影响、天然融合，可以一起为革命斗争和社会建设做宣传和
服务。
　　在1952年出版的安波、许直合编的《东蒙民歌选》中，在"英雄陶
克特胡"部分，有9首民歌，题材是"歌颂八路军和人民英雄的故事及
在日寇统治期间内蒙人民积极消极反抗的歌曲"②，如《"国兵"歌
(一)》(巴林右旗)、《"国兵"歌(二)》(巴林右旗) 和《"国兵"歌
(三)》(哈尔沁中旗)③：

　　　　(1) 松树摇又摇，
　　　　是秋天的凉风吹。
　　　　谁逼散我们老和少？
　　　　是"满洲"和日本鬼。④
　　　　(4) 在我父亲的家，
　　　　是捡粪的庄稼汉，
　　　　来到"满洲"兵营里，
　　　　可怜要把炮灰当!⑤
　　　　(1) 什么遮了太阳？

---

① 安波：《谈蒙古民歌》,安波、许直合编《东蒙民歌选》，新文艺出版社1952年版，第
14页。
② 安波、许直合编：《东蒙民歌选》，新文艺出版社1952年版，第29页。
③ 安波、许直合编：《东蒙民歌选》，新文艺出版社1952年版，第31—32、33—34、35—
36页。
④ 节选自《"国兵"歌(一)》(巴林右旗)，安波、许直合编《东蒙民歌选》，新文艺出
版社1952年版，第31页。
⑤ 节选自《"国兵"歌(二)》(巴林右旗)，安波、许直合编《东蒙民歌选》，新文艺出
版社1952年版，第33—34页。

是片片的白云。

谁逼散我们亲爹娘？

是小日本和"满洲"！①

　　这三首民歌反映了在这一历史时期蒙古民族遭受的阶级压迫，揭露了日本帝国主义侵略者给内蒙古民众带来的灾难，日本帝国主义扶植的"满洲"傀儡政权对人民的欺凌，导致家人离散、民众生命受到威胁。

　　在1952年出版的《东蒙民歌选》一书中，有许直在写于1950年的《我采集蒙古民歌的经过和收获》一文。许直谈到他们在一个叫作"五十家子"的蒙古营子搜集民歌时的场景：

　　　　五十家子是一个纯蒙古营子，这一带最早是半农半牧的蒙古区，据说那时男人们妇女们在田野里劳作，在草场上牧羊，都要唱起愉快的歌儿，但几经历史的可怜的遭遇，他们丢掉了羊群，也失掉了愉快的歌。……那次他们唱了很多，中年人唱他们被日寇拉去当兵的"国兵"的"国兵歌"，老年人唱怀念儿子被反动派拉去当兵的"兴栓歌"，唱歌引起了他们对生活的回忆，一个老大娘一边唱"国兵歌"，一边哭起来，别人是无法制止她的，她要哭，她要唱，她要控诉在那些年代里他们所受的苦难。②

　　这些"国兵歌"是内蒙古民众苦难的社会生活的反映。近代以前，我国民众长期处于封建主义的压迫之中。新中国成立前，我国民众处于帝国主义、封建主义和官僚资本主义三座大山的压迫之下。民众苦不堪言。

　　内蒙古民众在社会生活中遭受反动统治阶级的压迫，这一题材反映在内蒙古民歌中，尤其是时政歌之中，反映内蒙古民众生活的疾苦和阶级斗争的思想。这体现了文艺与政治的关系，民歌与革命斗争是息息相关的。

---

　　① 节选自《"国兵"歌（三）》（巴林右旗），安波、许直合编《东蒙民歌选》，新文艺出版社1952年版，第35页。

　　② 许直：《我采集蒙古民歌的经过和收获》，安波、许直合编《东蒙民歌选》，新文艺出版社1952年版，第326页。

1950 年，安波在《东蒙民歌选》的《谈蒙古民歌》中还指出蒙古民歌题材的一个特点，即劳动歌的缺乏：

> 从内容上说，内蒙民歌也有很大缺陷，这便是劳动歌曲的缺乏。特别是那些节奏鲜明力量较强的劳动歌声我们简直就没有听见过。但仔细想来，这又有什么可怪的呢？内蒙虽有了一部分农业区，而更多的地区还是游牧生活的社会，沉重的节奏性的集体劳动本来就很少，又怎能要求他们发出这样的歌声呢？①

安波在以上文字中指出内蒙古民歌中缺乏劳动歌。安波将内蒙古劳动歌的缺乏归因于内蒙古虽然有农业区，但更多地区以游牧为主，"沉重的节奏性的集体劳动本来就很少"②。安波所指内蒙古劳动歌的缺乏是相对于我国其他省市而言的，安波将原因解释为内蒙古是以游牧生活为主的社会。不同省市的自然地理环境不同，适合发展的产业也有所差别。不同的生产、生活环境导致各地民歌题材的不同。我国农业类集体劳动较发达的省市，劳动歌要更丰富一些。

四 《东蒙民歌选》的艺术形式

(一) 词曲特点

1949 年，许直、胡尔查在《蒙古民歌集》的《关于采译本集民歌的几点说明》中指出：

> 蒙古民歌的词，在音韵上，和汉人的民歌，或其他民族歌词韵律的规律，是有很大差异的，蒙古歌词除了在每一句的结尾有"脚韵"外，在同一段词的每行第一个字还有以同一子音或母音开始的"头韵"，另外在每句的结尾，也大多用"xeə"（嗬咿）这一衬字来结束，而"嗬咿"这一字在曲调上又常是唱成很长的一个音，这就形

---

① 安波:《谈蒙古民歌》，安波、许直合编《东蒙民歌选》，新文艺出版社 1952 年版，第 7 页。

② 安波:《谈蒙古民歌》，安波、许直合编《东蒙民歌选》，新文艺出版社 1952 年版，第 7 页。

成了蒙古民歌嘹阔悠长的另一特色。①

许直和胡尔查从音韵角度分析了蒙古民歌歌词与汉族和其他民族语词在音韵上的整体差异。

许直、胡尔查还指出，与蒙古人的生活环境有关，蒙古民歌多数是高亢的曲调："最高的音能达到两个点的 b，但从来不用假嗓子；在夜间，这声音可以传出九、十里路远。"②

1950 年，安波在《谈蒙古民歌》中指出：

> 外族音乐的影响当是构成蒙古民歌调式复杂的重要原因。直到现在，内蒙民间诸多器乐曲都是全盘由汉族移过去的（如"小开门"、"柳生芽"、"八板"、"水龙吟"等）。由于宗教的关系，西藏曲调可能也移入了一些，最近二十年来，外蒙的新的歌曲又不断地传入内蒙。③

以上文字指出蒙古族民歌与其他民族民歌的联系，尤其受到汉族和藏族民歌的影响。

（二）艺术手法

1950 年，安波在《谈蒙古民歌》中指出：

> 一位外国的蒙古民歌研究者说："蒙古诗歌不论在形式上，内容上都全无原始的性质，而应看做是依据比较进步的艺术方法创造出来的。"这话说得一点也不错。除了形象的准确性与语言的丰富性之外，我们还看到最突出的一点是，"兴"与"比"手法运用的巧妙。④

---

① 许直、胡尔查：《关于采译本集民歌的几点说明》，东北文协文工团辑《蒙古民歌集》，内蒙古日报出版社出版发行部 1949 年版，第 7 页。

② 许直、胡尔查：《关于采译本集民歌的几点说明》，东北文协文工团辑《蒙古民歌集》，内蒙古日报出版社出版发行部 1949 年版，第 6—7 页。

③ 安波：《谈蒙古民歌》，安波、许直合编《东蒙民歌选》，新文艺出版社 1952 年版，第 12 页。

④ 安波：《谈蒙古民歌》，安波、许直合编《东蒙民歌选》，新文艺出版社 1952 年版，第 9 页。

外国研究者肯定了蒙古民歌在形式和内容上的成熟，认为创造出蒙古诗歌的艺术方法是进步的。安波在引述外国蒙古民歌研究者的话后，肯定了这一说法，并在蒙古诗歌的形象与语言成熟的基础上，进一步指出，蒙古诗歌在艺术手法上能够巧妙使用"兴"与"比"。外国蒙古民歌研究者肯定蒙古民歌的成熟度，无形之中是与外国民歌比较之后的结果，即创造蒙古民歌的艺术方法是进步的。外国研究者对蒙古民歌与外国作品作比较时，是从形式、内容和艺术方法方面来比较的。安波注意到了蒙古民歌中的形象、语言和"兴"与"比"的表现手法。

第三节　民歌代表作之二：韩燕如编《爬山歌》

《爬山歌选》是一系列由汉族民间文艺工作者韩燕如用汉语搜集整理的内蒙古民歌，曾在新中国成立初期产生很大的影响。在六七十年后的今天，仍然值得我们对其进行回顾和再评价。

一　《爬山歌》的版本与地位

《爬山歌选》共三集，分别于 1953 年、1956 年和 1958 年由人民文学出版社先后出版①，是由韩燕如在内蒙古地区搜集整理的，是新中国成立初期内蒙古民歌的重点作品。钟敬文主编的《民间文学概论》曾高度评价"爬山歌"："在汉族中，除了民谣、儿歌、四句头山歌和各种劳动号子之外，还有'信天游''爬山歌'。"② 这一评价与韩燕如在内蒙古地区搜集了大量的爬山歌直接相关，可见韩燕如关于爬山歌的搜集整理工作具有较大的影响力。

韩燕如搜集的爬山歌数量庞大。韩燕如在《回忆我走过的路》一文中追忆道：

> 我在这 8 年中，共采集到近三万首原始山曲儿，经过反复筛选，精选出五千首分为三个集子，于 1953 年、1956 年、1958 年均由人民

---

① 韩燕如编：《爬山歌选》，人民文学出版社 1953 年版。韩燕如编：《爬山歌选》(二集)，人民文学出版社 1956 年版。韩燕如编：《爬山歌选》(三集)，人民文学出版社 1958 年版。

② 钟敬文主编：《民间文学概论》，高等教育出版社 2010 年版，第 174 页。

文学出版社出版了。①

因此，韩燕如被称为"爬山歌王"②。

二　《爬山歌》的搜集方法

（一）深入搜集

1952 年，韩燕如在《爬山歌选》的《后记》中指出自己在年轻的时候就爱上了民歌，并结交了一些唱歌的朋友，经历了一些唱歌的场合③。他具体描述了 1931 年冬天许多人一起唱爬山歌的场景：

> 大约是一九三一年的冬天，好多个晚上，外面落着鹅毛大雪。我和许多朋友，挤在村上一家低狭的豆腐房里。其中有长工、佃户、船夫、拉骆驼的、放羊的、磨倌、打更的……大家团团围住锅圈烤火，一面烤，一面唱爬山歌。开头是轮唱，接着对唱，末后就是索性由几个出色的歌手一搅包起来唱。他们一唱就是几十首，依照各人的心思连贯下去。他们唱各种各样的歌。但最喜欢唱的是自己的生活经历。④

以上是韩燕如自述 1931 年从事民歌搜集工作的经历，韩燕如介绍了唱歌民众多种多样的职业身份和轮唱、对唱、"一搅包起来唱"等歌唱方式，描述了民众唱爬山歌时的生活场景等。

韩燕如在《回忆我走过的路》一文中⑤，指出：

> 1949 年"九一九"绥远和平起义后，组织分配我入城到包头工作，在包头市文教局担任副局长。随着生活工作逐渐走向正轨，我爱

---

① 韩燕如：《回忆我走过的路》，呼和浩特市政协文史资料委员会编《呼和浩特文史资料》（第 8 辑），1991 年 11 月，第 164 页。

② 贾漫：《爬山歌王——韩燕如纪事》，张民华主编《草原风流：内蒙古名人纪事》，民族出版社 1998 年版，第 216—235 页。

③ 韩燕如：《后记》，韩燕如编《爬山歌选》，人民文学出版社 1953 年版，第 233 页。

④ 韩燕如：《后记》，韩燕如编《爬山歌选》，人民文学出版社 1953 年版，第 233—234 页。

⑤ 韩燕如：《回忆我走过的路》，呼和浩特市政协文史资料委员会编《呼和浩特文史资料》（第 8 辑），1991 年，第 161—165 页。

好民间文学的念头又在滋长。在假日或业余时间，我经常到黄河渡口二里半向船夫们搜集些民歌。①

1952 年，韩燕如在《爬山歌选》的《后记》中详细地介绍了这本爬山歌选的材料来源和有关同志的工作，如下：

> 本书的材料大部分是我直接搜集的，一部分是马廷谐同志、杨德铭、齐乐山先生采录的；歌曲是董广材、李荣同志记录的，曾经马可同志提出意见，由原记录者反复校正。②

采录民歌一方面要记录民歌的歌词，另一方面要记录歌曲，这离不开拥有不同专长的民间文艺工作者的通力合作。

1952 年，韩燕如在《爬山歌选》的《后记》中写道：

> 我的邻居是一家贫农，他有三个闺女，嫁后个个受气，三闺女嫁了个老女婿，逃回娘家就再也不愿意回去。她在地里劳动的时候，在家纺纱的时候，经常编唱自己爱唱的歌，歌中叙述着自己的遭遇。我恍惚意识到这就是旧中国妇女普遍的申诉。在激动中，我常常隔着一道墙，将她的歌记录下来。③

在记录的认识方面，韩燕如能够自觉使用马克思主义的唯物史观，具体、历史地理解民众所唱的民歌，记下反映时代脉搏和民众心声的爬山歌。这位妇女所唱的爬山歌反映了她自身的遭遇，也反映了旧中国妇女的不幸遭遇。韩燕如结合歌唱者的社会地位和时代背景，对歌唱者充满同情，通过歌词内容和演唱场景，理解演唱者的感情。在记录的实践方面，他并没有当面记录，而是还隔着一面墙。这种记录方法充满了采录者对演唱者的尊重、理解和关怀，演唱者也可以不受干扰，其演唱的情境是自然、自在的。

---

① 韩燕如：《回忆我走过的路》，呼和浩特市政协文史资料委员会编《呼和浩特文史资料》(第 8 辑)，1991 年，第 163 页。

② 韩燕如：《后记》，韩燕如编《爬山歌选》，人民文学出版社 1953 年版，第 236 页。

③ 韩燕如：《后记》，韩燕如编《爬山歌选》，人民文学出版社 1953 年版，第 234—235 页。

韩燕如说：

> 1953 年春天，我从包头调到内蒙古文联，这时有条件专注搞民间文学的采风工作。那年我首先深入到巴盟，下去一看，遍地是宝……①

以上文字表明 1953 年，调到内蒙古文联的韩燕如有了专注于民间文学搜集工作的环境和条件，韩燕如也借此机会开始搜集民歌。

1955 年，韩燕如在《爬山歌选》（二集）的后记《搜集爬山歌的一点体会》中指出：

> 首先，搜集者本身对民歌要具有正确的认识并抱有最大的热爱；这就更容易体察一个歌唱者的情感、愿望、生活境遇……等等。②

韩燕如的体会告诉我们，搜集民歌的前提是热爱民歌，这样才能更好地理解民歌，才能更好地体察歌者在民歌中想要表达的情感，感同身受，从民歌的文化表达读懂其思想情感，了解其日常生活的境况等社会信息。

1955 年，孙剑冰在《略述六个村的搜集工作》一文中，记录了他和韩燕如 1954 年秋天一起去内蒙古乌拉特前旗六个村子进行搜集工作的背景③，孙剑冰称韩燕如"他还搞他的爬山歌"④。

> 我是和韩燕如同志一块去的。我们到的时候，正是麦收季节，农民忙得很。搜集工作自然要服从中心任务。加上规定的工作期限要求我们，一切必须集中，所以我们就决计抓住六个村子，主要以邀请人来开会和个别访问的方式进行工作。他还搞他的爬山歌，我收小型的

①　韩燕如：《回忆我走过的路》，呼和浩特市政协文史资料委员会编《呼和浩特文史资料》（第 8 辑），1991 年，第 163 页。

②　韩燕如：《搜集爬山歌的一点体会》，韩燕如编《爬山歌选》（二集），人民文学出版社1956 年版，第 209—210 页。

③　孙剑冰：《略述六个村的搜集工作》，《民间文学》1955 年 4 月号。

④　孙剑冰：《略述六个村的搜集工作》，《民间文学》1955 年 4 月号。

传说故事。①

　　从孙剑冰的介绍中，我们可以了解到孙剑冰和韩燕如的工作是有工作期限的。这也表明搜集民歌要服从当地生产、生活的中心任务，不能干扰到搜集对象的正常生产和生活，这是记录民歌的原则。在这个原则下，采取适当的组织搜集工作的方法，如采取集中时间、开会和个别访问。

　　1955 年，中国民间文艺研究会在《爬山歌选》（二集）的《前言》中指出：

　　　　"爬山歌选"二集是韩燕如同志继一集之后，从一九五二年六月至一九五四年九月，深入包头市郊区、后套杭锦后旗和乌拉特前旗等数处地方搜集资料，然后编选成书的。编者多年来从事搜集工作，已搜集到爬山歌万余首：两册选集（合计近三千首），便是这一万多首中选出来的。②

　　中国民间文艺研究会介绍了韩燕如《爬山歌选》（二集）中收录的爬山歌的搜集时间、搜集地点和编选过程。从韩燕如的介绍中，我们了解到，韩燕如与孙剑冰同行，在内蒙古乌拉特前旗搜集的爬山歌资料主要收录在了《爬山歌选》（二集）中。

　　1957 年，韩燕如在《爬山歌选》（三集）的《后记》中指出：

　　　　本集选录的歌近二千首，绝大部分是一九五六年三月至九月，我在武川山区农村里搜集的，一少部分是从历年积压成堆的原始记录材料中选出的。它们的内容包括抗战时期大青山人民群众歌唱我军的赞歌和大草原上的牧歌等等。③

　　韩燕如介绍了《爬山歌选》（三集）收录爬山歌的搜集时间、搜集地

---

　　①　孙剑冰：《略述六个村的搜集工作》，《民间文学》1955 年 4 月号。
　　②　中国民间文艺研究会：《前言》，韩燕如编《爬山歌选》（二集），人民文学出版社 1956 年版，第 2 页。
　　③　韩燕如：《后记》，韩燕如编《爬山歌选》（三集），人民文学出版社 1958 年版，第 284 页。

点和题材内容。

韩燕如还强调搜集民歌不能掺入搜集者自己的修改，要如实地记录民歌。韩燕如在《回忆我走过的路》一文中指出："在出版过程中，我丝毫没有掺进自己的东西，尊重他们的原本原样。"①

韩燕如搜集了大量的爬山歌，他搜集民歌的经历和方法告诉我们，要热爱搜集民歌这项工作，充分认识到民歌的价值，民歌与民众的生活息息相关。搜集民歌时，要深入民众生活，理解民众的苦难和欢乐，尊重和关怀当地的民众。韩燕如不会蒙语，但他搜集爬山歌的对象主要是内蒙古的汉族民众，所以不涉及翻译问题。

（二）有组织地搜集

韩燕如充分认识到蒙古民歌的价值。1952 年，他在《爬山歌选》的《后记》中指出：

> 佃户唱收租，拉骆驼的唱山野草地，寒风夜宿，鳏夫唱孤独的境遇，水手唱黄河上和惊涛骇浪搏斗的情景……他们都各有自己心爱的歌。②

不同身份的人有不一样的工作环境和生活环境，他们的民歌也是不同的。从事不同行业民众所唱的爬山歌反映了不同的民俗生活。

1955 年，中国民间文艺研究会在《爬山歌选》（二集）的《前言》中指出：

> "爬山歌"是内蒙劳动人民的口头诗歌。它的内容非常丰富。仅通过现有的两册选集，内蒙劳动人民的痛苦与欢乐、经验与智慧，他们高尚的道德品质和乐观的愿望和理想；以及他们为反抗剥削者、压迫者而进行的斗争，他们对共产党和毛主席的无比热爱，都深切、动人与鲜明地表现出来了。
>
> "爬山歌"反映了内蒙劳动人民的全部生活和他们对现实的积极态度。所以从内容上看，我们首先重视的，应当是它的历史价值与社

---

① 韩燕如：《回忆我走过的路》，呼和浩特市政协文史资料委员会编《呼和浩特文史资料》（第 8 辑），1991 年，第 165 页。

② 韩燕如：《后记》，韩燕如编《爬山歌选》，人民文学出版社 1953 年版，第 234 页。

会政治作用。①

在以上文字中，韩燕如强调了"爬山歌"在内蒙民众生活中的重要地位，可以反映内蒙古劳动人民的思想情感和精神文化。同时，"爬山歌"还具有历史价值和社会政治作用。就爬山歌在内蒙古的上述地位和作用而言，韩燕如对于内蒙古爬山歌的搜集和整理是对这一文化遗产的保护和传承。

1955 年，韩燕如在 1956 年出版的《爬山歌选》（二集）的后记《搜集爬山歌的一点体会》中描述了内蒙古民众的新民歌。内蒙古民众在政治上翻身做了主人，在生活上过上了新生活，他们把这种"改山换海"的变化写进了民歌里，来表达对"毛泽东""共产党"和社会主义的热爱②。

1960 年，贾芝在《民间文学十年的新发展》一文中指出：

> 每一个地区的民歌，都生动深刻地反映了当地社会生活的历史变化。比方出版较早的三集《爬山歌选》（韩燕如编）鲜明如画地反映了内蒙古自治区从旧社会到新社会的剧烈变化。③

贾芝以韩燕如搜集整理的爬山歌为例，说明民歌可以反映一个地区由于政治变迁产生的社会变化。

1979 年，韩燕如在《爬山歌选》（下册）的《后记》中指出：

> 爬山歌是内蒙古劳动人民的口头诗歌，它产生和流传在大青山、土默川、河套、伊克昭盟广大农村区及半农半牧区。它拥有广泛的群众基础和社会基础，它跨越新、旧两个不同的时代，是劳动人民在生产和社会斗争中自由表达他们自己思想和抒发自己感情的产物。它是

① 中国民间文艺研究会：《前言》，韩燕如编《爬山歌选》（二集），人民文学出版社 1956 年版，第 1 页。
② 韩燕如：《搜集爬山歌的一点体会》，韩燕如编《爬山歌选》（二集），人民文学出版社 1956 年版，第 213—214、285—286 页。
③ 贾芝：《民间文学十年的新发展》，中国社会科学院科研局组织编选《贾芝集》，中国社会科学出版社 2009 年版，第 64 页。落款时间："1960 年 3 月 7 日脱稿，4 月 4 日改"。

劳动人民所创作，自然是劳动人民所喜爱的一种诗歌。它集中概括地描绘了新、旧社会不同的情景。它的内容、格调有着鲜明的地方特色和浓厚的乡土气息，是发自劳动人民内心的艺术珍品。①

爬山歌在内蒙古地区有着深厚的群众基础和社会基础，广为流传，能够深刻地反映内蒙古独特的社会状况。

因此，根据以上对内蒙古民歌价值的认识，韩燕如主张有组织地及时地开展搜集工作。民歌搜集工作要有中央宏观的指导和支持，也要有地方机构的积极组织，要得到民间文艺工作者的重视，也要发动广大群众积极支持和参与民歌搜集工作。

1952 年，韩燕如在《爬山歌选》的《后记》中指出：

　　搜集整理和研究人民的口头文学遗产，必须有领导、有计划、有组织地进行，否则是不容易搞出好的成绩来的。我自己深深地体会到这一点。真的，有时它就像一阵风，不即时"捕"，以后再要找就不见了；但乱"捕"一阵，又会造成许多浪费。②

韩燕如充分认识到内蒙古民歌的遗产价值，错过了民歌的最佳搜集时段就会给搜集工作带来困难，甚至是不可弥补的损失。他提出要尽早搜集民歌，以发掘民歌遗产，而这种发掘要有组织地进行才能取得较好的成绩。韩燕如充分认识到国家组织在民歌搜集工作中的领导和组织的关键作用。在国家层面上统筹民歌的搜集工作，有利于我国各民族民歌遗产的搜集整理。

1957 年韩燕如还在《爬山歌选》（三集）的《后记》中指出：

　　据我初步了解，内蒙古西部蒙、汉杂居地区，至今尚有二十八个县（旗）的爬山歌还不曾有人进行过系统的搜集。这正好说明我们的搜集工作，还远不能满足实际的需要。因此，当前在民间文学领域里，十分需要加强和扩大带有群众性的发掘的队伍，从而使零零星星

---

① 韩燕如：《后记》，韩燕如编《爬山歌》（下），中国民间文艺出版社 1983 年版，第 255 页。落款时间："1979 年 11 月 27 日于北京"。

② 韩燕如：《后记》，韩燕如编《爬山歌选》，人民文学出版社 1953 年版，第 235 页。

个人的搜集，逐步向有领导、有组织、有计划地大规模的集体挖掘，这对推动整个民间文学的工作是有积极作用的。①

韩燕如在 1952 年之后，于 1957 年再次强调和呼吁，内蒙古西部地区蒙汉杂居区的蒙古民歌搜集工作的空白亟待填补。他指出当时的蒙古民歌搜集工作仍有很多空白，希望引起更多的民间文艺工作者的注意，以开展大规模的有组织的蒙古民歌的搜集工作。而民歌搜集工作的开展不仅要靠个别的民间工作者，还要发动群众，调动广大群众的积极性，形成一个"带有群众性的发掘的队伍"，进行"集体挖掘"。有组织地开展搜集工作才能更好地推动民间文学整体工作。

韩燕如搜集爬山歌的工作不仅受到了地方民间文艺机构的支持，还受到了中国民间文艺研究会的帮助。

韩燕如在《回忆我走过的路》一文中指出自己建国十年以来担任的职务：

> 解放以后，党和人民信任我，给了我很高的荣誉。1949 年我担任包头市文教局副局长。1953 年调绥远省文联，不久与内蒙古文联合并，即担任副主席。1958 年内蒙古民间文学研究会成立，又兼任民研会主席。1960 年第三次文代会期间，被选为中国民研会理事。②

我们可以看到韩燕如在新中国成立以后的十年里都在担任与民间文学相关的职务。韩燕如强调民间文学搜集工作的组织领导工作，不只是从一个普通的民间文艺工作者的角度，也是从一个民间文艺工作的领导者的角度。

1955 年，中国民间文艺研究会在《爬山歌选》（二集）的《前言》中还指出，爬山歌取得现有成绩与韩燕如的搜集、整理工作和内蒙古自治

---

① 韩燕如：《后记》，韩燕如编《爬山歌选》（三集），人民文学出版社 1958 年版，第 284—285 页。
② 韩燕如：《回忆我走过的路》，呼和浩特市政协文史资料委员会编《呼和浩特文史资料》（第 8 辑），1991 年 11 月，第 165 页。

区有关领导的重视和支持密不可分①。

1952 年，韩燕如在《爬山歌选》的《后记》中指出，《爬山歌选》中的材料搜集过程长达近二十年②。韩燕如说："我花了近二十年的工夫，所获得的材料也只是大海中之一粟。"

> 前年我将手头仅有的资料略加整理，寄给中国民间文艺研究会审阅，会中来信鼓励我，叫我再度广泛深入地进行搜集，严加整理，编选成集。我收到信很高兴，但因为只能利用很少的时间进行这一工作，结果，得到新的材料不多，旧的也仍难充分。由于材料不足和个人能力的限制，在编选上也遇到了一些困难，好在靠中国民间文艺研究会诸同志的帮助，才得解决。原来搜集到的歌共约六千余首，经再三斟酌，选出了不到一千五百首。③

韩燕如指出，从《爬山歌选》的搜集、编选和最后的出版，都受到了中国民间文艺研究会的指导和支持。

> 1950 年中国民间文艺研究会成立后，我把采集来的民歌整理一番，寄到中国民研会，得到贾芝等领导同志的支持和鼓励，他们希望我继续采集大量的民歌，包头市委书记郑天翔同志也很支持我这一工作。④

通过以上文字，我们了解了中国民间文艺研究会当年对韩燕如等民间文艺工作者搜集工作的指导、支持和帮助。

1979 年，韩燕如在《爬山歌选》（下）的《后记》中，总结了 50 年代出版的自己采录的爬山歌选：

---

① 中国民间文艺研究会：《前言》，韩燕如编《爬山歌选》（二集），人民文学出版社 1956 年版，第 5 页。

② 韩燕如：《后记》，韩燕如编《爬山歌选》，人民文学出版社 1953 年版，第 235 页。

③ 韩燕如：《后记》，韩燕如编《爬山歌选》，人民文学出版社 1953 年版，第 236 页。

④ 韩燕如：《回忆我走过的路》，呼和浩特市政协文史资料委员会编《呼和浩特文史资料》（第 8 辑），1991 年 11 月，第 163 页。

　　五十年代初，在中国民间文艺研究会的支持和帮助下，我将自己多年来所采集的爬山歌，经过整理编汇成《爬山歌选》一集，于一九五三年出版。之后，于一九五六年、一九五八年相继出版了二集和三集。①

这三本爬山歌集都得到了中国民间文艺研究会的支持和帮助。
韩燕如在《回忆我走过的路》一文中指出：

　　1978 年，我从农村返回工作岗位后，又重新把原来出版的三本《爬山歌选》中同类型的歌合并在一起，分上下两册在中国民间文艺出版社出版了，时间是 1983 年底。这本《爬山歌选》把劳动人民的口头文学载入了书本，深受广大读者的欢迎。我和郭超同志合写的《爬山歌论稿》一书，也于 1983 年在内蒙古人民出版社出版了。1986 年全国民研会在延安召开的"黄河歌会"上，《爬山歌论稿》中的一篇《爬山歌的夸张、想象、含蓄艺术手法简论》，被评为一等奖，并在 1989 年全国民间艺术节上，获得民间文学最高荣誉奖。②

　　1983 年，韩燕如重新编辑出上、下两集《爬山歌选》，由中国民间文艺出版社出版，这是对爬山歌搜集工作的总结。韩燕如还与郭超合作，在《爬山歌论稿》③ 一书中，从理论层面总结了爬山歌的搜集历程、搜集方法与搜集价值等问题。

三　《爬山歌》的内容特征

　　1953 年，人民文学出版社出版了《爬山歌选》。1952 年，韩燕如在《爬山歌选》的《后记》中指出，爬山歌的形式是两句一段，是独立的，但是为了方便读者阅读，按照题材内容对爬山歌进行了分类④。分类名称

---

①　韩燕如：《后记》，韩燕如编《爬山歌选》（下），人民文学出版社 1983 年版，第 255 页。落款："1979 年 11 月 27 日于北京"。
②　韩燕如：《回忆我走过的路》，呼和浩特市政协文史资料委员会编《呼和浩特文史资料》（第 8 辑），1991 年，第 164 页。
③　韩燕如、郭超编著：《爬山歌论稿》，内蒙古人民出版社 1983 年版。
④　韩燕如：《后记》，韩燕如编《爬山歌选》，人民文学出版社 1953 年版，第 236 页。

和每类民歌的数量详见表 2-4。

表 2-4 《爬山歌选》分类、数量一览表①

专辑	分 类	数 量
第一辑	富人稀少穷人多	27 首
	财主舒服的脱了骨	23 首
	十回种地九回空	52 首
	长工受的无名罪	111 首
	顽军不死就是害	35 首
	中国全靠共产党	69 首
	步步跟上毛主席	50 首
第二辑	俺们这地方靠河畔	39 首
	什么人留下个走后套	13 首
	你走山呀我走川	26 首
	走不尽的沙滩过不完的河	26 首
	一支风箱空又空	42 首
	寡妇唱曲儿要走呀	13 首
	买卖婚姻跳火坑	234 首
	自由婚姻才称心	31 首
	毛主席宣布婚姻法	12 首
第三辑	满天星星一颗明	51 首
	没赶上路程没见上面	60 首
	瞭见黄河瞭不见水	50 首
	盖世朋友咱们俩	19 首
	什么人留下活分离	88 首
	尘世上免不了人想人	162 首
	心上开了一朵牡丹花	36 首
	秃嘶怪子占了凤凰寨	19 首
	咱二人离不开终究怎	26 首
总 计		1314 首

① 表 2-4 分类标题来自韩燕如编《爬山歌选》的《目录》。韩燕如编:《爬山歌选》,人民文学出版社 1953 年版。制表时间:2014 年 9 月 1 日。

　　韩燕如在 30 年代初就开始搜集民歌，主要在绥远和内蒙古地区①。他的搜集对象有长工、佃户、船夫、拉骆驼的、放羊的、磨倌、打更的等②。韩燕如指出："他们唱各种各样的歌，但最喜欢唱的是自己的生活经历。"③ 从"《爬山歌选》分类数量一览表"，我们可以看到爬山歌的内容以生活题材为主，是普通民众日常生活的写照。

　　1952 年，韩燕如在《爬山歌选》的《后记》中特别指出：

　　　　在各地的民歌中，有关长工的和妇女的歌往往是比较突出的部分，"爬山歌"也不例外。这是因为他们所受的压迫最厉害，在现实生活中所感受的痛苦也最深沉的缘故，因之，反抗的心情最为迫切，民主生活的欲求也最强烈。④

　　以上文字说明了有关长工和妇女的爬山歌数量甚多。这在"《爬山歌选》分类数量一览表"中是显而易见的：第一辑"长工受的无名罪"题材分类下有 111 首爬山歌，数量很多；第二辑"买卖婚姻跳火坑"题材分类下有 234 首爬山歌，数量最多。

　　1952 年，韩燕如在《爬山歌选》的《后记》中同时指出：

　　　　"七七"抗战前夕我离开家乡，等解放后回来，绥、蒙已完全是另一个新的天地了，人民尽情地兴奋地歌颂着毛主席、共产党和新中国。生活的面貌变了，劳动人民的思想情感显得更加健康饱满，新的歌也大量地涌现出来。⑤

　　韩燕如描述了在抗战前夕和 1947 年后这两个时期自己亲历的家乡变化。我们可以感受到政治环境的变化给社会环境和人民精神面貌带来的改变。这些变化促进了新民歌的创作和传唱，表达了革命胜利的喜悦和对新生活的憧憬。爬山歌题材内容和思想感情的与时俱进，反映了文艺与政治

---

① 韩燕如：《后记》，韩燕如编《爬山歌选》，人民文学出版社 1953 年版，第 233 页。
② 韩燕如：《后记》，韩燕如编《爬山歌选》，人民文学出版社 1953 年版，第 233 页。
③ 韩燕如：《后记》，韩燕如编《爬山歌选》，人民文学出版社 1953 年版，第 234 页。
④ 韩燕如：《后记》，韩燕如编《爬山歌选》，人民文学出版社 1953 年版，第 234 页。
⑤ 韩燕如：《后记》，韩燕如编《爬山歌选》，人民文学出版社 1953 年版，第 235 页。

的密切联系。

钟敬文主编的《民间文学概论》指出，民歌在发挥阶级斗争的社会作用时，时政歌"就是其中最锐利的匕首和投枪"①。爬山歌中有很多时政题材的民歌，能够发挥革命文艺的阶级斗争作用和革命宣传作用。

1955年，韩燕如在《爬山歌选》（二集）的《搜集爬山歌的一点体会》中指出：

> 民歌是劳动人民的口头创作，它是千千万万劳动人民实际生活的反映；在已往的封建统治时代，它总是和一切反动的黑暗的统治势力进行着斗争。②

在以上文字中，韩燕如指出在封建社会中，民歌是民众进行阶级斗争的武器。搜集这些民歌可以了解民众的阶级斗争思想。在近现代的革命斗争中，民歌也传达了民众对反动统治的不满情绪和反抗意志。

内蒙古爬山歌中有反映民众反抗帝国主义者、封建统治阶级和官僚资本主义的题材，表达了民众的不满情绪和斗争意志的民歌。如《爬山歌选》中的《富人稀少穷人多》《财主舒服的脱了骨》和《长工受的无名罪》等类别的民歌③。又如《爬山歌选》（二集）中的《十亩田地九亩荒》《山倒崖塌白灵子飞》和《由穷变富丰收年》等类别的民歌④。这既是对反动阶级的反抗，也是对革命斗争的宣传和斗争士气的鼓舞。这些爬山歌发挥了革命文艺的作用，有利于团结广大民众，起到革命动员的作用。

韩燕如在《爬山歌选》（下）的《后记》中还指出：

> 爬山歌具有极为丰富的思想和生活内容，而且是多姿多采的。它的作者和歌唱者每唱一首歌总是和他们的生活境遇、情绪、愿望分不

---

① 钟敬文主编：《民间文学概论》，高等教育出版社2010年版，第183页。

② 韩燕如：《搜集爬山歌的一点体会》，韩燕如编《爬山歌选》（二集），人民文学出版社1956年版，第214页。

③ 韩燕如编：《爬山歌选》，人民文学出版社1953年版，第2—6、7—10、19—34页。

④ 韩燕如编：《爬山歌选》（二集），人民文学出版社1956年版，第2—6、7—13、25—41页。

开的。多年以来我在断断续续采风过程中，接触和结交了不少的民间歌手和民间诗人；其中有揽长工的、租、伴种地的、撵牛放羊的、打更守夜的、推碾掏磨的、赶车扳船的、拉骆驼的和童养媳妇儿、寡妇、光棍汉等等。他们是旧社会所谓最底层的人物，正如歌中所唱的是"黄连树下手弹琴"的苦人。尽管他们在旧社会处于被剥削被奴役的地位，他们通过歌唱却一时一刻都没有放松对封建地主、官僚、军阀罪恶统治的诅咒和鞭挞。特别是其中有关长工、佃户和妇女的歌最为突出，也最引人注目。①

韩燕如描述了自己采集民歌的对象，他们是民间歌手和民间诗人，他们的社会职业各有不同，但都处于社会最底层。在旧社会，他们处于被剥削和奴役的地位。他们用民歌揭露压迫者的罪恶，表达反抗情绪，与反动统治阶级进行阶级斗争。我们在理解和研究民歌时，要了解民歌创作者和演唱者的社会生活。

韩燕如编《爬山歌选》中的题材内容一方面描绘了旧社会、旧制度下民众的苦难生活，民众受到的压迫和民众的反抗，另一方面描绘了1947 年后绥远和内蒙古地区歌颂毛主席，歌颂党和祖国，歌颂新生活的新面貌。

1956 年，人民文学出版社出版了《爬山歌选》（二集）②。《爬山歌选》（二集）对爬山歌的分类和每类民歌的数量详见表 2—5。

表 2-5　　　　　　《爬山歌选》（二集）分类、数量一览表③

	分　类	数　量
第一辑	十亩田地九亩荒	26 首
	山倒崖塌白灵子飞	42 首
	共产党来了天下红	30 首
	一颗真心为人民	39 首
	由穷变富丰收年	121 首

---

①　韩燕如：《后记》，韩燕如编《爬山歌选》（下），中国民间文艺出版社 1983 年版，第256 页。落款时间："1979 年 11 月 27 日于北京"。

②　韩燕如：《爬山歌选》（二集），人民文学出版社 1956 年版。

③　表 2-5 分类标题来自韩燕如编《爬山歌选》（二集）的《目录》。韩燕如编《爬山歌选》（二集），人民文学出版社 1956 年版。制表时间：2014 年 9 月 1 日。

续表

分 类		数 量
第二辑	做了媳妇受了难	139 首
	十三上童养在婆家户	69 首
	毛主席带来了新婚姻	45 首
	放羊受得牛马苦	31 首
	一个人扳得一支上水船	46 首
第三辑	咱二人结成一对盖世缘	167 首
	官家也堵不住为朋友	101 首
	哥要拎妹妹要走	111 首
	摞不下妹子哭上走	108 首
	活树上剥皮难分离	48 首
	亲人终究到一块	173 首
总 计		1296 首

关于爬山歌的内容，1955 年，中国民间文艺研究会在《爬山歌选》（二集）的《前言》中指出：

> "爬山歌"是内蒙劳动人民的口头诗歌。它的内容非常丰富。仅通过现有的两册选集，内蒙劳动人民的痛苦与欢乐、经验与智慧，他们高尚的道德品质和乐观的愿望与理想；以及他们为反抗剥削者、压迫者而进行的斗争，他们对共产党和毛主席的无比热爱，都深切、动人与鲜明地表现出来了。[①]

中国民间文艺研究会指出内蒙古爬山歌的丰富，并对 1953 年出版的《爬山歌选》和 1956 年出版的《爬山歌选》（二集）的爬山歌内容进行了概括。

1955 年，韩燕如在《爬山歌选》（二集）的《搜集爬山歌的一点体会》中指出：

---

① 韩燕如：《前言》，韩燕如编《爬山歌选》（二集），人民文学出版社 1956 年版，第 1 页。

今天，农村、牧区都在日新月异的变化着，农民、牧民、妇女的阶级觉悟显著地提高了，他们对今天新的社会、新的生活有着历史上从未有过的热爱；他们回想过去在旧社会，自己是永远处在奴隶的地位，从解放的那一天起，才开始真正过上了人的生活；他们由憎恨旧社会转到热爱新社会，他们想到这种热爱是由于党和毛主席给了他们的幸福而产生的。因此，他们也就会唱出这样的赞歌：

> 山青水青全都青，
> 改山换海的毛泽东。
> 天长地长日月长，
> 恩长不过共产党。①

从韩燕如的以上表述中，我们可以看到新中国成立后，内蒙古人民的生活发生了翻天覆地的变化，内蒙古人民用新民歌表达对党、毛主席和新社会的热爱。我们在搜集内蒙古传统民歌的同时，也要注重搜集内蒙古的新民歌，这些新民歌反映了新的社会生活和民众的精神风貌，这是新的时期的民歌遗产。

1957 年，韩燕如在《爬山歌选》（三集）的《后记》中指出：

民歌是紧紧地跟随着时代，随着时代的前进而前进的，正是：

> 老的山歌长成林，
> 新的山歌花正红。

今天，在内蒙古广大的农林、牧区，新的山歌象大青山的山樱桃一般，争奇斗艳地开放着，农民和牧民怀着烈火般的热情来歌唱党的光明，歌唱社会主义的优势。这就更加有力地驳倒资产阶级学者把民间文学说成仅仅是"文化的残留物"的谬论。②

---

① 韩燕如：《前言》，韩燕如编《爬山歌选》（二集），人民文学出版社 1956 年版，第213—214 页。

② 韩燕如：《后记》，韩燕如编《爬山歌选》（三集），人民文学出版社 1958 年版，第285—286 页。

　　民间文学是社会生产和生活的反映，是与时俱进的，而非一成不变。韩燕如描述了内蒙古地区在新社会创作的新民歌，农林、牧区的人民用喜闻乐见的民歌艺术形式表达了对新社会，对党和国家的歌颂。

　　1957 年，《人民文学》发表了《远瞭近看慢慢儿听》（爬山歌选）[1]，共 147 首爬山歌，分别是《远瞭近看慢慢儿听》（20 首），《山桃树开花三月天红》（45 首），《钻天杨树长得高》（45 首），《咱和八路军一家人》（17 首）和《合作化的道路通天堂》（20 首）。

　　1958 年，人民文学出版社出版了《爬山歌选》（三集）[2]。《爬山歌选》（三集）对爬山歌的题材分类和每类民歌的数量见表 2-6。

表 2-6　　　　　　　　《爬山歌选》（三集）分类、数量一览表[3]

	分　类	数　量
第一辑	穷人想活难上难	10 首
	打短揽工受恓惶	43 首
	害死人的国民党	32 首
	咱和八路军一家人	17 首
	合作化的道路通天堂	22 首
第二辑	拉起骆驼出了门	19 首
	山野草地路难寻	23 首
	二套牛车碾开一条路	35 首
	再不给财主家放牛羊	31 首
	一恨二恨走杭盖	100 首
	我没有老婆你没有汉	77 首
	灵芝草送在泅蒺坑	206 首
	妇女翻身头一遭	64 首

　　① 韩燕如辑：《远瞭近看慢慢儿听》（爬山歌选），《人民文学》1957 年第 Z1 期。
　　② 韩燕如编：《爬山歌选》（三集），人民文学出版社 1958 年版。
　　③ 表 2-6 分类标题来自韩燕如编《爬山歌选》（三集）《目录》。韩燕如编：《爬山歌选》（三集），人民文学出版社 1958 年版。制表时间：2014 年 9 月 1 日。

续表

	分　类	数　量
第三辑	远了近看慢慢儿听	67 首
	山桃树开花三月天红	144 首
	单因为卯你搭下一座桥	35 首
	黑山黑海了不见你	48 首
	眼盼心想口里念	319 首
	不估划一颗西瓜两瓣切	141 首
	交好的朋友路难断	125 首
	树大根深难解散	87 首
	拦来拦去拦不住	128 首
总　计		1773 首

1957 年,韩燕如在《爬山歌选》(三集)的《后记》中指出这本爬山歌的内容"包括抗战时期大青山人民群众歌唱我军的赞歌和大草原上的牧歌等等"①。

韩燕如于 1953 年、1956 年和 1958 年出版的《爬山歌选》一、二、三集共收录爬山歌 4383 首。

韩燕如在《回忆我走过的路》一文中概括了爬山歌的内容:

> 这浩如烟海的"爬山歌",内容极其丰富,上自天文,下至地理,涉及到社会学、历史学、美学、语言学、自然科学、民俗学等各个方面。②

韩燕如指出爬山歌的内容是极为丰富的,覆盖生活的方方面面,可以成为多种学科的研究资料。

---

① 韩燕如:《后记》,韩燕如编《爬山歌选》(三集),人民文学出版社 1958 年版,第 284 页。

② 韩燕如:《回忆我走过的路》,呼和浩特市政协文史资料委员会编《呼和浩特文史资料》(第 8 辑),1991 年,第 163—164 页。

四　《爬山歌》的艺术形式

1952 年，韩燕如在《爬山歌选》的《后记》中指出：

　　"爬山歌"的曲调很多，有的说比较定型的有七十多种，也有的说一百多种，各地的唱法虽然不同，但也往往大同小异。这里还选了经常听到的三十四种曲谱附印书后。①

以上文字介绍了爬山歌是有着固定曲调的，而且种类繁多，非常丰富。

1953 年版《爬山歌选》记录了 34 种曲调，其中第一辑 9 种，第二辑 8 种，第三辑 17 种②。1956 年出版的《爬山歌选》（二集），由李荣记谱，在附录中介绍了 36 种曲调，其中第一辑 13 种，第二辑 9 种，第三辑 14 种③。1958 年出版的《爬山歌选》（三集），由郭少琦记谱，在附录中介绍了 41 种曲调，其中第一辑 9 种，第二辑 9 种，第三辑 23 种④。一、二、三集爬山歌共收录曲调 111 种。

1952 年，韩燕如在《爬山歌选》的《后记》中指出：

　　"爬山歌"是绥远⑤、内蒙劳动人民的诗歌。它的形式和陕北的"信天游"同一类型，只是曲调不一样。⑥

以上文字指出，"爬山歌"是内蒙古流行的民歌，"信天游"是陕北流行的民歌。在艺术形式上，类型相同，曲调不同。

1955 年，中国民间文艺研究会在《爬山歌选》（二集）的《前言》中指出：

---

　　① 韩燕如：《后记》，韩燕如编《爬山歌选》，人民文学出版社 1953 年版，第 236 页。
　　② 韩燕如：《曲调》，韩燕如编《爬山歌选》，人民文学出版社 1953 年版，第 219—231 页。
　　③ 李荣记谱：《曲调》，韩燕如编《爬山歌选》（二集），人民文学出版社 1956 年版，第 195—208 页。
　　④ 李少琦记谱：《曲调》，韩燕如编《爬山歌选》（三集），人民文学出版社 1958 年版，第 269—283 页。
　　⑤ 原文注：绥远省已于一九五四年划归内蒙古自治区。——一版四次印刷时注
　　⑥ 韩燕如：《后记》，韩燕如编《爬山歌选》，人民文学出版社 1953 年版，第 233 页。

"信天游"和"爬山歌"是同一类型的有着血缘关系的诗歌，不过因为产生的地区不同，又各自有它自己的特色罢了。但在一部分地区（如靠近陕北的伊盟地区），二者的关系，实在是难分难解的。①

中国民间文艺研究会进一步强调了"信天游"和"爬山歌"两种民歌形式的密切联系。在地理位置上，内蒙古与陕北毗邻，这有利于民歌的交流和相互影响。

虽然"爬山歌"与"信天游"的艺术形式很相似，但韩燕如在1983年再版的《爬山歌选》（下）的《后记》中指出：

> 爬山歌的形式基本上是两行一段体。它和陕北的信天游同属一种类型。但，它们毕竟是产生于两个不同的地区，因此，它们所反映的社会生活内容和乡土风味儿不可能是相同的。特别是在曲调方面更是如此。听了大青山的《大黑牛耕地》，再听陕北的《兰花花》，就会使你感到前者粗犷、高亢，后者委婉、明朗。它们的艺术成就不是以瑰丽取胜，倒是以质朴赢人。②

以上文字肯定了内蒙古"爬山调"和陕北"信天游"的联系，属于同类型的民歌，也强调了二者的不同。不同的地理位置给两地提供了不同的民俗环境，在我国统一的历史进程中，两个地区的历史在历史角色和历史境遇方面也是有差异的。加上两地文化传统、民族构成和社会条件的不同，两地的民歌在题材、曲调和风格等方面都会有所差异。我们要综合比较两地民歌，分析二者的异同，看到民歌这种民间文艺在两地文化交流方面做出的贡献。

第四节　内蒙古史诗与民间叙事诗搜集观

新中国成立初期，蒙古族史诗江格尔的部分章节《洪古尔》的搜集

---

① 中国民间文艺研究会：《前言》，韩燕如编《爬山歌选》（二集），人民文学出版社1956年版，第5页。

② 韩燕如：《后记》，韩燕如编《爬山歌选》（下），中国民间文艺出版社1983年版，第255—256页。落款时间："1979年11月27日于北京"。

整理和蒙古族民间叙事诗《嘎达梅林》的搜集整理是较为突出的成果。本节主要以马克思主义观点、社会主义新文艺观点、统一国家观点和民族观点，来梳理新中国成立初期第一阶段搜集整理的作品，以及后来加大搜集力度后取得的史诗和民间叙事诗作品。

一　马克思主义观点

钟敬文主编的《民间文学概论》指出："史诗和民间叙事诗是民间诗歌中的叙事体长诗。它们是人民（包括他们的专业艺人）集体创作、口头流传的韵文故事，所以也有人称它们为故事诗或故事歌。"① 蒙古族史诗和民间叙事诗是蒙古族人民的故事诗，反映了蒙古族人民的社会生活，如钟敬文主编《民间文学概论》中提到的歌颂蒙古族民族英雄的叙事长诗《嘎达梅林》②，和以民族英雄的斗争故事为主要题材、有关斩妖降魔、除暴安良的蒙古族英雄史诗《格斯尔传》和《江格尔》③。

《人民文学》1950 年第 1 期上发表了陈清漳等人合译的《嘎达梅林》（内蒙古民间叙事长诗）文本和陈清漳写的《关于"嘎达梅林"》一文④。后来，在 1963 年，陈清漳在《关于〈嘎达梅林〉及其整理》一文中介绍了《嘎达梅林》的产生年代和当时的政治形势。《嘎达梅林》产生于距今 50 年左右，当时"列强入侵、军阀割据的动乱状态"⑤。《嘎达梅林》这首民间叙事诗是对内蒙古地区军阀势力和封建势力对内蒙古人民的无情欺压和内蒙古人民悲惨生活的反映，同时我们可以看到内蒙古人民的斗争精神⑥。这种基于史实的创作体现了马克思主义的文艺观点。

关于"嘎达梅林"的流传地、流传度和思想内容，陈清漳指出：

---

① 钟敬文主编：《民间文学概论》，高等教育出版社 2010 年版，第 204 页。

② 钟敬文主编：《民间文学概论》，高等教育出版社 2010 年版，第 206 页。

③ 钟敬文主编：《民间文学概论》，高等教育出版社 2010 年版，第 210 页。

④ 陈清漳、鹏飞、孟和巴特、达木林、军力、美丽其格、松来扎木苏、塞西亚拉图合译：《嘎达梅林》（内蒙古民间叙事长诗），《人民文学》1950 年第 1 期。

⑤ 陈清漳：《关于〈嘎达梅林〉及其整理》，陈清漳等搜集整理《嘎达梅林》（蒙古族），上海文艺出版社 1979 年版。落款时间："一九六三年十月—十一月于呼和浩特"。

⑥ 陈清漳：《关于〈嘎达梅林〉及其整理》，陈清漳等搜集整理《嘎达梅林》（蒙古族），上海文艺出版社 1979 年版，第 162 页。

　　在蒙古民间（主要是东蒙），到处歌唱着"嘎达梅林"，并传说着关于他的故事。蒙古人民所以歌唱他，正是因为嘎达梅林当时是站在人民这一边反对封建王公，反对大汉族主义者——军阀、国民党的压迫和侵略。①

　　以上文字指出《嘎达梅林》在蒙古地区流传广泛，反映了蒙古人民与封建王公、大汉族主义者进行阶级斗争的思想。

　　后来，1963年，陈清漳在《关于〈嘎达梅林〉及其整理》一文中指出：

　　尽管象达尔汗王这样一些欺骗人民的偶像能够横行一时，但蒙古族人民却把他们看成了："像佛一样的达尔汗王啊，原来是一堆臭泥烂砖。"最后，只有用"造反"来反抗这些骑在人民头上的剥削者，保卫自己的牲畜和牧场。

　　相反，人们对嘎达梅林所领导的反抗斗争，则给以衷心的拥护和称赞。群众供给他们粮食和马匹，掩护他们的"地下"兵工厂，积极参加他们的队伍，使这个斗争发展得很快，有力地打击了军阀势力和封建王公的反动气焰。②

　　陈清漳一方面介绍了蒙古族人民对达尔汗王的认识变化和最终反抗其剥削统治的行动，另一方面介绍了人民对嘎达梅林领导反抗斗争的态度。

　　1963年，陈清漳在《关于〈嘎达梅林〉及其整理》一文中指出：

　　反对军阀和达尔汗王的斗争，是蒙、汉各族劳动人民共同的任务。事实上，在这场轰轰烈烈的反抗斗争中，蒙汉各族劳动人民也是相互支持，并肩战斗的。然而，嘎达梅林等不了解这一点，他们一方面领导人民同军阀、王公贵族进行英勇果敢的斗争，另一方面，看不清复杂的阶级斗争的实质，把汉族军阀的掠夺，简单地看成是异民族的压迫，把蒙古族王公贵族与军阀勾结，单纯地视作民族利益的

　　①　陈清漳：《关于"嘎达梅林"》，《人民文学》1950年第1期。
　　②　陈清漳：《关于〈嘎达梅林〉及其整理》，陈清漳等搜集整理《嘎达梅林》（蒙古族），上海文艺出版社1979年版，第165页。

"叛卖"，因此就没有去积极联合各族劳动人民，扩大阵线，深入广泛地开展斗争，致使自己所领导的起义限于狭小的圈子里。而这种孤立的、分散的、自发性的斗争，在当时敌人还很强大的情况下，失败当然也是避免不了的。①

陈清漳也指出嘎达梅林领导的蒙古族人民的反抗斗争在思想认识上的局限性，分析了斗争失败的原因。嘎达梅林没有认识到阶级斗争的实质，没有团结汉族劳动人民共同反抗反动的统治势力。

1959年，托门在《"英雄格斯尔可汗"——为"英雄格斯尔可汗"出版而作》中指出：

> 整个史诗里充满着草原的游牧生活色彩。其中有对牧马人、放骆驼人、牧牛人、牧牛犊等人的生活描绘。他们过着自由、充裕的牧民生活。阿尔勒高娃夫人自己也放牧牲畜，参加体力劳动，因而受到了牧民们的尊敬。当她被迫离开牧民时，他们难舍难分，她还把自己的财富分给了仆人。②

《英雄格斯尔可汗》是蒙古族史诗，以上文字介绍了《英雄格斯尔可汗》这部蒙古族史诗的思想内容和价值取向，反映了蒙古族草原的游牧生活，反映了蒙古人民的爱憎。史诗题材来源于蒙古社会的现实生活，通过这部史诗我们可以了解蒙古族的社会生活和民俗，这也符合马克思主义文艺观点。

1960年，桑杰扎布在《格斯尔传》（蒙古族）的《译者前言》指出：

> 文学作品只能反映生活在它所产生的那个时代里的人民群众的理想和愿望，我们不能苛求生活在封建牧奴制社会的人民群众有近代的无神论的思想或建设社会主义社会的愿望。但是他们反抗黑暗势力的压迫，向往美好的生活，渴望有一个英勇仁慈的君主打退外敌的侵

---

① 陈清漳：《关于〈嘎达梅林〉及其整理》，陈清漳等搜集整理《嘎达梅林》（蒙古族），上海文艺出版社1979年版，第167—168页。

② 托门：《"英雄格斯尔可汗"——为"英雄格斯尔可汗"出版而作》，琶杰说唱、其木德道尔吉整理《英雄格斯尔可汗》，安柯钦夫译，作家出版社1959年版，第1页。

略，铲除内部的残暴无道的统治者，替广大人民创造一个和平幸福的
生活环境。格斯尔就正是当时人民群众所渴望的这样一位君主。①

　　马克思主义唯物史观认为社会意识是社会存在的反映。以上文字表
明，蒙古族史诗《格斯尔传》是当时社会现状的反映，封建牧奴制社会
下的民众没有无神论的近代思想，但格斯尔这一具有神性的幻想人物，是
民众对为民除害的英雄的极度渴望和合理想象，可以用马克思主义的观点
来理解和阐释。

　　1960 年，桑杰扎布在《格斯尔传》（蒙古族）的《译者前言》中
指出：

> 　　格斯尔的一生是和黑暗势力斗争的一生。他为了铲除人间的十大
> 祸根和弱肉强食的不合理现象而降临凡界，他一出生就捕杀了专啄初
> 生婴儿眼睛的魔鸦，消灭了咬断初生婴儿舌头的妖僧。他在少年时代
> 是一个勤劳机智的牧童，帮助他懦弱无能的父亲放牧畜群，不久便使
> 六畜兴旺，生活殷富；他长大以后又镇伏了许多"率兽而食人"的
> 妖魔，并和他的叔父楚通——叛国投敌的残暴首领展开毫不妥协的斗
> 争。他用机智和巧妙的办法使昏庸无道的契丹国王回心转意，解除了
> 百姓的痛苦；又用巧计平定了侵略成性的锡莱河三汗。最后他为了救
> 母，大闹阴曹地府。对于被当时的人们目为掌握所有生灵的命运、神
> 圣不可侵犯的阎君，英雄格斯尔却视同鼠辈，撒下天罗地网，把他扭
> 住审判。他又斩除牛头马面，粉碎了统治阶级借以欺弄人民的十八层
> 地狱。这一切都表明了当时的广大人民群众向往的是什么、反对的是
> 什么。②

　　以上文字介绍了蒙古族史诗《格斯尔传》的主人公格斯尔为人民除
害的事迹。文中出现的"妖僧""妖魔""残暴首领""契丹国王""锡莱
河三汗""阎君"以及"统治阶级"所谓的"十八层地狱"等形象，都

---

① 桑杰扎布：《译者前言》，桑杰扎布译《格斯尔传》（蒙古族），人民文学出版社 1960 年
版，第 2 页。

② 桑杰扎布：《译者前言》，桑杰扎布译《格斯尔传》（蒙古族），人民文学出版社 1960 年
版，第 2—3 页。

是反动的宗教阶级和统治阶级的指称,《格斯尔传》就是蒙古族英雄格斯尔与这些反动阶级势力作斗争,并取得胜利的故事。格斯尔是蒙古族人民的英雄形象,在他身上反映了蒙古劳动人民的勇敢、智慧和与反动势力作斗争的精神,反映了人民的好恶,可以从阶级斗争的视角来理解《格斯尔传》中蒙古族民众与统治阶级反动势力之间的矛盾和斗争。

1960年,桑杰扎布在《格斯尔传》(蒙古族)的《译者前言》中指出:

> 盖房子的后住,打柴的先走。(见正文第26页)
> ……从今以后,我们之中谁要是看见什么而不让你看,让他的眼睛瞎掉;谁要是听见什么而不告诉你,让他的耳朵聋掉;谁要是吃着什么而不分给你,让他的牙齿崩掉;谁要是拿到什么而不分给你,让他的双手断掉!(见正文第50页)
> 这两段话充分反映出当时剥削制度的不合理。
> 那家伙(指楚通)是:没有敌人就自吹自擂,敌人一来就卑躬屈节;没有敌情的时候,他唯我独尊,一见敌人来到就龟缩不前。(见正文第158页)
> 作者只用了这短短的几句话,却将古往今来一切卖国贼的嘴脸都勾划出来了。①

桑杰扎布在上述文字中,对《格斯尔传》中反映的剥削制度的不合理性进行了分析。"盖房子的"应该先住进房子,事实上却要后住,这样的警句反映了劳动人民对先住阶级(统治阶级)的极大不满。在"从今以后,我们之中谁要是看见什么而不让你看,让他的眼睛瞎掉"的警句中,我们看到了劳动人民对统治阶级进行斗争的决心。

二　社会主义新文艺观点

20世纪50年代初,我国社会主义新文艺重视国内各民族民间文化遗产的发掘工作,作为蒙古族史诗江格尔的部分搜集和汉译版本,《洪古

---

① 桑杰扎布:《译者前言》,桑杰扎布译《格斯尔传》(蒙古族),人民文学出版社1960年版,第3页。

尔》是这一时期我国少数民族民间文艺的重要成果之一，是新中国成立后各民族中最早出版的史诗作品。① 党的文艺政策和民族政策为社会主义新文艺的发展提供了有利条件，也是社会主义新文艺的要求，反映了党和国家对少数民族民间文学遗产搜集整理及其在汉语地区传播的重视。

1957 年，白歌乐翻译的蒙古族英雄史诗《格斯尔传》出版，他在《译后记》中说：

> 译者翻译这个小册子的目的有二。一、这篇文章除考证《格斯尔的故事》的年代和论述人民性外，还概括地介绍了这部伟大史诗中的故事。由于《格斯尔的故事》目前还没有汉文译本，所以把它译出来，使许多不能读蒙文作品的读者能简要的领略一下这部伟大史诗的内容，熟悉一下这部作品。即使供作将来阅读和理解《格斯尔的故事》时的参考，也还不是多余的。二、做为《格斯尔的故事》的产生地和主要流传地之我国，还没有人加以仔细的研究它，还没有足以引起我国研究少数民族文学作品的学者们的兴趣。这不能不是一件遗憾的事情。如果这小册子的出版能够引起我国学者们研究《格斯尔的故事》的兴趣，那将是译者所迫切希望的。②

白歌乐的翻译实践有利于格斯尔史诗的传播和研究，在社会主义新文艺背景下翻译和介绍蒙古族史诗是对民族民间文学遗产的整理和民族文化的传播。蒙古族史诗《格斯尔》在中国、蒙古国、苏联都有一定的影响力，有不同的搜集版本。在社会主义新文艺时期，对蒙古族史诗《格斯尔》的搜集和汉译，反映了我国文艺政策和民族政策对少数民族民间文学的重视，社会主义新文艺背景也为少数民族民间文学的搜集和汉译提供了有利条件。另一位格斯尔史诗的译者桑杰扎布认为：

> 解放后，在党的文艺政策和民族政策的光辉照耀下，随着国内兄弟民族文化遗产的发掘、整理、研究、翻译和出版工作的跃进，这颗在旧社会被长期埋没在山区和草原的光辉灿烂的宝石——史诗《格

---

① 详见刘思诚《民研会与〈江格尔〉史诗的学术史》，《民间文化论坛》2020 年第 2 期。
② 白歌乐：《译后记》，［蒙古］策·达姆丁苏荣《格斯尔的故事的三个特征》，白歌乐译，内蒙古人民出版社 1958 年版，第 57 页。落款时间："1957 年 11 月呼和浩特"。

斯尔传》，终于有可能以汉文译本形式，作为一部完整的文学作品充实祖国文化遗产的宝库。[①]

他还认为，这部史诗的翻译是在新中国政府文化职能部门的关怀下完成的。

> 我翻译这本书，是为了配合《元朝秘史》的研究工作，探讨蒙古古代社会制度，并非专门从研究文艺的角度出发的，加以文字水平限制，在译文上还未能作到尽善尽美，更没有能将原著的神采充分表达出来。此外在翻译过程中遇到许多困难，如木刻本有不少错误，间或掺杂古语、死语，以及梵语、藏语，语法规律和现代蒙语也不一致等等。但在中国民间文艺研究会、内蒙古文联和内蒙作协的直接帮助和鼓舞下，总算译就了上卷七章。[②]

桑杰扎布是蒙古族，兼通蒙文和汉文，但仍在翻译过程中遇到了很多困难。他也指出，在社会主义新文艺时期，我国的文艺政策和从全国到地方的文艺团体和机构都重视少数民族民间文学的翻译工作，给予了较大的支持。

三 统一国家观点

《洪古尔》是蒙古族史诗《江格尔》的部分章节，一些学者认识到，搜集"蒙古民间最流行的故事之一"[③] 洪古尔的故事对于培养民众国家意识具有重要的教育意义。1957 年，中国民间文艺研究会重新出版了这部《洪古尔》，并在这个版本的《出版说明》中指出，将《洪古尔》纳入丛书再版是要让更多读者接触到这一民族民间文学遗产，在边垣个人搜集洪古尔故事成果的基础上，引起更多民族民间文艺工作者的重视，使得洪古

---

① 桑杰扎布：《译者前言》，桑杰扎布译《格斯尔传》（蒙古族），人民文学出版社 1960 年版，第 7 页。
② 桑杰扎布：《译者前言》，桑杰扎布译《格斯尔传》（蒙古族），人民文学出版社 1960 年版，第 7 页。
③ 边垣：《序》，边垣编写《洪古尔：蒙古民族故事》，商务印书馆 1950 年版，第 1 页。落款："1949 年 10 月于上海"。

尔的记录和翻译都更完整①。民族民间文学遗产的搜集工作不仅需要个人的努力，还需要更多人有组织地开展搜集工作。中国民间文艺研究会是领导和组织民间文艺活动的最高机构，《洪古尔》的再版是国家高度重视蒙古族史诗的体现，《洪古尔》也确实鼓励和引导了更多的民间文艺工作者投入到《江格尔》史诗搜集整理与翻译的宏伟工作之中。《洪古尔》虽然只是《江格尔》史诗部分篇章的汉译本，但是它是我国《江格尔》史诗搜集整理工作凿空之举，从今天来看也不失为蒙古族史诗《江格尔》的汉译本经典。②蒙古族学者认为，翻译和出版《江格尔》史诗，对于在全国范围内传播和研究蒙古族史诗，意义重大。尽管新疆是《江格尔》史诗的故乡，内蒙古地区也有丰富的史诗和民间叙事诗遗产，民间文学的交流有利于全国范围内的文化交流和理解。

《格斯尔传》是另一部影响广泛的蒙古族史诗。1960 年，桑杰扎布在《格斯尔传》的《译者前言》中指出：

> 最近几年来，这一极其宝贵的文化遗产的搜集整理工作，在青海省委宣传部的直接领导和大力支持之下已取得巨大的成绩。目前已经调查到的就有三四十部之多，搜集到手的也有十五、六部。这是党的文艺政策和民族政策的伟大胜利！③

以上文字指出了蒙古族史诗《格斯尔传》在社会主义新文艺时期的搜集和整理成果，格斯尔史诗的搜集整理工作是在青海省宣传部的领导下开展的，取得的成果是显著的。这归功于党在文艺政策和民族政策方面对少数民族民间文艺的重视。

托门在《"英雄格斯尔可汗"——为"英雄格斯尔可汗"出版而作》一文中指出：

> 格斯尔——一个宏亮的大无畏的英雄的名字，在辽阔的内蒙古草

① 中国民间文艺研究会：《出版说明》，边垣编写《洪古尔》，作家出版社 1958 年版，第 1 页。落款时间："1957 年 5 月"。
② 详见刘思诚《民研会与〈江格尔〉史诗的学术史》，《民间文化论坛》2020 年第 2 期。
③ 桑杰扎布：《译者前言》，桑杰扎布译《格斯尔传》（蒙古族），人民文学出版社 1960 年版，第 6 页。

原、西藏高原、蒙古人民共和国和苏联的布力雅特加盟共和国都被广泛地赞颂着。"格斯尔的故事"有着各种不同的版本（手抄本）和各种不同语言的译本。民间还有许许多多可以背诵这一巨大诗篇的说唱艺人。有些艺人在一个月的时间里还唱不完这一著名的史诗。[①]

蒙古族史诗《格斯尔》在中国的内蒙古、西藏，以及蒙古国、苏联都有一定的影响力，但只有在社会主义新文艺时期蒙古族史诗《格斯尔》的各种版本和译本才得以搜集和整理，这反映了我国文艺政策和民族政策对少数民族民间文学的重视。这些遗产在国家级层面上得到弘扬，也在其他国家得到尊重。

格斯尔史诗是具有世界影响力的民间文学作品，1960年，蒙古族学者桑杰扎布在《格斯尔传》的《译者前言》中指出：

> 史诗《格斯尔传》是一部富于人民性和艺术性的民间文学作品，它不仅是我国人民极其宝贵的文化遗产，而且是世界文化宝库的瑰宝之一，可以与古代希腊和印度的神话比美。[②]

以上文字指出蒙古族史诗《格斯尔传》具有重要的文化价值，在国内外都具有较高的地位，将其与希腊、印度的神话并提。我们用外国作品和蒙古族史诗做比较时，可以对两者的文艺价值和地位加以比较。他还提到：

> 这一伟大的史诗早就引起国内外学者的注意。在国内最早研究《格斯尔传》的是青海学者伊希巴拉珠尔，其次是内蒙察哈尔学者劳布仓楚鲁特木。早在1839年俄国学者施莫迪特在彼得堡印行了《格斯尔传》的蒙文本和德文本；以后各国学者又相继将它译为英文、

---

① 托门：《"英雄格斯尔可汗"——为"英雄格斯尔可汗"出版而作》，邕杰说唱、其木德道尔吉整理《英雄格斯尔可汗》，安柯钦夫译，作家出版社1959年版，第1页。

② 桑杰扎布：《译者前言》，桑杰扎布译《格斯尔传》（蒙古族），人民文学出版社1960年版，第1页。

俄文、法文、印度文、日文印行。①

以上文字表明，蒙古族史诗《格斯尔传》很早就受到了国内外学者的关注，国外对这部史诗的介绍和研究更是令人瞩目，桑杰扎布列举了俄国学者施莫迪特以及其他各国学者在搜集、整理和出版方面取得的成绩。但是在 1949 年之前，国内没有这部《格斯尔传》的汉译本，也不具备翻译这部诗行绵长的史诗巨作的条件。

白歌乐曾译介蒙古国学者策·达姆丁苏荣的研究，策·达姆丁苏荣指出：

> 多数研究者认为格斯尔可汗不是西藏和蒙古的英雄人物，把他竟说成某一个国家某一个作品中的英雄人物。大家知道，许多民族虽然都有相互接受下来的文学作品，但是不应过份强调这点，把一个民族的所有作品都堪称是接受了另外民族的东西。这种观点是错误的。如果企图把不同国家不同作品的英雄人物们划个等号，说成同出一源，那么将导致一个民族的艺术作品和它的英雄人物都将被包括世界主义的圈子里面，变成世界共有物的错误观点。②

策·达姆丁苏荣通过以上文字论述了在中国西藏和内蒙古流传的英雄人物格斯尔可汗的故事虽然可能与外国作品中的英雄人物有相似之处，但不能简单地画等号。这提醒我们在把外国作品和蒙古族史诗作品做比较时，不能生硬地找渊源和联系，我们可以比较各国史诗作品中的英雄形象，但要用正确的比较方法，避免简单的"一源论"。

四　翻译史诗的方法

1957 年，白歌乐曾谈到翻译格斯尔史诗时遇到的难题：

> 在翻译时所遇到的有关我国史书的引文，西藏历史人物的名称和

---

① 桑杰扎布：《译者前言》，桑杰扎布译《格斯尔传》（蒙古族），人民文学出版社 1960 年版，第 7 页。

② ［蒙古］策·达姆丁苏荣：《总论》，《格斯尔的故事的三个特征》，白歌乐译，内蒙古人民出版社 1958 年版，第 2—3 页。

佛教名词术语，尽个人之所能尽量引用原文和我国翻译界贯用的写法。但因手边材料的限制，有些只好把它暂时音译了出来，留待以后再作弥补了。考虑到这本小册子是考据性的著作，故有些国名和地名没有用现代通用名翻译，如"尼泊尔"正文仍用"巴勒布"，只是括弧注明"尼泊尔"，又如新疆的"莎车"正文也是用"亚尔肯德"，而不作"莎车"。这些都需要在此一并声明的。①

白歌乐说明了自己的翻译方法和翻译局限。白歌乐指出在翻译的过程中遇到专有名词或术语，会尽量引用原文或使用惯常的翻译方法，暂时也会采用音译，日后再作补充。在翻译国名和地名时沿用古时的名称，在括号中用现代通用的名称作注。

边垣在1957年《洪古尔》《后记》中指出：

> 1942年，我开始根据记忆把它写成文字。在情节结构方面，我未加删改。在形式方面，它原系说唱体，类似北方的大鼓词，说的时候也象唱一样，每小段一口气唱完，腔调重，哀怨动人。我为了记录的方便，改用了诗的体裁。②

边垣介绍了自己对内容和形式的记录和整理的方法，关于翻译问题却没有明确的叙述。但是中国民间文艺研究会1957年在《出版说明》中指出，"目前为止还没有看到有关'洪古尔'的完整记录和信实译文出现……希望不久就能有经过忠实记录和翻译的完整的本子出现"③。

2010年，斯钦巴图在《关于史诗〈洪古尔〉研究的几个问题——纪念〈洪古尔〉出版60周年》一文中推测道："《洪古尔》的初始汉译者应该是演唱者满金本人。他有可能演唱一部后用汉语翻译一部，也有可能每

---

① 白歌乐：《译后记》，[蒙古]策·达姆丁苏荣《格斯尔的故事的三个特征》，白歌乐译，内蒙古人民出版社1958年版，第57—58页。
② 边垣：《后记》，边垣编写《洪古尔》，作家出版社1958年版，第77页。落款时间："1957年3月18日"。
③ 中国民间文艺研究会：《出版说明》，边垣编写《洪古尔》，作家出版社1958年版，第1页。

演唱一段,再用汉语翻译一段,把史诗的故事讲给边垣。"① 同时,"作为编者边垣,他既是这部史诗的转述者、编写者,还是这部史诗的搜集者、记录者,而且是这部史诗汉译工作的直接参与者"②。很大程度上我们可以推测,《洪古尔》的翻译工作是由蒙古族的满金和汉族的边垣共同完成的。

第五节　民间叙事诗代表作:陈清漳等编译《嘎达梅林》

在内蒙古地区搜集的蒙古族民间叙事诗《嘎达梅林》在新中国成立初期出版,由延安革命民间文艺工作者用汉语记录,产生很大影响。本节将梳理其资料的形成过程,归纳其搜集经验。

一　《嘎达梅林》的版本与地位

《人民文学》1950 年第 1 期上发表了陈清漳等人合译的《嘎达梅林》(内蒙古民间叙事长诗)作品和陈清漳写的文章《关于"嘎达梅林"》③,在全国引起了很大的反响。

1951 年《嘎达梅林》被编入中国民间文艺研究会主编的"民间文学丛书"出版④,除了《嘎达梅林》,书中还收录了《都楞扎那》《龙海》和《英格与勒城》3 首民间叙事诗⑤。

1963 年,陈清漳在文章《关于〈嘎达梅林〉及其整理》中具体介绍了《嘎达梅林》最初版本的形成过程:

---

① 斯钦巴图:《关于史诗〈洪古尔〉研究的几个问题——纪念〈洪古尔〉出版 60 周年》,《民族文学研究》2010 年第 4 期。

② 斯钦巴图:《关于史诗〈洪古尔〉研究的几个问题——纪念〈洪古尔〉出版 60 周年》,《民族文学研究》2010 年第 4 期。

③ 陈清漳、鹏飞、孟和巴特、达木林、军力、美丽其格、松来扎木苏、塞西亚拉图合译:《嘎达梅林》(内蒙古民间叙事长诗),《人民文学》1950 年第 1 期。陈清漳:《关于"嘎达梅林"》,《人民文学》1950 年第 1 期。

④ 陈清漳等译:《嘎达梅林》(蒙古民间故事诗集),海燕书店 1951 年版。

⑤ 陈清漳、美丽其格合译:《都楞扎那》,陈清漳等译《嘎达梅林》(蒙古民间故事诗集),海燕书店 1951 年版,第 40—42 页。陈清漳、松来合译:《龙海》,陈清漳等译《嘎达梅林》(蒙古民间故事诗集),海燕书店 1951 年版,第 43—46 页。陈清漳、松来扎木苏、美丽其格合译:《都楞扎那》,陈清漳等译《嘎达梅林》(蒙古民间故事诗集),海燕书店 1951 年版,第 47—57 页。

《嘎达梅林》最初是由达木林、松来、鹏飞、德波希夫、孟和巴特、美丽其格、塞西和我八个人集体翻译整理的。一九四九年曾在《人民文学》上发表,后来并由中国民间文艺研究会编入《民间文艺丛书》出版。①

在以上文字中,陈清漳介绍了《嘎达梅林》的翻译和整理团队,他们都是内蒙古文工团的成员,蒙古族民间叙事诗《嘎达梅林》在新中国成立初期就在重要的《人民文学》杂志上发表,并被中国民间文艺研究会纳入丛书出版,这说明《嘎达梅林》的搜集成果是非常突出的,受到主流刊物的重视。

1963年,陈清漳在《关于〈嘎达梅林〉及其整理》一文中指出:

如果说《嘎达梅林》在全国有了一定影响,主要是最初那个汉文整理稿的发表和介绍。②

通过陈清漳的描述,我们了解到《嘎达梅林》在全国有一定的影响,而这影响源于汉文整理稿的发表和介绍。这充分说明了汉译对于蒙古族民间文艺作品的重要性,汉译有助于蒙古族民间文艺遗产在全国的推广和交流。

1978年,陈清漳还在《嘎达梅林》的《后记》中指出,在中华人民共和国成立初期,《嘎达梅林》出版之后广受欢迎③。

二　《嘎达梅林》的搜集方法

在资料记录的完整性方面,1950年,陈清漳在《关于"嘎达梅林"》一文中指出:

---

① 陈清漳:《关于〈嘎达梅林〉及其整理》,陈清漳等搜集整理《嘎达梅林》(蒙古族),上海文艺出版社1979年版,第168页。

② 陈清漳:《关于〈嘎达梅林〉及其整理》,陈清漳等搜集整理《嘎达梅林》(蒙古族),上海文艺出版社1979年版,第169页。

③ 陈清漳:《后记》,陈清漳等搜集整理《嘎达梅林》(蒙古族),上海文艺出版社1979年版,第162页。落款:"1978年10月"。

　　这个材料搜集的还不完整，尤其遗憾的是缺乏嘎达梅林反出去以后的具体斗争事迹，据老说书的民间艺人铁钢谈："反出去以后的事情可老鼻子啦！我都记不得了"，我们把现有的材料粗略地译出来，只能供给研究蒙古民间文艺的同志们一点参考，待将来材料收集得较丰富时再补充吧。①

　　陈清漳指出当时《嘎达梅林》资料搜集的不完整性和未来搜集工作的巨大空间。但汉译的《嘎达梅林》可为我国民间文艺工作者提供研究资料。陈清漳等人的搜集翻译实践能够站在全国搜集整理和研究的层面来分析问题，并用于指导实践，具有宏观视野。资料搜集和翻译要与研究结合起来，资料的搜集也不是一蹴而就的，而是需要长期的积累。

　　在整理方法上，陈清漳等人采取取长补短综合性的整理方法②。2011年，贾漫在《敬奠陈清漳同志》一文中指出：

　　　　他是从延安鲁艺走来的人，数十年，他始终掌握着正确的文艺方向，他善于思考，懂得艺术规律，尊重作家的创作自由，不以行政命令的方式领导文艺，作风民主，善于发扬民主。③

　　延安鲁艺的经历使陈清漳深受毛泽东《在延安文艺座谈会上的讲话》的影响，以延安文艺思想为指导，领导文艺工作，通过蒙、汉民间文艺者的合作整理和翻译，取长补短，推广《嘎达梅林》。

　　在这部民间叙事诗的翻译上也曾遇到不少问题。陈清漳等人1950年在《人民文学》上发表的汉译本《嘎达梅林》是新中国成立后最早的"嘎达梅林"汉译版本④。但是由于资料不完整，翻译自然也是不完整的。

　　陈清漳曾谈道：

---

　　① 陈清漳：《关于"嘎达梅林"》，《人民文学》1950年第1期。
　　② 陈清漳：《关于〈嘎达梅林〉及其整理》，陈清漳等搜集整理《嘎达梅林》（蒙古族），上海文艺出版社1979年版，第171—172页。
　　③ 贾漫：《敬奠陈清漳同志》，《草原》2011年第9期。
　　④ 陈清漳、鹏飞、孟和巴特、达木林、军力、美丽其格、松来扎木苏、塞西亚拉图合译：《嘎达梅林》（内蒙古民间叙事长诗），《人民文学》1950年第1期。

过去《嘎达梅林》的汉文整理，是在一九四八年和一九四九年上半年这一期间进行的。当时所掌握的原始资料很少，主要是根据那时内蒙古文艺工作团一些蒙古族同志的记忆，片片断断地记录下来的。资料的缺乏和不完整，给当时的汉文整理带来了很大困难和限制。但尽管如此，参加整理的同志们都以饱满的革命热情和强烈的责任感进行了这一工作。如果说《嘎达梅林》在全国有了一定影响，主要是最初那个汉文整理稿的发表和介绍，而在这一工作中，包括提供资料和翻译整理工作，也记录着当时内蒙古文工团同志们的辛勤劳动。另外，当时同志们在如何对待民族民间文学遗产的发掘、研究和整理等许多问题上，还没有经验，还很幼稚，因此，在整理的时候，《嘎达梅林》原诗中许多优美的东西，蒙古族民间诗歌的浓厚的民族特色，就没有能够把它们充分表达出来。①

陈清漳在以上文字中首先叙述了整理和汉译蒙古族民间叙事诗《嘎达梅林》的经过。面临缺乏原始资料和缺乏讲述人的困难，在整理和汉译方面也存在的种种问题。资料的不足给翻译造成了较大的困难，同时，翻译在某种程度上不可避免要折损蒙古族民间叙事诗的民族特色和艺术价值。

三　《嘎达梅林》的内容特征

1950年，陈清漳在《关于"嘎达梅林"》一文中指出：

在蒙古民间（主要是东蒙），到处歌唱着"嘎达梅林"，并传说着关于他的故事。蒙古人民所以歌唱他，正是因为嘎达梅林当时是站在人民这一边反对封建王公，反对大汉族主义者——军阀、国民党的压迫和侵略。②

以上文字指出《嘎达梅林》是蒙古人民与封建王公和大汉族主义者进行阶级斗争的故事，在蒙古社会民间广泛流传。他后来还指出：

① 陈清漳：《关于〈嘎达梅林〉及其整理》，陈清漳等搜集整理《嘎达梅林》（蒙古族），上海文艺出版社1979年版，第169页。
② 陈清漳：《关于"嘎达梅林"》，《人民文学》1950年第1期。

　　《嘎达梅林》是一首在内蒙古民间广泛流传的叙事长诗。它的产生和形成的年代，距今约五十年左右。当时，我国的政治形势正处于列强入侵、军阀割据的动乱状态。奉系军阀和内蒙古地方的封建势力相互勾结起来，对内蒙古各族人民进行残酷剥削和肆意掠夺，使广大人民遭受到空前未有的灾难，社会生产力受到极度破坏，人们流离失所，生存受到威胁。《嘎达梅林》所描绘的就是这一历史时期内蒙古错综复杂的斗争图景。它生动而具体地反映了内蒙古人民反对封建王公统治，反对军阀掠夺，谋求解放的强烈愿望和斗争精神。①

　　以上文字指出了《嘎达梅林》这首民间叙事诗产生的政治形势和社会背景，它反映了内蒙古地区军阀势力和封建势力勾结镇压内蒙古人民的事实和内蒙古人民的悲惨生活境况，展现了内蒙古人民与反动势力进行阶级斗争的精神。

　　相反，人们对嘎达梅林所领导的反抗斗争，则给以衷心的拥护和称赞。群众供给他们粮食和马匹，掩护他们的"地下"兵工厂，积极参加他们的队伍，使这个斗争发展得很快，有力地打击了军阀势力和封建王公的反动气焰。②

　　陈清漳一方面介绍了蒙古族人民对达尔汗王的认识变化和最终反抗其剥削统治的行动，另一方面介绍了人民对嘎达梅林的拥护和组织阶级斗争的实践。

　　《嘎达梅林》的斗争主题是有一定局限的③。首先，没有正确的领导和明确的斗争纲领，没有中国共产党的领导④。其次，嘎达梅林等人的斗

---

　　①　陈清漳：《关于〈嘎达梅林〉及其整理》，陈清漳等搜集整理《嘎达梅林》（蒙古族），上海文艺出版社 1979 年版，第 162 页。
　　②　陈清漳：《关于〈嘎达梅林〉及其整理》，陈清漳等搜集整理《嘎达梅林》（蒙古族），上海文艺出版社 1979 年版，第 165 页。
　　③　陈清漳：《关于〈嘎达梅林〉及其整理》，陈清漳等搜集整理《嘎达梅林》（蒙古族），上海文艺出版社 1979 年版，第 166 页。
　　④　陈清漳：《关于〈嘎达梅林〉及其整理》，陈清漳等搜集整理《嘎达梅林》（蒙古族），上海文艺出版社 1979 年版，第 166—167 页。

争因没能团结最广大受苦群众进行斗争而失败①。

　　事实上，在这场轰轰烈烈的反抗斗争中，蒙汉各族劳动人民也是相互支持，并肩战斗的。然而，嘎达梅林等不了解这一点，他们一方面领导人民同军阀、王公贵族进行英勇果敢的斗争，另一方面，看不清复杂的阶级斗争的实质，把汉族军阀的掠夺，简单地看成是异民族的压迫，把蒙古族王公贵族与军阀勾结，单纯地视作民族利益的"叛卖"，因此就没有去积极联合各族劳动人民，扩大阵线，深入广泛地开展斗争，致使自己所领导的起义限于狭小的圈子里。而这种孤立的、分散的、自发性的斗争，在当时敌人还很强大的情况下，失败当然也是避免不了的。②

　　钟敬文主编的《民间文学概论》仍然肯定这部叙事诗的思想成就，指出："蒙古族人民现代英雄长诗《嘎达梅林》也是一部描写牧民起义的佳作。它以史实为基础进行创作，是蒙古族人民斗争的一幕壮烈悲剧。"③

四　《嘎达梅林》的艺术形式

在 1951 年出版的《嘎达梅林》中，有叙述和唱词两部分，唱词部分有独唱和合唱，唱词部分有如下角色：嘎达梅林、牡丹、兵、张作霖、天吉良、乌力吉巴图、哈斯敖其尔、巴萨、巴珠尔和群众④。1963 年，陈清漳在《关于〈嘎达梅林〉及其整理》一文中指出《嘎达梅林》是以演唱形式为主的民间叙事长诗⑤。

　　蒙古族民间诗歌中的唱词，有它自己的结构和特点，这和蒙古族语言文字的本身规律有关，也是蒙古族人民长期以来喜闻乐见的、传

---

①　陈清漳：《关于〈嘎达梅林〉及其整理》，陈清漳等搜集整理《嘎达梅林》（蒙古族），上海文艺出版社 1979 年版，第 167—168 页。

②　陈清漳：《关于〈嘎达梅林〉及其整理》，陈清漳等搜集整理《嘎达梅林》（蒙古族），上海文艺出版社 1979 年版，第 167—168 页。

③　钟敬文主编：《民间文学概论》，高等教育出版社 2010 年版，第 220 页。

④　陈清漳等译：《嘎达梅林》（蒙古民间故事诗集），海燕书店 1951 年版。

⑤　陈清漳：《关于〈嘎达梅林〉及其整理》，陈清漳等搜集整理《嘎达梅林》（蒙古族），上海文艺出版社 1979 年版，第 162 页。

统的文学表现手法。比如，蒙古族民间诗歌多半是以四句为一段，为了加强表现力和加深印象，更深刻地表达思想和情感，往往采用段落重叠复沓的方法。段落的重复，很多是在同样的内容中只变换一两个词或韵，就使内容更前进一部，思想感情更加深一层，不仅不使人感到累赘拖沓，而且产生了巨大艺术效果，使人感到语汇惊人的丰富，再加上蒙古族民歌中多彩的音韵上的变化，演唱或朗诵起来，就非常感人。这些特点，不仅在较短的抒情歌中存在，在《嘎达梅林》中也是很突出的。①

陈清漳介绍了蒙古族诗歌唱词的结构、音韵和重复等艺术特征和表现手法，以及这种形式在民间叙事诗中传达思想情感上的优势。在这篇文章中，他对自己重新整理《嘎达梅林》资料时将其分为三类给予了说明②。

一、完全是民歌体的唱词，没有人物间的对白，也没有演唱者的说讲；二、除唱词外，人物之间的对白往往是演唱者以第三者的口吻叙述的；三、以讲故事为主，只有少量的唱词。③

陈清漳得出《嘎达梅林》是有说有唱的叙事诗的结论，他和同事的整理采取的是以唱（诗）为主的形式④。钟敬文主编的《民间文学概论》指出，这部民间叙事诗"重叠复沓、一唱三叹"的艺术手法在刻画人物和凸显人物性格方面的艺术感染力⑤。

小　结

本章总结了新中国成立初期第一阶段（1949—1953）内蒙古民歌、

　　① 陈清漳:《关于〈嘎达梅林〉及其整理》，陈清漳等搜集整理《嘎达梅林》（蒙古族），上海文艺出版社 1979 年版，第 169—170 页。
　　② 陈清漳:《关于〈嘎达梅林〉及其整理》，陈清漳等搜集整理《嘎达梅林》（蒙古族），上海文艺出版社 1979 年版，第 171 页。
　　③ 陈清漳:《关于〈嘎达梅林〉及其整理》，陈清漳等搜集整理《嘎达梅林》（蒙古族），上海文艺出版社 1979 年版，第 171 页。
　　④ 陈清漳:《关于〈嘎达梅林〉及其整理》，陈清漳等搜集整理《嘎达梅林》（蒙古族），上海文艺出版社 1979 年版，第 171 页。
　　⑤ 钟敬文主编:《民间文学概论》，高等教育出版社 2010 年版，第 222—225 页。

史诗和民间叙事诗搜集整理工作的概貌，介绍了代表作《东蒙民歌选》《爬山歌》和《嘎达梅林》。

第一，在搜集意义方面，内蒙古民歌、史诗和民间叙事诗的思想内容和艺术形式具有重要的资料价值和文艺价值，有利于保护内蒙古民间文艺遗产；内蒙古民歌、史诗和民间叙事诗的思想内容还具有革命文化和社会主义文化宣传的社会作用，其艺术形式也有利于传播，有利于社会主义新文艺建设。

第二，在搜集观点方面，体现了马克思主义观点、社会主义新文艺观点、国家观点和民族观点，这些观点既反映了作品的实际，又是我们梳理和研究内蒙古民间文艺资料内容的工作方法。在此基础上，我们运用了比较的方法，建立内蒙古民歌、史诗和民间叙事诗与其他民族和地区民间文艺的对话关系。

第三，在搜集模式方面，第一阶段民歌代表作分别是安波、许直合编的《东蒙民歌选》和韩燕如编的《爬山歌》，前者搜集的是蒙语民歌，有汉译的过程，后者是在蒙汉杂居区，搜集的爬山歌是汉语的。通过两者的搜集者、搜集对象、搜集过程、搜集成果、搜集整理原则等方面，可以看到新中国成立初期内蒙古民歌的两种搜集工作模式，一种是汉、蒙文艺工作者合作搜集蒙语民歌，一种是汉族文艺工作者在蒙汉杂居地区搜集汉语民歌。第一阶段史诗和民间叙事诗代表作选取的，是内蒙古文工团陈清漳等人编译的民间叙事诗《嘎达梅林》，从其搜集过程来看，也是汉、蒙文艺工作者合作搜集的工作模式。可见，新中国成立初期第一阶段内蒙古民歌、史诗和民间叙事诗搜集作品的搜集与推广，离不开汉族搜集者的努力，离不开蒙、汉文艺工作者的合作。汉族文艺工作者多是从延安鲁艺来到内蒙古地区，如安波、陈清漳。汉、蒙文艺工作者的合作，有利于蒙古族青年文艺人才的培养。《东蒙民歌选》《爬山歌》和《嘎达梅林》的出版都受到中国民间文艺研究会的支持，使区域性搜集成果在全国推广。其搜集工作也离不开赤峰鲁艺学院、内蒙古自治学院、内蒙古文工团等地方文艺团体和机构的支持。

第四，在搜集方法的记录、整理和翻译方面。在记录方面，《东蒙民歌选》之前的《蒙古民歌集》在记录文字方面，采用了蒙汉双语，还补充了新蒙文；在记录内容方面，不仅记录了唱词，还记录了曲子。因此，《蒙古民歌集》最大限度地保存了蒙古民歌的资料，在记录的完整性方面建立了一种记录范式。在整理方面,《东蒙民歌选》中收录的民歌在唱词方面,按照社会主义新文艺标准,去掉了一些所谓的低俗和带有封建色彩的内容,在曲子方面,为了能够用汉语演唱,安波、许直等人进行了配歌。在翻译方面,蒙古族民歌、史诗和民间叙事诗的翻译对于推广蒙古族民间文艺遗产具有重要意义,但翻译具有很大的困难,《东蒙民歌选》和《嘎达梅林》的翻译为我们提供蒙、汉文艺工作者合作翻译的经验。

第三章　新中国成立初期内蒙古民间文艺搜集工作的第二阶段及其代表作（1954—1956）

新中国成立初期内蒙古民间文艺搜集工作的第二阶段，在时间范围上，指 1954 年至 1956 年。这一阶段内蒙古民间故事和笑话的搜集工作具有代表性。本章分为四节。第一节，略谈内蒙古民间故事的搜集整理情况。第二节，重点介绍和分析孙剑冰到内蒙古乌拉特前旗搜集民间故事的个案。第三节，梳理内蒙古笑话的搜集工作。第四节，介绍内蒙古巴拉根仓笑话的搜集工作。

第一节　内蒙古民间故事搜集观

新中国成立初期第二阶段，在中国民间文艺研究会的领导下，内蒙古民间故事的搜集工作逐渐开展。本节主要从内蒙古民间故事搜集的马克思主义观点、社会主义新文艺观点、统一国家观点和民族观点，来梳理内蒙古民间故事的搜集原则和搜集方法。

一　马克思主义观点

内蒙古故事的搜集工作是在马克思主义思想的指导下开展的。1959 年，贾芝、孙剑冰在《中国民间故事集》的《前记》中指出：

> 一直到全国解放为止，完全不可能有象今天这样在全国范围内发动搜集整理民间文学的条件。但是，对于民间文学工作者说来，主要却是立场、观点和方法问题。这是成败的关键。没有马克思主义的立场、观点、方法，而只有资产阶级的立场、观点、方法；肯定地说，

和劳动人民还隔着一道万里长城。不推倒这道"长城",即使深入群众,也会"身藏庐山中而不识庐山真面目";更不用说把群众的口头创作按照群众的思想、语言和艺术风格用文字完美地表达出来了。①

以上文字强调全国解放是全国范围内发动民间文学的搜集工作的有利条件,而且马克思主义的立场、观点和方法是成败的关键。掌握马克思主义的世界观和方法论才能认识到群众和群众作品的意义,才能更好地深入群众,通过搜集和整理民间文艺作品,学习民众的智慧。

我们在搜集整理内蒙古民间故事时,要坚持贯彻落实马克思主义的立场、观点和方法,这样才能把群众的口头创作准确地表达出来。

内蒙古民间文学工作的开展还是在毛泽东文艺思想,尤其是《在延安文艺座谈会上的讲话》深远影响下开展的。1959 年,贾芝、孙剑冰在《中国民间故事集》的《前记》中指出:

> 开国十年以来,再说远点,自从毛泽东同志的"在延安文艺座谈会上的讲话"发表以后到现在,我们在民间故事的记录整理方面已经面貌一新,有了很大的收获。这是党的文艺方向的胜利,是毛泽东文艺思想的胜利。所以能够获得这样的成果,最重要的原因是:在"延安文艺座谈会"以后,作家和文艺工作者们深入到工农兵群众中去,做了认真的民间文学采录工作。②

贾芝、孙剑冰总结了中华人民共和国成立十年来我国民间故事搜集工作,收获很大,这是党的文艺方向和毛泽东文艺思想的胜利。其中,最重要的是"延安文艺座谈会"的影响,此后,作家和文艺工作者深入工农群众,重视民间文学的采录工作。正是延安文艺精神指引民间文艺工作者们发现了群众,认识到深入群众开展民间文艺活动的重大意义,在对延安时期革命文艺的开展起到了极大的指导作用,新中国成立之后的"十七年"时期我国的民间文艺工作也是在这一文艺思想的指导下开展的。1959 年,贾芝、孙剑冰在《中国民间故事集》的《前记》中还指出:

---

① 编者:《前记》,贾芝、孙剑冰编《中国民间故事集》,作家出版社 1959 年版,第 6 页。落款时间:"1959 年 3 月 6 日夜"。

② 编者:《前记》,贾芝、孙剑冰编《中国民间故事集》,作家出版社 1959 年版,第 2 页。

　　特别是少数民族的故事传说，只有在全国解放以后，在党的民族政策和文艺政策的照耀下，经过几年来的发掘和翻译工作，我们才读到了这样多的好作品。它们现在琳琅满目，赢得普遍称赞；而过去却竟湮没无闻，少为世人所知。欣赏这些优美的作品，让人感到就象置身在花园里一样。少数民族神话传说和古老的传统故事特别多。……劳动人民创作了反映自己在劳动和斗争的文学艺术；它们喜爱这些作品，而且从这些作品里不断吸取生活经验，获得鼓舞。这也就是为什么无论任何一个民族的优美的故事传说都具有长久的旺盛的生命力的缘故。①

　　以上文字指出少数民族民间文学优美而丰富，1949 年后，在党的民族政策和文艺政策下，得以大规模搜集与整理。新中国成立后，党的文艺政策延续延安文艺座谈会的讲话精神，坚持深入人民群众。我国少数民族民间文艺作品具有较高的艺术性和经验性，内蒙古是我国蒙古族的聚居区，蒙古族故事在 1949 年以后得到重视和挖掘。

二　社会主义新文艺观点

　　在社会主义新文艺的背景下，内蒙古民间故事在全国民间故事搜集工作的开展下，在中国民间文学研究会和地方文艺机构的支持下，取得了一定的搜集成果。

　　1958 年，达赉·白歌乐译《骄傲的天鹅：内蒙古民间故事》出版，这本故事集收录了《骄傲的天鹅》《鹿和角》和《看谁的智慧高》等 14 篇蒙古族动物故事。

　　1959 年，贾芝、孙剑冰编《中国民间故事集》出版，共收入 2 篇蒙古族民间故事，分别是《马头琴》和《猎人传》②。贾芝、孙剑冰在《中国民间故事集》的《前记》中指出：

　　　　去年七月间召开全国民间文学工作者大会的时候，我们曾经从近年来记录整理的民间故事传说里选编了一本"中国民间故事选"，当

---

　　①　编者：《前记》，贾芝、孙剑冰编《中国民间故事集》，作家出版社 1959 年版，第 4—5 页。

　　②　贾芝、孙剑冰编：《中国民间故事集》，作家出版社 1959 年版，第 99—113 页。

作民间文学工作者们的重要成果之一,献给大会和读者。那本书出版时列入中国科学院文学研究所各民族民间文学丛书,本头比较大,虽然故事都是轻松愉快的,在工作烦忙的人看起来也许稍感不便。现在根据出版社的要求,又从那本厚书里选出大小四十余篇故事,并请画家制作了精美的插画,另成一册印行。这个选本里入选的故事,当然都是比较精彩的;但限于篇幅,并不是凡精彩的故事全都能够收进来,也是显然的事。所以,两个选本各有长处,不过插图本除了分量少,还能给读者增加一些欣赏画面的愉悦。①

　　此外还有新故事:新故事虽然没有久远流传的传统故事那样圆熟,然而它们也很健美。它们里面有传统故事里所不可能有的新东西。传统的故事虽然反映了劳动人民战胜自然灾害的信心和勇气,刻画出他们对黑暗统治的强烈反抗;可是很多故事往往结局使人感到有些迷惑。……自从有了工人阶级的先锋队——中国共产党以后,三十多年来我国人民已经取得了民主革命和社会主义革命两个革命的胜利,目前已经进入宏伟的社会主义建设时期。反映在这个阶段的民间口头创作里,由于党的教诲,群众对自己生活前景的认识是比较清楚的。②

　　以上文字指出社会主义新文艺阶段,民间工作者不仅搜集民间的传统故事,还搜集民众创作的反映社会主义建设和生活的新故事。文中所指的传统故事结局的迷惑性,可以理解为在思想主题方面是缺乏正确的目标和方向。我国人民在中国共产党的领导下,在民主革命和社会主义革命斗争和建设过程中,在思想认识上已经有了明确的目标和方向。这一思想认识在新中国成立后,在社会主义新文艺阶段,在民间文学创作上有所体现。

　　《中国民间故事集》是贾芝、孙剑冰编《中国民间故事选》的精简本③。从目录来看,《中国民间故事》共收录了30个民族的132篇故事,其中包括蒙古族故事5篇,分别是《马头琴》《巴林摔跤手》《报仇棒》

---

　　① 编者:《前记》,贾芝、孙剑冰编《中国民间故事集》,作家出版社1959年版,第1—2页。

　　② 编者:《前记》,贾芝、孙剑冰编《中国民间故事集》,作家出版社1959年版,第5—6页。

　　③ 贾芝、孙剑冰编:《中国民间故事选》,作家出版社1958年版。

《猎人海力布》和《猎人传》。

《马头琴》和《猎人传》都属于传统故事。我们在用社会主义新文艺思想考察蒙古族故事时，要注意区分蒙古族的传统故事和新故事，尤其是二者在思想认识上的异同和变化发展，这更有利于我们了解蒙古族的民族传统，以及新时期社会生产、生活状况和社会主义新文艺思想。这本故事集除了在内容上有所精简，还增添了插图，以增添读者阅读的趣味性，有利于这些民间故事的传播。在社会主义新文艺时期，这是我国民间工作者为促进各民族故事的传播而作出的努力。

1980 年，贾芝在《中国民间故事选》（第一集）的《再版后记》中指出：

> 我们当然要重视"新故事"，因为在近半个世纪中产生的革命故事以至反映社会主义革命和建设的新故事，是发扬革命传统和进行社会主义教育的极好的教材；"新故事"形式也是反映和宣传社会主义革命和建设的一个很好的艺术形式。[1]

"新故事"的民间文学艺术形式，有利于宣传和促进社会主义革命和建设活动。内蒙古民间文学的新民间文学，表达了内蒙古人民对党和国家政策和方针的拥护和歌颂，以及开展社会主义革命和生产、生活建设的热望。

三　统一国家观点

许钰在《中国近现代口承故事概观》一文中，谈到了新中国成立后我国"把民间文学工作作为整个文艺工作的组成部分，广泛开展了各种民间文学作品的搜集、整理与研究的工作"[2]，发表作品规模增大，带有革命文艺色彩，同时，还具有新时代特色[3]。

---

① 贾芝：《再版后记》，贾芝、孙剑冰编《中国民间故事选》（第一集），人民文学出版社1980 年版，第 557 页。落款时间："1978 年 12 月 18 日"。
② 许钰：《中国近现代口承故事概观》，董晓萍、万建中主编《北师大民俗学论丛》，中华书局 2013 年版，第 321 页。
③ 许钰：《中国近现代口承故事概观》，董晓萍、万建中主编《北师大民俗学论丛》，中华书局 2013 年版，第 321 页。

关于少数民族民间文学和各地区民间文学的搜集工作，许钰提到了"出版了包括几十个民族作品的《中国民间故事选》（两集）（贾芝、孙剑冰编）"①，各省市自治区"可以说在 50 年代到 60 年代中期，我国民间故事的采录形成了一个高潮"②。

1955 年，李翼整理的《内蒙民间故事》出版，其《内容提要》如下：

> 本书包括二十七篇流传在内蒙地区的民间故事。故事的采集者李翼同志曾经在内蒙地区生活了很长的时间。他所编选的这些故事主题都很健康，结构也很严谨，富有内蒙的传统习俗，可以使我们看出内蒙人民那种勇敢豪迈的英雄性格。③

以上文字指出《内蒙民间故事》所载故事的数量和流传地，采集者李翼采集故事的过程和故事的主题、结构、承载的内蒙古民俗和反映的内蒙古地区人民的性格。从其内容我们能够了解内蒙古的传统习俗，了解内蒙古人民的性格。这有利于我国各民族各地区增进对内蒙古地区的了解，对内蒙古地区汉族、蒙古族和其他少数民族的了解。

1955 年，蒙古国霍扎的《蒙古民间故事》出版，译者范之超在《译者的话》中指出：

> 这本书里的二十篇故事，有的是反映古代蒙古人民对残忍的统治者的痛恨，有的是表达它们对自由幸福生活的愿望。
> 今天，他们的愿望实现了。
> 现在蒙古人民不但正在为自己建立更美好的生活，同时也对世界和亚洲和平作出了宝贵的贡献。④

---

① 许钰：《中国近现代口承故事概观》，董晓萍、万建中主编：《北师大民俗学论丛》，中华书局 2013 年版，第 321 页。
② 许钰：《中国近现代口承故事概观》，董晓萍、万建中主编：《北师大民俗学论丛》，中华书局 2013 年版，第 322 页。
③ 《内容提要》，李翼整理：《内蒙民间故事》，通俗读物出版社 1955 年版。《内容提要》位于原著扉页，无署名。
④ 范之超：《译者的话》，[蒙古] 霍扎《蒙古民间故事》，[苏] 柯契尔金绘图，王崇廉、范之超译，少年儿童出版社 1955 年版，第 2 页。

1957 年，苏联的阿·依·夏达耶夫编的《金蛋》出版，译者郝苏民在《译者前记》中指出：

> 布里亚特蒙古，是苏联的一个自治共和国，是组成俄罗斯苏维埃社会主义共和国的一部分。①
>
> 然而革命前，在沙皇专制那样一个民族大牢狱的黑暗时代，布里亚特蒙古人民竟连表露自己思想与愿望的叙事诗、歌谣、故事等口头文学的创作者，也都要受到统治者的迫害与侮辱！②
>
> 布里亚特蒙古同整个蒙古民族一样，是个勤劳勇敢、淳朴笃实且又强悍好客的民族，也是一个能歌善舞有着优秀文化传统的民族，布里亚特蒙古的民间故事，和其他民族的口头文学一样，是布里亚特蒙古人民最深刻、最真诚的内心。③

以上文字介绍了布里亚特蒙古的历史社会背景，受到沙皇的专制统治。郝苏民在介绍布里亚特蒙古的同时，把布里亚特蒙古的人民同蒙古民族做比较，以考察双方在民族性格、民族文化传统方面的相似性。我们比较布里亚特蒙古的民间故事和我国内蒙古地区的民间故事时，要结合双方的社会史、民族性格、民俗传统等方面进行比较。在阿·依·夏达耶夫编的《金蛋》中，有《关于"译者前记"译文的补正与说明》如下：

> 一、关于"译者前记"第二面和第三面文中提到的有关"喇嘛教"、"喇嘛"和"诺颜"等，均系指苏联布里亚特蒙古地区的"喇嘛教"和该地区的"喇嘛""诺颜"而言。
>
> 二、在同上两面文中提到的"蒙古人民"亦为专指"布里亚特蒙古人民"而言。④

---

① 郝苏民：《译者前记》，[苏] 阿·依·夏达耶夫编《金蛋》，郝苏民译，甘肃人民出版社 1957 年版。《译者前记》，位于正文前，无页码。

② 郝苏民：《译者前记》，[苏] 阿·依·夏达耶夫编《金蛋》，郝苏民译，甘肃人民出版社 1957 年版。

③ 郝苏民：《译者前记》，[苏] 阿·依·夏达耶夫编《金蛋》，郝苏民译，甘肃人民出版社 1957 年版。

④ 《关于"译者前记"译文的补正与说明》，[苏] 阿·依·夏达耶夫编《金蛋》，郝苏民译，甘肃人民出版社 1957 年版。《关于"译者前记"译文的补正与说明》，位于正文前，无页码。

以上文字反映了故事的地区性特点和宗教传统。我们在比较外国故事和内蒙古地区故事时要注意二者在宗教思想方面的比较。

前面提到,丁乃通在《中国民间故事类型索引》中①,使用了大量的在新中国成立初期搜集的民间故事出版物,其中涉及内蒙古民间故事的出版物主要有 10 种如表 3-1 所示,这有利于内蒙古民间文学与世界民间文学,内蒙古民间文学与我国其他地区民间文学,以及蒙古族民间文学与我国其他民族民间文学的交流与比较。

表 3-1　　　《中国民间故事类型索引》中使用的新中国成立初期
内蒙古民间故事书目一览表②

序号	作者/编者/译者	书　名	出版地	出版年	备注
1	塞莱斯·鲍尔	蒙古民间传说旁注(Notes marginales sur le folklore des Mongols Ordos)		1948	《北京国学研究中心通讯》(Bulletin du Centred' Studes Sinologues de Pekin)3·1/2:115-210
2	边　垣	洪古尔	上海	1950	蒙古族,新疆
3	内蒙古文联民间文学组编辑	马头琴	上海	1956	内蒙古
4	胡尔查	智慧的鸟	上海	1957	内蒙古
5	孙剑冰	内蒙古民间故事	上海	1958	
6	李翼、王尧	蒙藏民间故事	香港	1958	
7	贾芝、孙剑冰	中国民间故事选	北京	1962	2 册
8	中国科学院内蒙古分院语言文学研究所编辑	蒙古族民间故事集	上海	1962	
9	琶　杰	英雄格斯尔可汗	北京	1963	蒙古族
10	人民文学出版社编	中国动物故事集	上海	1966	

从表 3-1 可知,除了第一种塞莱斯·鲍尔的《蒙古民间传说旁注》,丁乃通《中国民间故事类型索引》中主要使用的 9 种内蒙古民间文学故

---

① ［美］丁乃通:《中国民间故事类型索引》,郑建成、李倞、商孟可、白丁译,李广成校,中国民间文艺出版社 1986 年版。
② 表 3-1 制表时间:2014 年 12 月 3 日。详见《参考书目》,［美］丁乃通《中国民间故事类型索引》,郑建成、李倞、商孟可、白丁译,李广成校,中国民间文艺出版社 1986 年版,第 524—556 页。

事参考书目，都有赖于新中国成立初期对内蒙古民间文学的搜集、整理、翻译和出版工作。这些成果性书目的搜集者，在新中国成立初期的民间文学搜集工作中具有代表性，有全国性的文艺机构分支，如中国科学院内蒙古分院语言文学研究所、内蒙古文联民间文学组；领导全国民间文学搜集工作的中国民间文艺研究会的贾芝；内蒙古民间故事的搜集者、故事讲述家秦地女的发现者孙剑冰；蒙古族民间文学翻译者胡尔查；蒙古族民间艺人琶杰等。

表 3-2　　　　　**《中国民间故事类型索引》中介绍的**
内蒙古民间故事类型和次类型一览表①

Ⅰ．动物故事（共 30 个）	
1* 【狐狸偷篮子】	126 【羊赶走狼】
2 【用尾巴钓鱼】	155 【忘恩负义的蛇再度被捉】
6 【诱骗抓住它的动物说话】	157 【学习怕人】
47B 【马踢狼的嘴】	160 【感恩的动物；忘恩的人】
75 【弱者援救强者】	177 【贼和老虎】
78 【动物为了安全缚在另一动物身上】	178A 【主人和狗】
78B 【猴子把自己用绳子捆在老虎身上】	178B 【义犬作抵】
91 【猴子的心忘在家里了】	200* 【猫的权利】
111A 【狼无故谴责小羊，并吃了它】	225A 【乌龟让老鹰带着自己飞】
113 【猫装圣者】	235 【鲣鸟借用杜鹃的毛】
120 【第一个看到日出的】	235A 【动物向鸟（或别的动物）借角或别的东西】
122D 【"让我带给你更好的猎物"或"带给你更好吃的东西！"】	245 【家禽和野鸟】
122F 【"等到我长得够肥了。"】	275 【狐狸和蛤蚧赛跑】
122G 【"吃以前先把我洗干净",】或【"让我自己洗干净"。】	281A* 【水牛和蚊蚋】
122N* 【驴子劝狼骑在它的背上】	298C1* 【无用的植物能保身】

---

① 表 3-2，制表人：刘思诚，制表时间：2014 年 12 月 3 日。［美］丁乃通：《中国民间故事类型索引》，郑建成、李倞、商孟可、白丁译，李广成校，中国民间文艺出版社 1986 年版。

续表

Ⅱ. 一般的民间故事（共41个）			
甲、神奇故事(22个)	300【屠龙者】	乙、宗教故事(3个)	780【会唱歌的骨头】
	301【大汉、伙伴与寻找失踪的公主】		782【米达斯王和驴耳朵】
	314【青年变马】		804【彼得的母亲从天上掉下来】
	325A【两术士斗法】	丙、传奇故事(爱情故事)(14个)	875【聪明的农家姑娘】
	327A【亨舍尔和格莱特】		875D1【找一个聪明的姑娘做媳妇】
	330A【铁匠和死神】		875D2【巧妇解释重要的来信】
	369【孝子寻父】		876【聪明的侍女与求婚者】
	400【丈夫寻妻】		916【警卫国王寝室的兄弟们和蛇】
	400A【仙侣失踪】		923B【负责主宰自己命运的公主】
	400B【画中女】		924A【僧侣与商人（Jew）用手势讨论问题】
	440A【神蛙丈夫】		926A【聪明的法官和罐子里的妖怪】
	449A【旅客变驴】		926L*【假证人】
	462【废后与妖后】		930【预言】
	502【野人】		930A【命中注定的妻子】
	513【超凡的好汉弟兄】		970【连理枝】
	516【诚实的约翰】		980*【画家和建筑师】
	516B【公主落难】	丁、愚蠢妖魔的故事(2个)	981【隐藏老人智救王国】
	551【子为父（母）找仙药】		1115【小斧谋杀计】
	555*【感恩的龙公子（公主）】		1174【做一条沙的绳子】
	563【桌子、驴子、棍子】		
	673【白蛇肉】		
	709【白雪公主】		
Ⅲ. 笑话（共20个）			
夫妻间的故事(1个)	1352A【鹦鹉讲七十个故事主妇得保贞操】	幸运的奇遇(4个)	1640【勇敢的裁缝】
男人(少年)的故事(10个)	1525A【偷窃狗、马、被单或戒指】		1641【万能的医生】
	1525J2【小偷被骗入井】		1689B1【没有材料，你哪能吃】
	1528A【抓住尾巴】		1696【呆人呆福】
	1535【富农和贫农】	关于僧侣和教士的笑话(1个)	1761*【骗子装神像遭打】
	1539【巧骗和傻瓜】		
	1542A【回来找工具】		
	1559D*【哄人打赌：走上走下】	说大话的故事(4个)	1890F【枪打得真好·各种各样的方式】
	1575*【聪明的牧童】		1920【说谎比赛】
	1577B【盲人挨打】		1920J【谁最老?】
	1635A*【虚惊】		1960Z【其他大的东西等】

续表

	Ⅳ. 程式故事（共1个）
连环故事 （1个）	2030B1【妖精必须要刀才能吃牧人】

从表3-2可知，丁乃通《中国民间故事类型索引》从新中国成立初期搜集的内蒙古民间故事中就找到了92个类型和次类型，这是一个惊人的数量。其中，包括动物故事类型和次类型30个，一般的民间故事类型和次类型41个，笑话类型和次类型20个，程式故事类型和次类型1个。

对于新中国成立初期搜集的民间文学成果，在民间故事题材和内容方面，丁乃通的认识如下：

> 为了思想意识而修剪细节是常有的事，但是正如这些年代出版物上所坚持说的，故事的基本情节通常没有重大的改动。与早期二十或三十年代出版的集子比较，某些读者也许会觉得1950年之后出版的集子显然不同，不过这不是因为传统的民间叙述被人广泛的修改了，而是因为出版的故事是经过细心选择的。例如，解放前笑话最普遍，也出版得最多，而解放后，仅在少数民族的故事集里才有很多笑话。……与阶级斗争有关的一些故事，例如465和1568类型，却出现得更多。①

丁乃通认为，新中国成立初期的文艺指导思想，对民间文学搜集工作的影响并不体现在对"民间叙事"，即民间故事文本本身的修改上，而是体现在对民间故事题材的筛选方面，如注重阶级斗争题材故事的搜集。

第二节　民间故事代表作：孙剑冰搜集乌拉特前旗故事

在新中国成立初期大规模搜集民间文学的背景下，孙剑冰于1954

---

① ［美］丁乃通：《中国民间故事类型索引·导言》，郑建成、李倞、商孟可、白丁译，李广成校，中国民间文艺出版社1986年版，第11页。

年在内蒙古乌拉特前旗的搜集活动，尤其是对民间故事的搜集是典型代表。孙剑冰的贡献不仅在于搜集到数量可观的民间故事，还在于在乌拉特前旗傅家圪堵村发现了一位民间故事讲述家秦地女①。孙剑冰对这次搜集活动的叙述和反思，能够反映新中国成立初期我国民间文艺搜集活动的指导思想、方法与争议。祁连休、冯志华编《民间故事十家》称，"秦地女是新中国成立以后最先发现的一位引人注目的民间故事讲述家"②。美国民俗学者丁乃通也对秦地女故事的搜集工作进行了介绍③，产生了国际影响。

一　关于讲述人秦地女

1938 年，孙剑冰到陕甘宁地区投身革命，不久开始接触和从事文艺工作和创作活动④。新中国成立后，1950 年孙剑冰到北京继续从事文艺工作⑤。1954 年，孙剑冰先后到内蒙古锡林郭勒盟民族地区和内蒙古西部汉族地区搜集民歌和故事⑥。1954 年秋天，孙剑冰到内蒙古乌拉特前旗进行了为期 2 个月的搜集工作，搜集内蒙古民间文学时搜集了许多民间故事⑦。孙剑冰在《民间文学》1955 年 4 月号上发表作品《民间童话三篇》和文章《略述六个村的搜集工作》⑧，对这次搜集工作进行了总结。

孙剑冰 1958 年出版了《内蒙古民间故事》⑨，还有一些这一时期搜集整理的内蒙古故事收录于后来出版的《天牛郎配夫妻》⑩。1958 年，孙剑冰与贾芝一起编辑出版了《中国民间故事选》，也收录了孙剑冰搜集的内

---

① 孙剑冰：《略述六个村的搜集工作》，《民间文学》1955 年 4 月号。
② 祁连休、冯志华编：《民间故事十家》，海燕出版社 1989 年版，第 33 页。
③ ［美］丁乃通：《中国民间故事类型索引·导言》，郑建成、李倞、商孟可、白丁译，李广成校，中国民间文艺出版社 1986 年版，第 2、6 页。
④ 祁连休、冯志华编：《民间故事十家》，海燕出版社 1989 年版，第 33 页。
⑤ 祁连休、冯志华编：《民间故事十家》，海燕出版社 1989 年版，第 33 页。
⑥ 祁连休、冯志华编：《民间故事十家》，海燕出版社 1989 年版，第 33 页。
⑦ 孙剑冰：《略述六个村的搜集工作》，《民间文学》1955 年 4 月号。
⑧ 孙剑冰：《民间童话三篇》，《民间文学》1955 年 4 月号。孙剑冰《略述六个村的搜集工作》，载《民间文学》1955 年 4 月号。
⑨ 孙剑冰编著：《内蒙古民间故事》，王树忱绘图，少年儿童出版社 1958 年版。
⑩ 孙剑冰采集：《天牛郎配夫妻》，上海文艺出版社 1983 年版。

蒙古民间故事①。

　　1958年，孙剑冰编《内蒙古民间故事》出版，其中，《张打鹌鹑李钓鱼》《有个讨吃的，有个鞭杆子》《天心桥一簇花》《天牛郎配夫妻》《门墩墩、门挂挂、锅刷刷》和《蛇郎》六篇民间故事是由秦地女讲述的②。

　　孙剑冰在《略述六个村的搜集工作》一文中将搜集对象分成了4类：第一类是普通的工人、农民，可以讲述自己的故事，但并不出奇；第二类是被民众认为很能讲故事，但事实上这些人讲的并不是真正的民间故事，"都是老生常谈、语言无味、思想贫乏的，更坏的是封建色彩重，低级趣味浓"；第三类是被民众忽视的真正的故事讲述家；第四类是被民众确定的民间艺人、歌手和说故事的。③

　　秦地女属于第三类搜集对象，是真正的故事家。秦地女的老家在山东，于1928年移民到后套地区，即内蒙古乌拉特前旗傅家圪堵村。④ 秦地女在内蒙古生活期间，是本乡的拥军模范、本村的生产模范和各项工作中的积极分子⑤。孙剑冰指出："我前后两次访问秦地女，记录了六个算是她的主要的故事。"⑥ 即《张打鹌鹑李钓鱼》《有个讨吃的，有个鞭杆子》《门墩墩，门挂挂，锅刷刷》《天牛郎配夫妻》《蛇郎》和《天心桥一簇花》6则故事⑦。

　　1991年，张紫晨在《民间文艺学原理》中分析了民间故事家的传承问题⑧。一方面，张紫晨指出，"民间故事传承人主要形成于过去农村环境中"。张紫晨从年龄、性别、故事传承量、掌握体裁、文化知识结构等

　　① 贾芝、孙剑冰编：《中国民间故事选》，作家出版社1958年版。贾芝、孙剑冰编《中国民间故事选》（第二集），作家出版社1961年版。《中国民间故事选》（一、二）分别收录4则和6则蒙古族民间故事。贾芝、孙剑冰编：《中国民间故事集》，作家出版社1959年版。《中国民间故事集》收录蒙古族故事2则。

　　② 孙剑冰编著，王树忱绘图：《内蒙古民间故事》，少年儿童出版社1958年版。

　　③ 孙剑冰：《略述六个村的搜集工作》，《民间文学》1955年4月号。

　　④ 孙剑冰：《民间故事讲述家秦地女自述》，《他和大众在一起》，中国戏剧出版社2003年版，第244—247页。落款："1954年8月19日晚记于内蒙古乌拉特前旗傅家圪堵村乡政府"。

　　⑤ 孙剑冰：《略述六个村的搜集工作》，《民间文学》1955年4月号。

　　⑥ 孙剑冰：《略述六个村的搜集工作》，《民间文学》1955年4月号。

　　⑦ 详见孙剑冰《民间童话三篇》，《民间文学》1955年4月号。孙剑冰采集《天牛郎配夫妻》，上海文艺出版社1983年版，第13—24、28—40、99—111、112—119、120—131、152—166页。

　　⑧ 张紫晨：《民间文艺学原理》，花山文艺出版社1991年版，第113—122页。

方面进行分析民间故事传承人的结构①，这种结构分析适用于故事讲述家秦地女。另一方面，张紫晨还介绍了民间故事的传承环境、时间与对象，主要提出了故事讲述的几种特定环境与时间，讲述者与听众的依存关系，以及家庭或家族在传承关系上的重要作用②。但孙剑冰在乌拉特前旗发现的秦地女，是"被民众忽视的真正的故事讲述家"③，不存在特定的讲述环境和时间，也不存在与听众的依存关系，秦地女的故事讲述家才能，在孙剑冰来之前是被埋没的。

二　乌拉特前旗故事的搜集方法

1955 年，孙剑冰在《略述六个村的搜集工作》一文中指出搜集民间文学的时间是 1954 年的秋天，调查时间为期 2 个月，地点是内蒙古乌拉特前旗④。乌拉特前旗位于内蒙古自治区的西部，受辖于巴彦淖尔市，临近包头市，地处黄河北岸，与山西西北部、陕西北部靠近。

内蒙古乌拉特前旗的人口构成，即孙剑冰的民间故事搜集对象，孙剑冰在《略述六个村的搜集工作》一文中指出：

> 这一带是接近牧区的农业区。居民绝大多数是汉族，有多半是数十年前从山西、陕西等省迁徙过来的。⑤

搜集对象以汉族为主，可以用汉语讲述民间故事。孙剑冰不会蒙语，但此次内蒙古乌拉特前旗的故事搜集工作不涉及语言翻译问题。

孙剑冰指出，他是和韩燕如一起去内蒙古乌拉特前旗开展民间文学搜集工作的，韩燕如搜集爬山歌，孙剑冰搜集传说故事。孙剑冰和韩燕如开展搜集工作的总体方法是"抓住六个村子，主要以邀请人来开会和个别访问的方式进行工作"⑥。采取这样的工作方法原因有二：一是搜集者孙剑冰和韩燕如的搜集时间有限，二是麦收季节民众接受访谈的时间有限，

① 张紫晨：《民间文艺学原理》，花山文艺出版社 1991 年版，第 113—115 页。
② 张紫晨：《民间文艺学原理》，花山文艺出版社 1991 年版，第 115—120 页。
③ 孙剑冰：《略述六个村的搜集工作》，《民间文学》1955 年 4 月号。
④ 孙剑冰：《略述六个村的搜集工作》，《民间文学》1955 年 4 月号。
⑤ 孙剑冰：《略述六个村的搜集工作》，《民间文学》1955 年 4 月号。
⑥ 孙剑冰：《略述六个村的搜集工作》，《民间文学》1955 年 4 月号。

要以农业生产为中心。

首先，孙剑冰在《略述六个村的搜集工作》一文中，指出在搜集故事之前，要做一些准备工作：

> 进村前的准备工作，我们主要是向干部和群众了解一些与工作有关的问题，如社会历史背景、风俗习惯、人民生活情况等。①

在搜集民间文学时，要先了解当地的历史、民俗和民众的现实生活状况。

其次，迅速找到搜集对象，"用故事、民歌中的例子，结合一两点通俗易解的说明，去打动他们，激起他们说、唱的兴头，也同时使他们理解这一工作的意义。"②

孙剑冰指出"邀请人来开会"的搜集方法，也可以称为"自由集会的搜集方式"③。孙剑冰指出这种自由集会的搜集方式有以下 3 点好处：

> 一、便于搜集同一主题、同一体裁，互有关联或多相近之处的资料。
>
> 二、便于发现重点的工作对象。
>
> 三、听故事的人多了，讲故事的就高兴，可以使讲故事这一人民口头创作的表现形式，尽量发挥它的独具特色。④

在解释了自由集会的搜集方式的同时，孙剑冰意识到自由集会时故事讲述者与听众之间的关系，"形成了一种不可分离的艺术效果"⑤。

对于讲述者与听众之间的关系和当场产生的艺术效果，孙剑冰指出：

> 第一，搜集者把这个故事完善地记录下来，即使再占有同类故事的全部资料，经过整理、加工与改写，变成书面文学作品的时候，无

---

① 孙剑冰：《略述六个村的搜集工作》，《民间文学》1955 年 4 月号。
② 孙剑冰：《略述六个村的搜集工作》，《民间文学》1955 年 4 月号。
③ 孙剑冰：《略述六个村的搜集工作》，《民间文学》1955 年 4 月号。
④ 孙剑冰：《略述六个村的搜集工作》，《民间文学》1955 年 4 月号。
⑤ 孙剑冰：《略述六个村的搜集工作》，《民间文学》1955 年 4 月号。

论如何，那些生动的表演艺术（讲述者独特的声色、音调、手势与面部表情等）和听众的反映，讲述者与听众之间的感情的共鸣，是不会再现了；而所有这些，于记录者对该故事的理解与整理，都是有帮助的。第二，同一个人的同一个故事，由他本人在不同的场合（例如只有一个听众——记录者——这样的场合）重述，差别不但会有，而且常常是蛮大的。①

孙剑冰首先已经认识到故事讲述是一种表演艺术，与讲述的场景有密切联系，这种场景是转瞬即逝的，只有身处场景之中才容易理解讲述者的讲述。其次，场景的不同，故事的讲述也会不同。故事讲述者和民间文艺工作者一对一地讲述和记录故事，与这种自由集会的搜集方式搜集来的故事是大不一样的。

孙剑冰的搜集属于工作式搜集性质的内蒙古民间文学搜集工作的典型，工作式搜集指在统一的组织和领导下，采取统一的工作原则和工作方法应用于各民族各地区的民间文学搜集工作中。工作式搜集不是硬性委派，而是根据民间文艺工作需求和工作者个人选择在全国铺展工作，但是他们有一定的工作时限、共享的工作方法和一定形式的成果反馈。但从客观角度来看，无论是内蒙古、青海，还是云南又都是多民族地区，工作式搜集纳入了多民族因素。孙剑冰是汉族，不会蒙语，搜集对象只能是会说汉语的内蒙古民众。尽管外来民间文艺工作者尽量在短时间内融入当地民众和民俗文化，但在某种程度上来讲他们对当地民众的民间文学和民俗风情是不熟悉的，而且工作式搜集往往带有一定的政治宣传和教育的目的，在民间文学的搜集过程中容易出现令人争议的整理问题。

三　乌拉特前旗故事的整理经过

根据孙剑冰整理《民间童话三篇》和《天牛郎配夫妻》中收录的乌拉特前旗故事和所提供的搜查整理工作经过②，编制《乌拉特前旗故事篇名信息表》如，见表3-3所示。

---

① 孙剑冰:《略述六个村的搜集工作》,《民间文学》1955 年 4 月号。

② 孙剑冰:《民间童话三篇》,《民间文学》1955 年 4 月号。孙剑冰采集《天牛郎配夫妻》,上海文艺出版社 1983 年版。

表 3-3   乌拉特前旗故事篇名信息表①

序号	作品篇名	搜集者	搜集时间	搜集地点	讲述者与备注	原著页码
1	张打鹌鹑李钓鱼	孙剑冰	1954年秋	傅家圪堵村	秦地女。女，六十六岁，属牛。祖上原籍山东，祖母是跑马卖解的名角，后因山东遭灾，逃难来此。来时携带两个小子，秦地女的父亲（秦六）和她二爹（伯父）。秦地女的母亲是内蒙人氏	13—24
2	有个讨吃的，有个鞭杆子	孙剑冰	1954年秋	傅家圪堵村	讲述人有三个：东油坊村的赵月生，傅家圪堵村的秦地女，李虎圪堵村的王刚。这篇故事的整理带有综合的性质，这是当初的试验。一九八二年补记	28—40
3	门墩墩，门挂挂，锅刷刷	孙剑冰	1954年秋	傅家圪堵村	秦地女	99—111
4	天牛郎配夫妻	孙剑冰	1954年秋	傅家圪堵村	秦地女	112—119
5	蛇郎	孙剑冰	1954年秋	傅家圪堵村	秦地女	120—131
6	天心桥一簇花	孙剑冰	1954年秋	傅家圪堵村；升恒号村	傅家圪堵村秦地女，升恒号村刘胡开	152—166
7	老羊肖胡	孙剑冰	1954年秋	乌拉特前旗四区和五区	讲述者有下面这些人：杜东海（当时在苏木图村），高海宽（东油坊村），刘胡开（当时在升恒号村），郭老生（东油坊村），刘清河、阎银旺（均为五区）。此文是我将这些材料综合起来整理的，现在觉得这样做不尽妥当，所以以下面再收一篇刘胡开的《人熊还债》，是单独的原始记录。一九八二年秋末	41—45

　　通过以上 7 则乌拉特前旗的故事信息，我们发现第 2 和第 7 则故事，是在多个讲述人讲述的故事的基础上综合整理而成。孙剑冰在 1982 年也对自己当年的搜集活动进行了反思，指出这种整理在当时是一种试验，存

　　① 表 3-3 表格设计者：董晓萍教授，表格填写者：刘思诚，设计日期：2013 年 11 月 18 日，填写时间：2013 年 11 月 19 日。表格信息来源于孙剑冰采集：《天牛郎配夫妻》，上海文艺出版社 1983 年版。

在不完善之处。

1955 年，孙剑冰在《略述六个村的搜集工作》一文中指出：

> 搜集者把这个故事完善地记录下来，即使再占有同类故事的全部资料，经过整理、加工与改写，变成书面文学作品的时候，无论如何，那些生动的表演艺术（讲述者独特的声色、音调、手势与面部表情等）和听众的反映，讲述者与听众之间的感情的共鸣，是不会再现了；而所有这些，于记录者对该故事的理解与整理，都是有帮助的。①

孙剑冰在以上文字中是在谈故事讲述者和听众之间的微妙关系和讲述场景的重要性，但是也从侧面反映出孙剑冰搜集和整理故事的方法，即完整记录所听到的故事，或许会占有其他同类故事，搜集后会进行整理、加工与改写，将民间故事的口头讲述变成书面文字。1954 年秋天去内蒙古乌拉特前旗搜集民间故事后，孙剑冰后来发表的搜集到的民间故事，如1955 年发表在《民间文学》上的《民间童话三篇》（内蒙古），虽然孙剑冰会结合当时的讲述场景，但这些民间故事无疑是带有孙剑冰个人的整理、加工和改写性质的，带有书面文学的性质。

孙剑冰加入个人整理的记录是不忠实的。但是，孙剑冰搜集的乌拉特前旗故事和发现的民间故事讲述家秦地女，在新中国成立初期产生那样大的影响，后来引起国际民俗学家丁乃通的重视，说明这一搜集活动具有重要的地位和意义。以下是搜集者孙剑冰本人对自己当年搜集活动的反思。

2003 年，中国戏剧出版社出版了孙剑冰《他和大众在一起》一书，其中《口头文学要有原始记录》②《民间故事讲述家秦地女自述》以及《后记》③《编后记》④，这 4 篇文章都涉及民间故事的整理问题。

---

① 孙剑冰:《略述六个村的搜集工作》,《民间文学》1955 年 4 月号。

② 孙剑冰:《口头文学要有原始记录》,《他和大众在一起》,中国戏剧出版社 2003 年版,第 229—233 页。落款:"1983 年 11 月 19 日晨（原载 1983 年《民间文学》月刊）"。

③ 孙剑冰:《民间故事讲述家秦地女自述》,《他和大众在一起》,中国戏剧出版社 2003 年版,第 244—248 页。孙剑冰:《后记》,《他和大众在一起》,中国戏剧出版社 2003 年版,第 249—252 页。落款:"1992 年 7 月 6 日清晨"。

④ 孙剑冰:《编后记》,《他和大众在一起》,中国戏剧出版社 2003 年版。落款:"2003 年 3 月 18 日清晨"。

孙剑冰的《口头文学要有原始记录》一文的题注有："这是关于《天牛郎配夫妻》原始记录稿的信。我们征得作者的同意，发表在这里，以示提倡保存原始记录的必要。——《民间文学》编辑部。"① 《民间文学》编辑部刊载孙剑冰的这封信件的目的，是要强调保存原始记录的必要性。孙剑冰《口头文学要有原始记录》是关于孙剑冰《天牛郎配夫妻》收录故事原始记录稿的信件。《天牛郎配夫妻》出版于 1983 年 10 月②，《口头文学要有原始记录》落款时间是 1983 年 11 月，在《天牛郎配夫妻》出版之后，同年载于《民间文学》月刊③。

孙剑冰在《口头文学要有原始记录》中指出："《天牛郎配夫妻》的三份原始记录已校完，将抄稿寄上，原稿我留下了。"④ 可见，《口头文学要有原始记录》是孙剑冰在出版《天牛郎配夫妻》后，交付原始记录稿抄稿时随附的信件。

1989 年，钟敬文在《新时期民间文学搜集出版史略》的序中指出：

> 我认为民间散文作品的忠实记录，不仅要传达原文的一般面目，而且要能传达出原作的风采、神韵。这当然是较高的要求，但是，也不是一定办不到的。比如在这次全国第二届民间作品评奖会得故事头等奖的《天牛郎配夫妻》（孙剑冰记录的），就是比较接近这等要求的一个例子。⑤

钟敬文先生的介绍，表达了对孙剑冰在当时历史条件下开展的搜集工作的基本肯定。

许钰在《中国近现代口承故事概观》一文中也谈到民间故事搜集工作中的一些问题。

---

① 孙剑冰：《口头文学要有原始记录》，《他和大众在一起》，中国戏剧出版社 2003 年版，第 229 页。

② 孙剑冰采集：《天牛郎配夫妻》，上海文艺出版社 1983 年版。

③ 孙剑冰：《口头文学要有原始记录》，《他和大众在一起》，中国戏剧出版社 2003 年版，第 229—233 页。

④ 孙剑冰：《口头文学要有原始记录》，《他和大众在一起》，中国戏剧出版社 2003 年版，第 229 页。

⑤ 钟敬文：《序》，姚居顺、孟慧英《新时期民间文学搜集出版史略》，辽宁大学出版社 1989 年版，第 5 页。落款："1989 年 11 月 2 日于北师大小红楼，时年 86 岁"。

　　但是，随着搜集工作的发展，在部分搜集工作者中间渐渐出现把民间文学作品的教育作用、欣赏价值和科学研究价值对立起来的倾向，于是有的在整理作品时拔高传统故事的思想，有的不作忠实记录，仅根据片段情节就加以发挥，从而在一定程度上混淆了民间作品的记录、整理和改编、再创作的界限，损害了民间故事可贵的科学价值。①

　　许钰谈到"一些有影响的搜集工作者，这时期也出版了个人作品的选集"时②，提到了孙剑冰《天牛郎配夫妻》一书的出版③。

　　孙剑冰在《口头文学要有原始记录》中结合自己的田野经历，对搜集、记录和整理民间故事的方法进行了反思。

　　第一，整理民间故事的核心。孙剑冰在《民间故事讲述家秦地女自述》的《后记》中，比较了故事搜集工作和民歌搜集工作的区别，故事存在从口头到书面的过程，这一过程是故事搜集工作较民歌搜集工作困难的地方④。孙剑冰指出，从口头到书面是"看起来很简单的事，却很麻烦人。中心问题是不能失真"⑤。

　　第二，整理民间故事的方法。孙剑冰指出："我同意用记录的方法去搞故事；用记忆又是一条路子，它可能写得更完美；两种都可以用。"孙剑冰指出有"记录"与"记忆"这两种搜集与整理故事的方法，都是可行的做故事的方法。孙剑冰指出："但要强调科学性，强调尽可能多保留一些原来的东西，特别是劳动人民的语言、生活及其他，恐怕前边一种工

---

　　①　许钰：《中国近现代口承故事概观》，董晓萍、万建中主编《北师大民俗学论丛》，中华书局 2013 年版，第 322 页。

　　②　许钰：《中国近现代口承故事概观》，董晓萍、万建中主编《北师大民俗学论丛》，中华书局 2013 年版，第 322 页。

　　③　许钰：《中国近现代口承故事概观》，董晓萍、万建中主编《北师大民俗学论丛》，中华书局 2013 年版，第 322 页。

　　④　孙剑冰：《民间故事讲述家秦地女自述》，《他和大众在一起》，中国戏剧出版社 2003 年版，第 244—248 页。落款："1954 年 8 月 19 晚记于内蒙古乌拉特前旗傅家圪垯村乡政府"。孙剑冰：《后记》，《他和大众在一起》，中国戏剧出版社 2003 年版，第 249—252 页。

　　⑤　孙剑冰：《民间故事讲述家秦地女自述》，《他和大众在一起》，中国戏剧出版社 2003 年版，第 244—248 页。孙剑冰：《后记》，《他和大众在一起》，中国戏剧出版社 2003 年版，第 249—252 页。

作方法比后者靠得住点。"① 孙剑冰认为从科学性和人民性两个层面来讲，"记录"要比"记忆"的搜集与整理方法更可靠，但由于记录过程的遗漏和疏忽，口语讲述不可避免的语法混乱问题，方言造成的理解障碍等问题②。

孙剑冰对口头文学的价值和局限的综合认识如下：

> 我总是这样想：口头文学的确生动的不得了，它给很多大作家提供了素材，从典型的创造，到故事的影子；给语言学家、历史学家，给民族学、人种科学等，提供了极为丰富的资料。在这方面，它确实不简单。是不是可以这样说：它的资料价值、科研价值，是相当高的；要是没有原始资料，这种价值就降低了。同时正是因为原始资料比较乱，也就可以说明这样一点，它到底是口头的东西，从文化的表现形式上说，是个初级阶段，就难免有许多不足之处。③

孙剑冰一方面充分肯定了口头文学的价值，而原始资料更能够凸显口头文学的价值，给创作和研究提供资料，另一方面承认口头性不可避免存在不足。或许正是出于这种认识，孙剑冰要对民间故事进行整理、加工与改写④。

孙剑冰强调："整理工作不易做，很容易出问题；不要整理又行不通。……但我想表明这样一点：整理工作的原则我是拥护的，即毛主席所说糟粕中又分作两部分：有毒的，无毒的；无毒的当中也有比较落后的，后者不必'吸收'，但应当保存在整理本中，以存其历史的本来面目。"⑤ 孙剑冰指出"整理"的风险性和必要性，主张整理本中应保存民间故事的本来风貌。

---

① 孙剑冰：《口头文学要有原始记录》，《他和大众在一起》，中国戏剧出版社 2003 年版，第 229 页。

② 孙剑冰：《口头文学要有原始记录》，《他和大众在一起》，中国戏剧出版社 2003 年版，第 229—231 页。

③ 孙剑冰：《口头文学要有原始记录》，《他和大众在一起》，中国戏剧出版社 2003 年版，第 231 页。

④ 孙剑冰：《略述六个村的搜集工作》，《民间文学》1955 年 4 月号。

⑤ 孙剑冰：《口头文学要有原始记录》，《他和大众在一起》，中国戏剧出版社 2003 年版，第 229 页。

　　第三，整理民间故事的问题。孙剑冰在《口头文学要有原始记录》一文中，以自己亲身搜集和整理秦地女讲述的民间故事为例，指出自己在田野调查中使用的方法及其不足①。

　　孙剑冰指出，在整理的方法方面，自己反思了自己的民间故事搜集实践，在整理方法方面，认识到自己存在"方法不一"的问题，即"有综合，有单一"②。综合就是把几篇同类型的故事整理为一篇故事。孙剑冰在回顾"综合"和"单一"这两种方法时，孙剑冰的态度是"肯定后者，但不完全抹杀前者"③。孙剑冰举例说，《老鞘胡》那篇就采用了综合的整理方法④。孙剑冰坦言："对过去那种综合法我有些怀疑。单一能够把说故事人的特点保留；综合会显露整理人的墨痕。也可能有较好的综合……"⑤ 孙剑冰介绍自己曾经使用的"综合"与"单一"这两种整理方法，并分析了二者的利弊，充分肯定"单一"的整理方法，但也指出"综合"的整理方法的价值。

　　孙剑冰指出自己在研究上的不足："我尊重原始资料，但存在问题，主要是认识模糊和研究的不够，还有其他方面的原因，如欠考虑等。"⑥ 孙剑冰举例说明如下："在原稿上，鸽子说话比较明显。秦地女在这个地方的讲述，前后不怎么统一，我又没有全部记下，这使得我在这个问题上有点麻烦。这里最大的问题是变化和衣服，这不是很小的问题，但我缺乏研究。"⑦ 以上孙剑冰指的是自己采录的秦地女讲述的《天牛郎配夫妻》(汉

---

　　① 孙剑冰：《口头文学要有原始记录》，《他和大众在一起》，中国戏剧出版社 2003 年版，第 231—232 页。

　　② 孙剑冰：《口头文学要有原始记录》，《他和大众在一起》，中国戏剧出版社 2003 年版，第 231 页。

　　③ 孙剑冰：《口头文学要有原始记录》，《他和大众在一起》，中国戏剧出版社 2003 年版，第 231 页。

　　④ 孙剑冰：《口头文学要有原始记录》，《他和大众在一起》，中国戏剧出版社 2003 年版，第 231 页。孙剑冰：《老鞘胡》，孙剑冰《民间童话三篇》(内蒙古)，《民间文学》1955 年 4 月号。落款："(《老鞘胡》)根据乌拉特前旗四区杜东海、高海宽、刘胡开、郭老生和五区刘清河、阎银旺等人的讲述整理"。

　　⑤ 孙剑冰：《口头文学要有原始记录》，《他和大众在一起》，中国戏剧出版社 2003 年版，第 231—232 页。

　　⑥ 孙剑冰：《口头文学要有原始记录》，《他和大众在一起》，中国戏剧出版社 2003 年版，第 232 页。

　　⑦ 孙剑冰：《口头文学要有原始记录》，《他和大众在一起》，中国戏剧出版社 2003 年版，第 229 页。

族　内蒙古）的民间故事①。在记录故事的时候，会有很多疑问，但孙剑冰指出，自己没有向秦地女探究原因，使很多问题说不清楚。原稿很好地保留了这些问题，可供后面的研究者进一步探讨。原稿存在种种问题，但能够很好地保留民间故事的朴实而生动的口语讲述风格，避免因误会引起的错误整理。原始记录稿能够更好地为研究提供资料和问题。

总体来讲，孙剑冰在内蒙古自治区搜集民间故事的实践，使孙剑冰成为较早搜集内蒙古民间故事的民间文艺工作者，秦地女故事享誉国内外。孙剑冰注重观察民间故事讲述的场景，和故事讲述者与听众之间的关系，注重挖掘民间故事家，注重故事讲述者的个人生活史，如孙剑冰在《民间故事讲述家秦地女自述》一文中就介绍了内蒙古地区的故事讲述家秦地女的个人生活史，更有利于我们理解她的讲述内容和讲述风格，具有真实触感。

孙剑冰在《民间故事讲述家秦地女自述》及关于这一自述材料的《后记》中指出，自己是 1949 年后开始从事民间文学工作的，受到解放区传统、苏联民间文学工作方法和钟敬文先生的影响②。孙剑冰受到毛泽东 1942 年《在延安文艺座谈会上的讲话》对革命文艺的认识的影响，孙剑冰在《他和大众在一起》的《编后记》中引用雪莱、鲁迅和周恩来的话，指出成为一个革命的文艺工作者的宝贵。孙剑冰对民间故事进行整理、加工和改写，也体现了一个革命文艺工作者的努力。孙剑冰个人还不断反思民间故事的搜集整理问题，这也引起民间文艺工作者们对民间故事搜集方法的探讨。孙剑冰所使用的方法、遇到的问题和进行的反思在我们今天的民间故事搜集整理过程中依然具有参照价值和反思意义。

第三节　内蒙古笑话搜集观

内蒙古笑话在内蒙古民间故事中是较为突出的，因此，本书把内蒙古

---

① 孙剑冰采录：《天牛郎配夫妻》（汉族　内蒙古），贾芝、孙剑冰编《中国民间故事选》，作家出版社 1958 年版，第 100—109 页。采录地点：内蒙古乌拉特前旗傅家圪堵村。采录时间：一九五四年八月。讲述人：秦地女（女，六十七岁）。

② 孙剑冰：《民间故事讲述家秦地女自述》，《他和大众在一起》，中国戏剧出版社 2003 年版，第 244—248 页。孙剑冰：《后记》，《他和大众在一起》，中国戏剧出版社 2003 年版，第 252 页。

笑话单独列为一节。本书研究的笑话内容，以内蒙古机智人物故事为主，尤其是蒙古族巴拉根仓机智人物故事和沙格德尔机智人物故事。本节主要从内蒙古笑话搜集的马克思主义观点和民族观点，来认识内蒙古笑话的搜集原则和搜集方法。

钟敬文主编《民间文学概论》指出："民间笑话也叫'民间趣事'或'滑稽故事'，是一种短小形式的民间故事。"① 很多学者根据笑话的讽刺性，用马克思主义阶级斗争的观点来分析内蒙古笑话的讽刺意味。

天鹰指出蒙古族笑话人物"巴拉根仓"和"沙格德尔"的故事具有相同点，即都是"用喜笑怒骂与封建贵族、僧侣和豪富权贵进行斗争的劳动阶级"的故事②；不同点可以理解为巴拉根仓这一人物形象是用聪慧愚弄统治者的智者，沙格德尔这一人物形象是用正义直斥统治者的狂人。

天鹰还以几篇巴拉根仓的故事为例③，分析巴拉根仓的人物形象：

> 巴拉根仓这个人物的塑造，在蒙古族的故事里有典型意义。巴拉根仓故事在蒙古族人民中广泛的流传，并被人们所喜爱，是有它的社会原因的。通过巴拉根仓这个人物，反映了蒙古族僧俗统治者和穷苦牧民、奴隶之间普遍存在着的尖锐矛盾。这个人物在蒙古族人民中流传恐怕已有较长的时间，因而形成了一个相当大的故事组。因为他的故事在不同的年代、不同的地区和不同的阶层中广泛地流传，因此，故事在塑造人物形象时，赋予他以多样的色彩，除了他的机智幽默的性格外，有时他还是一个精明能干而又漂亮的小伙子。④

天鹰认为，巴拉根仓的故事在蒙古族人民中广泛流传，是因为巴拉根仓故事反映了不同阶级之间的尖锐矛盾。

1960 年，陈清漳、塞西、芒·牧林整理的《巴拉根仓的故事》出版，整理者在《后记》中指出：

---

① 钟敬文主编：《民间文学概论》，高等教育出版社 2010 年版，第 169 页。
② 天鹰：《中国民间故事初探》，上海文艺出版社 1981 年版，第 139 页。
③ 如《巴拉根仓和哈盖诺颜》，《智慧囊》《毫吉格尔得百灵仙药》《"金貂"的尾巴》，天鹰《中国民间故事初探》，上海文艺出版社 1981 年版，第 140—141 页。
④ 天鹰：《中国民间故事初探》，上海文艺出版社 1981 年版，第 141 页。

　　它之所以在蒙族民间流传这样广，影响这样深，主要是故事本身反映了蒙族劳动人民与封建统治者之间的尖锐的矛盾和斗争；劳动人民可以通过这个理想化的聪明而幽默的人物抒发自己胸中的激怒和反抗情绪，讽刺和嘲笑那些落后的统治者，揭露和鞭打那些贪财如命的剥削阶层人物。所以把巴拉根仓的故事，比之于其他蒙族民间故事（如传说、笑话等），风格独特，非常富于幽默感和戏剧性，与当时的现实斗争结合得紧，更适于劳动人民的斗争要求。①

　　以上文字指出巴拉根仓的故事在蒙古族民间广泛流传，在内容上，反映了劳动人民与封建统治者之间的矛盾和斗争，在艺术上，富于幽默感和戏剧性。巴拉根仓是蒙古族劳动人民塑造的勇敢和智慧的机智人物形象。民众通过巴拉根仓的故事表达对统治阶级的不满，并与之斗争。

　　蒙古族学者芒·牧林在《〈巴拉根仓的故事〉渊源、发展及其时代初探》一文中指出，在新中国成立初期十年期间，《巴拉根仓的故事》的搜集、整理、翻译和研究情况如下：

　　　　内蒙古自治区成立后，有人开始搜集整理《巴拉根仓的故事》，但也只限于发表一些单章独篇的作品。直到 1959 年第一部《巴拉根仓的故事》汉译本问世才引起社会上的广泛重视。从此以后，报刊杂志上陆续见到若干研究性文章，对《巴拉根仓的故事》作出了较高的评价。但由于用本民族文字整理的较完整的《巴拉根仓的故事》尚未出版，因此，现有研究工作也大都停留在对故事的思想性、艺术性方面的分析和评价上，而对于它的渊源和产生年代及其演变发展的历史，它的流传情况以及故事所反映的社会生活内容等许多问题，至今未作全面、深入的研究。②

　　从以上文字我们可以了解到：第一，新中国成立初期十年，很重视蒙古族笑话《巴拉根仓的故事》的搜集与整理工作，实现了从分散发表到

---

①　整理者：《后记》，陈清漳、塞西、芒·牧林整理《巴拉根仓的故事》，内蒙古人民出版社 1960 年版，第 97 页。

②　芒·牧林：《〈巴拉根仓的故事〉渊源、发展及其时代初探》，《民族文学研究》1985 年第 1 期。

结集出版的成绩；第二，新中国成立初期，率先出版的是汉译本《巴拉根仓的故事》，蒙文版反而尚未出版；第三，《巴拉根仓的故事》引起重视，获得较高评价，但停留在思想和艺术层面，研究不够深入。

1981 年，天鹰在《中国民间故事初探》中对蒙古族故事进行了分类分析，并与其他民族同类故事进行比较，如将蒙古族笑话巴拉根仓的故事、沙格德尔的故事归为"劳动阶级人物故事"①。

第四节　笑话代表作：陈清漳等人搜集巴拉根仓笑话

在我国边疆地区的新疆、内蒙古和广西地区等，都有各民族自己的机智人物故事和笑话，内蒙古地区的蒙古族机智人物巴拉根仓与新疆维吾尔族的阿凡提一样出名。以下对新中国成立初期搜集巴拉根仓故事的资料和方法进行归纳，并适当进行再评价。

一　巴拉根仓笑话的搜集成果

新中国成立后，关于蒙古族机智人物故事巴拉根仓的故事的搜集与出版情况，荣苏赫、赵永铣主编的《蒙古族文学史》（三）指出：

> 我国内蒙古作家扎拉嘎胡在 1954 年《内蒙古文艺》杂志发表了两篇《巴拉根仓的故事》。……1960 年，内蒙古人民出版社出版了陈清漳、赛西、芒·牧林整理的蒙文集《巴拉根仓的故事》，从此巴拉根仓故事引起我国社会的广泛注意。②

就目前找到的资料来看，1954 年，扎拉嘎胡在《内蒙古文艺》上发表《巴拉根仓的故事之五》③。1956 年，少年儿童出版社出版的内蒙古文学艺术工作者联合会民间文学研究组编《马头琴：内蒙古民间故事》，收录了扎拉嘎胡记录的两篇巴拉根仓的故事，《巴拉根仓的故事》（一）和

---

① 天鹰：《中国民间故事初探》，上海文艺出版社 1981 年版，第 139—141 页。

② 荣苏赫、赵永铣主编：《蒙古族文学史》（三），内蒙古人民出版社 2000 年版，第 552 页。

③ 扎拉嘎胡：《巴拉根仓的故事之五》，《内蒙古文艺》1954 年第 12 期。

《巴拉根仓的故事》（二）①。

新中国成立以来，陈清漳在继扎拉嘎胡之后组织整理和翻译了数量可观的蒙古族机智人物故事巴拉根仓的故事，1960 年内蒙古人民出版社出版的《巴拉根仓的故事》收录了 27 篇巴拉根仓的故事，让巴拉根仓这一类蒙古族机智人物的故事在社会上引起反响②。

二 巴拉根仓笑话的搜集方法

内蒙古文工团陈清漳等人的搜集工作属于民族式搜集。民族式搜集，一方面是国家层面重视和积极开展少数民族民间文学搜集工作，另一方面也是本民族或本地民间文艺工作者对民族民间文学的搜集整理工作。

1960 年，整理者陈清漳、赛西和芒·牧林在《巴拉根仓的故事》的《后记》中指出：

> 巴拉根仓的故事，在内蒙古民间流传得很广，尤其是昭乌达盟、锡林郭勒盟等地区更为盛行，几乎人人都能讲上三两个故事。③

从以上文字我们了解到巴拉根仓的故事在内蒙古的流传程度和流传地。

1960 年，整理者陈清漳、赛西和芒·牧林在《巴拉根仓的故事》的《后记》中指出，这本《巴拉根仓的故事》并不是巴拉根仓的故事的全部，"无论从故事的数量上或从故事所反映的生活内容上来说，只能算是整个巴拉根仓的故事的有限的一少部分。"④《巴拉根仓的故事》篇目及其整理者统计表，如表 3-4 所示。

---

① 扎拉嘎胡记录：《巴拉根仓的故事》（一），内蒙古文学艺术工作者联合会民间文学研究组编《马头琴：内蒙古民间故事》，少年儿童出版社 1956 年版，第 33—38 页。扎拉嘎胡记录：《巴拉根仓的故事》（二），内蒙古文学艺术工作者联合会民间文学研究组编《马头琴：内蒙古民间故事》，少年儿童出版社 1956 年版，第 39—41 页。

② 陈清漳、赛西、芒·牧林整理：《巴拉根仓的故事》，内蒙古人民出版社 1960 年版。

③ 陈清漳、赛西、芒·牧林：《后记》，陈清漳、赛西、芒·牧林整理《巴拉根仓的故事》，内蒙古人民出版社 1960 年版，第 97 页。落款："1960 年 1 月 19 日 呼和浩特"。

④ 陈清漳、赛西、芒·牧林：《后记》，陈清漳、赛西、芒·牧林整理《巴拉根仓的故事》，内蒙古人民出版社 1960 年版，第 97 页。

表 3-4　　　　　　《巴拉根仓的故事》收录篇目及其整理者统计表①

序号	篇目	整理者	序号	篇目	整理者
1	巴拉根仓的婚事	陈清漳、赛西整理	15	危险的遭遇（巴拉根仓和哈盖诺彦之四）	芒·牧林、陈清漳整理
2	说谎	陈清漳、赛西整理	16	龙王的宝钗（巴拉根仓和哈盖诺彦之五）	芒·牧林、陈清漳整理
3	摔锅	陈清漳、赛西整理	17	毫吉格尔得百灵仙药	芒·牧林、陈清漳整理
4	智慧囊	陈清漳、赛西整理	18	七个红鼻梁的骆驼	芒·牧林、陈清漳整理
5	精明强悍的随从	陈清漳整理	19	毫布达格卖黑犿牛肉	芒·牧林、陈清漳整理
6	神泉仙水	芒·牧林、陈清漳整理	20	店里发生的故事	芒·牧林、陈清漳整理
7	自找没趣	芒·牧林、陈清漳整理	21	出卖母亲骨头的魔鬼	芒·牧林、陈清漳整理
8	"老佛迷"拜师傅	陈清漳整理	22	"金貂"的尾巴	陈清漳、赛西整理
9	查布干其的虔诚		23	宝驴	陈清漳、赛西整理
10	让王爷下轿	芒·牧林、陈清漳整理	24	活命棒	陈清漳、赛西整理
11	愚蠢的王爷	芒·牧林、陈清漳整理	25	打猎立功	陈清漳、赛西整理
12	洞里的炒米（巴拉根仓和哈盖诺彦之一）	芒·牧林、陈清漳整理	26	江中的喜讯	陈清漳、赛西整理
13	鹌鹑和大雁（巴拉根仓和哈盖诺彦之二）	芒·牧林、陈清漳整理	27	斗阎王	陈清漳整理
14	奇怪的刺猬（巴拉根仓和哈盖诺彦之三）	芒·牧林、陈清漳整理			

从表 3-4 看来，陈清漳单独整理的故事有 3 篇，陈清漳和赛西整理的故事有 9 篇，芒·牧林和陈清漳整理的故事有 14 篇，还有 1 篇没有标注整理者。

2011 年，芒·牧林在《和陈同志相处的日子——忆陈清漳同志》一文中回忆了当年开始整理巴拉根仓故事的情景：

　　1955 年底，我从牙克石调回内蒙古总工会工作。春节期间到陈

① 表 3-4 表格内容来自陈清漳、赛西、芒·牧林整理：《巴拉根仓的故事》，内蒙古人民出版社 1960 年版。制表时间：2014 年 9 月 5 日。

同志家拜访。在交谈中，陈同志突然问我："你听说过《巴拉根仓的故事》吗?""我从小就从我父亲和邻居老人那里听说不少《巴拉根仓的故事》。"我回答说。"太好啦!"陈同志高兴地说："我这儿有整理翻译的《巴拉根仓故事》十几篇。我想再补充一些，编成个集子出版，咱俩合作怎么样?"我当即表示同意。①

在 1955 年陈清漳就已经搜集了一些巴拉根仓的故事了，芒·牧林的补充，陈清漳与芒·牧林的合作促成了我们看到的 1960 年出版的《巴拉根仓的故事》②。

1985 年，内蒙古人民出版社出版了芒·牧林编《巴拉根仓故事集成》③，共收录了 108 个巴拉根仓的故事。芒·牧林在《前言》中指出："其中陈清漳、赛西、芒·牧林三人于 1960 年出版的《巴拉根仓的故事》一书中的 27 篇故事，这次在文字上进行加工之后全部收入了本书。"④芒·牧林还指出，这本《巴拉根仓故事集成》也不是巴拉根仓故事的全集，希望更多的人能够深入采集和整理巴拉根仓的故事⑤。

《草原》编辑部在《陈清漳纪念专辑》中介绍了陈清漳的工作履历：

> ……1944 年在延安鲁迅艺术学院音乐系学习；1945 年参加鲁迅艺术学院组织的华北文工团；1946 年调至内蒙古文工团，先后担任戏剧指导、协理员、副团长等职。1950 年—1953 年组织委托组建《内蒙文艺》社并任《内蒙文艺》社第一任主编；1953 年 2 月—1955 年 5 月任蒙绥分局宣传部文艺处处长；1954 年 10 月内蒙古文联成立，陈清漳任党组书记、副主席。⑥

陈清漳一直从事文艺工作，注重民间文学的搜集和整理，注重保护少

---

① 芒·牧林:《和陈同志相处的日子——忆陈清漳同志》，《草原》2011 年第 9 期。
② 陈清漳、赛西、芒·牧林整理:《巴拉根仓的故事》，内蒙古人民出版社 1960 年版。
③ 芒·牧林编:《巴拉根仓故事集成》，内蒙古人民出版社 1985 年版。
④ 芒·牧林:《前言》，芒·牧林编《巴拉根仓故事集成》，内蒙古人民出版社 1985 年版，第 1 页。落款:"1984 年 4 月于呼和浩特"。
⑤ 芒·牧林:《前言》，芒·牧林编《巴拉根仓故事集成》，内蒙古人民出版社 1985 年版，第 2 页。
⑥ 《草原》编辑部编:《陈清漳纪念专辑》，《草原》2011 年第 9 期。

数民族文学遗产。

在故事整理方面，1960 年，整理者陈清漳、赛西和芒·牧林在《巴拉根仓的故事》的《后记》中指出：

> 巴拉根仓的故事，既没有一个中心故事，又没有一个从头到尾完整的结构，是由许许多多各自独立的小故事组成。在每个故事的讲法上，讲述者也采取各自不同的方式，如有的人把几个小故事连接起来讲；有的人就按一个小故事一个小故事独立的讲，但无论怎么讲，同称"巴拉根仓的故事"。我们在整理过程中，对这两种讲法，都保留下来了。并为读者翻阅方便，整理时在每篇故事前加了一个故事名称。①

整理者根据巴拉根仓的故事没有中心故事和完整结构的特点，针对不同讲述者采用不同的讲述方式讲述的故事都给予保留，并增设故事名称。

在翻译方面，2011 年，芒·牧林在《和陈同志相处的日子——忆陈清漳同志》一文中指出：

> 这样，一个不会蒙古话的老"八路"和一个汉文不好的老蒙古，两个人合作整理翻译起蒙古族著名的机智人物故事《巴拉根仓的故事》。我们两个人的合作方式是这样的：我先把自己知道的故事，用蒙文回忆整理出来，再讲给陈同志听。他听了觉得可以用，我就把它直译成汉语稿——即蒙语的意思不作任何文字上的修饰，用汉文如实地表达出来，交给陈同志。陈同志把我的蒙古语式汉文稿，按照汉语的习惯整理成正式文稿，再让我看。我主要看文稿有没有把原意弄错之处，以便改正过来。这样，反复看稿一两遍，把故事文稿定下来。②

以上文字介绍了不会蒙语的陈清漳与汉文不好却会蒙语的芒·牧林的翻译合作方式。1960 年出版的《巴拉根仓的故事》就是蒙、汉民间文艺

---

① 陈清漳、赛西、芒·牧林：《后记》，陈清漳、赛西、芒·牧林整理《巴拉根仓的故事》，内蒙古人民出版社 1960 年版，第 97 页。

② 芒·牧林：《和陈同志相处的日子——忆陈清漳同志》，《草原》2011 年第 9 期。

工作者通力合作的成果。

三　巴拉根仓笑话的内容特征

1960 年陈清漳、赛西、芒·牧林整理《巴拉根仓的故事》的《后记》中指出：巴拉根仓是蒙古族劳动人民塑造的勇敢和智慧的机智人物形象。巴拉根仓的故事"反映了蒙族劳动人民与封建统治者之间的尖锐的矛盾和斗争"，民众通过巴拉根仓的故事表达对统治阶级的不满，并与之斗争①。这是阶级斗争思想的体现。

1960 年，陈清漳、赛西、芒·牧林整理《巴拉根仓的故事》出版，在《后记》中整理者指出：

> 它之所以在蒙族民间流传这样广，影响这样深，主要是故事本身反映了蒙族劳动人民与封建统治者之间的尖锐的矛盾和斗争；劳动人民可以通过这个理想化的聪明而幽默的人物抒发自己胸中的激怒和反抗情绪，讽刺和嘲笑那些落后的统治者，揭露和鞭打那些贪财如命的剥削阶层人物。所以把巴拉根仓的故事，比之于其他蒙族民间故事（如传说、笑话等），风格独特，非常富于幽默感和戏剧性，与当时的现实斗争结合得紧，更适于劳动人民的斗争要求。②

以上文字指出巴拉根仓的故事在蒙古族民间广泛流传，在内容上，反映了劳动人民与封建统治者之间的矛盾和斗争，在艺术上，富于幽默感和戏剧性。巴拉根仓是蒙古族劳动人民塑造的勇敢和智慧的机智人物形象。民众通过巴拉根仓的故事表达对统治阶级的不满，并与之斗争，在蒙古族民间故事中独树一帜。

从《巴拉根仓故事集成》中的 108 个巴拉根仓的故事来看，从人物关系的角度来分析，巴拉根仓的故事主要体现为以劳动人民智慧的代表巴拉根仓与封建、王权、宗教等反动势力的斗争（或是巴拉根仓帮助劳动人民与反动势力进行斗争）。这种斗争多数带有阶级斗争的性质，最后均

---

①　整理者：《后记》，陈清漳、赛西、芒·牧林整理《巴拉根仓的故事》，内蒙古人民出版社 1960 年版，第 97 页。

②　整理者：《后记》，陈清漳、赛西、芒·牧林整理《巴拉根仓的故事》，内蒙古人民出版社 1960 年版，第 97 页。

是以巴拉根仓为代表的劳动人民的胜利告终，凸显以巴拉根仓为代表的劳动人民的智慧。这里的人物无论是劳动人民、巴拉根仓还是斗争对象都带有符号化的特点，即使是具体的名称也带有符号化性质。巴拉根仓故事人物分类如表3-5所示。

表3-5　　　　　　　巴拉根仓故事人物分类一览表①

劳动人民	劳动人民智慧的代表	斗争对象
民众、家乡、牧人、家奴、老汉、牧童（其木格姑娘）	巴拉根仓（答兰胡达勒齐、伯楞僧格）	封建反动势力：地主、诺彦、白音、乌珠穆、葛根、滚勤、巴彦、县官老爷、县太爷、"安班"（塔哈拉、玛利巴彦、"智囊兄弟"、敖力高白彦、巴德尔呼诺彦、哈盖诺颜、台吉诺颜、"安班"参赞、宝尔勒代白音、好尔勒代诺彦、额木呼勒代诺彦、伊德本海白音、毫布达格白音、额尔勒夫白音、混兆其白音、罗锅儿宝尔泰白音）
		反动王权势力：王爷（吐勒王子）
		反动宗教势力：活佛（关老爷及其小佛）
		奸商：瘸腿麻子商人、斜眼麻子
		反动的父权势力：巴拉根仓吝啬的老丈人
		反动鬼神势力：阎王（黑头鬼、牛头马面、秃头鬼、烂眼鬼、钻缝鬼、猴鬼）

　　表3-5将巴拉根仓的故事分为三类，劳动人民、劳动人民智慧的代表巴拉根仓和斗争对象，人物称谓是符号化的，括号中是相对具体的称谓，但事实上也带有符号化性质。劳动人民的特点是受压迫和具有反抗精神。巴拉根仓富有智慧和强烈的斗争精神，这也是劳动人民的缩影。斗争对象有封建反动势力、反动的王权势力、宗教势力、父权势力和奸商、鬼神等。巴拉根仓的故事揭露了这些反动势力的丑陋本质，劳动人民最终取得了胜利，反映了劳动人民的斗争精神和无穷的智慧。

小　结

　　本章总结了新中国成立初期第二阶段（1954—1956）内蒙古故事和笑话的搜集工作，并介绍了两个具有代表性的搜集个案，分别是孙剑冰搜

① "表3-5巴拉根仓故事人物分类一览表"，制表人：刘思诚，制表时间：2014年9月8日。

集乌拉特前旗故事和陈清漳等人搜集巴拉根仓的笑话。

第一，在搜集意义方面，本章介绍的孙剑冰搜集的秦地女故事的艺术价值和秦地女这位民间故事讲述家的发现，当时在国内就引起了很大的反响，这有利于内蒙古民间故事的推广，促进各民族的文化交流和相互理解，加强民族团结。后来还引起国际民俗学家丁乃通的注意，讲述家秦地女及其故事和孙剑冰的搜集个案被介绍给世界。丁乃通还使用了这一阶段搜集的内蒙古民间故事，用 AT 故事类型分析，可见这一阶段搜集的作品具有重要的资料价值和研究价值，促进了内蒙古民间故事的交流和研究，有助于研究新中国成立初期民族民间文艺搜集工作的指导思想、工作目标、工作原则和工作方法等。

第二，在搜集观点方面，也体现了马克思主义观点、社会主义新文艺观点、国家观点和民族观点，内蒙古民间故事与外国民间故事、其他地区民间故事的比较研究较为突出。

第三，在搜集模式方面，本章介绍了两种搜集模式。第一种是在中国民间文艺研究会总体领导下，采用统一的工作原则和方法，到全国各地区进行的工作式搜集模式。这种工作式搜集模式延续了延安文艺搜集传统，能够在相对较短的时间内，有效地集中群众开展工作，虽然并不能深入民俗环境，但有相对成熟的工作经验。如孙剑冰到内蒙古的搜集工作，短时高效地搜集了宝贵的民间故事，还发现了一位难得的民间故事讲述家秦地女，建立了工作式的搜集范式。第二种是在地方文艺团体和机构的领导下，采用贴近民族和区域特点的工作方法，搜集者对搜集对象、搜集内容比较熟悉的民族式搜集模式。如内蒙古文工团在陈清漳的带领下，搜集了大量的蒙古族巴拉根仓的机智人物故事，搜集小组中有从延安过来的汉族文艺工作者，也有当地的蒙古族文艺工作者，他们的合作更容易保存其民族艺术形式，建立了民族式的搜集范式。

第四，在搜集方法的记录和整理方面，前人对孙剑冰记录和整理乌拉特前旗故事的搜集方法存在争议。孙剑冰基本秉承忠实记录的原则，但是在整理时，对有些故事进行了加工，对多个人口述的多个版本故事整理为一个本子，这些某种程度上受到诟病，孙剑冰自己在后期也进行了反思。但孙剑冰的搜集活动在新中国成立初期功不可没，它有助于推广内蒙古民间故事，为建设社会主义新文艺进行文化宣传。在搜集方法的翻译方面，本章巴拉根仓的故事的翻译也是蒙、汉文艺工作者合作翻译的结果。

第四章 新中国成立初期内蒙古民间文艺搜集工作的第三阶段及其代表作（1957—1959）

新中国成立初期，内蒙古民间文艺搜集整理第三阶段，在时间范围上，指1957年至1959年。在这一阶段中，内蒙古民歌、民间故事、民间戏曲、说唱和民间舞蹈的搜集整理工作蓬勃发展。本章分为四节。第一节，以贾芝、孙剑冰编《中国民间故事选》为例，介绍该时期内蒙古民间故事的搜集成果。第二节，梳理内蒙古民间戏曲和说唱的搜集工作。第三节梳理内蒙古民间舞蹈的搜集工作。第四节，略述内蒙古"大跃进"民歌运动时期的搜集工作。

第一节 民间故事代表作：贾芝、孙剑冰编《中国民间故事选》

本节梳理了《中国民间故事选》的版本、地位和选篇内容特征等，还介绍了贾芝和孙剑冰两位编者对中国民间故事搜集工作的认识。

一 《中国民间故事选》的编辑出版背景

1958年，作家出版社出版了贾芝、孙剑冰编《中国民间故事选》（第一集）。1959年，作家出版社出版了贾芝、孙剑冰编《中国民间故事集》。1961年，作家出版社出版了贾芝、孙剑冰编《中国民间故事选》（第二集）。其中，《中国民间故事选》（第一集）是"为了献给全国第一次民间文学工作者会议"①，《中国民间故事选》（第二集）是为了"献给那时在北京召开全国民间文学工作者大会"②。两本故事集的编辑出版工作是在搜集整理民间文艺和国家动员的整体背景下开展的，是新中国成立初期搜集整理民间故事的总结性成果。

1958 年，贾芝和孙剑冰在《中国民间故事选》（第一集）的《前记》中指出：

> 除了有几篇是在解放区曾经发表出版过的而外，大都是全国解放以后搜集的。只有在人民当权的今天，中国各族劳动人民自己的优秀作品，才能够集合在一起和广大的读者见面。这是近年来我国民间文学工作者在党的文艺政策和民族政策的照耀下所获得的重要成果之一。③

从以上文字我们可以了解到，全国解放、人民当家做主的政治、社会条件使全面的各族人民的民间文学搜集工作成为可能。当时党的文艺政策和民族政策是促成民间文学工作者取得丰富的民间文学搜集成果的关键因素。《中国民间故事选》（第一集）就是这一成果的重要总结。

1958 年，贾芝和孙剑冰在《中国民间故事选》（第一集）的《前记》中指出这本故事集出版的直接背景是"为了献给全国第一次民间文学工作者会议在短短的时间内赶编出来的"④。

贾芝和孙剑冰在《前记》中指出出版这本故事集的目的：

> 一方面是为读者提供一本优美的民间故事传说，同时希望大家在轰轰烈烈采风的同时，也能注意到民间故事传说的搜集工作。当然，口头流传的故事，一般地说，不象民歌那样有一定的词句，记录、整

①　贾芝、孙剑冰：《前记》，贾芝、孙剑冰编《中国民间故事选》（第一集），人民文学出版社 1980 年版，第 1 页。

②　贾芝：《民间故事的魅力——〈中国民间故事选〉二集序言》，贾芝、孙剑冰编《中国民间故事选》（第二集），作家出版社 1961 年版，第 21 页。

③　贾芝、孙剑冰：《前记》，贾芝、孙剑冰编《中国民间故事选》（第一集），作家出版社 1958 年版，第 1—2 页。

④　贾芝、孙剑冰：《前记》，贾芝、孙剑冰编《中国民间故事选》，作家出版社 1958 年版，第 1 页。

理的方法和要求，是需要在实践中总结经验并且进行研究的。①

　　《中国民间故事选》（第一集）出版于 1958 年 7 月，处于全国采风运动时期。相比于民歌的搜集工作，故事的搜集工作显得冷清，经验也不如民歌搜集工作丰富。编这本故事集是希望民间故事这种体裁也能受到重视，在搜集整理民间故事的过程中积累经验。

　　1961 年，贾芝在《民间故事的魅力——〈中国民间故事选〉二集序言》中，回顾了 1958 年《中国民间故事选》（第一集）的出版背景：

　　　　《中国民间故事选》是一九五九年七月出版的。当时全国在大跃进的高潮中兴起采风运动，我们感到，在采集新民歌的同时，应当有计划地发掘各种形式的民间文学传统作品。采集各民族的民间故事（包括新民间故事）的工作应特别受到重视。于是，我们编了《中国民间故事选》献给那时在北京召开的全国民间文学工作者大会。②

　　通过以上文字，我们能够更清晰地了解当时编辑《中国民间故事选》（第一集）时的全国性文艺搜集工作背景和编者对包括新故事的中国民间故事搜集工作的重视和提倡。

　　1959 年，贾芝、孙剑冰编《中国民间故事选》（第一集）的精简本，即《中国民间故事集》出版③。从目录来看，《中国民间故事集》（第一集）共收录了 30 个民族的 132 篇故事，其中包括蒙古族故事 5 篇，分别是《马头琴》《巴林摔跤手》《报仇棒》《猎人海力布》和《猎人传》。这本《中国民间故事集》覆盖我国汉族、蒙古族、回族、藏族和维吾尔族等 21 个民族的 45 篇故事，其中蒙古族故事两篇，分别是《马头琴》和《猎人传》。这本故事集除了在内容上有所精简，方便读者快速了解我国各民族的民间故事，还增加了插图，以增添读者阅读的趣味性，有利于这些民间故事的传播。在社会主义新文艺时期，这是我国民间工作者为促进

---

　　① 贾芝、孙剑冰：《前记》，贾芝、孙剑冰编《中国民间故事选》（第一集），作家出版社 1958 年版，第 2 页。

　　② 贾芝：《民间故事的魅力——〈中国民间故事选〉二集序言》，贾芝、孙剑冰编《中国民间故事选》（第二集），作家出版社 1961 年版，第 21 页。

　　③ 贾芝、孙剑冰编：《中国民间故事集》，作家出版社 1959 年版。

各民族故事的传播而做出的努力。

1961 年，作家出版社又出版了贾芝、孙剑冰编《中国民间故事选》（第二集）。

二　《中国民间故事选》的工作方法

马克思主义观点、社会主义新文艺思想和统一国家观点等指导思想，对贾芝、孙剑冰编《中国民间故事选》（一、二）和《中国民间故事集》的搜集、整理等工作方法产生重要影响。

首先，搜集整理工作是以马克思主义文艺思想为指导思想的。1959年，贾芝、孙剑冰在《中国民间故事集》的《前记》中指出：

> 一直到全国解放为止，完全不可能有象今天这样在全国范围内发动搜集整理民间文学的条件。但是，对于民间文学工作者说来，主要却是立场、观点和方法问题。这是成败的关键。没有马克思主义的立场、观点、方法，而只有资产阶级的立场、观点、方法；肯定地说，和劳动人民还隔着一道万里长城。不推倒这道"长城"，即使深入群众，也会"身藏庐山中而不识庐山真面目"；更不用说把群众的口头创作按照群众的思想、语言和艺术风格用文字完美地表达出来了。①

以上文字强调全国解放是全国范围内发动民间文学的搜集工作的条件，但是马克思主义的立场、观点和方法是成败的关键。掌握马克思主义的世界观和方法论才能认识到群众和群众作品的意义，才能更好地深入群众，通过搜集和整理民间文艺作品，学习民众的智慧和艺术表达方式。

1961 年，贾芝还引用恩格斯的对民间故事幻想特征的论述：

> ……但是的确如恩格斯所说，他们可以把自己的简陋住所、做工的作坊变成诗的世界和黄金的官殿，把自己的健壮的妻子形容为美丽的公主……虽然国王、外来侵略者、各种的剥削者、压迫者把什么好东西都拿走了，占有了，穷人只落得境遇悲惨，走投无路；但是他们

---

① 贾芝、孙剑冰：《前记》，贾芝、孙剑冰编《中国民间故事集》，作家出版社 1959 年版，第 6 页。

作为世界财富的创造者，从来是有办法、有信心的，从来也都认为正
义一定战胜邪恶。他们相信自己能够战胜反动邪恶的黑暗统治和外来
侵略。①

　　贾芝引用恩格斯的话，意在说明民间故事的"最突出的特点就是：
幻想丰富"②。民间笑话也是幻想丰富的故事。在笑话故事中，劳动人民
想象自己用智慧战胜统治阶级，这既是劳动人民智慧的真实反映，又是劳
动人民在不理想的社会现状下的幻想。恩格斯指出劳动人民是"世界财
富的创造者"，并肯定了劳动人民改变社会现实、战胜邪恶的能力③。

　　贾芝使用恩格斯的观点分析笑话，贾芝指出故事中"也有劳动人民
的轻松愉快的时刻讲说的抒情诗式的故事和笑话"④，"这些故事让我们可
以看到从远古到现在不同时代的劳动人民的各种生活和斗争"⑤。蒙古族
笑话是蒙古族社会生活的反映。从蒙古族笑话中，我们可以看到蒙古族社
会中的自然风物、蒙古人民的居住环境、劳动人民和统治阶级的矛盾与斗
争等。同时，蒙古族笑话让人们看到劳动人民的智慧和统治阶级的愚蠢，
这也激励和强化了劳动人民的反抗意识。在《中国民间故事选》（第二
集）收录的巴拉根仓笑话《"老佛迷"拜师傅》中，牧主滚勤是一个
"老佛迷"，巴拉根仓假扮神州天国的神佛愚弄了滚勤，给牧民赢得了新
的蒙古包和衣食银两⑥。从这个蒙古族笑话故事，除了阶级矛盾，我们还
可以了解蒙古族的生产民俗、居住民俗和佛教信仰等。在《巴拉根仓和
哈盖诺颜》这一笑话中，也提到了当地庙里的活佛，这反映了蒙古社会
藏传佛教的民间信仰传统，除此之外，在这篇笑话中，我们可以看到炒

---

　　① 贾芝：《民间故事的魅力——〈中国民间故事选〉二集序言》，贾芝、孙剑冰编《中国
民间故事选》（第二集），作家出版社1961年版，第11页。

　　② 贾芝：《民间故事的魅力——〈中国民间故事选〉二集序言》，贾芝、孙剑冰编《中国
民间故事选》（第二集），作家出版社1961年版，第11页。

　　③ 贾芝：《民间故事的魅力——〈中国民间故事选〉二集序言》，贾芝、孙剑冰编《中国
民间故事选》（第二集），作家出版社1961年版，第11页。

　　④ 贾芝：《民间故事的魅力——〈中国民间故事选〉二集序言》，贾芝、孙剑冰编《中国
民间故事选》（第二集），作家出版社1961年版，第3页。

　　⑤ 贾芝：《民间故事的魅力——〈中国民间故事选〉二集序言》，贾芝、孙剑冰编《中国
民间故事选》（第二集），作家出版社1961年版，第3页。

　　⑥ 陈清漳整理：《"老佛迷"拜师傅》，贾芝、孙剑冰编《中国民间故事选》（第二集），
作家出版社1961年版，第188—192页。

米、盐、枣红马、大雁、刺猬、鹌鹑、乌鸡子等饮食民俗和地方风物①。

其次，贾芝、孙剑冰都是从延安走出来的革命派，在延安他们深受毛主席《在延安文艺座谈会上的讲话》的文艺思想的影响，积极开展文艺创作、文艺搜集整理工作和文艺活动。新中国成立后，他们继续贯彻落实这一指导思想的文艺方向。

> 开国十年以来，再说远点，自从毛泽东同志的"在延安文艺座谈会上的讲话"发表以后到现在，我们在民间故事的记录整理方面已经面貌一新，有了很大的收获。这是党的文艺方向的胜利，是毛泽东文艺思想的胜利。所以能够获得这样的成果，最重要的原因是：在"延安文艺座谈会"以后，作家和文艺工作者们深入到工农兵群众中去，做了认真的民间文学采录工作。②

编者贾芝、孙剑冰总结了新中国成立十年来我国民间故事搜集工作的收获很大，这是党的文艺方向和毛泽东文艺思想的胜利。其中，最重要的是"延安文艺座谈会"的影响，此后，作家和文艺工作者认识到深入群众开展民间文艺活动的重大意义。

通过祁连休、冯志华编《民间故事十家》中的孙剑冰小传，我们了解到孙剑冰1938年6月到陕甘宁边区投身革命，正是在那时开始接触文学艺术工作，从事文艺创作活动。1941年至1944年，在鲁艺文学系学习，延安整风后，被派往南泥湾。新中国成立后，1950年在北京正式开始从事文艺工作③。孙剑冰也深受延安文艺思想的影响。

> 特别是少数民族的故事传说，只有在全国解放以后，在党的民族政策和文艺政策的照耀下，经过几年来的发掘和翻译工作，我们才读到了这样多的好作品。它们现在琳琅满目，赢得普遍称赞；而过去却竟湮没无闻，少为世人所知。欣赏这些优美的作品，让人感到就象置身在花园

---

①　陈清漳、芒·牧林整理：《巴拉根仓和哈盖诺颜》，贾芝、孙剑冰编《中国民间故事选》（第二集），作家出版社1961年版，第194—205页。

②　贾芝、孙剑冰：《前记》，贾芝、孙剑冰编《中国民间故事集》，作家出版社1959年版，第2页。

③　祁连休、冯志华编：《民间故事十家》，海燕出版社1989年版，第33页。

里一样。少数民族神话传说和古老的传统故事特别多。……劳动人民创作了反映自己在劳动和斗争的文学艺术；它们喜爱这些作品，而且从这些作品里不断吸取生活经验，获得鼓舞。这也就是为什么无论任何一个民族的优美的故事传说都具有长久的旺盛的生命力的缘故。①

以上文字指出少数民族民间文学优美而丰富，1949 年后，在党的民族政策和文艺政策下，得以大规模搜集与整理。新中国成立后，党的文艺政策延续延安文艺座谈会的讲话精神，坚持深入人民群众。我国少数民族民间文艺作品具有较高的艺术性和经验性，内蒙古是我国蒙古族的聚居区，在这里蒙古族故事得到重视和挖掘。

最后，在新的社会形势下，文艺要为社会主义建设服务，需要搜集和整理反映社会主义生产和建设的新故事，发挥新故事的宣传教育作用，贾芝、孙剑冰的搜集整理工作还体现了社会主义新文艺思想。

1959 年，贾芝、孙剑冰在《中国民间故事集》的《前记》中指出：

此外还有新故事：新故事虽然没有久远流传的传统故事那样圆熟，然而它们也很健美。它们里面有传统故事里所不可能有的新东西。传统的故事虽然反映了劳动人民战胜自然灾害的信心和勇气，刻画出他们对黑暗统治的强烈反抗；可是很多故事往往结局使人感到有些迷惑。……自从有了工人阶级的先锋队——中国共产党以后，三十多年来我国人民已经取得了民主革命和社会主义革命两个革命的胜利，目前已经进入宏伟的社会主义建设时期。反映在这个阶段的民间口头创作里，由于党的教诲，群众对自己生活前景的认识是比较清楚的。②

以上文字指出社会主义新文艺阶段，民间工作者不仅搜集民间的传统故事，还搜集民众创作的反映社会主义建设和生活的新故事。文中所指的传统故事结局的迷惑性，可以理解为在思想主题方面缺乏对正确的目标和

---

① 贾芝、孙剑冰：《前记》，贾芝、孙剑冰编《中国民间故事集》，作家出版社 1959 年版，第 4—5 页。

② 贾芝、孙剑冰：《前记》，贾芝、孙剑冰编《中国民间故事集》，作家出版社 1959 年版，第 5—6 页。

方向的引导。我国人民在中国共产党的领导下，在民主革命和社会主义革命斗争和建设过程中，在思想认识上已经有了明确的目标和方向。这一思想认识在新中国成立后，在社会主义新文艺阶段，在民间文学创作上有所体现。

《中国民间故事集》（第一集）收录的蒙古族民间故事《马头琴》和《猎人传》都属于传统故事。我们在用社会主义新文艺思想考察蒙古族故事时，要注意区分蒙古族的传统故事和新故事，尤其是二者在思想认识上的异同和变化发展，这更有利于我们了解蒙古族的民族传统、新时期社会生产、生活状况和社会主义新文艺思想。

《中国民间故事选》（第一集）收录了三则由编者之一的孙剑冰采集的内蒙古地区的汉族民间故事，分别是《天牛郎配夫妻》《天心桥一簇花——秦始皇走马修边墙》和《蛇郎》①。

孙剑冰在《民间文学》1955 年 4 月号上曾发表过《民间童话三篇》（内蒙古）和《略述六个村的搜集工作》②。1955 年 3 月 20 日，孙剑冰在《略述六个村的搜集工作》中指出："去年秋天，我去内蒙乌拉特前旗做了两个月的搜集工作。"③ 同时，孙剑冰发表了部分搜集成果，即《民间童话三篇》（内蒙古）④。

关于民间故事的讲述者，孙剑冰在《民间童话三篇》（内蒙古）中分别指出：

> （《老鞘胡》）根据乌拉特前旗四区杜东海、高海宽、刘胡开、郭老生和五区刘清河、阎银旺等人的讲述整理。
>
> （《门墩墩，门挂挂，锅刷刷》）根据乌拉特前旗四区刘保子和五区秦地女两人的讲述并参考其他资料整理。

---

① 孙剑冰采录：《天牛郎配夫妻》，贾芝、孙剑冰编《中国民间故事选》（第一集），作家出版社 1958 年版，第 100—109 页。孙剑冰搜集、整理：《天心桥一簇花——秦始皇走马修边墙》，贾芝、孙剑冰编《中国民间故事选》（第一集），作家出版社 1958 年版，第 117—128 页。孙剑冰采集：《蛇郎》，贾芝、孙剑冰编《中国民间故事选》，作家出版社 1958 年版，第 145—154 页。

② 孙剑冰：《民间童话三篇》（内蒙古），《民间文学》1955 年 4 月号。孙剑冰：《略述六个村的搜集工作》，《民间文学》1955 年 4 月号。

③ 孙剑冰：《略述六个村的搜集工作》，《民间文学》1955 年 4 月号。

④ 孙剑冰：《民间童话三篇》（内蒙古），《民间文学》1955 年 4 月号。

（《蛇郎》）根据秦地女的讲述并参考其他资料整理。①

在上述三条说明中，我们都看到了"整理"一词。孙剑冰不仅合并或参考了多位故事讲述者叙述的故事，还进行了个人化的整理。

在随后的全国第一次民间文学工作者会议上，钟敬文主编《民间文学概论》中指出，这次大会提出了"全面搜集，重点整理，大力推广，加强研究"的十六字民间文学工作方针②。孙剑冰此前的民间文学搜集工作在实践上就大致因循了这一方针，尤其是"重点整理"。

"重点整理"这一搜集原则后来引起广泛的讨论。我们看到 1980 年人民文学出版社再版的《中国民间故事选》（第一集）中就删掉了 1958 年作家出版社版《中国民间故事选》中孙剑冰采录的《天牛郎配夫妻》（汉族 内蒙古）③，和孙剑冰搜集、整理的《天心桥一簇花——秦始皇走马修边墙》（汉族 内蒙古）④，只保留了孙剑冰采集的《蛇郎》（汉族 内蒙古）⑤。

对此，贾芝在 1980 年出版的《中国民间故事选》（第一集）的《再版后记》中指出：

> 这次修订，除作了一些增删和调整，基本上保持了原书的面貌。两集共删去四十三篇，增补四十三篇……删去的并不都是不好的作品，有的因为相类似，删去重复者；有的抽换了更好一些的作品；也

---

① 孙剑冰：《门墩墩，门挂挂，锅刷刷》，孙剑冰《民间童话三篇》（内蒙古），《民间文学》1955 年 4 月号。

② 钟敬文主编：《民间文学概论》，高等教育出版社 2010 年版，第 111 页。

③ 孙剑冰采录：《天牛郎配夫妻》（汉族 内蒙古），贾芝、孙剑冰编《中国民间故事选》，作家出版社 1958 年版，第 100—109 页。采录地点：内蒙古乌拉特前旗傅家圪堵村。采录时间：1954 年 8 月。讲述人：秦地女（女，六十七岁）。

④ 孙剑冰搜集、整理：《天心桥一簇花——秦始皇走马修边墙》（汉族 内蒙古），贾芝、孙剑冰编《中国民间故事选》，作家出版社 1958 年版，第 117—128 页。搜集地点：内蒙古乌拉特前旗。时间：1954 年 8 月。讲述人：刘胡开（男，三十余岁），秦地女（女，六十七岁）。

⑤ 孙剑冰采录：《蛇郎》（汉族 内蒙古），贾芝、孙剑冰编《中国民间故事选》，作家出版社 1958 年版，第 145—154 页。采录地点：内蒙古乌拉特前旗傅家圪堵村。时间：1954 年 8 月。讲述人：秦地女（女，六十七岁）。孙剑冰采录：《蛇郎》（汉族），贾芝、孙剑冰编《中国民间故事选》（第一集），人民文学出版社 1980 年版，第 76—85 页。落款："秦地女讲述，孙剑冰采录"。落款注释："采录地点：内蒙古乌拉特前旗傅家圪堵村。时间：1954 年 8 月。"

有作品虽有民族特色而整理失真的。①

　　贾芝在以上文字中指出人民出版社 1980 年版《中国民间故事选》（第一集）在故事增减方面的调整，并指出部分作品被删去的原因。孙剑冰在内蒙古采录的两篇民间故事《天牛郎配夫妻》（汉族　内蒙古）和《天心桥一簇花——秦始皇走马修边墙》（汉族　内蒙古）②，应该就是从"虽有民族特色而整理失真"的角度删去的。

　　钟敬文在 1980 年发表《关于故事记录的忠实性问题》一文③。钟敬文指出在民间故事、传说的记录、整理问题在 50 年代后期至 60 年代初期曾发生过讨论，但意见并不统一④。分歧聚焦在以下问题：

　　　　这个问题的焦点，在于记录或整理民间故事、传说，是否应该忠实于原来人民群众的口头讲述，或忠实到什么程度，换一句话，也可以说，在记录上怎样做才比较合于理想。⑤

　　钟敬文通过以上文字说明，当时的分歧集中在记录和整理民间故事或传说时的忠实度问题。钟敬文指出，有三种记录和整理的态度，分别是"忠实记录、适当整理或改写和比较自由的再创作"⑥。钟敬文认为三种记录和整理方法的作用不同，导致各方面工作者的态度不同。关于"忠实记录"的态度，钟敬文指出：

　　　　作为多种人文科学研究材料的民间故事、传说的记录，必须是按

---

　　①　贾芝：《后记》，贾芝、孙剑冰编《中国民间故事选》（第一集），人民文学出版社 1980年版，第 559 页。落款时间："1978 年 12 月 18 日"。
　　②　孙剑冰采录：《天牛郎配夫妻》（汉族　内蒙古），贾芝、孙剑冰编《中国民间故事选》，作家出版社 1958 年版，第 100—109 页。采录地点：内蒙古乌拉特前旗傅家圪堵村。采录时间：1954 年 8 月。讲述人：秦地女（女，六十七岁）。孙剑冰搜集、整理：《天心桥一簇花——秦始皇走马修边墙》（汉族　内蒙古），贾芝、孙剑冰编《中国民间故事选》，作家出版社 1958 年版，第 117—128 页。搜集地点：内蒙古乌拉特前旗。时间：1954 年 8 月。讲述人：刘胡开（男，三十余岁），秦地女（女，六十七岁）。
　　③　钟敬文：《关于故事记录的忠实性问题》，《山茶》1980 年第 2 期。
　　④　钟敬文：《关于故事记录的忠实性问题》，《山茶》1980 年第 2 期。
　　⑤　钟敬文：《关于故事记录的忠实性问题》，《山茶》1980 年第 2 期。
　　⑥　钟敬文：《关于故事记录的忠实性问题》，《山茶》1980 年第 2 期。

照民众的口头讲述忠实地录下来，并且不加任何改变的提供出去。即使原讲述中有形式残缺或含有显然错误的内容等，也不要随便加以删除或改动。最好把对它批判和取舍的权留给它的各种研究者。①

对于民间故事和传说的采录，钟敬文主张"忠实记录"的态度。钟敬文主编《民间文学概论》(第二版)对"忠实记录"的认识如下：

既要忠实于原作的思想内容，又要忠实于原作的艺术形式。但为了实现这两点，最关键的还是忠实于讲唱人的语言。②

以上文字指出，"忠实记录"体现在对作品思想内容和艺术形式的忠实，为了实现忠实记录，讲唱人的语言是民间文艺工作者必须忠实的。

关于"慎重整理"，钟敬文主编《民间文学概论》指出，不同于改编和再创作，"整理是要求将民间创作按它本来的面目拿出来"③。钟敬文主编《民间文学概论》把孙剑冰搜集整理的秦地女讲述的《张打鹌鹑李打鱼》列为整理工作的范例之一④。可见，孙剑冰采集的内蒙古民间故事经过岁月的淘洗，有被批评的部分，也有被肯定的堪称典范的部分。

孙剑冰在 1983 年版《天牛郎配夫妻》中，对《略述六个村的搜集工作》一文做了一些修改，即"文末作了点删改，又写了千把字"⑤。孙剑冰对 1955 年发表的《略述六个村的搜集工作》做的一处修改和一处补充值得我们注意。

发表于《民间文学》1955 年 4 月号的《略述六个村的搜集工作》在文末指出：

可是当我们离开一个村的时候，就必须向群众好好做宣传工作，告诉他们，哪些是好的，哪些是坏的，真、伪如何区分，以及为什么

---

① 钟敬文：《关于故事记录的忠实性问题》，《山茶》1980 年第 2 期。
② 钟敬文主编：《民间文学概论》，高等教育出版社 2010 年版。
③ 钟敬文主编：《民间文学概论》，高等教育出版社 2010 年版，第 118 页。
④ 钟敬文主编：《民间文学概论》，高等教育出版社 2010 年版，第 120 页。《张打鹌鹑李打鱼》原文注：孙剑冰搜集整理，《民间文学》1957 年第 9 期。
⑤ 孙剑冰：《略述六个村的搜集工作》，孙剑冰采集《天牛郎配夫妻》，上海文艺出版社 1983 年版，第 225 页。

要区分。坏的呢，群众会予以轻视，以后就不愿再说、唱它们了；好的定会得到新的创造与发展。假如搜集者隔个一两年，再回到原来的地方听听群众的故事和歌声，他会真实地感到自己的宣传力量的。①

这段文字强调民间文学工作者的宣传、教育作用，用好坏标准评判民间故事，影响民众的审美和取向。

在 1983 年《天牛郎配夫妻》的《略述六个村的搜集工作》一文中，孙剑冰删去了"就必须向群众好好做宣传工作"后面的这段文字，取而代之的是如下文字：

> 可是当我们离开一个村的时候，就必须向群众好好做宣传工作，把自己对这些材料的认识说一说，供群众去思索。口头创作的发展过程很慢，常常一首东西反复流传很久，加工的细致，分歧的复杂是难以想象的。我们不必这样想：经过一次宣传，就会得到明显的效果，那是不可能的吧？恐怕要依靠大家，做大量的工作才行。②

从以上文字，我们可以看出孙剑冰对于民间文学工作者宣传作用的认识的改变。孙剑冰认识到民众口头创作的发展过程是缓慢的，不是一蹴而就的，也不是一次宣传就能够明显改变的。这是民间文学发展的规律，民间文学工作者要遵循规律，做足工作。

孙剑冰在 1983 年版《略述六个村的搜集工作》中，还对搜集材料的真实性问题进行了补充讨论，这是 1955 年在《民间文学》发表《略述六个村的搜集工作》时不曾有的论述。

孙剑冰指出，搜集工作最中心的问题是"搜集到真实可靠的材料"③。孙剑冰进一步指出：

> 还有用知识分子的东西（个人的风格及其他）去代替劳动人民

---

① 孙剑冰：《略述六个村的搜集工作》，《民间文学》1955 年 4 月号。
② 孙剑冰：《略述六个村的搜集工作》，孙剑冰采集《天牛郎配夫妻》，上海文艺出版社 1983 年版，第 223 页。
③ 孙剑冰：《略述六个村的搜集工作》，孙剑冰采集《天牛郎配夫妻》，上海文艺出版社 1983 年版，第 224 页。

的东西，这里包括加工和整理过度，都是不妥当的。知识分子要想当个十足的工农，简直比登天还难。这里包括文学艺术的语言及其他。①

孙剑冰认识到了要区分知识分子和劳动人民的文学风格，包括文学艺术的语言及其他，孙剑冰特意对"语言"进行了强调。

孙剑冰还指出，"再创作"要说清楚，"最怕的是不清楚，叫研究家无法理解。最好是有原始资料，叫人能够查阅"②。

孙剑冰在1983年的《略述六个村的搜集工作》中对1955年发表的《略述六个村的搜集工作》进行的一处修改和一处补充，体现了孙剑冰在搜集、整理思想的转变。搜集、整理思想的转变在民间故事的搜集与整理工作中有所体现，下面我们以《老鞘胡》为例。

1955年，孙剑冰在《民间童话三篇》（内蒙古）中的《老鞘胡》中指出：

> （《老鞘胡》）根据乌拉特前旗四区杜东海、高海宽、刘胡开、郭老生和五区刘清河、阎银旺等人的讲述整理。③

而在1983年《天牛郎配夫妻》中，孙剑冰在《老鞘胡》文末落款处写道：

> 一九五四年秋，记于内蒙古乌拉特前旗四区和五区。讲述者有下面这些人：杜东海（当时在苏木图村），高海宽（东油坊村），刘胡开（当时在升恒号村），郭老生（东油坊村），刘清河，阎银旺（均为五区）。此文是我将这些材料综合起来整理的，现在觉得这样做不尽妥当，所以下面再收一篇刘胡开的《人熊还债》，是单独的原始

---

① 孙剑冰：《略述六个村的搜集工作》，孙剑冰采集《天牛郎配夫妻》，上海文艺出版社1983年版，第224页。
② 孙剑冰：《略述六个村的搜集工作》，孙剑冰采集《天牛郎配夫妻》，上海文艺出版社1983年版，第225页。
③ 孙剑冰：《老鞘胡》，孙剑冰《民间童话三篇》（内蒙古），《民间文学》1955年4月号。

记录。①　　　　　　　　　　　　　　　　　　　一九八二年秋末。

将《老鞘胡》1955 年和 1983 年发表的这两个版本的落款说明进行对比，我们可以看到孙剑冰对于民间文学记录和整理思想的转变。孙剑冰也明确表示"此文是我将这些材料综合起来整理的，现在觉得这样做不尽妥当"②。1983 年出版的《天牛郎配夫妻》中的 40 篇民间故事文末都有较为翔实的采集时间、采集地点和讲述者等基本信息，尽量详细的基本信息更凸显了不同故事讲述者的个人特质，而不是混为一谈。

三　《中国民间故事选》的内容特征

1958 年至 1961 年，贾芝、孙剑冰通过整理全国各地各民族的民间故事，出版了代表性的《中国民间故事选》（第一集）《中国民间故事集》和《中国民间故事选》（第二集）③。编者贾芝和孙剑冰在《前记》中强调，"在我们祖国的民族大家庭里，各族劳动人民创作的民间故事传说是何等地丰富多采！"④《中国民间故事选》（一、二）是全国性搜集模式的代表，体现了全国推广观。

《中国民间故事选》（第一集）收录蒙古族民间故事 5 则，分别是塞野记《马头琴》，甘珠尔扎布记译《巴林摔跤手》，扎拉嘎胡记译《报仇棒》，甘珠尔扎布记译《猎人海力布》，和塞野整理《猎人传》；内蒙古地区汉族民间故事 3 则，分别是《天牛郎配夫妻》《天心桥一簇花——秦始皇走马修边墙》和《蛇郎》，均由孙剑冰采集。

1950 年，中国民间文艺研究会这一机构的成立对全国民间文艺工作的发展具有重大作用。在思想上，贯彻党和政府的指导思想，明确搜集原则、方法和意义等。在实践上，建设民间文艺搜集队伍，发动群众，直接

---

① 孙剑冰：《老鞘胡》，孙剑冰采集《天牛郎配夫妻》，上海文艺出版社 1983 年版，第 45 页。
② 孙剑冰：《老鞘胡》，孙剑冰采集《天牛郎配夫妻》，上海文艺出版社 1983 年版，第 45 页。
③ 贾芝、孙剑冰编：《中国民间故事选》（第一集），作家出版社 1958 年版。贾芝、孙剑冰编：《中国民间故事集》，作家出版社 1959 年版。贾芝、孙剑冰编：《中国民间故事选》（第二集），作家出版社 1961 年版。
④ 贾芝、孙剑冰：《前记》，贾芝、孙剑冰编《中国民间故事选》（第一集），作家出版社 1958 年版，第 1 页。

组织搜集整理出版工作，间接组织和指导地方机构和地方民间文艺工作者从事民歌搜集工作，取得了很大的成绩。

全国搜集是以国家观念为主的，即把全国各民族各地区的民间文学搜集工作视为一个整体，但也兼顾地区性和民族性，力求组织各民族各地区的民间文学搜集工作。中国民间文艺研究会通过派遣搜集队伍或委派民间文艺工作者，在全国各民族各地区开展民间文艺的搜集工作。中国民间文艺研究会还积极组织整理、翻译、出版工作和各种民间文艺类活动。中国文联、北京大学、北京师范大学、中国社会科学院等机构和单位也积极组织民间文学史的撰写工作和民间文学的搜集整理工作等。

《中国民间故事选》还收录了大量的革命故事。贾芝和孙剑冰在《中国民间故事选》（第一集）的《前记》中指出，在革命时期和社会主义建设时期，民众在革命故事中表达了对党和伟大领袖的歌颂①。

第二节　内蒙古民间戏曲的搜集观

本书使用民间戏曲概念主要包括民间说唱（曲艺）和民间小戏两部分。钟敬文主编的《民间文学概论》指出："多数曲种是有说有唱的，文学、表演、音乐三位一体，带有一定程度的综合性。"② 本书的内蒙古民间说唱主要指蒙古族曲艺"好来宝"。

关于民间小戏，钟敬文主编的《民间文学概论》指出："主要是指由那些从来不留名姓的生产者直接创作，由他们'闲中扮演'，长期在广大村镇流传的一种乡间小戏，也可叫地方小戏。"③ 内蒙古地方小戏主要指汉族和蒙古族的"二人台"小戏。

一　内蒙古二人台小戏搜集观

（一）马克思主义观点

内蒙古民间戏曲以二人台为代表。二人台作品的搜集与改编是以马克思主义文艺思想为指导的。1960 年，内蒙古人民出版社出版了内蒙古自

治区文化局编《二人台剧本选集》。关于二人台传统剧目的题材与内容，内蒙古自治区文化局在《前言》中指出：

> 二人台传统剧目有七十多个，这些剧目，有些是从民歌基础上发展的，有些则是根据当时当地的事实编写的，通过各个不同角度的描绘，反映了近百年来内蒙古西部地区劳动人民的精神面貌和社会概况，绝大多数的剧目都具有强烈的人民性。[①]

以上文字要点有三：首先，介绍了内蒙古二人台戏曲的传统剧目，有七十多个，在形成与发展过程中，一些二人台剧目来源于民歌，一些来源于当地事实。其次，这些剧目在内容上反映的是内蒙古西部劳动人民的物质和精神生活。最后，绝大多数剧目具有强烈的人民性。题材基于当地事实，在内容上反映内蒙古人民的现实生活，体现了马克思主义的唯物史观。二人台属于民间传统戏曲，有些剧目的形成与民歌联系密切。内蒙古二人台的题材内容，反映了内蒙古人民的思想观念和生产、生活方面的社会状况。

1960年，《二人台剧本选集》的《前言》中还指出：

> 这些剧目所反映的内容是比较广泛的。有反映旧社会劳动人民苦难生活的"走西口"；有反映农民对地主进行斗争、讽刺的"卖碗"、"借冠子"；有反映蒙、汉团结的"赠褡裢"；有反映爱情的"挑菜"、"打樱桃"……[②]

以上文字举例说明内蒙古二人台戏曲的主题思想与代表剧目。其中《走西口》《卖碗》和《借冠子》反映了蒙古族劳动人民与统治阶级之间的阶级矛盾，表现了劳动人民的斗争精神。《赠褡裢》"蒙汉团结"的主题是反映了在新社会形势之下蒙古族和汉族的团结和友爱，表现了我国统一的民族大家庭的温暖。这是二人台戏曲对内蒙古人民现实生活和思想愿

---

① 内蒙古自治区文化局：《前言》，内蒙古自治区文化局编《二人台剧本选集》，内蒙古人民出版社1960年版，第1页。落款时间："一九六〇年四月。"

② 内蒙古自治区文化局：《前言》，内蒙古自治区文化局编《二人台剧本选集》，内蒙古人民出版社1960年版，第2页。

望的反映。

　　(二) 社会主义新文艺观点

　　二人台戏曲体现了社会主义新文艺思想，包括阶级斗争思想。《二人台剧本选集》的《前言》中指出：

　　　　二人台是在民歌的基础上，吸收了社火中的民间舞蹈由"丝弦坐腔"发展起来的。在发展中，吸收了不少的蒙古民歌（如三百六十黄羊、四公主、森吉德玛等）以丰富自己，（在蒙古民歌的影响下，二人台音乐具有鲜明的地方色彩，而形成了独特的风格。）因此，二人台由"丝弦坐腔"发展为演唱形式后，群众称为"蒙古曲儿"。但在解放前由于反动统治阶级的歧视、摧残，使得这一含苞待放的艺术花朵在几十年的漫长岁月里，发展是极缓慢的。

　　以上文字首先介绍了内蒙古二人台戏曲的艺术特色，其次指出这一民间文艺在 1947 年以前的发展状况。首先，内蒙古二人台戏曲吸收了很多蒙古民歌和社火舞蹈，是在"丝弦坐腔"的基础上形成和发展起来的民间文艺，其音乐具有地方色彩，被称为"蒙古曲儿"。其次，二人台戏曲在 1947 年以前受到反动统治阶级的压制，其发展受到了阻碍。1947 年以后，在社会主义新文艺时期，在新中国民族政策和文艺政策的引导下，国家重视内蒙古二人台戏曲的搜集与发展。这有利于挽救和发展二人台民间戏曲艺术，增进对蒙古社会和人民生活的了解。

　　1960 年，内蒙古自治区文化局编《二人台剧本选集》出版，书的《前言》中指出：

　　　　近年以来，特别是五八年在党的总路线光辉照耀和工、农、牧业全面大跃进形式的推动下，涌现了不少反映现代人民生活和斗争的新二人台剧本。本集中选入了"人民公社好"、"水磨沟"、"双炼铁"等十五个剧目。这些新的剧目，都是群众结合党在各个时期的政治任务和中心工作编写的。如"人民公社好"，通过夫妻二人表演对唱，热情地赞美了人民公社的无比越优性；"水磨沟"反映了广大群众在党的号召下大兴水利的冲天干劲；"双炼铁"反映了在大办钢铁热潮中人民群众大炼钢铁的忘我劳动。其他一些剧本，都从不同的生活角度表现了我区各族人民对党、对毛主席的无比热爱，描绘了他们建设社会主义的信心和乐观主义精神以及他们新的精神面貌。同时，这些剧目一般较好的运用了二人台的传统形式，通过演出，无论对宣传党的政策和鼓舞群众劳动热情，都起到一定的作用，深受观众所喜爱。①

以上文字描述了1958年以来，内蒙古二人台在新的形势下，根据新的社会生产、生活创作出了新的二人台剧本。在内容上，新剧本内容和民众的社会生活，与我国的社会主义建设紧密相连。在形式上，新的剧目能够很好地运用二人台的传统形式。新的二人台戏曲反过来还能发挥民间文艺的宣传作用，宣传党的政策，促进民众的社会主义建设热情。这也促进了二人台戏曲本身的发展。新的二人台戏曲的形成和发展是社会主义新文艺的成果，社会主义新时期的社会生产生活建设为其提供思想内容，我国民间文艺政策和民族政策也有利于二人台的发展。

内蒙古的二人台戏曲具有显著的地方特色。1956年，于瑞卿在《丰富"二人台"的上演剧目》一文中指出：

> "二人台"是内蒙古西部地区普遍流行的地方小戏，它是近百年来在民歌的基础上逐渐形成起来的。它具有短小活泼、朴实健康、随歌随舞、边说边唱的特点及浓厚的地方色采，因此不论演唱舞蹈都有独特的风格。②

以上文字介绍了内蒙古二人台戏曲，强调了二人台戏曲浓厚的地方性特点。我们在比较其他省市民间戏曲和内蒙古民间戏曲时，整体上要注意比较不同地区戏曲的地方特色，具体在音乐、演唱、舞蹈、形式、风格等方面进行比较。

1958年，《戏剧报》上刊载了一篇文章《二人台到了天安门》③。文章指出，1958年5月16日，内蒙古呼和浩特市民间歌剧团到北京天安门

---

① 内蒙古自治区文化局：《前言》，内蒙古自治区文化局编《二人台剧本选集》，内蒙古人民出版社1960年版，第2页。

② 于瑞卿：《丰富"二人台"的上演剧目》，《戏剧报》1956年第10期。

③ 《二人台到了天安门》，《戏剧报》1958年第10期。无作者署名。

演出，这是一个由蒙、满、回、汉四个民族60多人组成的二人台剧团。演员们穿着蒙古服装在天安门广场上公演，受到北京人民的热烈欢迎。文中提到演出曲目有《牌子曲》《挂红灯》和《打金钱》等，还提到民间艺人刘全和刘艮威的出色表演①。

内蒙古二人台剧团到北京演出，让北京人民观赏到内蒙古二人台戏曲的精彩演出，促进了内蒙古和北京两地的戏曲交流。

《二人台到了天安门》还提到：

> 有位好心的观众，看到一个接一个的优美舞姿时，他焦急地带着埋怨的口吻对摄影记者说："唉，为啥不照相！"②

北京是我国的政治文化中心，内蒙古二人台剧团在北京演出，其影响力却是全国性的。各地民众可以通过新闻报道、评论文章、照片等资料，来感受内蒙古二人台的精彩演出。

陕北也有二人台民间戏曲，1959年，周育德在《向民间艺术学习——看〈打樱桃〉〈走西口〉所想到的》一文中指出：

> 它带着浓厚的陕北高原的黄土味儿，乡土气很重。但正是这一点，才使这种小戏的语言具有自由活泼、清新质朴、生动明快等特色，使多少观众着迷！③

以上文字介绍的是陕北地区的二人台戏曲，具有陕北高原的地方特色。

1960年的榆林专区代表团的一篇《陕北二人台》指出：

> "二人台"是流行在神木、府谷一带和内蒙古南部、山西西北部的一个地方"土戏曲"。它有近四十年的历史。④

---

① 《二人台到了天安门》，《戏剧报》1958年第10期。无作者署名。
② 《二人台到了天安门》，《戏剧报》1958年第10期。无作者署名。
③ 周育德：《向民间艺术学习——看〈打樱桃〉〈走西口〉所想到的》，《陕西戏剧》1959年第12期。
④ 榆林专区代表团：《陕北二人台》，《陕西戏剧》1960年第4期。

由以上文字可知，二人台戏曲在陕北、内蒙古和山西的接壤地带流行。陕北神木和府谷都位于陕西北部，陕北和内蒙古的接壤地带。我们在比较陕北二人台和内蒙古二人台戏曲时，可以比较二者的地方特色和文化。

1960 年，内蒙古自治区文化局编《二人台剧本选集》的《前言》中指出，内蒙古二人台是"内蒙古西部地区土生土长起来的一个剧种"①。这就使内蒙古二人台具有浓厚的地方特色。从国家视角来看，地方性传统戏曲能够反映地方文化、民众生活和社会现状，祖国各地民间戏曲的交流有利于各地文化的相互了解和交流，促进祖国大家庭的团结，促进各地民间文艺相互学习，共同发展。二人台戏曲还"具有人民性"②。二人台戏曲能够反映民众的生活，表达民众的心声，因而受到民众的热爱。

1960 年，内蒙古自治区文化局编《二人台剧本选集》出版，书的《前言》中指出：

> 解放后，二人台和所有的艺术花朵一样，在党的文艺方针正确指导下，经过党的大力扶植、支持，不论从剧本、音乐、表演等各方面，有了长足的发展，它以崭新的面貌出现在祖国艺术的大花园里。③

以上文字体现了在新中国成立后，党和国家重视和扶持民间文艺的发展。二人台戏曲是一种综合性民间文艺，在国家文艺政策的支持和保障下，二人台戏曲在词、曲和表演方面都有很大的发展。

分析内蒙古二人台戏曲还要从民族观点来出发，注意比较各民族戏曲风格的特点和相互学习。1956 年，于瑞卿在《丰富"二人台"的上演剧目》一文中指出，内蒙古二人台戏曲要向兄弟剧种学习，这样才能更好地发展。但是不能生搬硬套，如没有用适当的方式排演《玉堂春》，演出

---

① 内蒙古自治区文化局：《前言》，内蒙古自治区文化局编《二人台剧本选集》，内蒙古人民出版社 1960 年版，第 1 页。

② 内蒙古自治区文化局：《前言》，内蒙古自治区文化局编《二人台剧本选集》，内蒙古人民出版社 1960 年版，第 1 页。

③ 内蒙古自治区文化局：《前言》，内蒙古自治区文化局编《二人台剧本选集》，内蒙古人民出版社 1960 年版，第 1 页。

遭到了群众的反对①。内蒙古二人台戏曲吸收了大量蒙古族的民歌、表演艺术和民族文化，它的发展同时离不开学习和吸收其他兄弟民族的艺术和文化。但是在学习的过程中，要适当地加以改编，以适应当地文化。《玉堂春》是汉族京剧，在民族文化和艺术表达方面有自身的特点。用汉族民间戏曲与蒙古族民间戏曲比较时，要注意戏曲的民族性、地方性等特点。

1960年，内蒙古自治区文化局编《二人台剧本选集》的《前言》指出：

> 二人台是内蒙古西部地区土生土长起来的一个剧种。它是蒙、汉劳动人民多年来共同生活、共同斗争、相互团结帮助所创造出来的；它有强烈的人民性和浓郁的地方色彩，为广大群众所喜闻乐见的艺术形式，因而成为一个极受群众欢迎的剧种。②

以上文字介绍了二人台流行的地区是在内蒙古西部，它是由蒙古族和汉族劳动人民共同创造的民间戏曲。二人台的产生和流传从民族视角来看是民族融合的结果，是蒙古族和汉族一起生产、生活，团结协作的结果。我们在分析蒙古族二人台戏曲时要分析它的人民性和地方性，要注意汉族与蒙古族的交流，注意内蒙古地区的生产和生活。

1961年，内蒙古自治区文化局编《二人台资料汇编》中指出：

> 许多蒙汉民间艺人，通过在婚姻喜事的共同场合下，协作演奏，相互学习，提高演奏技巧，久而久之，从关里传来的汉族民歌——丝弦调，吸收了很多蒙古民歌以丰富、充实了自己。有些蒙古民歌，因汉人不会蒙语而抛开歌词，只学会曲调，便成了"二人台"的牌子曲，如"三百六十只黄羊"、"四公主"、"森吉德玛"……有些蒙古民歌被吸收过来直接改编成二人台的节目。如"阿拉奔花"。有些"二人台"节目中，直至解放前在歌词中还偶尔夹杂几句蒙语。如

---

① 于瑞卿：《丰富"二人台"的上演剧目》，《戏剧报》1956年第10期。
② 内蒙古自治区文化局：《前言》，内蒙古自治区文化局编《二人台剧本选集》，内蒙古人民出版社1960年版，第1页。

"海莲花"中有："海莲花、乌穆英其色"之句；"栽柳树"中有：
"莫乃口可的赛白那"的橘子。也有一些汉族艺人不但向蒙古艺人学
会了曲调，而且学会了蒙语后直接用于演唱中。如演"阿拉奔花"
时，便是蒙汉语对白。

　　传来内蒙古的汉族民歌，（包括二人台丝弦调、牌子曲在
内，）和蒙古民歌交流、融化后，在曲调的旋律进行上，音型结构
上，和唱法上都起了变化。比如"蒙汉调"，这是蒙、汉劳动人民团
结互助所共同创造出来的。是在蒙古民歌与汉族民歌两相融化后所产
生的。①

　　以上两段文字具体指出内蒙古二人台民间戏曲对汉族和蒙古族民间文
艺在思想内容和艺术形式上的吸收和融合。

二　内蒙古好来宝说唱搜集观

　　首先，关于好来宝这种蒙古族说唱艺术，1957 年，中国曲艺研究会
主编《好来宝选集》出版，中国曲艺研究会在《编辑前言》中指出：

　　"好来宝"是内蒙地区流行的一种说唱形式，大都以四胡伴奏，
边拉边唱；具有灵活的特点，说唱历史故事和现实生活，都很方便。
解放以后，这种形式，有了更大的发展，先后创作和整理了不少优秀
作品。现根据已发表的翻译成汉文的作品，编选一部分出版，供大家
阅读、研究。②

　　以上文字介绍了"好来宝"这种说唱艺术。第一，"好来宝"是流传
在内蒙古地区的民间说唱艺术。第二，说唱内容是历史故事和现实生活。
第三，艺术形式方面，采用四胡伴奏，边拉边唱。第四，1947 年以后，
内蒙古的"好来宝"说唱艺术得到了更大的发展。在社会主义新文艺
时期，搜集、整理和翻译工作都有进一步的发展，促进了蒙古族说唱艺术
和蒙古族文化的传播。

---

① 内蒙古自治区文化局编：《二人台资料汇编》，内蒙古人民出版社 1961 年版，第 10 页。
② 中国曲艺研究会：《编辑前言》，中国曲艺研究会主编《好来宝选集》，作家出版社 1957
年版。

　　蒙古族好来宝历史悠久,具有自己的艺术形式、传统曲目和新编曲目。好来宝是表演性、综合性很强的艺术形式,具有民族性和地方性,流传广泛。

　　其次,蒙古族的毛依罕、琶杰和色拉西是全国有名的说唱民间艺人。关于毛依罕,《中国少数民族艺术词典》词条节选如下:

　　　　好来宝演唱艺术家。蒙古族四大民间艺人之一。内蒙古哲里木人。14 岁开始流浪艺人生活,常即兴演唱,表达草原人民的忧喜,揭露官府贵族的罪恶。1926 年扎鲁特旗布图代村民自筹资金,为他购制一镶雕贝壳花纹的紫檀乌木好来宝四胡(今存内蒙古博物馆),以此表彰其艺术成就。1949 年毕业于内蒙古民间艺人训练班,入内蒙古文工团,专事演唱好来宝。[①]

　　乌尔图那斯图等在《评好力宝"铁牤牛"》一文中指出毛依罕的好力宝(又称"好来宝")作品《铁牤牛》是歌颂党的过渡时期总路线的杰作,首次刊登于 1955 年第 4 期《内蒙古文艺》(蒙文版)[②],在内蒙古自治区成立十周年的征文评比中荣获二等奖,收录于 1957 年内蒙古自治区成立十周年纪念文艺作品选集编辑委员会编《内蒙古自治区诗歌选集(1947—1957)》,并被漠南翻译成了汉文[③]。1958 年,毛依罕在《诗刊》上发表好来宝作品《呼和浩特颂》[④]。1959 年,毛依罕在《人民文学》上发表好来宝作品《歌颂灿烂的祖国》[⑤]。1959 年,安柯钦夫、芒·牧林译《毛依罕好来宝选集》(汉文)出版[⑥]。

　　1958 年,托门在《内蒙古民间艺人毛依罕》中,描述了毛依罕在内蒙古人民解放后的个人经历,他参加了革命,参加土改,他认识到共产党

---

　　① 《中国少数民族艺术词典》编纂委员会编:《中国少数民族艺术词典》,民族出版社 1991 年版,第 315 页。

　　② 乌尔图那斯图等:《评好力宝"铁牤牛"》,《内蒙古大学学报》(社会科学版)1961 年第 1 期。

　　③ 毛依罕:《铁牤牛》,漠南译,内蒙古自治区成立十周年纪念文艺作品选集编辑委员会编《内蒙古自治区诗歌选集(1947—1957)》,内蒙古人民出版社 1957 年版,第 29—43 页。

　　④ 毛依罕:《呼和浩特颂》(好来宝),漠南、敦若布译,《诗刊》1958 年第 1 期。

　　⑤ 毛依罕:《歌颂灿烂的祖国》,丁师灏译,《人民文学》1959 年第 11 期。

　　⑥ 安柯钦夫、芒·牧林译:《毛依罕好来宝选集》(汉文),作家出版社 1959 年版。毛依罕又译毛一罕。

是个为人民谋幸福的党①。因此，作为民间艺人，毛依罕以民间说唱的方式向更多人宣传党的政策，参与到发动群众的工作中。1949 年，毛依罕在乌兰浩特民间艺人培训班学习，在地方组织内蒙古文工团为群众的民间文艺事业做出贡献。1950 年，参加了内蒙古民间艺人代表会议，决心为党的事业而奋斗②。在社会主义新文艺建设时期，党和国家、地方政府重视民间文艺的发展，重视民间艺人的培养，毛依罕这类民间艺人的竭诚奉献更促进了民间文艺的发展。

托门还高度评价内蒙古民间艺人毛依罕的好来宝说唱作品的思想性和艺术性，指出毛依罕的作品在内蒙古广为流传，其中 18 首被内蒙古人民广播电台反复播出③。可见，毛依罕的作品在内蒙古地区有很大的流传度和影响力。在社会主义新时期，我国重视发挥民间文艺的思想宣传作用和艺术感染力，通过内蒙古人民广播电台传播优秀的民间文艺作品。而且毛依罕被译成汉文的好来宝作品④，可以促进其他地区对内蒙古好来宝、其他民族对蒙古族民间文艺作品的了解，进而增进对蒙古族和蒙古社会的了解。

赵玉华在《蒙古民间文学研究的力作——评〈毛依罕研究〉》一文中指出，朝格吐和陈岗龙合著有《琶杰研究》和《毛依罕研究》⑤，其中《毛依罕研究》介绍了"毛依罕研究概况、毛依罕的生平思想及毛依罕作品等各方面的内容"，但赵玉华也指出《毛依罕研究》没有涉及毛依罕作为民歌演唱者方面的成就⑥。

琶杰是新中国成立后另一位伟大的蒙古族说唱艺人。《中国少数民族艺术词典》词条节选如下：

---

① 托门：《内蒙古民间艺人毛依罕》，安柯钦夫、芒·牧林译《毛依罕好来宝选集》（汉文），作家出版社 1959 年版，第 4—5 页。

② 托门：《内蒙古民间艺人毛依罕（代序）》，安柯钦夫、芒·牧林译《毛依罕好来宝选集》（汉文），作家出版社 1959 年版，第 4—5 页。

③ 托门：《内蒙古民间艺人毛依罕（代序）》，安柯钦夫、芒·牧林译《毛依罕好来宝选集》（汉文），作家出版社 1959 年版，第 14 页。

④ 托门：《内蒙古民间艺人毛依罕（代序）》，安柯钦夫、芒·牧林译《毛依罕好来宝选集》（汉文），作家出版社 1959 年版，第 14 页。

⑤ 朝格吐、陈岗龙：《琶杰研究》，内蒙古文化出版社 2002 年版；朝格吐、陈岗龙：《毛依罕研究》，内蒙古文化出版社 2006 年版。

⑥ 赵玉华：《蒙古民间文学研究的力作——评〈毛依罕研究〉》，《黑龙江民族丛刊》2008 年第 2 期。

好来宝说唱艺术家、民间诗人。蒙古族。18 岁开始艺术生涯。1945 年前以说唱中国古典小说为主，同时编唱《桑吉塔力雅齐》、《色布金嘎》等曲目。后热心于蒙古族曲艺事业，创作有《看见我的故乡啊就自豪》、《镇压恶魔的故事》等各种形式的作品。曾分别以蒙古文和汉文出版作品集《英雄的格斯尔可汗》。1949 年始先后任扎鲁特旗艺人协会会长，中国民间文艺研究会内蒙古分会副主席等职。①

1959 年，托门在《蒙古族民间艺人琶杰及其创作》一文中指出，琶杰在 1947 年以前是演唱艺人，但作品很少，1947 年以后在党的培养下，成长为内蒙古著名诗人和歌手。琶杰同毛依罕一样，也参加过 1949 年内蒙古民间艺人训练班和 1950 年的民间艺人第一次代表大会，明确了党的文艺政策和当前任务，并于 1951 年参加了内蒙古东部区文工团，在党的领导下，认识到文艺宣传的作用。

托门在《蒙古族民间艺人琶杰及其创作》一文中指出：

> 一九五一年二月六日《内蒙古日报》蒙文版上刊载了他的第一篇抒情诗《看见我的故乡啊，就自豪》。这是一篇充满了热烈的情感，歌颂了他的故乡——扎鲁特草原的美丽诗篇。从这时起，在《内蒙古日报》副刊、《花的原野》、《草原》、《鸿口戈鲁》、《内蒙古青年》等报刊杂志上我们经常可以看到他的好来宝或诗歌了。他的《互助合作好》、《两只羊羔的对话》、《英雄的格斯尔可汗》、《骏马赞》等作品都获得了读者的欢迎和好评。②

上文说明，新中国成立初期，琶杰就开始创作反映新时代、新生活的作品，具有一定影响力。

色拉西也是一位蒙古族民间说唱艺人的代表。莫尔吉胡在《"潮儿"大师——色拉西》一文中指出，"1947 年内蒙古自治区成立后，内蒙古民

---

① 《中国少数民族艺术词典》编纂委员会编：《中国少数民族艺术词典》，民族出版社 1991 年版，第 357 页。

② 托门：《蒙古族民间艺人琶杰及其创作》，《文艺评论》1959 年第 4 期。落款："6 月 29 日于呼市"。

族民间艺术受到重视，民间艺人受到重视，色拉西在1949年来到乌兰浩特参加了内蒙古文艺工作团"①。莫尔吉胡还指出："1950年，色拉西同内蒙古歌舞团到北京参加国庆活动，见到了毛主席。"②

最后，蒙古族好来宝都涉及汉译问题，翻译成汉语更有利于蒙古族好来宝的传播，发挥民间文艺的文化交流和宣传作用。如，1959年，安柯钦夫、芒·牧林译《毛依罕好来宝选集》（汉文）出版。1958年，托门在《内蒙古民间艺人毛依罕》中指出毛依罕的好来宝说唱作品好多已经被译成汉文推广，为各族各地民众所欣赏③。

第三节　内蒙古民间舞蹈的搜集观

一　内蒙古民间舞蹈的搜集观

1953年，戴爱莲在《四年来舞蹈工作的状况和今后的任务》一文中，介绍了新中国成立后四年内我国舞蹈艺术的发展情况，并指出了存在的问题和未来努力的方向④。我国舞蹈艺术蓬勃发展，并获得了国际荣誉⑤。这一时期创作的舞蹈作品"反映了伟大的解放战争、抗美援朝、全国各族人民的大团结和劳动人民在生产战线上的高度的爱国主义热情"⑥，其中提到的优秀舞蹈作品中有蒙古族的传统舞蹈"马刀舞"，在毛主席民族政策的领导下，包括蒙古族在内的我国少数民族舞蹈艺术都蓬勃地发展⑦。

---

① 莫尔吉胡：《"潮儿"大师——色拉西》，莫尔吉胡《追寻胡笳的踪迹：蒙古音乐考察纪实文集》，上海音乐学院出版社2007年版，第112页。
② 莫尔吉胡：《"潮儿"大师——色拉西》，莫尔吉胡《追寻胡笳的踪迹：蒙古音乐考察纪实文集》，上海音乐学院出版社2007年版，第112—113页。
③ 托门：《内蒙古民间艺人毛依罕》，安柯钦夫、芒·牧林译《毛依罕好来宝选集》（汉文），作家出版社1959年版，第14页。
④ 戴爱莲：《四年来舞蹈工作的状况和今后的任务》，中国舞蹈艺术研究会编《舞蹈论文选》，上海文化出版社1958年版，第31—38页。落款时间："1953.9"。
⑤ 戴爱莲：《四年来舞蹈工作的状况和今后的任务》，中国舞蹈艺术研究会编《舞蹈论文选》，上海文化出版社1958年版，第37页。
⑥ 戴爱莲：《四年来舞蹈工作的状况和今后的任务》，中国舞蹈艺术研究会编《舞蹈论文选》，上海文化出版社1958年版，第32页。
⑦ 戴爱莲：《四年来舞蹈工作的状况和今后的任务》，中国舞蹈艺术研究会编《舞蹈论文选》，上海文化出版社1958年版，第32页。

用社会主义新文艺的视角分析内蒙古舞蹈。1949 年，胡沙在《谈秧歌舞的提高》一文中指出：

> 在今年，我们的秧歌舞和秧歌剧在中国各地和世界上是博得了极大的荣誉的。……随着人民解放军的迅速进军，被解放的人民用跳秧歌表示了自己的欢快。吴晓邦同志曾说过一句有意义的话："随着政治的变革和人民的大翻身，人民要表示自己的欢乐，秧歌舞就是人民的解放舞，就是人民的翻身舞。"①

1957 年，吴晓邦指出："舞蹈艺术也是人民的精神食粮，它能给人们美的感受。通过美的感受丰富人民的想象力和对新社会的理想。"② 在新中国成立初期，内蒙古舞蹈的改编和新创作，反映了内蒙古社会生活新风貌和人民崭新的精神面貌。

1959 年，甘珠尔扎布、王宪忠改编，明太作曲的《筷子舞：蒙古舞》的《前言》指出：

> 搜集之后，摆在我们面前的有两个困难：第一是如何运用这种形式更完满的表现出解放后的人民思想感情，尤其是人们那种火热的情绪；其次是如何提炼原有的动作更显明的突出它的特点，使其规律化。③

编者在以上文字中提出了改编舞蹈的两个困难，一个是在思想上如何反映 1949 年后，即当时人民的思想感情，另一个是如何在艺术上使原有筷子舞的动作更加规律。比如，为了烘托节日气氛，使舞蹈更加紧凑，民间文艺家采取"伴唱者站在乐队的后边，舞者从两边出场"的办法加以解决④。又如，在人数上由男性独舞改编为加入女性，以体现民众在新

---

① 胡沙：《谈秧歌舞的提高》，中国舞蹈艺术研究会编《舞蹈论文选》，上海文化出版社 1958 年版，第 1 页。落款时间："1949.12.14 北京"。原载 1950 年《文艺报》第一卷第九期。

② 吴晓邦：《舞蹈基础知识》，野蜂绘图，工人出版社 1957 年版，第 4 页。

③ 编者：《前言》，甘珠尔扎布、王宪忠改编，明太作曲《筷子舞：蒙古舞》，上海文艺出版社 1959 年版，第 4—5 页。

④ 编者：《前言》，甘珠尔扎布、王宪忠改编，明太作曲《筷子舞：蒙古舞》，上海文艺出版社 1959 年版，第 4 页。

时期炽热的心情①。在舞蹈动作上向老艺人学习，"提炼动作、突出风格"②。对民间舞的改编是为了适应社会主义新文艺时期民众的情感需要和舞蹈的传播需要。我们在分析蒙古族舞蹈时，要理解当时蒙古族人民的心情，还要了解各民族之间的文艺交流，民族团结的心愿。

内蒙古筷子舞自1955年改编后受到广大群众的欢迎③，离不开全国各民族文艺团体和民间艺人共同致力于民间文艺的交流与发展所做的贡献。舞蹈是超越语言的艺术表达和娱乐方式，筷子舞基于民众喜闻乐见的民间舞，经过艺人和歌舞团改编和兄弟民族的协助，有利于促进我国民族大家庭的团结。

关于内蒙古舞蹈与外国舞蹈的交流与比较。在国际舞台上，内蒙古舞蹈在推进中外文化艺术交流方面具有重要意义。1949年6月，中国人民第一次派出了中国青年文工团参加在匈牙利布达佩斯举行的第二届世界青年联欢节。其中，内蒙古舞蹈家贾作光表演了《牧马舞》，还与苏联芭蕾舞蹈家乌兰诺娃同台演出；内蒙古舞蹈家斯琴塔日哈和乌云，将吴晓邦创作的舞蹈《蒙古舞》（亦称《希望》）也带到了青年联欢节④。在新中国成立前夕，内蒙古舞蹈代表祖国走向了世界。

1949年，胡沙在《谈秧歌舞的提高》一文中强调：

> 传说大连已经有人学乌克兰舞，情况我不知道。但，向外国舞蹈学习，尤其向苏联舞蹈学习是很重要的，我们要学习他们的现实主义的创作方法，及舞蹈的基本训练，吸收他们的适合表现生活的技术，来表现中国人民的生活和斗争。如果这种表现的结果，为中国人民所接受，它一定就形成为中国人民的艺术。例如内蒙古文工团贾作光同志所表演的"牧马舞"，就是在芭蕾舞的基础上创作的，他描写了蒙古人民的生活和蒙古人民的勇敢，普遍的为群众所

---

① 编者：《前言》，甘珠尔扎布、王宪忠改编，明太作曲《筷子舞：蒙古舞》，上海文艺出版社1959年版，第4—5页。

② 编者：《前言》，甘珠尔扎布、王宪忠改编，明太作曲《筷子舞：蒙古舞》，上海文艺出版社1959年版，第5—6页。

③ 编者：《前言》，甘珠尔扎布、王宪忠改编，明太作曲《筷子舞：蒙古舞》，上海文艺出版社1959年版，第3页。

④ 《当代中国舞蹈》编辑委员会编：《当代中国舞蹈》，当代中国出版社、香港祖国出版社2009年版，第350页。

理解，所欢迎。……这样的学习，可以帮助我们整理和创作，但，决不可忘掉以中国的传统舞蹈作基础，我们的舞蹈，一定要富有民族的特点。①

胡沙指出向苏联舞蹈学习的重要性，如现实主义的创作方法、训练方法、表现生活的技术。胡沙以内蒙古文工团贾作光创作的"牧马舞"为例，指出该舞蹈是在芭蕾舞基础上创作的，反映了蒙古人民的生活和性格，受到了民众的欢迎。我们要一方面学习外国舞蹈，另一方面不能忘掉我国的传统舞蹈，这样既能提升舞蹈水平，又能使舞蹈富有民族性。

1957年，吴晓邦指出："解放后，我国各少数民族的舞蹈也得到了飞快的发展。在各国艺术团的舞蹈家们来中国访问演出时，我们也看到了各国的舞蹈演出。这种不同民族和不同国家的交流演出，增加了民族间、国际间的相互了解，促进了文化上的友好合作。"②

二　吴晓邦、贾作光改编内蒙古民间舞蹈代表作

(一)　内蒙古文工团的组织作用

内蒙古文工团在推进内蒙古民间舞蹈的搜集与改编工作中，起到了重要的组织作用。1951年6月，布赫在全国文工团工作会议上作了《略谈内蒙古的文工团工作》的报告，对内蒙古几年来的文艺工作进行了总结和汇报③。布赫指出日本投降后，在党的领导下，在汉族同胞的帮助下，第一个文艺团体内蒙古文艺工作团于1946年成立了，为内蒙古的文艺活动打下最初的基础。内蒙古文工团在宣传教育和培养专业人才方面做出了重要贡献，具体情况如下：

内蒙古文工团成立后，一方面积极宣传党的政策，教育内蒙古人民，一方面也培养了内蒙古人民自己的文艺干部。到现在为止，内蒙古的文艺队伍已经发展到将近四百余人。专业文工团已经建立的有五

---

① 胡沙：《谈秧歌舞的提高》，中国舞蹈艺术研究会编《舞蹈论文选》，上海文化出版社1958年版，第1页。

② 吴晓邦：《舞蹈基础知识》，野蜂绘图，工人出版社1957年版，第4—5页。

③ 布赫：《略谈内蒙古的文工团工作》，《布赫文艺论文集》，内蒙古人民出版社1987年版，第10—15页。落款："在全国文工团工作会议上的发言 一九五一年六月"。

个（内蒙古文工团、东部区文工团，锡林郭勒盟、察哈尔盟、昭乌达盟文工队），部队的文工团、队还在外。这些文工团队，在开展宣传文化活动上起了很大的作用。①

1949年以后，内蒙古文艺界创作了具有内蒙古民族特色的舞蹈作品，推动了内蒙古的文艺工作②。

布赫在《略谈内蒙古的文工团工作》中，还提出了五点希望：

（一）要求文化部、全国文联、各地文艺老前辈、兄弟文艺团体，多多关心少数民族的文艺工作，对其困难和存在的问题经常给予帮助和指导，过去也曾有些专家去少数民族地区深入生活，调查研究，搜集材料，但可惜的是很少把他们的成果，再献给少数民族地区的人民。

（二）在目前全国各地，特别是偏僻的省分，缺乏专业艺术干部的情况，文化部或全国文联最好设立艺术辅导机构，定期赴各地作报告或帮助开展工作。此外希望在中央各艺术学院中设短期培训班，以备各地文工团临时派人观摩学习。

（三）要求多编纂适合省和专区一级文工团、队水平的业务学习资料。

（四）文工团的学习整顿时间应充裕些，我们考虑每年最低需有三个月的学习整顿时间。

（五）建议中央每隔几年组织一次文工团会演，藉此交流经验、互相观摩学习并加强各地文工团之间的联系。③

以上五点希望为少数民族文艺工作的发展和全国文艺的交流和发展提出了很好的建议，也反映了少数民族地区在文艺工作上的困难，呼吁国家

---

① 布赫：《略谈内蒙古的文工团工作》，《布赫文艺论文集》，内蒙古人民出版社1987年版，第11页。

② 布赫：《略谈内蒙古的文工团工作》，《布赫文艺论文集》，内蒙古人民出版社1987年版，第12页。

③ 布赫：《略谈内蒙古的文工团工作》，《布赫文艺论文集》，内蒙古人民出版社1987年版，第15页。

文化部门和兄弟民族关心少数民族地区的文艺工作，在专业艺术干部、文艺学习资料等方面给予帮助和支持。

1951 年，布赫在《关于文艺的几个问题》中，总结了内蒙古在 1947 年以后的舞蹈搜集成果：

> 舞蹈方面，解放以后发现和搜集的有：《安代舞》（哲里木盟一带）《筷子舞》（伊克昭盟一带）等，都是有自己特点的舞蹈。……这些事实极有力地说明了蒙古民族是有丰富的文化遗产的。①

蒙古族有着丰富的舞蹈遗产，需要大力开展搜集工作，同时将民间舞蹈改编成适合社会需要、表达民众情感的新舞蹈。

1951 年，布赫在《关于文艺的几个问题》一文中，简要介绍了蒙古族民间舞蹈的雏形和宗教舞蹈等：

> 在内蒙古地区，除达斡尔、鄂伦春民族有舞蹈外，在蒙古民族中也是存在的。在蒙古族人民中最流行的对口唱《好来宝》，演唱时两个人要做表情，而且两条腿不住地按着节奏跳来跳去。这可以说就是蒙古族民间舞蹈的雏形。还有蒙古族的宗教舞蹈（喇嘛跳鬼）和安代，也应该说这都是蒙古族的舞蹈的范畴。跳鬼也不是几个人凭空创造的东西，而是在民间的生活和劳动中逐渐形成的。当然，我们不是把跳鬼的一套全部搬来做为我们今天的舞蹈。但是，怎样研究与改造这些舞蹈，吸取其中好的，摈弃其落后的迷信成分，这对将来创立内蒙古人民新的舞蹈艺术史很有益的，是发展文艺的民族形式所必须的。②

布赫提出了如何在继承蒙古族民间舞蹈传统的基础上，加强蒙古族民间舞蹈的改编，创造出有益于内蒙古新舞蹈发展的作品的问题。

关于少数民族的舞蹈，吴晓邦在《略谈中国民间舞蹈的情形——

---

① 布赫：《谈内蒙古的文化工作》，《布赫文艺论文集》，内蒙古人民出版社 1987 年版，第 59 页。

② 布赫：《谈内蒙古的文化工作》，《布赫文艺论文集》，内蒙古人民出版社 1987 年版，第 59 页。

1955 年 9 月 2 日在北京群众艺术馆的报告》中指出："每一个民族的舞蹈也都有它自己独特的形式表现了人民的社会生活，他们的劳动活动和生活方式。"① 吴晓邦指出以往因统治阶级的民族压迫政策而对少数民族舞蹈存在记录不实的现象，主张当下要重新认识少数民族舞蹈②，"全国解放后，各族人民的舞蹈得到了互相学习的机会"③。吴晓邦对今后中国舞蹈总体工作提出了几点意见。第一，"要加强收集和整理工作，把它作为今后长期的任务"④。第二，"要求民间舞蹈上的新内容新情感——创造新型的民间舞蹈"⑤。第三，"在中国民间舞蹈的发展上，除必须注意作品的内容和主题思想上的重要性外，对于演员如何刻划人物性格也必须十分重视"⑥。第四，"要创造更多的民间舞蹈形式"⑦。第五，"学习外国民间舞蹈对中国民间舞蹈的发展也是必要的"⑧。这反映了中华人民共和国成立初期我国对民间舞蹈工作的认识，对各地区各民族开展民间舞蹈工作，具有指导意义。

布赫在《吴晓邦与内蒙古新舞蹈艺术》中指出：

> 毋庸置疑的是，新中国内蒙古整体的文化艺术事业从它一开始，就沐浴在党的关怀和领导下。当时，有从延安来的一批同志，如自治区戏剧界带头人周戈、张凡夫、张绍科、沙青、刘佩欣、陈青漳、迪之、王贤敏等，他们与当地民族干部亲密合作，共同创建了自治区文化艺术事业的繁荣。之后，有来自全国各地一批又一批专家学者，如

---

① 吴晓邦：《略谈中国民间舞蹈的情形——1955 年 9 月 2 日在北京群众艺术馆的报告》，中国舞蹈艺术研究会编《中国民间歌舞》，上海文化出版社 1957 年版，第 3 页。

② 吴晓邦：《略谈中国民间舞蹈的情形——1955 年 9 月 2 日在北京群众艺术馆的报告》，中国舞蹈艺术研究会编《中国民间歌舞》，上海文化出版社 1957 年版，第 3 页。

③ 吴晓邦：《略谈中国民间舞蹈的情形——1955 年 9 月 2 日在北京群众艺术馆的报告》，中国舞蹈艺术研究会编《中国民间歌舞》，上海文化出版社 1957 年版，第 4 页。

④ 吴晓邦：《略谈中国民间舞蹈的情形——1955 年 9 月 2 日在北京群众艺术馆的报告》，中国舞蹈艺术研究会编《中国民间歌舞》，上海文化出版社 1957 年版，第 5—7 页。

⑤ 吴晓邦：《略谈中国民间舞蹈的情形——1955 年 9 月 2 日在北京群众艺术馆的报告》，中国舞蹈艺术研究会编《中国民间歌舞》，上海文化出版社 1957 年版，第 7—8 页。

⑥ 吴晓邦：《略谈中国民间舞蹈的情形——1955 年 9 月 2 日在北京群众艺术馆的报告》，中国舞蹈艺术研究会编《中国民间歌舞》，上海文化出版社 1957 年版，第 8—9 页。

⑦ 吴晓邦：《略谈中国民间舞蹈的情形——1955 年 9 月 2 日在北京群众艺术馆的报告》，中国舞蹈艺术研究会编《中国民间歌舞》，上海文化出版社 1957 年版，第 9 页。

⑧ 吴晓邦：《略谈中国民间舞蹈的情形——1955 年 9 月 2 日在北京群众艺术馆的报告》，中国舞蹈艺术研究会编《中国民间歌舞》，上海文化出版社 1957 年版，第 9—10 页。

老舍、曹禺、翦伯赞、周巍峙、尚小云、李万春、刘炽、贺绿汀、吕
骥、阮章竞、甘学伟、海默、尹瘦石、吴作人、肖淑芬等，参与了自
治区的文化艺术事业的发展给了很多指导和帮助。还有来自北京、上
海等地艺术院校对自治区人才的培养，这些都是不能忘怀的。正是因
为有了党中央的正确领导和亲切关怀，有了自治区及全国许多优秀、
热情人士的亲密合作，才有了今天自治区文化艺术事业的累累
硕果。①

布赫介绍了来到内蒙古参与文艺建设的延安文艺干部和当地民族干部
合作的工作模式，在党的关怀和领导下，在全国的文艺界人士的帮助下，
内蒙古的文艺事业取得了丰硕的发展成果。

1957 年，内蒙古自治区文化局局长张淑良和副局长布赫在《欣欣向
荣的内蒙古文化事业》中指出，1946 年，在内蒙古自治区成立以前，内
蒙古人民第一个文艺宣传队内蒙古文工团就成立了，以后很多盟先后建立
了文工队和文化队，部队中也建立了文艺宣传队，这些队伍中既有年轻
人，也有年老的民间艺人②。内蒙古文工团是内蒙古地区重要的职业文艺
团体。

尹瘦石指出，内蒙古文艺工作团是内蒙古自治区最初的文艺团体。尹
瘦石在《十年的历程》中对内蒙古文艺工作团（以下简称"内蒙古文工
团"）有以下三方面的介绍：第一，在成立背景和时间方面，内蒙古文
工团的成立是党重视民族民间文艺工作的成果，因此，早在内蒙古自治区
成立之前，内蒙古文工团就宣告成立。第二，在内蒙古文工团内成员和民
族构成方面，内蒙古文工团是在 20 多个蒙古族青年和少数汉族文艺工作
者的共同合作下得以建立的。第三，在内蒙古文工团的工作内容和影响方
面，"它一开始就成为党的有力的宣传队伍"。内蒙古文工团以文艺活动，

---

① 布赫：《吴晓邦与内蒙古新舞蹈艺术》，《吴晓邦舞蹈文集》编委会编《吴晓邦舞蹈文
集》（第 1 卷），中国文联出版社 2007 年版，第 224 页。落款："摘自《吴晓邦与内蒙古新舞蹈
艺术》杂志社 2001 年第 1 版 布赫：全国人大常委会副委员长"。

② 张淑良、佈赫：《欣欣向荣的内蒙古文化事业》，内蒙古人民出版社《内蒙古自治区
成立十周年纪念文集》，内蒙古人民出版社 1957 年版，第 141 页。落款："1957 年 4 月 20 日内蒙
古日报"。

宣传党的政策和组织新的文艺工作，具有开拓作用，影响深远①。他在《十年的历程》中总结了内蒙古舞蹈工作的成绩：

> 内蒙古的舞蹈是继承了民族传统的新兴的艺术，十年来取得了相当的成就。贾作光的"鄂尔多斯舞"在第五届世界青年联欢节获得了一等奖。高太的"挤奶员舞"，博得了一致的赞许。宝音巴图、甘特木尔、乌云等二人的"布里亚特婚礼"，充满着欢乐、豪迈的情绪。甘珠尔扎布、王宪忠根据伊克昭盟民间舞蹈加工的"筷子舞"，是具有地方色彩的优秀作品。②

贾作光在《鲜艳夺目的内蒙古歌舞》一文中总结：

> 内蒙古艺术剧院歌舞团（前身是内蒙古文艺工作团），成立于1946年4月1日，到今年已经十六年了。十六年来它在党的文艺方针和民族政策的指导下，担负了发展内蒙古民族新文艺的任务，不断深入民间发掘、收集、整理、加工创作了许多为各族人民喜闻乐见的优秀歌舞节目，并巡回演出于自治区内的牧业区、工矿区、林业区、城镇和部队，还曾到过国内外许多城市，获得广大观众的欢迎和赞许。1949年和1956年曾先后两次来首都演出，给首都的观众留下了深刻的印象。③

贾作光在以上文字中总结了内蒙古文工团在搜集、改编民间舞蹈作品，以及在内蒙古和其他城市和国家演出的经历。

（二）吴晓邦的关键作用

布赫在《吴晓邦与内蒙古新舞蹈艺术》一文中指出："自1946至1986年间，吴晓邦先生曾多次来内蒙古自治区进行舞蹈讲学、创作、排

---

① 尹瘦石：《十年的历程》，内蒙古人民出版社编《内蒙古自治区成立十周年纪念文集》，内蒙古自治区出版社1957年版，第154页。落款："1957年4月20日内蒙古日报"。
② 尹瘦石：《十年的历程》，内蒙古人民出版社编《内蒙古自治区成立十周年纪念文集》，内蒙古自治区出版社1957年版，第157页。
③ 贾作光：《鲜艳夺目的内蒙古歌舞》，闻章、鲁微、关正文编《贾作光舞蹈艺术文集》，文化艺术出版社1992年版，第229页。落款："原载1962年4月15日《人民日报》"。

练、表演等活动。"① 布赫指出，吴晓邦对内蒙古自治区新舞蹈艺术的建立和发展起到的关键作用②。

> ……向民族传统学习，不仅给自治区带来了《游击队员之歌》、《饥火》、《农作舞》、《义勇军进行曲》等一批优秀的舞蹈节目，而且可贵的是，他先后为内蒙古文工团（内蒙古歌舞团的前身）创作、排演了《希望》（蒙古族舞蹈）、《达斡尔舞》和大歌舞《蒙古之路》又称《内蒙人民三部曲》，由吴晓邦编导，周戈词、沙青曲。这些作品首次以少数民族舞蹈形式和崭新向上的思想内容，展现在舞台上，在当时起到了鼓舞人民、教育人民、打击敌人的积极作用。③

在以上文字中，布赫介绍了吴晓邦一方面到内蒙古演出优秀的舞蹈作品，另一方面为内蒙古文工团创作了几部优秀的民族舞蹈作品，起到了宣传和教育民众的作用。

布赫还指出，吴晓邦为内蒙古文工团带来了优秀的舞蹈专业人才，包括贾作光。

> 吴晓邦先生当时（1946年）把华北联大文艺学院舞蹈班全体学生（六人）带到内蒙古文工团，为内蒙古建立了第一个专业的舞蹈组（后组建成队）。在舞蹈的基本功训练、创作、排演到队伍的组建等诸方面，他算得上是一位为内蒙古自治区新舞蹈事业倾注了大量情感和心血的主要奠基人之一，也是一位启蒙者和开拓者。他具有伯乐的目光，于1948年初夏，带着贾作光从哈尔滨千里迢迢步行至乌兰浩特，将贾作光介绍到内蒙古文工团，这对于内蒙古自治区新舞蹈事业的发展，起到了难以估量的效果。④

① 布赫：《吴晓邦与内蒙古新舞蹈艺术》，《吴晓邦舞蹈文集》编委会编《吴晓邦舞蹈文集》（第1卷），中国文联出版社2007年版，第222页。
② 布赫：《吴晓邦与内蒙古新舞蹈艺术》，《吴晓邦舞蹈文集》编委会编《吴晓邦舞蹈文集》（第1卷），中国文联出版社2007年版，第222—225页。
③ 布赫：《吴晓邦与内蒙古新舞蹈艺术》，《吴晓邦舞蹈文集》编委会编《吴晓邦舞蹈文集》（第1卷），中国文联出版社2007年版，第223页。
④ 布赫：《吴晓邦与内蒙古新舞蹈艺术》，《吴晓邦舞蹈文集》编委会编《吴晓邦舞蹈文集》（第1卷），中国文联出版社2007年版，第223—224页。

　　布赫指出吴晓邦在内蒙古文工团组成了舞蹈团队，做出了重要贡献。周戈在《内蒙古新舞蹈艺术的催生者——吴晓邦》一文中指出，1946 年吴晓邦来到内蒙古文工团带来了 6 个学生，临走时留下了 4 个学生，并在 1947 年 7 月把贾作光带到了内蒙古文工团。他回忆了吴晓邦在内蒙古传授舞蹈艺术的情景①。周戈认为 1946 年吴晓邦的到来，"这实际是支持内蒙古文艺事业的发展。他以内蒙古文工团为基础，推动新舞蹈艺术前进，又通过演出实践把新舞蹈艺术推向全国"②。具有在内蒙古试点，并将内蒙古试点经验在全国普及的重要意义。

　　　　不久我们到了察哈尔盟政府的所在地哈巴嘎。在这里正是察哈尔盟召开全盟群众大会，动员群众反对蒋匪发动的罪恶内战，内蒙古文工团要全力以赴，完成宣传任务。在这里我和吴晓邦同志共同创作了大型歌舞《蒙古之路》，或称《内蒙人民三部曲》。词是我写的，沙青作曲，排练是晓邦同志。这里，我不能不感佩晓邦同志的艺术表现力。当时，时间只有几天，人员除了他的六位学生外，其余都是从未跳过舞的文工团员。就是这样，经过晓邦同志大手笔，"三部曲"成了一部极富感染力的大歌舞。从 1946 年 7 月开始，它成为文工团的压轴节目，演遍了内蒙古东部各旗县，从大草原一直演到哈尔滨、射阳，最后演到怀仁堂。③

　　《蒙古之路》（《内蒙人民三部曲》）是成功的，不仅在内蒙古演出，还到哈尔滨、射阳演出，最后演到了首都北京。

　　斯琴塔日哈在《愿吴老师的精神遗产永存人间》一文中概述了吴晓

---

　　① 周戈：《内蒙古新舞蹈艺术的催生者——吴晓邦》，《吴晓邦舞蹈文集》编委会编《吴晓邦舞蹈文集》（第 1 卷），中国文联出版社 2007 年版，第 229—230 页。落款："2000 年 1 月 3 日摘自《吴晓邦与内蒙古新舞蹈艺术》舞蹈杂志社 2001 年 9 月第 1 版 周戈：原内蒙古文联名誉副主席，内蒙古戏剧家协会名誉主席"。

　　② 周戈：《内蒙古新舞蹈艺术的催生者——吴晓邦》，《吴晓邦舞蹈文集》编委会编《吴晓邦舞蹈文集》（第 1 卷），中国文联出版社 2007 年版，第 227—228 页。

　　③ 周戈：《内蒙古新舞蹈艺术的催生者——吴晓邦》，《吴晓邦舞蹈文集》编委会编《吴晓邦舞蹈文集》（第 1 卷），中国文联出版社 2007 年版，第 229 页。

邦的 5 次内蒙古之行对内蒙古新舞蹈艺术的建设性意义①。

　　如果把吴老的五次内蒙古之行概括起来可以这么说：第一次来是拓荒、播种。1946 年为刚成立的内蒙古文工团上舞蹈课，编排双人蒙古舞《希望》，群舞《民族之路》（三部曲）。第二次来是施肥、输血。1947 年，亲自带领当代舞蹈天才贾作光先生来内蒙古并把贾先生引进了内蒙古文工团。第三次来内蒙古是验收。1955 年来观摩内蒙古自治区首届民族民间音乐、舞蹈汇演。第四次来是明察、指路。1995 年来参加全国少数民族舞蹈学会主办的理论研讨会。第五次来是深耕、细作。1996 年开办编导班，亲自讲学。②

　　吴晓邦在《我的舞蹈艺术生涯》中介绍了贾作光来到内蒙古文工团的经过：

　　到哈尔滨后，吕骥、向隅、潘奇等同志都来看过我们。据说他们正在组织东北音乐工作团。吕骥同志告诉我，有一位曾在"满影"，名叫贾作光的学员，随日本专家学过舞蹈，想分配工作，问我有什么想法。因为当时我还没有开始工作，所以无法回答他。但过了不久，大约是在六月的一个上午，有一位青年来找我，他就是贾作光。他当时只有二十三岁吧！他在我家里表演了他过去表演过的《牧马舞》。由于当时我没有工作，人地生疏，我只好请他暂时等一等。从那次见面以后，他经常到我家来玩，他和我的孩子们搞得很熟。③

　　有一天上午，我突然接到内蒙文工团从王爷庙（现名乌兰浩特）来信，要我去参加他们的成立一周年纪念会。信中的词意恳切，还说乌兰夫也在那里，很希望看到我。我接到信后，曾和贾作光谈到这件事，我把想介绍他去内文工团的意思流露给他。我说："你必须

　　① 斯琴塔日哈：《愿吴老师的精神遗产永存人间》，《吴晓邦舞蹈文集》编委会编《吴晓邦舞蹈文集》（第 1 卷），中国文联出版社 2007 年版，第 231—234 页。落款："斯琴塔日哈：原中国舞蹈家协会副主席，内蒙古文联副主席，国家一级演员"。
　　② 斯琴塔日哈：《愿吴老师的精神遗产永存人间》，《吴晓邦舞蹈文集》编委会编《吴晓邦舞蹈文集》（第 1 卷），中国文联出版社 2007 年版，第 231—232 页。
　　③ 吴晓邦：《我的舞蹈艺术生涯》，中国戏剧出版社 1983 年版，第 84 页。

参加工作，自己搞团体是不可能的。别处的文工团对舞蹈还不够重视，内蒙文工团是大有可为的。因为蒙古族就是一个能歌善舞的民族，在这样的地区，有条件开展舞蹈活动。如果愿意，我最近要去内蒙文工团，参加他们的一周年庆祝会，你可以同我一起去。"[1]

在他们一周年的庆祝会上，我介绍贾作光的《牧马舞》在会上演出。贾作光的表演，得到了群众的欢迎。我在会上向大家透露了贾作光这次要来参加革命工作，为内蒙文工团的舞蹈而努力的消息。他们表示热烈的欢迎。[2]

……贾作光由此便参加了内蒙文工团的工作。[3]

从上面的介绍中，我们可以看到吴晓邦当时对内蒙古舞蹈事业和内蒙古文工团的认识。首先，蒙古族是一个能歌善舞的民族，具有开展舞蹈工作和活动的条件。其次，内蒙古文工团重视舞蹈工作。

吴晓邦还提到费孝通等学者对民间文艺的看法：

一九五二年八月，中央民族学院院长、中国社会学教授费孝通到我家来找我。那时我们一家已搬到中央戏剧学院宿舍居住。他热情地介绍了他在一九五一年随中央访问团到少数民族地区访问的经过。他认为民族歌舞是少数民族日常生活中最有群众性的一种文化活动。由于民族间语言的隔阂和一些民族还没有自己的文字，因此歌舞的表演比起访问团的一篇政治讲话，或开会、学习更能收到效果。他告诉我，中央民委就要成立一个民族文工团，进行各民族间的文化交流，沟通民族之间的热情，消除汉族和少数民族间的隔阂。最后他邀请我去参加民族文工团的工作。[4]

我们在内蒙草原一个城堡里住下，受到团里兄弟民族同志的欢迎。每天早晨，我带领文工团里爱好舞蹈的三十多名团员，在泥地上练习舞蹈基训。内蒙的民间舞蹈活动很普遍，文工团也很重视舞蹈工作，年轻的男、女团员们很快就都理解了现代舞蹈艺术的基本要领。

---

① 吴晓邦：《我的舞蹈艺术生涯》，中国戏剧出版社 1983 年版，第 84 页。
② 吴晓邦：《我的舞蹈艺术生涯》，中国戏剧出版社 1983 年版，第 85 页。
③ 吴晓邦：《我的舞蹈艺术生涯》，中国戏剧出版社 1983 年版，第 85 页。
④ 吴晓邦：《我的舞蹈艺术生涯》，中国戏剧出版社 1983 年版，第 97 页。

我根据蒙古人民的生活动作加以选择、提炼、组合，为他们编排了两个舞蹈作品：《蒙古舞》和《内蒙人民三部曲》。这是我第一次尝试表现少数民族生活的作品。这两个节目编排虽然比较简单，但因为表现了蒙古族人民的生活情绪，反映了他们在战争年代的精神面貌，所以演出时受到当地群众的欢迎。通过这次演出，三十多名参加学习现代舞蹈基训的文工团团员，也因此增强了舞蹈表现现实生活的浓厚兴趣。[1]

吴晓邦指出费孝通先生对少数民族歌舞的认识，并介绍了民族文工团的工作。舞蹈是可以跨越民族语言的艺术，能够有效地打破民族间的藩篱，进行有效交流。

(三) 贾作光的主要贡献

贾作光在《研究舞蹈艺术规律，振兴民族舞蹈文化》一文中指出：我国的多民族国家性质带来多民族舞蹈艺术的现象，不同的民族生产方式和生活方式，导致不同民族舞蹈的不同风格，舞蹈对于少数民族来说更是喜闻乐见的艺术形式[2]。贾作光认为，舞蹈作品只有具备了民族特色，才能更好地被广大人民所接受，才能具有生命力[3]。

贾作光在《论社会主义新时期的舞蹈创作》一文中指出："五十年代有许多优秀的民族民间舞蹈在继承发展传统方面是有成绩的。"[4] 他以蒙古舞《鄂尔多斯》为例：

《鄂尔多斯》蒙古舞中那剽悍粗犷的风格，以及一些形式，如坚定的大甩手迈步、欢快自得的驼步、骑马、挤奶、梳辫子等动作，有的是从喇嘛"跳鬼"等宗教舞蹈借鉴改造的，有的是从生活中提炼出来的，在集成创新方面一扫落后迷信而发扬健康有力富有民族精神

① 吴晓邦：《我的舞蹈艺术生涯》，中国戏剧出版社1983年版，第77—78页。
② 贾作光：《研究舞蹈艺术规律，振兴民族舞蹈文化》，闻章、鲁微、关正文编《贾作光舞蹈艺术文集》，文化艺术出版社1992年版，第1页。落款："原载《红旗》杂志1985年第14期"。
③ 贾作光：《研究舞蹈艺术规律，振兴民族舞蹈文化》，闻章、鲁微、关正文编《贾作光舞蹈艺术文集》，文化艺术出版社1992年版，第2页。
④ 贾作光：《论社会主义新时期的舞蹈创作》，闻章、鲁微、关正文编《贾作光舞蹈艺术文集》，文化艺术出版社1992年版，第201页。落款："原载《艺术通讯》1986年第2期"。

的部分。这些舞蹈共同特点是反映了五十年代民族翻身解放当家作主的时代面貌。动作潇洒，大方贴切，风格独特，气质浑厚，给人以一种强烈的新时代的美感。①

　　贾作光介绍了蒙古舞《鄂尔多斯》的风格和动作创作灵感的来源，有的来源于宗教舞蹈，有的来源于生活，反映了新时期民众的生活面貌。
　　贾作光在《必须重视舞蹈语汇的规范化》一文中指出蒙古族舞蹈语汇规范化与蒙古舞风格特点的关系如下：

　　　　在蒙古族舞蹈中，一般人们看到的肩膀动律及"双摆手"、"骑马步"等都认为是它的风格特点。这是根据蒙古族人民的历史、经济、文化的发展、风俗习惯劳动生产而形成的艺术传统。蒙古族居住在辽阔的草原上，依山傍水，以畜牧为生，同自然搏斗，这些生活特征便构成蒙古族舞蹈的个性和感情色彩。舒展优美的动作勾画着风吹草低见牛羊的画境，热情豪放的动律使人感受到骏马的驰骋，含蓄沉稳的风格流露着牧民的憨厚、深沉……生活特征在动作特点上，也强烈表现出来。比如肩膀动作，这也和牧民的生产方式有关。牧民们从事放牧、套马、放马、驯马；妇女们有挤奶、剪羊毛、打马鬃……这些都给蒙古族舞蹈自身带来鲜明的艺术风格特色。牧民套马、驯马无不花费最大力气。拽着套马杆或勒着马缰都要移动双肩，有时向前，有时向后，提肩、扭肩等；妇女挤奶时双手上下移动也无不动着双肩。因而表现在舞蹈艺术上就出现了摆肩的动作，如"硬肩"、"软肩"、"提肩"、"碎抖肩"……的动作。"碎抖肩"又是怎样形成的呢？大家知道，牧民们骑着马，颤动着背和肩，这便形成了"抖肩"和"抖背"的基础。至于"滚肩"、"笑肩"都是从肩的基本动作发展的。所有这些都证明：舞蹈语汇是在生活中形成的，所有民族民间固有的传统舞蹈形式也都是来自生活的。②

---

　　①　贾作光：《论社会主义新时期的舞蹈创作》，闻章、鲁微、关正文编《贾作光舞蹈艺术文集》，文化艺术出版社1992年版，第202页。
　　②　贾作光：《必须重视舞蹈语汇的规范化》，闻章、鲁微、关正文编《贾作光舞蹈艺术文集》，文化艺术出版社1992年版，第5—6页。落款："原载《舞蹈》1979年第4期"。

　　贾作光以蒙古舞肩膀的动作为例,论述了舞蹈语汇,即舞蹈动作是来源于民族生活的。深入民族生活,才能创作出好的民族舞蹈作品。

　　贾作光在《舞蹈编导的苦和乐——答〈人民日报〉记者问》一文中指出:

　　　　1947年我到了内蒙古解放区,凭着一股革命热情创作了表现牧民牧马的舞蹈。由于没有表现出他们的思想感情,只是芭蕾舞和现代舞动作的组合,牧民们说不像,结果失败了。后来,我在草原上和牧民一起生活、劳动,和他们建立了深厚的感情。他们粗犷的性格,宽广的胸怀,对新生活的热爱,深深地感染了我,促使我要用舞蹈表现他们。我在蒙古族舞蹈素材的基础上,提炼加工,不仅改好了《牧马舞》,还创作了新中国的第一批反映草原人民解放后热爱新生活,愉快劳动的舞蹈。[1]

　　　　从此,我逐渐认识到了生活是创作的源泉的道理。捕捉每一个准确的舞蹈形象,都要认真地深入生活,访问、调查、分析研究,学习民族舞蹈传统。[2]

　　贾作光以自己早期的《牧马舞》创作为例,指出不深入民众生活是无法创作出贴切的民族舞蹈作品的。

　　在内蒙古舞蹈作品的搜集与创作方面,布赫指出,1947年以后,在党的民族政策的指导下,党和政府积极组织舞蹈艺术工作者,一方面,深入群众,搜集整理各民族舞蹈作品;另一方面,舞蹈艺术工作者根据群众需要和党的政治任务,在民间舞蹈基础上创作和改编出一批优秀舞蹈作品[3]。

　　第一,在搜集成果方面,布赫指出,内蒙古居住着八个民族,1100余万人民,"区内各民族各个地区都蕴藏着极为丰富而各具独特风格的民

---

　　① 贾作光:《舞蹈编导的苦和乐——答〈人民日报〉记者问》,闻章、鲁微、关正文编《贾作光舞蹈艺术文集》,文化艺术出版社1992年版,第300—301页。落款:"原载1984年9月13日《人民日报》"。

　　② 贾作光:《舞蹈编导的苦和乐——答〈人民日报〉记者问》,闻章、鲁微、关正文编《贾作光舞蹈艺术文集》,文化艺术出版社1992年版,第301页。

　　③ 布赫:《序》,内蒙古民间艺术研究室编《内蒙古舞蹈选集》(一),内蒙古人民出版社1965年版,第3页。

间舞蹈"①，优秀舞蹈作品如下：

> 仅就几年来的初步了解，就发现了许多优秀节目，如哲里木盟的
> "安代舞"、"太平鼓舞"；呼伦贝尔盟的达斡尔族、鄂温克族、鄂伦
> 春族的民间舞；伊克昭盟的"筷子舞"、"盅碗舞"；巴彦淖尔的"陶
> 勒古特舞"；乌兰察布盟的"踢鼓子"等。②

我们要重视内蒙古民间舞蹈的挖掘与搜集工作，重视内蒙古各民族和各地区民间舞蹈的搜集工作。

第二，在改编创作方面，布赫指出，《内蒙古舞蹈选集》（一）中收录的内蒙古舞蹈与内蒙古的民间舞蹈关系密切③。"有些作品是在民间舞蹈的基础上改编的，有的以民间舞蹈动作为基础，加入新的故事情节而组成，有的除吸收民间舞蹈语汇外，还大胆采用了从生活中提炼出富有形象的动作，从而大大提高了舞蹈艺术表现现实生活的能力。"④

在内蒙古舞蹈的普及与提高方面，布赫指出："由于群众性的舞蹈运动的发展，专业和业余的舞蹈队伍也逐渐成长起来，使舞蹈艺术不仅有了更为深厚的群众基础和更为广泛的普及，而且也为舞蹈艺术进一步提高创造了良好条件。"⑤

《内蒙古舞蹈选集》（一）共收录 13 种舞蹈作品，分别是《鄂伦春舞》《马刀舞》《牧马舞》《鄂尔多斯舞》《挤奶员》《筷子舞》《哈库麦舞》《太平鼓舞》《布谷鸟舞》《毕拉尔的节日舞》《打秋千》《摔跤舞》和《第一次训练》⑥。《内蒙古舞蹈选集》（一）从音乐、动作说明、场

---

① 布赫：《序》，内蒙古民间艺术研究室编《内蒙古舞蹈选集》（一），内蒙古人民出版社1965 年版，第 2 页。

② 布赫：《序》，内蒙古民间艺术研究室编《内蒙古舞蹈选集》（一），内蒙古人民出版社1965 年版，第 2 页。

③ 布赫：《序》，内蒙古民间艺术研究室编《内蒙古舞蹈选集》（一），内蒙古人民出版社1965 年版，第 3 页。

④ 布赫：《序》，内蒙古民间艺术研究室编《内蒙古舞蹈选集》（一），内蒙古人民出版社1965 年版，第 3 页。

⑤ 布赫：《序》，内蒙古民间艺术研究室编《内蒙古舞蹈选集》（一），内蒙古人民出版社1965 年版，第 2 页。

⑥ 《目录》，内蒙古民间艺术研究室编《内蒙古舞蹈选集》（一），内蒙古人民出版社 1965年版，第 1—3 页。

记、服装说明、道具说明、注意事项等方面对这 13 种舞蹈作品进行了介绍。贾作光、甘珠尔扎布和王宪忠在附录中分别叙述了自己改编和创作内蒙古舞蹈作品的经过①。布赫在序言中也对《内蒙古舞蹈选集》（一）中的几部舞蹈作品有所介绍②。甘珠尔扎布和王宪忠在《关于〈筷子舞〉》一文中特别介绍了筷子舞的起源③。甘珠尔扎布和王宪忠指出，从内蒙古地方风俗来讲，"筷子舞"违背了内蒙古禁忌敲击碗筷的民俗，"而鄂尔多斯蒙古族人民却像故意要违犯这种固有的风俗似的，竟然能执着筷子敲击四肢各部跳起舞来。"④

第四节　内蒙古民歌运动时期民歌搜集观

钟敬文主编的《民间文学概论》指出："从 1949 年至 1966 年的 17 年中我国的民间文学工作者对各民族的民间文学作品进行了大规模的调查和采集。特别是 1958 年，在毛泽东的倡议下，全国掀起了一个新的采风运动。同年召开了第一次全国民间文学工作者代表大会上，提出了'全面搜集，重点整理，大力推广，加强研究'的民间文学工作方针，《人民日报》也发表了《大规模地收集全国民歌的社论》。一个群众性的民间文学搜集活动，蓬蓬勃勃地开展起来。"⑤ 本书使用的"民歌运动"概念，即指 1958 年民歌运动。内蒙古地区在这一民歌运动中具有突出的表现，搜集整理和创作了大量的传统民歌和新民歌，在开展民间文艺活动和工作的过程中积累了经验，在北京、在全国得到推广。

这一时期搜集的内蒙古民歌代表作被选入全国性质的合集中，具有全国性指导和普及意义。如 1958 年出版的中央音乐学院民族音乐研究所编

---

① 《附录》，内蒙古民间艺术研究室编《内蒙古舞蹈选集》（一），内蒙古人民出版社 1965 年版，第 262—273 页。

② 布赫：《序》，内蒙古民间艺术研究室编《内蒙古舞蹈选集》（一），内蒙古人民出版社 1965 年版，第 1—5 页。

③ 甘珠尔扎布、王宪忠：《关于〈筷子舞〉》，内蒙古民间艺术研究室编《内蒙古舞蹈选集》（一），内蒙古人民出版社 1965 年版，第 119 页。

④ 甘珠尔扎布、王宪忠：《关于〈筷子舞〉》，内蒙古民间艺术研究室编《内蒙古舞蹈选集》（一），内蒙古人民出版社 1965 年版，第 119 页。

⑤ 钟敬文主编：《民间文学概论》，高等教育出版社 2010 年版，第 111 页。

《中国民歌选》（第三集）①；1958年，中国民间文艺研究会编辑、出版了《农村大跃进歌谣：资料本》（三）②；1958年，作家出版社出版了中国民间文艺研究会编《工矿大跃进歌谣选》和《农村大跃进歌谣选》③；1958年，作家出版社编辑、出版了《地方工业满天星：工业跃进歌谣》和《红钢好似火龙翻：工矿跃进歌谣》④；1959年，作家出版社出版了中国民间文艺研究会编《少数民族大跃进歌谣选》⑤；1959年，中国民间文艺研究会资料室编辑、出版了《中国民间文学资料·歌谣》（一、二、三、五、六、七）⑥；1959年，中国民间文艺研究会国庆献礼丛书办公室编辑、出版了《中国歌谣选：初选稿》（第2卷上、下编，第3卷）⑦；1959年，红旗杂志社出版了郭沫若、周扬编《红旗歌谣》⑧等。

一　内蒙古民歌运动时期民歌搜集作品概况

1958年的民歌运动是全国性搜集工作模式的实践。钟敬文主编的《民间文学概论》总结了1958年以来我国民间文学搜集工作的进展。白彦在1958年出版的《大跃进歌谣选》的序言中，肯定了人民群众在社会主义新时期的民歌创作，指出文艺工作者的工作方法是要彻底改造自己，向劳动群众学习，深入民众生活与斗争⑨。白彦指出农村歌谣和工厂歌谣的特点如下：

最明显的特征在于密切结合当前斗争任务，为政治服务，为生产

① 民族音乐研究所：《编后》，中央音乐学院民族音乐研究所编《中国民歌选》（第三集），音乐出版社1958年版。

② 中国民间文艺研究会编：《农村大跃进歌谣：资料本》（三），1958年。

③ 中国民间文艺研究会编：《工矿大跃进歌谣选》，作家出版社1958年版。中国民间文艺研究会编《农村大跃进歌谣选》，作家出版社1958年版。

④ 作家出版社编辑部编：《地方工业满天星：工业跃进歌谣》，作家出版社1958年版。作家出版社编辑部编：《红钢好似火龙翻：工矿跃进歌谣》，作家出版社1958年版。

⑤ 中国民间文艺研究会编：《少数民族大跃进歌谣选》，作家出版社1959年版。

⑥ 中国民间文艺研究会资料室编：《中国民间文学资料·歌谣》（一、二、三、五、六、七），1959年。

⑦ 中国民间文艺研究会国庆献礼丛书办公室编：《中国歌谣选：初选稿》（第2卷上、下编，第3卷），1959年。

⑧ 郭沫若、周扬编：《红旗歌谣》，红旗杂志社1959年版。

⑨ 白彦：《序》，上海文艺出版社编《大跃进歌谣选》，上海文艺出版社1958年版，第5页。落款时间："1958.5.5"。

建设服务，有鲜明的目标。……同时，它十分生动活泼地运用群众的语言，创造出有利的形象，充满了共产主义的风格。它既是群众喜听乐唱的歌谣，又是行动的战斗口号。许多生产的规划、兴修水利，以及卫生、绿化、学文化，都编成了优美的歌谣。①

　　上述文字阐述了民歌的革命斗争作用和政治服务、生产服务意义。民歌之所以能发挥这样的作用，产生这样的意义，首先在于民歌深入群众生活，有深厚的群众基础，是群众喜闻乐见的艺术形式；其次，民歌又具有简洁、富有节奏性的口号特征，易于流传，有利于传播民众生产、生活建设思想和活动。

　　1959 年，新中国成立十周年之际，在国庆前夕，贾芝和孙剑冰编辑出版了民歌集《颂歌》，具有献礼的政治意义。这本《颂歌》是我国各民族各地区人民对祖国的歌颂，尤其是 1958 年以来的民歌。这些颂歌反映了新中国成立十年间的社会发展和人民生活状况，尤其是 1958 年以来的生产和生活建设。

　　开国十年来，我国出现了一个光辉灿烂的新时期。这十年我们并不觉得很长，但是我们经历了惊天动地的变化：中国人民在中国共产党和伟大领袖毛主席的领导下连续取得了民主革命和社会主义革命两个革命的辉煌胜利。全国各民族成立了亲密合作的民族大家庭。我们的志愿军支援朝鲜人民粉碎了美帝国主义侵略者的凶恶进攻。1958年……我们又掀起了一个千军万马飞跃向前的社会主义建设大跃进的高潮，而且在只有两个月的时间内全国建立了实现社会主义和共产主义的最好的社会组织形式：人民公社。现在，全国人民正在"鼓干劲、反右倾"的伟大号召下继续跃进。而在这轰轰烈烈的十年中间，我们听到了各族人民创作的大量的欢乐洋溢的新民歌，听到了许多热爱新社会、热爱自由和幸福的纵情歌唱，其中最引人注目的是歌颂党、歌颂毛主席的歌及其它颂歌。②

---

① 白彦：《序》，上海文艺出版社编《大跃进歌谣选》，上海文艺出版社 1958 年版，第4 页。

② 贾芝：《十年颂歌——庆祝建国十周年》，贾芝、孙剑冰编《颂歌》，中国青年出版社 1959 年版，第 1—2 页。

《中国民歌选》（第三集）是新民歌运动期间编辑出版的集子，收录了全国各地的新民歌。其中收录了两首内蒙古民歌，分别是内蒙古西部民歌《满野歌声满野笑》和内蒙古河套民歌《绿化歌声遍地传》①。它们是内蒙古农村生产建设和幸福生活的写照，反映了民众进行社会主义生产生活建设的喜悦之情。以上文字还表明搜集新民歌的工作具有重要意义，即新民歌不仅可以作为研究资料，还能够成为一种宝贵的社会资源，转化和凝聚为一股社会力量，鼓舞人民朝着共产主义道路奋进。

在社会层面，新民歌的搜集工作可以促进新民歌的传播和交流，可以激发民众建设社会主义社会的干劲和热情。

1959 年"诗刊"编辑部编《1958 诗选》，徐迟在《序言》中指出：

> 几乎每一个县，从县委书记到群众，全都动手写诗；全都举办民歌展览会。到处赛诗，以至全省通过无线电广播来赛诗。各地出版的油印和铅印的诗集、诗选和诗歌刊物，不可计数。诗写在街头上，刻在石碑上，贴在车间、工地和高炉上。诗传单在全国飞舞。
>
> 生产劳动产生了诗歌，诗歌推动了生产，推动了生活向前进。②

以上文字描绘了 1958 年我国全国各地从领导干部到人民群众进行形式多样的民歌创作和传播的热潮。通过无线电广播、传单、刻字等方式进行创作、比赛和传播。

徐迟在《1958 诗选》的《序言》中还指出：

> 公社的诞生、大炼钢铁、高产丰收等等，农村中的大跃进面貌在今年的诗歌中得到了最充分的反映。老歌手王老九这一年中歌唱了总路线，歌唱了劳动人民扭转乾坤改造天地，歌唱了公社。如果说，以前我们只有一个王老九，现在则是村村社社都有了。刘勇、刘章等等，许多农民诗人的声名越出了本村本县本省。许多农民诗人出了诗集。许多少数民族的诗人也都已声誉越出了本民族的范围，成为全国著名的诗人。傣族的康朗甩、康朗英，彝族的吴琪拉达等都写出了魅

---

① 中央音乐学院民族音乐研究所编：《中国民歌选》（第三集），音乐出版社 1958 年版，第 57—58、62 页。

② 徐迟：《序言》，"诗刊"编辑部编《1958 诗选》，作家出版社 1959 年版，第 1 页。

力的诗篇。①

通过以上文字，我们了解到新民歌所反映的公社建设、工业生产和农村跃进等题材。在此期间诞生了许多农民歌手和少数民族诗人，他们的影响力超越本村、本族，被更多的人、更多民族的人们所熟识。

中国民间文艺研究会出版了很多全国性的民歌资料集，如 1958 年的《工矿大跃进歌谣选》《农村大跃进歌谣选》，1959 年的《中国民间文学资料·歌谣》（一）等。作家出版社编辑部出版了《地方工业满天星：工业跃进歌谣》《红钢好似火龙翻：工矿跃进歌谣》等工业民歌集。这些工矿和农村民歌中的内蒙古作品，展现了内蒙古民众在社会主义总路线方针下的十足干劲，以及搞好社会主义工农业生产建设、实现跃进的美好愿景。关于少数民族民歌，中国民间文艺研究会也编有《少数民族大跃进歌谣选》等②，

1958 年，中国民间文艺研究会编《农村大跃进歌谣：资料本》（三）出版，其《说明》指出：

> 印发前两部资料之后，我们极感高兴地看到：在全民动手收集民歌的号召下，短短的两个月期间，全国各地相继选印当地歌谣专集或分册（仅新疆和西藏两区尚未见到）。不少省、区、市、盟、旗、县、镇、乡，甚至还有个别农业合作社的主管部门，每出一册都及时地源源寄赠本会。目前截计为数总共不下 500 种。这个数字，限于本会所受到的局部统计，较之全国各地的实际编印种目，不过是九牛一毛吧了。③

从以上文字，我们可以看出我国民歌搜集工作是全国总动员，这本资料集基本覆盖了我国各个省市自治区，包括内蒙古自治区。民歌搜集工作

---

① 徐迟：《序言》，"诗刊"编辑部编《1958 诗选》，作家出版社 1959 年版，第 9 页。
② 中国民间文艺研究会：《后记》，中国民间文艺研究会编《少数民族大跃进歌谣选》，作家出版社 1959 年版，第 166 页。落款时间："1958 年 11 月 6 日"。
③ 中国民间文艺研究会：《说明》，中国民间文艺研究会编《农村大跃进歌谣：资料本》（三），中国民间文艺研究会，1958 年。落款时间："1958.6.12"。此《说明》位于第 1 页，但原书无页码。

取得了显著的成绩。

民歌运动时期少数民族歌谣中都收录了蒙古族民歌，如中国少数歌谣编选组编《中国少数民族歌谣：资料本》（上册）中收录112首蒙古族民歌①。这些民歌反映了内蒙古蒙古族人民的社会生产生活，他们和汉族一样歌颂党和毛主席，歌颂社会主义生活，这体现了社会主义国家民族政策的优越性。

二　内蒙古民歌运动时期民歌搜集作品的内容结构

1958年，韩燕如在中国民间文学工作者大会上呼吁："呼和浩特市决定在3年到5年内要生产50万吨钢，搜集50万首民歌……内蒙全区要在5年内搜集1千万首民歌，旗（县）的负责同志认为1千万的指标还嫌保守。这足以证明内蒙民歌的蕴藏量是惊人的。"② 韩燕如是内蒙古地区爬山歌的搜集者，他的发言反映了内蒙古开展民歌搜集工作的热情和决心。

1958年出版的中国作家协会内蒙古分会编《内蒙古跃进民歌选》的《前言》中写道：

> 内蒙古自治区成立十一年来，由于党十分重视搜集、整理、研究、出版各族的民间文学作品，从而取得了一定的成绩。这是首先应该加以肯定的。然而我们若把已获得的成绩和内蒙古族民间文学的蕴藏量相比较，显然是大海中的一滴，或者说对民间文学的搜集、整理、研究工作还仅仅是一个开始。尤其是目前在万马奔腾的社会主义建设大跃进中，我区工业、农业、牧业、林业等生产战线上出现了大量的新民歌，这批新生长起来的民歌，它的内容丰富，形式多样，是已往任何时代的民歌所不能比拟的。它象征着我区各族人民文学空前的繁荣景象。③

---

① 中国少数歌谣编选组编：《中国少数民族歌谣：资料本》（上册），1959年，第1—37页。

② 谢冕主编，刘福春分册主编：《中国新诗总系第10卷·史料1917—2000》，人民文学出版社2009年版，第422页。落款："选自《文艺报》1958年第15期"。

③ 中国作家协会内蒙古分会：《前言》，中国作家协会内蒙古分会编《内蒙古跃进民歌选》，内蒙古人民出版社1958年版，第1页。落款时间："1958年6月14日"。

　　以上文字肯定了内蒙古民歌搜集工作的成绩，指出了内蒙古民歌蕴藏的丰富性和各行各业生产、生活中涌现的新民歌，反映了我国社会主义新文艺时期繁荣的民歌创作，这对民歌的搜集工作提出了更高的要求。

　　1958 年，中国民间文艺研究会主编《内蒙古民歌》出版，译者奥其、松来在《后记》中指出：

> 　　内蒙古自治区文化主管部门，为了发扬自己民族的传统的文化，为了和各兄弟民族进行文学艺术的交流，很早就注意了搜集整理和翻译出版的工作。我们在领导的督促和帮助之下，曾搜集了一些民歌。但由于我们的水平和资料不充实的限制，没有能够及时向全国各兄弟民族介绍，而仅仅为了保存资料，曾由内蒙古人民出版社出版过一次。在这次重印之前，我们又对原译文进行了一些修改。①

　　我们注意到，在社会主义新文艺时期的内蒙古自治区的文化部门重视内蒙古民歌的搜集工作，是在内蒙古自治区文化部门统一领导下组织的搜集实践。首先，民歌可以促进内蒙古地区和其他各省市的交流，促进蒙古族和其他兄弟民族的交流。其次，搜集民歌是对民歌资料的保存，对民歌遗产的整理。

　　1959 年，由内蒙古自治区百万民歌展览歌唱运动月委员会编《内蒙古民歌选》出版，李欣在《关于大跃进民歌——〈内蒙古民歌选〉序》中指出：

> 　　自治区的各族人民，也歌颂着他们的亲密团结的新的民族关系。他们扫除掉几千年来压在自己头上的阶级剥削和民族隔阂，按照毛主席一九四七年在自治区成立之时贺电中所指示的方向，"创造自由光明的新历史。"自治区各族人民在百年来反帝反封建的斗争中，在解放前夕的抗日战争与解放战争中，已经建立了同甘共苦休戚与共的友谊；又在实现统一的区域自治的过程中，在民主改革与社会改革的斗争中，在社会主义革命与社会主义建设事业中，建立起血肉相关团结

---

　　① 译者：《后记》，中国民间文艺研究会主编《内蒙古民歌》，奥其、松来合译，通俗文艺出版社 1958 年版，第 166 页。

友爱的兄弟关系。现在他们沐浴着民族友爱的和煦阳光，进行着共同发展共同繁荣的事业，于是他们满怀着无限欢欣展望着光明的未来，而响起了歌颂这种新的民族关系的一片歌声……①

以上文字描述了 1947 年成立内蒙古自治区以来，各族人民在近现代民族解放、民主革命和社会革命的统一历史进程中，在休戚与共的血肉联系和革命友谊的基础上建立了亲密无间的新民族关系，民歌是对这一变化的歌颂。1947 年内蒙古自治区成立后，尤其是 1949 年新中国成立后，内蒙古地区各族人民团结协作，开展社会主义革命和建设，在新民族关系中继续开创统一的历史和文化，搜集和创作了大量的民歌。

三　内蒙古民歌运动时期民歌搜集者的反思

钟敬文主编的《民间文学概论》指出：

当然，1958 年的采风运动，在取得显著成果的同时，在新民歌的创作方面，也存在一定的缺点和问题。比如有人提出什么"人人写诗"、"人人唱歌"之类的错误口号，有些地方要工农群众停工停产来放"文艺卫星"，还有摊派写诗、单纯追求数量等等。这些做法，必然会导致弄虚作假。经济工作中的某些错误做法，也影响了后来民间文学工作的健康发展。②

我们看到民歌搜集成就的同时，也要注意在搜集过程中产生的问题。在研究以往搜集的内蒙古民歌时，要注意到这些内蒙古民歌在搜集的过程中，在搜集原则和方法上可能存在的问题，以至于新民歌可能存在的问题。

1958 年的民歌运动还涉及政治与文艺的关系，普及与提高的关系，以及专业与业余的关系等问题。1958 年的民歌运动是一场全国范围内各族民众广泛参与的文艺运动，将政府、文艺工作者和广大民众紧密联系在一起，它的社会意义要高于文艺价值本身。仅就重视程度和影响力而言，

① 李欣：《关于大跃进民歌——〈内蒙古民歌选〉序》，内蒙古自治区百万民歌展览歌唱运动月委员会编《内蒙古民歌选》，内蒙古人民出版社 1959 年版，第 2—3 页。
② 钟敬文主编：《民间文学概论》，高等教育出版社 2010 年版，第 111 页。

民歌作为民间文艺、民俗文化的重要体裁形式，在全国范围内引起如此大的反响，在当时是空前的，在今天看来也是难以超越的。内蒙古民歌运动在全国范围内是突出的，内蒙古百万民歌展览歌唱运动还掀起了民歌运动的高潮，将内蒙古民歌创作、搜集与活动的经验带到北京，传播到全国，令人瞩目。

小　结

本章总结了新中国成立初期第三阶段（1957—1959）以《中国民间故事选》为代表的民间故事搜集情况，以二人台小戏和好来宝说唱为主的内蒙古民间戏曲搜集工作，以内蒙古文工团为主的内蒙古民间舞蹈的搜集情况和大跃进民歌运动时期内蒙古民歌的搜集情况。第三阶段出现了各民间文艺体裁搜集工作全面发展的搜集态势，专业性文艺演出和群众性文艺活动蓬勃开展。

第一，在搜集意义方面，在民歌运动的带动下，民间文艺各体裁的搜集工作得到了全面启动，抢救了一批内蒙古民间文艺遗产，把内蒙古音乐和舞蹈推广到全国和世界。第三阶段的文艺搜集工作具有文化建设意义，更具有政治建设和社会建设的意义。内蒙古民间文艺的搜集工作在全国范围内是较为突出的。

第二，在搜集观点方面，极大地体现了马克思主义观点、社会主义新文艺观点、国家观点和民族观点，新民歌涌现，新故事也不断出现，民间艺人和作家、艺术家对内蒙古二人台、民间说唱和民间舞蹈进行改编和创作，以满足群众的需要和社会主义新文艺建设的政治文化需要。第三阶段在民间文艺搜集工作方面有很多思考，给社会主义新文艺建设提供了丰富的经验。如既要进行民间文艺搜集、整理，又要适当改编和创作，普及与提高要结合起来，因此，在文艺团体建设方面，既要注重专业团体的建设，也要注重业余团体的建设，在业余文艺团体建设的基础上，着力发展群众性文艺活动。

第三，在搜集模式方面，本章主要介绍了全国性搜集和区域性搜集两种工作模式。民歌运动和贾芝、孙剑冰对全国民间故事编辑，都属于全国性搜集的工作模式。在全国性搜集背景下，内蒙古地区的搜集工作属于区域性搜集的工作模式，如内蒙古民歌运动，内蒙古民间戏曲和民间舞蹈的搜集与改编。全国性搜集与区域性搜集是不能分离的，开展民间文艺的搜集工作需要结合这两种搜集方式，相互支撑。全国性搜集工作可以带动和支持区域性搜集工作，区域性搜集成果和个案经验又可以转化和共享为全国民间文艺遗产与普遍经验。全国搜集有利于区域民间文艺成果的推广，区域性搜集有利于本地区本民族民间文艺遗产的保护和传承。如全国性的民歌运动带动了内蒙古民歌运动，内蒙古民歌运动又在全国处于领先地位，内蒙古百万民歌展览歌唱运动掀起了全国民歌运动的高潮，到北京演出，成为示范区域。全国性搜集和区域性搜集，需要全国和各地区政府、文艺机构和群众的共同努力。全国性文艺团体，如中国民间文艺研究会，和区域性文艺团体，如内蒙古文工团，发挥了重要的组织作用。蒙古族民间艺人毛依罕、琶杰和色拉西改编的民间说唱，推动了社会主义新文艺的建设。

第四，在搜集方法的记录和整理方面，再次反思了记录的忠实度问题，指出整理民间文学时要慎重。音乐和舞蹈不存在翻译问题。内蒙古百万民歌展览歌唱运动会被邀请到北京演出，获得了称赞。汉族舞蹈家吴晓邦和贾作光，通过对内蒙古民间舞蹈的改编和创作，在全国和世界推广了蒙古族舞蹈，推动了文化繁荣和民族团结。

第五章　新中国成立初期内蒙古地区民间文学搜集整理工作的基本模式与历史经验

第一节　国家搜集与地区性搜集

一　国家搜集

国家搜集是指在国家观点的指导下，以中国民间文艺研究会为主的国家性组织的授意下开展的各民族、各地区的民间文学的搜集整理工作。

1950 年，中国民间文艺研究会这一机构的成立对全国民间文艺工作的发展具有重大作用。在思想上，贯彻党的指导思想，明确搜集原则、方法和意义等。在实践上，建设民间文艺搜集队伍，发动群众，直接组织搜集整理出版工作，间接组织和指导地方机构和地方民间文艺工作者从事民歌搜集工作，取得了很大的成绩。

国家搜集是以国家观念为主的，即把全国各民族各地区的民间文学搜集工作视为一个整体，兼顾地区性和民族性，力求组织各民族各地区的民间文学搜集工作。中国民间文艺研究会通过派遣搜集队伍或委派民间文艺工作者，在全国各民族各地区开展民间文艺的搜集工作。中国民间文艺研究会还积极组织整理、翻译、出版工作和各种民间文艺类活动。中国文联、北京大学、北京师范大学、中国社科院等机构和单位也积极组织民间文学史的撰写工作和民间文学的搜集整理工作等。

1958 年至 1961 年，贾芝、孙剑冰通过整理全国各地各民族的民间故事，出版了代表性的《中国民间故事选》（第一集）、《中国民间故事集》和《中国民间故事选》（第二集）。其中，《中国民间故事选》（第一集）是"为了献给全国第一次民间文学工作者会议"①，《中国民间故事集》是《中国民间故事选》的精简本，《中国民间故事选》（第二集）是为了"献给那时在北京召开全国民间文学工作者大会"②。《中国民间故事选》（第一、二集）整理出版工作是在搜集整理民间文艺和国家动员的整体背景下开展的，是新中国成立初期搜集整理民间故事的总结性成果。

1958 年的民歌运动是国家搜集工作方式的集中体现和高潮，体现了国家搜集在集中力量办大事方面的优势，在短时间内能够调动起全国的力量，搜集和创作了海量民歌，各地民歌活动生龙活虎。

钟敬文主编的《民间文学概论》指出：

　　特别是 1958 年，在毛泽东倡议下，全国掀起了一个新的采风运动。同年召开的第一次全国民间文学工作者代表大会上，提出了"全面搜集，重点整理，大力推广，加强研究"的民间文学工作方针，《人民日报》也发表了《大规模地收集全国民歌》的社论。一个群众性的民间文学搜集活动，蓬蓬勃勃地开展起来。在不长的时间内，搜集到了大量的新民歌和传统民歌。③

以上文字指出 1958 年以来我国民间文学搜集工作的进展及取得的成绩。1958 年，从整体上倡导对我国各民族民间文学的搜集工作，民歌搜集工作在国家的倡导下开展为全国民歌运动。1958 年毛泽东对搜集民间文学的倡议，掀起了全国性的采风运动，这是国家在民间文学建设方面的政治引领。第一次全国民间文学工作者大会上提出的民间文学"十六字"方针规定了民间文学搜集、整理、宣传和研究的原则和思路，这是国家在民间文学建设方面的机构组织。《人民日报》发表的社论，是国家在民间文学建设方面的舆论宣传。

1959 年，北京大学中文系瞿秋白文学会、中国民间文艺研究会资料编《中国歌谣资料》（第一集）的《编辑说明》指出这本民歌资料是对

① 贾芝、孙剑冰：《前记》，贾芝、孙剑冰编《中国民间故事选》（第一集），人民文学出版社 1980 年版，第 1 页。落款时间："1958 年 6 月 19 日"。
② 贾芝：《民间故事的魅力——〈中国民间故事选〉二集序言》，贾芝、孙剑冰编《中国民间故事选》（第二集），作家出版社 1961 年版，第 21 页。
③ 钟敬文主编：《民间文学概论》，高等教育出版社 2010 年版，第 111 页。

我国"五四"以前歌谣的搜集,搜集目的主要是为民间文艺研究者、工作者提供资料①。

1959 年中国民间文艺研究会资料室和北京大学中文系瞿秋白文学会编辑出版了《中国歌谣资料》(第二集上册),在《编辑说明》中指出:

> 有些歌谣的思想性艺术性虽不甚高,但或者为了照顾民族、地区、形式,或者由于它们所反映的内容方面比较特殊,也适当选入了一部分。对于互相雷同的歌谣,我们一般只选其中的一首;有的歌谣虽然内容相似但出现在不同的地区或民族,还有一定研究价值,为了研究者的需要我们酌情选入了一定数量……②

以上文字介绍了收录各地各民族民歌的原则,这一原则综合民族、地区、形式或特殊内容等诸多因素,遴选原则适度向一些民族和地区倾斜,尽量呈现多民族、多地区的民歌样貌。这充分展现了收录各民族、各地区民歌的国家视角。《中国歌谣资料》(第二集上册) 共收录 7 首蒙古族民歌,分别是《绣枕头》(原名《亲爱的情人》)、《韩密香》《龙梅》《查哈贝勒之歌》《情歌》《达拉瓦》和《泉水》。

段宝林在《难忘的黄金时代》中回忆:

> 当时中国民间文艺研究会正委托北大中文系师生编选《中国歌谣选》和《中国歌谣资料》,我带领 1956 级瞿秋白文学会学生们分头阅读了所有能找到的歌谣书刊、抄本,从中选出有代表性的作品分类编排,后来由作家出版社出版了三本《中国歌谣资料》,内部油印了十多本。从这一工作中向中国民间文艺研究会的专家陶建基等同志和同学们学到了许多东西。③

---

① 中国民间文艺研究会资料室:《编辑说明》,北京大学中文系瞿秋白文学会、中国民间文艺研究会资料《中国歌谣资料》(第一集),作家出版社 1959 年版,第 1 页。落款时间:"1959年 3 月"。

② 中国民间文艺研究会资料室:《编辑说明》,中国民间文艺研究会资料主编、北京大学中文系瞿秋白文学会编《中国歌谣资料》(第二集上册),作家出版社 1959 年版,第 2 页。落款时间:"1959. 3. 20"。

③ 段宝林:《难忘的黄金时代》,谷向阳主编、北京大学中国名人丛书编委会编《青春似火》,中国友谊出版公司 1994 年版,第 262 页。

　　从段宝林的回忆中，我们了解到北大瞿秋白文学会对民歌的搜集工作是在民研会的委托下进行的。

　　1959 年，中国民间文艺研究会资料室编的《中国民间文学资料·歌谣》（一）的《说明》写道：

> 　　这本歌谣资料里，所选的是 1959 年 2 月份，全国报刊中所载的歌谣，依照原文，未作修改。共计 1103 首，按省市分编，包括二直辖市、二十五个省。目的是为了供给民间文学专家、研究者、工作者及有关同志进行研究参考。①

　　以上文字说明，这本歌谣资料的覆盖范围和编辑目的，是对我国 27 个省市 1959 年 2 月歌谣的遴选和汇总，其中包括内蒙古自治区歌谣。这本歌谣集收录了 13 首内蒙古歌谣，分别是《鼓响号鸣上天台》《新社会里诗歌多》《光荣簿上添新人》《干劲赛春潮》《社象一枝花》《大青山也能摇几摇》《翻地三尺》《老矿工的话》《千家万家成一家》《黄河鲤鱼也跃进》《老人》《乐啥》和《一颗宝珠在路旁》。

　　1959 年，中国民间文艺研究会资料室编《中国民间文学资料·歌谣》（二）收录 11 首内蒙古歌谣，分别是《县长扛锹来到了》《我骄傲的"丰产羊"》《高高的山上红旗飘》《毛泽东时代最幸福》《总路线日夜放光芒》《白云山》《地下还比天上长》《颂秀丽》《矿象山泉流四方》《毛主席的恩情说不尽》和《忘了哄娃娃》。另外，还有蒙古族歌谣 3 首：《毛主席的主意好》《幸福不忘党和毛主席》和《牧民挥起钢钎》。反映了社会主义总路线方针政策对生产建设的指导作用，以及对党、毛主席的歌颂②。

　　中国民间文艺研究会资料室编的《中国民间文学资料·歌谣》（二）的《说明》指出：

> 　　这本歌谣资料里，所选的是 1959 年 3、4 月份，全国报刊中所载的歌谣，依照原文，未作修改。共计 1189 首，按省市各兄弟民族分

---

　　①　中国民间文艺研究会资料室：《说明》，中国民间文艺研究会资料室编《中国民间文学资料·歌谣》（一），1959 年。《说明》位于扉页，无页码。
　　②　中国民间文艺研究会资料室编：《中国民间文学资料·歌谣》（二），1959 年。

编，包括二直辖市、二十六个省、28 个兄弟民族。有些兄弟民族，因为我们手上没有资材，所以没有编入，这是我们工作的缺点。①

以上文字表明，民研会在编辑出版《中国民间文学资料·歌谣》（二）时，是从各民族、各地区民歌中挑选出来的。

1959 年，中国民间文艺研究会国庆献礼丛书办公室编《中国歌谣选：初选稿》（第 3 卷）出版②。这些歌谣表达了各族人民对党和毛主席的感激之情和对新时代的歌颂。

1959，北京大学中文系瞿秋白文学会编《中国歌谣补充资料》（三）出版③。这本民歌集共收录了20 个省和地区的民歌，从各省民歌数量来看，内蒙古民歌有 72 首，仅次于广东省和西北地区，足见国家重视收录蒙古族民歌。在 72 首内蒙古民歌中，包括 65 首爬山调，其余民歌有《走西口》《五哥放羊》《郎唱山歌响过湾》《一心跟哥哥》《贤妹挨打果是真》和《早知你走不和你交》。

1959 年，北京大学中文系瞿秋白文学会编的《中国歌谣补充资料》（七）出版，这本歌谣集包括 5 部分，每个部分按照我国各个省和地区分类列出各个时期的歌谣："五四"至北伐时期的歌谣；第一、二次国内革命战争时期的歌谣；抗日战争时期的歌谣，包括内蒙古民歌 28 首，表现了蒙古人民的抗日精神；第三次国内革命战争时期，包括内蒙古民歌 22 首，表达了内蒙古人民对中国共产党的拥护；中华人民共和国成立十年来的歌谣，包括内蒙古民歌 12 首，表达了内蒙古人民对毛主席的感激和敬爱，除此之外，兄弟民族的歌谣部分还收录了蒙古族民歌 15 首，分别是《五谷牛羊双丰收》《额济纳草原见到了太阳》《送给毛主席》《献花舞》《恩长不过共产党》《我们村完成了合作化》《爬山调》（6 首）、《踏上自由幸福的路》《爬山调》和《送子出征歌》。

1959 年，在中国少数民族歌谣编选组编《中国少数民族歌谣：资料本》（上册）的《编辑说明》中有如下文字：

---

① 中国民间文艺研究会资料室：《说明》，中国民间文艺研究会资料室编《中国民间文学资料·歌谣》（二），1959 年。

② 中国民间文艺研究会国庆献礼丛书办公室编：《中国歌谣选：初选稿》（第 3 卷），1959 年。

③ 《各省收录民歌一览表》内容来自原著目录。

我国是一个多民族国家，各民族都有极其丰富的民间歌谣，我们编选这本"中国少数民族歌谣"资料本，是为了搜集各民族现代和传统的民间歌谣，供作精选"中国少数民族歌谣"的参考，同时，也可以给民族文学工作者、民族民间文学爱好者和文艺界同志们提供资料。①

以上文字指出本歌谣集的编辑目的，第一，此资料本力求覆盖各民族现代和传统歌谣，为"中国少数民族歌谣"的编辑提供充分的资料。第二，为民族民间文艺研究者提供研究资料。

《中国少数民族歌谣：资料本》（上册）共收录 112 首蒙古族民歌②。该资料本的《编辑说明》还指出：

该书的编选工作，是在中华人民共和国民族事务委员会的领导下，由中国民间文艺研究会、中央民族学院和中国科学院少数民族语言研究所等单位抽调人力负责编选，到现在我们共选入五十一个民族的民歌共 3511 首，这些民歌的内容有歌颂共产党和毛主席；歌唱大跃进、人民公社、民族团结、劳动生产、爱情和礼俗等。在编排上，每个民族的民歌，都按内容不同而分类。

材料来源：有的是选自己发表在民歌专集和报刊杂志上的，也有选自名地有关单位及"民族团结"月刊编辑部，"民间文艺"编辑部的原始稿件。在搜集材料过程中，我们得到中国科学院民族研究所、少数民族语言研究所、中央民族学院语文系汉语文学教研组等单位的热情支持，我们在此表示深深地感谢。③

"在中华人民共和国民族事务委员会的领导下，由中国民间文艺研究会、中央民族学院和中国科学院少数民族语言研究所等单位抽调人力负责

---

① 中国少数民族歌谣编选组：《编者说明》，中国少数民族歌谣编选组编《中国少数民族歌谣：资料本》（上册），1959 年。落款时间："1959.10"。《编者说明》无页码。

② 中国少数民族歌谣编选组：《编者说明》，中国少数民族歌谣编选组编《中国少数民族歌谣：资料本》（上册），1959 年，第 3—37 页。

③ 中国少数民族歌谣编选组：《编者说明》，中国少数民族歌谣编选组编《中国少数民族歌谣：资料本》（上册），1959 年。

编选"等文字，说明这本歌集的搜集和出版过程受到了诸多国家机构和研究单位的支持。在编选内容上收入了 51 个民族的民歌，充分体现了我国的统一的多民族国家性质。民歌反映了社会主义新时期的生产、生活状况，体现了社会主义文艺的新风貌。

二　地区性搜集

地区性搜集是指民间文艺机构或民间文艺工作者，或在国家的指导下，或个人自觉地在当地开展民间文学的搜集整理工作，民族地区还包括翻译工作。

内蒙古民间文学的地区性搜集工作离不开内蒙古政府和文艺机构的支持。1949 年，安波、许直、胡尔查搜集整理和翻译的《蒙古民歌集》出版①，在搜集、整理和翻译方面，得益于冀察热辽鲁艺和东北文协文工团的便利条件，使得安波、许直等人有机会接触到蒙古族民歌。在出版方面，1949 年，勇夫在《蒙古民歌集》的序言中指出：

> 在内蒙地区，民间流传着的歌曲，确实是够丰富的；过去虽也有人留心和研究过，但是并没有将它汇集起来印成集子。而今天以所以能够搜集编印出版，其主要原因是在共产党领导下的新内蒙，重视人民的文化，并培植它，发扬它，所以才获得了这样地繁荣滋长的好机会。②

在内蒙古地区搜集民歌的原因有二：一是内蒙古地区流传着丰富的民歌，二是党的文化政策重视人民的文化。《蒙古民歌集》的出版与中国共产党的文化政策引导有关，但属于地区性搜集。

1950 年，安波在《东蒙民歌选》的《编后记》中指出：

> 那本内蒙民歌集的出版，得到内蒙报社诸同志很大的帮助，特别是勇夫同志，那森图同志都拿出了很大的时间，对译词加以仔细的校

---

① 东北文协文工团辑：《蒙古民歌集》（蒙汉文对照），内蒙古日报出版发行部 1949 年版。
② 勇夫：《序》，东北文协文工团辑《蒙古民歌集》（蒙汉文对照），内蒙古日报出版发行部 1949 年版，第 1 页。

正。但那时的译词尚未配上曲调，是只能看，不能唱的，能唱的只有蒙文。①

安波所言"内蒙民歌集"即指 1949 年出版的《蒙古民歌集》②。从安波的叙述中，我们了解到，在民研会成立以前，1949 年《蒙古民歌集》的出版得到内蒙古日报社的支持，得到报社工作者勇夫和那森图在译词上的帮助。

韩燕如在 1947 年前就开始搜集内蒙古的爬山歌，后来韩燕如在《回忆我走过的路》③ 一文中指出，1953 年春天，他从包头调到内蒙古文联，有了专注搞民间文学的采风工作的条件④。韩燕如任职于内蒙古文联有利于开展爬山歌的搜集工作。

陈清漳组织内蒙古文工团的民间文艺工作者共同整理和翻译了有名的蒙古族民间叙事诗"嘎达梅林"和蒙古族笑话"巴拉根仓的故事"。《人民文学》1950 年第 1 期上发表了陈清漳等人合译的《嘎达梅林》（内蒙古民间叙事长诗）文本和陈清漳写的《关于"嘎达梅林"》一文⑤。1960 年内蒙古人民出版社出版的《巴拉根仓的故事》收录了 27 篇巴拉根仓的故事，让巴拉根仓的故事这一类蒙古族机智人物故事在社会上引起反响⑥。根据芒·牧林《和陈同志相处的日子——忆陈清漳同志》一文的回忆，1955 年陈清漳就已经搜集了一些巴拉根仓的故事了，芒·牧林又补充了一些故事，早期陈清漳与赛西合作，加上后来陈清漳与芒·牧林的合作，促成了 1960 年出版的《巴拉根仓的故事》。

部分内蒙古民间文学地区性搜集成果，在中国民间文艺研究会的支持

---

①　安波：《编后记》，安波、许直合编《东蒙民歌选》，新文艺出版社 1952 年版，第 331—332 页。

②　指东北文协文工团辑《蒙古民歌集》（蒙汉文对照），内蒙古日报社出版发行部 1949 年版。

③　韩燕如：《回忆我走过的路》，呼和浩特市政协文史资料委员会编《呼和浩特文史资料》（第 8 辑），1991 年 11 月，第 161—165 页。

④　韩燕如：《回忆我走过的路》，呼和浩特市政协文史资料委员会编《呼和浩特文史资料》（第 8 辑），1991 年 11 月，第 163 页。

⑤　陈清漳、鹏飞、孟和巴特、达木林、军力、美丽其格、松来扎木苏、塞西亚拉图合译：《嘎达梅林》（内蒙古民间叙事长诗），《人民文学》1950 年第 1 期。陈清漳：《关于"嘎达梅林"》，《人民文学》1950 年第 1 期。

⑥　陈清漳、赛西、芒·牧林整理：《巴拉根仓的故事》，内蒙古人民出版社 1960 年版。

下出版或再版,将地区性成果国家化。

1952 年,再版的《东蒙民歌选》则是在中国民间文艺研究会的指导下的成果。1952 年,安波、许直合编的《东蒙民歌选》出版,《编后记》中指出:

> 今年六月,中国民间文艺研究会即给我以任务,要我重新加以编选,并编成汉文歌词,配上曲调。①

从安波的叙述中,我们了解到,1952 年《东蒙民歌选》的编辑出版,是应民研会的要求,在《蒙古民歌集》的基础上进行改编并出版②。《东蒙民歌选》在《蒙古民歌集》的基础上,增加了汉文歌词,配上了相应的曲调,将地区性、民族性成果转化为能够与全国人民交流和共享的国家性成果。

韩燕如分别于 1953 年、1956 年和 1958 年出版了《爬山歌选》(一集)、《爬山歌选》(二集)和《爬山歌选》(三集),搜集整理了大量内蒙古地区爬山歌。韩燕如在《爬山歌选》(一集)的《后记》中指出:

> 搜集整理和研究人民的口头文学遗产,必须有领导、有计划、有组织地进行,否则是不容易搞出好的成绩来的。我自己深深地体会到这一点。真的,有时它就像一阵风,不即时"捕",以后再要找就不见了;但乱"捕"一阵,又会造成许多浪费。③

韩燕如提出要尽早搜集民歌,以整理民歌遗产,而这种整理要有组织地进行才能取得较好的成绩。韩燕如也充分认识到国家组织在民歌搜集工作中的领导和组织的关键作用。

韩燕如 1957 年在《爬山歌选》(三集)的《后记》中再次指出有组织地进行民歌搜集的重要性。韩燕如指出内蒙古民歌搜集工作仍有很多空

---

① 安波:《编后记》,安波、许直合编《东蒙民歌选》,新文艺出版社 1952 年版,第332 页。
② 东北文协文工团辑:《蒙古民歌集》(蒙汉文对照),内蒙古日报出版发行部 1949 年版。
③ 韩燕如:《后记》,韩燕如编《爬山歌选》(一集),人民文学出版社 1953 年版,第235 页。

白，希望引起更多的民间文艺工作者的注意，以开展大规模的有组织的内蒙古民歌的搜集工作，以推动整个民间文学搜集工作的开展①。

1951 年，陈清漳等人搜集的《嘎达梅林》得到中国民间文艺研究会的支持，被编入中国民间文艺研究会主编的"民间文学丛书"出版②。

总之，国家搜集与地区性搜集是不能分离的，开展民间文学的搜集工作需要这两种搜集方式的结合，相互支撑。国家搜集可以带动和支持地区性搜集，地区性搜集成果和个案经验又可以转化和共享为全国民间文艺遗产与普遍经验。

第二节　工作式搜集与民族性搜集

一　工作式搜集

工作式搜集指在统一的组织和领导下，采取统一的工作原则和工作方法应用于各民族各地区的民间文学搜集工作中。属于工作式搜集性质的内蒙古民间文学搜集工作的典型，是 50 年代初孙剑冰到内蒙古地区搜集到的乌拉特前旗故事和秦地女故事。

1955 年，孙剑冰在《略述六个村的搜集工作》一文中指出搜集民间文学的时间是 1954 年的秋天，地点是内蒙古乌拉特前旗，调查时间为期 2 个月③。孙剑冰指出，他是和韩燕如一起去内蒙古乌拉特前旗开展民间文学搜集工作的，韩燕如搜集爬山歌，孙剑冰搜集传说故事④。孙剑冰和韩燕如开展搜集工作的总体方法是"抓住六个村子，主要以邀请人来开会和个别访问的方式进行工作"⑤。采取这样的工作方法原因有二：一是搜集者孙剑冰和韩燕如的搜集时间有限，二是麦收季节民众接受访谈的时间有限，要以农业生产为中心⑥。

孙剑冰当时去内蒙古开展民间文学搜集工作是个人选择，并没有特

---

① 韩燕如：《后记》，韩燕如编《爬山歌选》（三集），人民文学出版社 1958 年版，第 284—285 页。

② 陈清漳等译：《嘎达梅林》（蒙古民间故事诗集），海燕书店 1951 年版。

③ 孙剑冰：《略述六个村的搜集工作》，《民间文学》1955 年 4 月号。

④ 孙剑冰：《略述六个村的搜集工作》，《民间文学》1955 年 4 月号。

⑤ 孙剑冰：《略述六个村的搜集工作》，《民间文学》1955 年 4 月号。

⑥ 孙剑冰：《略述六个村的搜集工作》，《民间文学》1955 年 4 月号。

别的地区概念或民族概念，到其他地区也是一样的，还有去云南、青海等地搜集民间文学的。可见，工作式搜集不是硬性委派，而是根据民间文艺工作需求和工作者个人选择在全国铺展工作，但是他们有一定的工作时限、共享的工作方法和一定形式的成果反馈。但从客观角度来看，无论是内蒙古、青海，还是云南都是多民族地区，工作式搜集纳入了多民族因素。

孙剑冰不会蒙语，搜集对象只能是说汉语的内蒙古民众。尽管外来的民间文艺工作者尽量在短时间内融入当地民众和民俗文化，但某种程度上来讲他们对当地民众的民间文学和民俗风情是不熟悉的，而且工作式搜集往往带有一定的政治宣传和教育的目的，在民间文学的搜集过程中容易出现整理问题。

二　民族搜集

民族搜集一方面是国家层面重视和积极开展少数民族民间文学搜集工作，另一方面是本民族或本地民间文艺工作者对民族民间文学的搜集整理工作。

贾芝认为少数民族颂歌是很出色的，因为他们以前的生活太苦了[1]。少数民族对党和毛主席的歌颂，反映了少数民族在中华人民共和国成立后生活在新社会的心情。我国是统一的多民族国家，少数民族和汉族民众一样，与国家社会革命同呼吸、共患难。

贾芝在《十年颂歌——庆祝建国十周年》中指出：

> 如果回忆一下全国革命胜利以前有些地区的人民曾经是那样殷切地盼望解放，我们就更容易了解这些由衷的歌颂了。内蒙人民的诗句"红旗一展满天红，三十年盼来个毛泽东"，就充分透露了这种殷切盼望解放的期待的心情。[2]

贾芝介绍了我国受压迫民众期盼解放的殷切心情，以内蒙古民歌为

---

[1]　贾芝：《十年颂歌——庆祝建国十周年》，贾芝、孙剑冰编《颂歌》，中国青年出版社1959年版，第10—11页。

[2]　贾芝：《十年颂歌——庆祝建国十周年》，贾芝、孙剑冰编《颂歌》，中国青年出版社1959年版，第9—10页。

例，表现了内蒙古人民对革命胜利的深切渴望。我们在分析内蒙古新民歌，尤其是颂歌时，要结合内蒙古地区的民主革命和解放历程，这样才能体会内蒙古人民从被压迫走向自由的喜悦心情。

《颂歌》收录内蒙古民歌 3 首，分别是《咱们的领袖毛泽东》《要定天下共产党》和《合作化道路通天堂》①。蒙古族民歌 4 首，分别是《献给毛主席的歌》《马头琴手的歌》《把所有的歌曲唱起来》和《金色的太阳》②。

在《献给毛主席的歌》这首蒙古族民歌的开端，还记载着在国庆纪念日，蒙古族民间艺人色拉西随内蒙古代表团来到北京，见到毛主席的场景，即这首民歌的演唱背景③。《献给毛主席的歌》歌颂了共产党和人民政府，歌颂了毛主席，反映了劳动人民的心声。蒙古人民感谢党和祖国给蒙古地区带来了解放，带来了自由，感谢毛主席为国家和人民指引前进的方向，使各族人民团结在一起。《颂歌》还收录了一首色拉西演唱的蒙古族民歌《马头琴手的歌》④，在这首民歌中色拉西把毛主席比作"太阳"，表达了蒙古人民对毛主席的感激和歌颂。《金色的太阳》这首民歌称毛主席为"救星"，表达了蒙古人民对党和毛主席带领全国人民从旧社会迈入新社会的激动心情，还歌颂了"人民公社"这一社会主义建设举措，表达了对新社会的热望。

内蒙古地区是蒙古族聚居区，以蒙古族为搜集对象的民族搜集是重要的搜集方式。

1949 年，陶今也记译、编著的《蒙古歌集》中的一首军歌和对它的解析如下。

---

① 韩燕如等搜集：《咱们的领袖毛泽东》，贾芝、孙剑冰编《颂歌》，中国青年出版社 1959 年版，第 21—24。韩燕如等搜集：《要定天下共产党》，贾芝、孙剑冰编《颂歌》，中国青年出版社 1959 年版，第 28—30 页。王汉林：《合作化道路通天堂》，贾芝、孙剑冰编《颂歌》，中国青年出版社 1959 年版，第 125 页。

② 色拉西唱、达木林记：《献给毛主席的歌》，舒野译，贾芝、孙剑冰编《颂歌》，中国青年出版社 1959 年版，第 35—36 页。色拉西唱：《马头琴手的歌》，贾芝、孙剑冰编《颂歌》，中国青年出版社 1959 年版，第 37 页。盲歌手钢铁编唱：《把所有的歌曲唱起来》，贾芝、孙剑冰编《颂歌》，中国青年出版社 1959 年版，第 38 页。吴日图即素图：《金色的太阳》，贾芝、孙剑冰编《颂歌》，中国青年出版社 1959 年版，第 187 页。

③ 色拉西唱、达木林记：《献给毛主席的歌》，舒野译，贾芝、孙剑冰编《颂歌》，中国青年出版社 1959 年版，第 35 页。

④ 色拉西唱：《马头琴手的歌》，贾芝、孙剑冰编《颂歌》，中国青年出版社 1959 年版，第 37 页。

《军歌》（一）：

　　我们军队是一群羊，不分冬夏游四方，翻山渡水万里长。敌人好比一片草场，长在坡前水边上，我们一会就把它吃个精打光。①

它下面的解析是：

　　羊群和草场，是蒙古人民最主要的生产手段和生活背景，用来比拟自己的军队和敌人，既容易了解，又极为其洽当。尤其是全部歌词，没有一个字具有刀兵杀伐的气味，却不失战斗的情趣，有独到可贵之处。这里还要提起一点注意的是：牛马吃草，不伤草根，吃得虽多，复生得也快。羊群吃草是会伤害草根的，吃得虽少，却难以复生。这大约就是原歌以羊群而不以牛马群来比况自己军队的理由了。②

　　以上《军歌》（一）分别以"羊群""草场"比喻我方军队和敌人，通过解析，我们了解到这是由蒙古族民俗而来的民歌灵感。作为草原民族的蒙古族熟悉羊的动物性，羊与草场的关系，这是写出以上民歌的民俗基础。民族搜集注重民族民间文学的介绍，突显民族特色和风格。

　　继 1949 年至 1952 年参与《蒙古民歌集》和《东蒙民歌选》的翻译工作之后，1955 年至 1958 年，蒙古族民间文艺工作者胡尔查积极译介各类体裁的蒙古族民间文学作品。

　　胡尔查对自己的工作和内蒙古民间文学工作有以下介绍：

　　1955 年 5 月，内蒙古第一个民间文学组织，即内蒙古文联民间文学研究组宣告成立，我出任该组负责人。当时，上海少儿出版社邀我给他们译一些适合儿童阅读的蒙古族民间故事。可是，当时民间文学方面出版的读物寥如晨星，很少很少。我只好尽力搜罗，加上自己译了一些，凑到一起，命名为《马头琴》和《智慧的鸟》，约有七八

---

① 陶今也记译、编著：《蒙古歌集》，大众书店 1949 年版，第 7 页。
② 陶今也记译、编著：《蒙古歌集》，大众书店 1949 年版，第 7 页。

万字，交予他们，均先后出版了。①

在组织上，内蒙古成立了内蒙古文联民间文学研究组，是内蒙古第一个民间文学组织，胡尔查是负责人。应上海少儿出版社的要求，胡尔查搜集和翻译了一些适合儿童看的民间故事，即不久面世的 1956 年版《马头琴》和 1957 年版《智慧的鸟》②。1957 年，天津人民美术出版社出版了由胡尔查著，江尚、韩宗颜改编的《勇士古诺干》。

根据扉页上的"内容介绍"，"《勇士古诺干》，是蒙古的民间故事。"③

1957 年，内蒙古人民出版社出版了达赉·白歌乐译《成吉思汗的两匹骏马》④。1958 年，内蒙古人民出版社出版了达赉·白歌乐译《骄傲的天鹅：内蒙古民间故事》⑤。书中收录了《骄傲的天鹅》《鹿和角》和《看谁的智慧高》等 14 篇蒙古族的动物故事。

第三节　历史经验对当代非物质文化遗产保护、传承与利用的借鉴意义

21 世纪以来，非物质文化遗产保护在实现人类文化多样性和共享性方面在越来越多的国家、民族和地区取得共识。截至 2020 年 12 月，我国入选联合国教科文组织非物质文化遗产名录的项目达 42 个，数量居世界第一；在国内，建立完善了国家、省、市、县四级非物质文化遗产保护体系。回顾 1947 年至 1966 年这一时段内蒙古民间文艺搜集整理史，有助于当代非物质文化遗产，尤其是民间文学类、民间艺术类非物质文化遗产的保护、传承与利用。

在搜集对象方面，我们既要搜集和整理传统民间文艺遗产，也要搜集

① 胡尔查：《〈民间故事〉译后记》，《胡尔查译文集》（第 3 卷），远方出版社 2009 年版，第 505 页。
② 内蒙古文学艺术工作者联合会民间文学研究组编：《马头琴》（内蒙古民间故事），少年儿童出版社 1956 年版。胡尔查编：《智慧的鸟》（内蒙古民间童话），少年儿童出版社 1957 年版。
③ 《内容介绍》，胡尔查：《勇士古诺干》，江尚、韩宗颜改编，天津人民美术出版社 1957 年版。位于扉页，无署名，无页码。
④ 达赉·白歌乐译：《成吉思汗的两匹骏马》，内蒙古人民出版社 1957 年版。
⑤ 达赉·白歌乐译：《骄傲的天鹅：内蒙古民间故事》，内蒙古人民出版社 1958 年版。

新民间文艺作品，开展新民间文艺创作。

在搜集思想观念方面，我们要继承马克思主义、毛泽东文艺思想、延安文艺思想、国家观点和民族观点等民间文艺搜集工作的指导思想和优秀经验。民间文艺工作者要深入群众，向群众学习，积极开展民间文艺的搜集工作。作家的民族文学创作也离不开向民族民间文学和其他各族民间文学学习，同时作家还应以民族文学创作支持和带动民间文学的发展。民间艺人是民间文艺的重要载体和传承者，民间艺人要自觉适应时代发展需求，创作和传承优秀的民间文艺遗产。要注重专业艺人的提高和业余艺人的普及，专业艺人和业余艺人还要致力于带动群众性文艺活动的开展。民间文学与民族文学的发展是相辅相成的，在创作上二者要相互学习和借鉴，共同促进民族民间文化的发展。

在搜集整理方法方面，我们一方面要将国家搜集与地区性搜集结合起来。民间文艺搜集工作的开展，离不开国家层面的组织和支持，也离不开当地政府、学者和民众的共同参与。1958年全国性的民歌运动带动了各地区民歌运动的发展，各地民歌运动相互交流，又促进了民歌运动的发展和走向高潮。另一方面，我们要将工作式搜集与民族性搜集结合起来。国家民间文艺机构派遣的，无论是民间文艺搜集队，还是个体民间文艺工作者，在搜集工作方法上具有专业性，能够短时高效地开展搜集工作，这对于抢救我国民间文艺遗产具有重要意义。但我们也要讲求与当地的民族民俗相结合，在了解民族史、社会史的基础上更好地搜集和保护民族民间文艺遗产，保留民间文学原貌，尽量不磨灭民族风格。

在少数民族民间文学语言的翻译方面，我们既要重视少数民族语言作品的传播，也要重视少数民族语言作品的翻译，更好地促进少数民族民间文学的发展。在汉译少数民族民间文学作品时，汉族与少数民族民间文艺工作者的合作是十分重要的，力求最大限度地保留民族民间文学的民族特点，并让更多的人共享优秀的民族民间文学遗产。

小　结

本章对1947年至1966年，尤其是新中国成立之后的文学十七年时期内蒙古地区民间文学搜集整理工作进行历史回顾，也是对以上第二章至第四章各时段搜集整理工作的突出特点和问题的总结与反思。首先，内蒙古地区民间文学搜集工作离不开国家层面的支持，内蒙古作为边疆地区、多民族地区，有自身的文化特性和给搜集整理工作带来相应的契机和问题。其次，内蒙古地区民间文学的搜集整理工作涉及工作式搜集和民族性搜集的问题，内蒙古地区在这两种模式下的工作，各有优势和局限。最后，在全国民间文艺搜集整理的背景下，总结内蒙古民间文艺搜集整理工作的理论与实践，结合当下非物质文化遗产保护相关议题，找到可资借鉴的历史经验。

结　　论

　　1947 年内蒙古自治区成立以后，尤其是 1949 年新中国成立以后，到 1966 年，内蒙古民间文艺工作在近二十年的时间里探索出了一条区域化、民族化的特色道路，形成了宝贵的历史经验，在全国具有示范意义。新中国成立之后，我们具备了在全国各民族地区更大范围内有组织地开展民间文艺搜集活动的条件。本书第一章对新中国成立初期内蒙古民间文艺各体裁史进行梳理，发现民歌作品的数量最多，且远远多于其他民间文艺体裁作品的数量。1949 年至 1959 年，内蒙古民间文艺各体裁每年出版的作品数量是不平衡的。内蒙古民间文艺各体裁分为全国性和区域性两类。内蒙古民间文艺出版物既具有搜集和保存民族地方民间文艺遗产的性质，又具有在全国推广的交流与示范性质。第二章总结了第一阶段（1949—1953）内蒙古民歌、史诗和民间叙事诗搜集整理工作的概貌，介绍了民歌代表作《东蒙民歌选》和《爬山歌》，民间叙事诗代表作《嘎达梅林》。第三章总结了第二阶段（1954—1956）内蒙古故事和笑话的搜集工作，并介绍了两个突出的搜集个案，分别是孙剑冰搜集乌拉特前旗故事和陈清漳等人搜集巴拉根仓的笑话。第四章总结了第三阶段（1957—1959）以《中国民间故事选》为代表的民间文学搜集情况，还介绍了二人台小戏和好来宝说唱为主的内蒙古民间戏曲搜集工作，以内蒙古文工团为主的内蒙古民间舞蹈搜集情况，略述内蒙古民歌运动的情况。第三阶段出现了各民间文艺体裁搜集工作全面发展的搜集态势，群众性文艺活动蓬勃开展。第五章比较了国家搜集与地区性搜集，工作式搜集与民族性搜集的四种模式，总结了内蒙古民间文艺搜集整理史在思想观念和原则方法方面对今天民族民间文艺搜集整理工作的借鉴意义。

　　首先，本书拓展了区域民间文艺体裁研究。本书使用民间文艺体裁研究法，结合内蒙古民间文艺自身的特点，以总分框架，梳理了新中国成立初期内蒙古民间文艺各体裁的总体情况，又分别介绍了三个阶段的代表性体裁的概况和三个阶段各体裁作品的代表作。这些作品是三个阶段搜集成果中的代表作，建立了各自体裁的搜集范式，在全国也具有较大的影响力，在国际上也备受瞩目。如中国民间文艺家协会最早主编的丛书共有十部，其中三部是内蒙古的，即《东蒙民歌选》《爬山歌》和《嘎达梅林》。又如民间文艺家孙剑冰发掘的内蒙古故事讲述家秦地女，不仅在国内产生较大反响，还引起了美国、日本学者的关注等。

其次，本书补充了新中国成立初期民间文艺学史研究的资料和内容。一方面，总结了新中国成立前十年内蒙古民间文艺的搜集成就，提供了资料系统，梳理了搜集整理史。另一方面，在各章小结中介绍了关于搜集工作的搜集意义、搜集观点、搜集模式和搜集方法等方面的研究，并进行探讨。新中国成立初期的搜集整理工作在中国现代民间文艺搜集史上，具有承前启后的关键地位。一方面，继承了20世纪40年代延安文艺搜集整理和改造利用民间文艺的传统，抢救了一批数量空前、质量上乘的民间文艺遗产；另一方面，为20世纪80年代编纂被誉为"文化长城"的"中国民间文艺三套集成"奠定基础，影响深远。内蒙古民间文艺的思想内容和艺术形式具有重要的资料价值和研究价值，有利于保护内蒙古民间文艺遗产；内蒙古民间文艺搜集工作具有社会主义新文化建设的政治文化任务，具有重要的历史价值，其音乐和舞蹈具有超越语言的推广性，有利于全国，甚至全世界人民了解内蒙古民间文艺，促进民族团结，也为当前非遗保护工作提供资料和研究基础，提供保护工作的历史经验。

最后，新中国成立初期内蒙古民间文艺的搜集工作，在全国范围内是较为突出的，在当时具有很大的历史价值和社会影响。

第一，在搜集观点方面，能够以马克思主义、毛泽东思想为指导思想，继承延安文艺精神，体现了马克思主义观点、社会主义新文艺观点、国家观点和民族观点。这些观点既反映了作品的实际，又是我们梳理和研究内蒙古民间文艺资料内容的工作方法，在保存内蒙古民间文艺资料的基础上，还要满足群众的需要和社会主义新文艺建设的政治文化需要，这就需要忠实记录和慎重整理。在此基础上，我们运用了比较的方法，建立内蒙古民间文艺与其他地区、其他民族文艺的对话框架。给社会主义新文艺建设提供了丰富的经验，加强民间文艺的搜集、整理、翻译、改编、创作和出版。

第二，在搜集工作的模式方面，通过梳理、比较和研究，本书认为新中国成立初期内蒙古民间文艺搜集工作存在以下模式，即全国性搜集和区域性搜集并存的工作模式，汉族文艺工作者的工作式搜集的工作模式，以及汉、蒙文艺工作者合作的民族式搜集的工作模式。内蒙古民间文艺搜集工作的开展，需要结合全国性搜集和区域性搜集，需要结合工作式搜集和民族式搜集，这有利于内蒙古民间文艺的搜集、整理和翻译。全国和地方的政治、文化机构、团体发挥了重要的组织作用，延安文艺干部和地方民族干部发挥了重要的领导作用，也培养了一大批青年作家、翻译家和民族干部，如蒙古族翻译家胡尔查、蒙古族诗人、学者巴·布林贝赫、蒙古族翻译家芒·牧林等。

第三，在推广方法方面，结合内蒙古实际条件，创造性地成立乌兰牧骑这类轻文艺演出队来到偏僻分散的农牧民身边，以喜闻乐见的民族文艺形式传播社会主义新文化；搜集整理的作品由中国民间文艺家协会统一主编出版，如《东蒙民歌选》《爬山歌》《嘎达梅林》等成了全国性的范本；注重民歌、说唱、舞蹈等体裁作品的展演活动，如反响热烈的内蒙古百万民歌大会等。1947 年至 1966 年，尤其是新中国成立前十年内蒙古民间文学搜集整理的工作实践，在当时促进了民族团结，留下了一批珍贵的文艺资料和搜集经验，具有重要的历史价值，对今天的非遗保护工作具有一定启示。

当然，这一时期的工作也存在一些局限，如由于民族学、民俗学和社会学等相关学科未能发展，导致民间文艺学的研究相对单一；偏重于成书速度快、容易推广的民歌体裁，而民间故事、史诗等体裁作品的搜集整理力度不够；部分民间文艺作品在记录过程中存在忠实度欠缺的问题等。

除了以上的理论价值之外，这段内蒙古民间文艺搜集整理史还具有维护边疆稳定、促进民族团结的历史意义。我们党历来重视民族工作，重视从民间文艺中汲取力量。1947 年至 1966 年这段内蒙古民间文艺搜集整理工作的成果能够反映内蒙古地区蒙古族、汉族、达斡尔族等多民族口头文学传统、音乐艺术魅力和历史文化情感等，其繁荣和推广能够增进各民族、各地区的交流。同时，用人民喜闻乐见的民族文艺形式传唱和推广新作品，如乌兰牧骑的首创，能够及时宣传党的路线、方针和政策，维护了我国统一的多民族国家的团结稳定，具有凝聚民族力量的历史意义。

本书还存在一定的不足和进一步提升的空间。本书搜集的资料系统主要依托北京的图书馆和数字资源，应该进一步搜索和注意补充这方面的资料；还应该加强对社会史资料、索引性资料和期刊资料的关注，增进对这段民间文艺搜集工作的社会背景和整体文艺工作的了解；应搜集和参照同时期内蒙古民间文艺的蒙文作品资料和研究资料。蒙古族是一个世界性的民族，这段内蒙古民间文艺搜集整理工作带有抢救性质，为传承和推广这批文化遗产提供可能。本书尝试了对内蒙古民间文艺作品与其他地区、其他国家民间文艺作品的比较，对蒙古族民间文艺作品与其他民族民间文艺作品的比较，未来还要加强。

主要参考书目

一　理论部分

（一）民俗学

［德］艾伯华：《中国民间故事类型》（修订版），王燕生、周祖生译，商务印书馆 2017 年版。

［美］丁乃通：《中国民间故事类型索引》，郑建成、李倞、商孟可、白丁译，李广成校，中国民间文艺出版社 1986 年版。

［美］丁乃通：《中国民间故事类型索引》，郑建成等译，华中师范大学出版社 2008 年版。

董晓萍：《全球化与民俗保护》，高等教育出版社 2007 年版。

董晓萍：《田野民俗志》，北京师范大学出版社 2003 年版。

董晓萍：《现代民俗学讲演录》，广西师范大学出版社 2007 年版。

董晓萍、万建中主编：《北师大民俗学论集》，中华书局 2013 年版。

黎敏：《建国初十年民俗文献史（1949—1959）》，中国文史出版社 2008 年版。

刘魁立：《刘魁立民俗学论文集》，上海文艺出版社 1998 年版。

王文宝：《中国民俗学史》，巴蜀书社 1995 年版。

张紫晨：《中国民俗与民俗学》，浙江人民出版社 1985 年版。

［日］直江广治：《中国民俗文化》，王建朗译，上海古籍出版社 1991 年版。

钟敬文：《建立中国民俗学派》，黑龙江教育出版社 1999 年版。

钟敬文：《钟敬文民俗学论集》，上海文艺出版社 1998 年版。

钟敬文：《钟敬文文集·民俗学卷》，安徽教育出版社 2002 年版。

钟敬文：《钟敬文文选》，董晓萍选编，中华书局 2013 年版。

钟敬文主编：《民俗学概论》，高等教育出版社 2010 年版。

（二）民间文艺学

陈岗龙：《蟒古思故事论》，北京师范大学出版社 2003 年版。

董晓萍：《现代民间文艺学讲演录》，广西师范大学出版社 2008 年版。

［美］洪长泰（Chang-Tai Hung）：《到民间去：1918—1937 年的中国知识分子与民间文学运动》，董晓萍译，上海文艺出版社 1993 年版。

刘锡诚：《20 世纪中国民间文学学术史》，河南大学出版社 2006 年版。

［美］欧达伟（R. David Arkush）：《中国民众思想史论——20 世纪初期—1949 年华北地区的民间文献及其思想观念研究》，董晓萍译，中央民族大学出版社 1995 年版。

张紫晨：《民间文艺学原理》，花山文艺出版社 1991 年版。

中国民间文艺研究会编：《民间文学搜集整理问题》，上海文艺出版社 1962 年版。

钟敬文：《民间文学论集》（上），上海文艺出版社 1982 年版。

钟敬文：《民间文学论集》（下），上海文艺出版社 1985 年版。

钟敬文：《民间文艺谈薮》，湖南人民出版社 1981 年版。

钟敬文：《民间文艺学及其历史——钟敬文自选集》，山东教育出版社 1998 年版。

钟敬文：《新的驿程》，中国民间文艺出版社 1987 年版。

钟敬文：《钟敬文文集·民间文艺学卷》，安徽教育出版社 2002 年版。

钟敬文：《钟敬文学术论著自选集》，首都师范大学出版社 1994 年版。

钟敬文编：《民间文艺新论集》（初编），北京中外出版社 1950 年版。

钟敬文主编：《民间文学概论》，高等教育出版社 2010 年版。

钟敬文主编：《民间文学作品选》，高等教育出版社 2010 年版。

（三）现代文学

唐弢、严家炎主编：《中国现代文学史》（三），人民文学出版社 1980 年版。

谢冕主编，刘福春分册主编：《中国新诗总系第 10 卷·史料 1917—2000》，人民文学出版社 2009 年版。

（四）少数民族文学与民间文学

巴·索特那木：《蒙古文学发展史》，谢再善译，文化生活出版社1954年版。

博特乐图主编：《当代草原艺术年谱》（音乐卷），内蒙古大学出版社2013年版。

布赫：《布赫文艺论文集》，内蒙古人民出版社1987年版。

［蒙古］策·达姆丁苏荣：《格斯尔的故事的三个特征》，白歌乐译，内蒙古人民出版社1958年版。

东风文艺出版社编：《新民歌论文集》，东风文艺出版社1959年版。

冯爱云主编：《中国民族民间蒙古族舞蹈》，北京体育大学出版社2011年版。

韩燕如：《山歌有余韵》，内蒙古人民出版社1959年版。

韩燕如、郭超：《爬山歌论稿》，内蒙古人民出版社1983年版。

李岳南：《与初学者谈民歌和诗》，上海文艺出版社1959年版。

梁庭望、张公瑾主编：《中国少数民族文学概论》，中央民族大学出版社1998年版。

刘家鸣编：《谈谈新民歌》，高等教育出版社1959年版。

民族文化工作指导委员会办公室编：《1958年少数民族文艺调查资料汇编》（上册），民族文化工作指导委员会办公室印刷，1962年。

内蒙古人民出版社编：《内蒙古自治区成立十周年纪念文集》，内蒙古自治区出版社1957年版。

祁连休、马志华编：《民间故事十家》，海燕出版社1989年版。

荣苏赫、赵永铣主编：《蒙古族文学史》（三），内蒙古人民出版社2000年版。

上海文艺出版社编：《论新民歌》，上海文艺出版社1958年版。

上海文艺出版社编：《诗人歌手数今朝》，上海文艺出版社1959年版。

苏日娜主编：《百年蒙古学综目》，中央民族大学出版社2013年版。

孙剑冰：《他和大众在一起》，中国戏剧出版社2003年版。

陶立璠：《民族民间文学基础理论》，广西民族出版社1985年版。

天鹰：《中国民间故事初探》，上海文艺出版社1981年版。

万建中：《20世纪中国民间故事研究史》，北京师范大学出版社2011

年版。

闻章、鲁微、关正文编：《贾作光舞蹈艺术文集》，文化艺术出版社1992年版。

《吴晓邦舞蹈文集》编委会编：《吴晓邦舞蹈文集》，中国文联出版社2007年版。

吴晓邦：《我的舞蹈艺术生涯》，中国戏剧出版社出版1983年版。

吴晓邦：《舞蹈基础知识》，野蜂绘图，工人出版社1957年版。

张民华主编：《草原风流：内蒙古名人纪事》，民族出版社1998年版。

《中国少数民族艺术词典》编纂委员会编：《中国少数民族艺术词典》，民族出版社1991年版。

中国民间文艺研究会编：《大规模地收集全国民歌》，作家出版社1958年版。

中国民间文艺研究会编：《民歌与诗风》，作家出版社1958年版。

中国民间文艺研究会编：《向民歌学习》，作家出版社1958年版。

中国舞蹈艺术研究会编：《舞蹈论文选》，上海文化出版社1958年版。

中国舞蹈艺术研究会编：《中国民间歌舞》，上海文化出版社1957年版。

作协内蒙分会编：《内蒙古文艺评论选集》，内蒙古人民出版社1960年版。

（五）民族学

陈进玉：《中国地域文化通览·内蒙古卷》，中华书局2013年版。

《蒙古族简史》修订本编写组编：《蒙古族简史》（修订本），民族出版社2009年版。

民族出版社编：《我国的少数民族》，民族出版社1958年版。

田晓岫：《中华民族发展史》，华夏出版社2001年版。

杨堃：《民族学调查方法》，中国社会科学出版社1992年版。

杨堃：《民族学概论》，中国社会科学出版社1984年版。

杨堃：《杨堃民族研究文集》，民族出版社1991年版。

义都合西格主编：《蒙古族通史》（全5卷），内蒙古大学出版社2002年版。

《中国少数民族社会历史调查资料丛刊》修订编辑委员会编:《蒙古族社会历史调查》,民族出版社 2009 年版。

（六）社会学、人类学

费孝通:《费孝通民族研究文集新编》（上、下卷），中央民族大学出版社 2006 年版。

费孝通:《学术自述与反思:费孝通学术文集》,生活·读书·新知三联书店 1996 年版。

[美]罗伯特·F. 墨菲:《文化与社会人类学引论》,王卓君译,商务印书馆 2009 年版。

吴文藻:《论社会学中国化》,陈恕、王庆仁编,商务印书馆 2010 年版。

吴文藻:《人类学社会学研究文集》,民族出版社 1990 年版。

二　资料部分①

（一）综　合

李宝祥:《烽火草原鲁艺人》,内蒙古人民出版社 2014 年版。

秋浦:《胜利前进中的内蒙古自治区》,民族出版社 1954 年版。

赛音塔娜主编:《中国民俗大系·内蒙古民俗》,甘肃人民出版社 2004 年版。

中央民族学院图书馆编:《少数民族研究资料索引·第 1 辑》,1954 年。

中央民族学院图书馆编:《少数民族研究资料索引·第 2 辑》,1955 年。

中央民族学院图书馆编:《少数民族研究资料索引·第 3 辑》,1956 年。

中央民族学院图书馆编:《少数民族研究资料索引·第 4 辑》,1957 年。

---

①　资料部分系"内蒙古民间文艺作品汇录 1947—1966",部分书目超出这一时段,为本研究提供参照,因而也列入其中。共收入作品资料 172 种,其中综合 7 种,民歌 112 种,民间故事 29 种,笑话 3 种,史诗和民间叙事诗 7 种,民间戏曲 6 种,民间舞蹈 7 种,其他 1 种。出版时间在 1949 年至 1959 年时段的有 129 种,其中民歌 103 种,民间故事 11 种,史诗和民间叙事诗 4 种,民间戏曲 4 种,民间舞蹈 6 种,其他 1 种。此汇录由本人在文献搜集和田野调查的基础上整理而成。

（二）民　歌

安波、许直合编：《东蒙民歌选》，新文艺出版社 1952 年版。

安波、许直合编：《内蒙东部区民歌选》，新文艺出版社 1956 年版。

奥其、松来合译：《内蒙古民歌》，内蒙古人民出版社 1954 年版。

奥其、松来合译：《内蒙古民歌》，通俗文艺出版社 1958 年版。

北京市文化处音乐工作组编：《歌唱祖国的春天》，北京大众文艺出版社 1955 年版。

波浪编选：《兄弟民族歌曲选集》，工农兵读物出版社 1953 年版。

陈德义编曲：《民歌三十首》，上海音乐出版社 1958 年版。

东北文协文工团辑：《蒙古民歌集》（蒙汉文对照），内蒙古日报出版发行部 1949 年版。

郭沫若、周扬编：《红旗歌谣》，红旗杂志社 1959 年版。

韩燕如编：《爬山歌选》（二集），人民文学出版社 1956 年版。

韩燕如编：《爬山歌选》（三集），人民文学出版社 1958 年版。

韩燕如编：《爬山歌选》（上、下），中国民间文艺出版社 1983 年版。

韩燕如编：《爬山歌选》，人民文学出版社 1953 年版。

呼伦贝尔盟文化局、呼伦贝尔盟文联编：《呼伦贝尔民歌》，内蒙古人民出版社 1984 年版。

贾芝、孙剑冰编：《颂歌》，中国青年出版社 1959 年版。

老彭编注：《贝壳·珍珠·金子》，重庆出版社 1985 年版。

联大蒙自、鲁艺合编：《内蒙民歌》（油印本），印行时间：1949 年 1 月 1 日。

罗忠熔曲、石青词：《牧歌》，音乐出版社 1959 年版。

内蒙古群众艺术馆编：《遍野铁花映山红：内蒙古新歌谣》，内蒙古人民出版社 1959 年版。

内蒙古群众艺术馆编：《党的恩情深似海：内蒙古新歌谣》，内蒙古人民出版社 1959 年版。

内蒙古群众艺术馆编：《丰收粮垛高入云：内蒙古新歌谣》，内蒙古人民出版社 1959 年版。

内蒙古群众艺术馆编：《风吹谷穗刷刷响：内蒙古新歌谣》，内蒙古人民出版社 1959 年版。

内蒙古群众艺术馆编：《钢城歌声更动人：内蒙古新歌谣》，内蒙古人民出版社 1959 年版。

　　内蒙古群众艺术馆编：《工业开花遍地红：内蒙古新歌谣》，内蒙古人民出版社 1959 年版。

　　内蒙古群众艺术馆编：《公社好像幸福桥：内蒙古新歌谣》，内蒙古人民出版社 1959 年版。

　　内蒙古群众艺术馆编：《公社花开满园春：内蒙古新歌谣》，内蒙古人民出版社 1959 年版。

　　内蒙古群众艺术馆编：《滚滚铁流凝成山：内蒙古新歌谣》，内蒙古人民出版社 1959 年版。

　　内蒙古群众艺术馆编：《机声遍野震山响：内蒙古新歌谣》，内蒙古人民出版社 1959 年版。

　　内蒙古群众艺术馆编：《技术革命开了花：内蒙古新歌谣》，内蒙古人民出版社 1959 年版。

　　内蒙古群众艺术馆编：《脚踏云梯上天堂：内蒙古新歌谣》，内蒙古人民出版社 1959 年版。

　　内蒙古群众艺术馆编：《举杯同庆丰收年：内蒙古新歌谣》，内蒙古人民出版社 1959 年版。

　　内蒙古群众艺术馆编：《内蒙古新歌谣》，内蒙古出版社 1958 年版。

　　内蒙古群众艺术馆编：《努力攻下文化山：内蒙古新歌谣》，内蒙古人民出版社 1959 年版。

　　内蒙古群众艺术馆编：《千万土炉赛鞍钢：内蒙古新歌谣》，内蒙古人民出版社 1959 年版。

　　内蒙古群众艺术馆编：《青山绿水好风光：内蒙古新歌谣》，内蒙古人民出版社 1959 年版。

　　内蒙古群众艺术馆编：《青水笑着上山坡：内蒙古新歌谣》，内蒙古人民出版社 1959 年版。

　　内蒙古群众艺术馆编：《人人心里飘红旗：内蒙古新歌谣》，内蒙古人民出版社 1959 年版。

　　内蒙古群众艺术馆编：《思想花开红又鲜：内蒙古新歌谣》，内蒙古人民出版社 1959 年版。

　　内蒙古群众艺术馆编：《台湾一定要解放：内蒙古新歌谣》，内蒙古人民出版社 1959 年版。

内蒙古群众艺术馆编：《田里肥足出黄金：内蒙古新歌谣》，内蒙古人民出版社 1959 年版。

内蒙古群众艺术馆编：《万道金线照草原：内蒙古新歌谣》，内蒙古人民出版社 1959 年版。

内蒙古群众艺术馆编：《万马奔腾上云霄：内蒙古新歌谣》，内蒙古人民出版社 1959 年版。

内蒙古群众艺术馆编：《万民欢腾庆丰年：内蒙古新歌谣》，内蒙古人民出版社 1959 年版。

内蒙古群众艺术馆编：《文化给咱添翅膀：内蒙古新歌谣》，内蒙古人民出版社 1959 年版。

内蒙古群众艺术馆编：《乌拉山前翻铁浪：内蒙古新歌谣》，内蒙古人民出版社 1959 年版。

内蒙古群众艺术馆编：《兴修水利保丰收：内蒙古新歌谣》，内蒙古人民出版社 1959 年版。

内蒙古群众艺术馆编：《一担粪土一石粮：内蒙古新歌谣》，内蒙古人民出版社 1959 年版。

内蒙古群众艺术馆编：《一道金桥通天堂：内蒙古新歌谣》，内蒙古人民出版社 1959 年版。

内蒙古群众艺术馆编：《英雄修渠捉活龙：内蒙古新歌谣》，内蒙古人民出版社 1959 年版。

内蒙古群众艺术馆编：《英雄眼中无困难：内蒙古新歌谣》，内蒙古人民出版社 1959 年版。

内蒙古群众艺术馆编：《总路线带来阳春天：内蒙古新歌谣》，内蒙古人民出版社 1959 年版。

内蒙古群众艺术馆编：《总路线歌大家唱：内蒙古新歌谣》，内蒙古人民出版社 1959 年版。

内蒙古群众艺术馆编：《总路线闪金光：内蒙古新歌谣》，内蒙古人民出版社 1959 年版。

内蒙古自治区百万民歌展览歌唱运动月委员会编：《内蒙古民歌选》，内蒙古人民出版社 1959 年版。

内蒙古自治区百万民歌展览歌唱运动月委员会编：《内蒙古群众歌曲选集》，内蒙古人民出版社 1959 年版。

内蒙古自治区成立十周年纪念文艺作品选集编辑委员会编：《内蒙古自治区诗歌选集》（1947—1957），内蒙古人民出版社 1957 年版。

尼尼编：《察哈尔省民歌新编》，察哈尔省文学艺术界联合会 1950 年版。

人民唱片厂编：《人民唱片歌曲选》，新华书店上海发行所 1954 年版。

上海文艺出版社编：《大跃进歌谣选》，上海文艺出版社 1958 年版。

上海文艺出版社编：《独唱歌曲 200 首新编》，上海文艺出版社 1959 年版。

上海音乐学院声乐系编：《中国民歌选》（第二集），上海文艺出版社 1959 年版。

上海音乐学院声乐系编：《中国民歌选》（第一集），上海文艺出版社 1959 年版。

"诗刊"编辑部编：《1958 诗选》，作家出版社 1959 年版。

司马林洋编：《抒情歌曲集》，上海文艺出版社 1959 年版。

苏赫巴鲁整理：《蒙古族婚礼歌》，特木尔巴根译，中国民间文艺出版社 1983 年版。

陶今也记译、编著：《蒙古歌集》，大众书店 1949 年版。

王世一改编：《咱们农民爱唱歌：内蒙古新民歌》，内蒙古人民出版社 1958 年版。

文化部内蒙古民族艺术调查组编：《鄂尔多斯民间歌曲选（初稿）》，伊克昭盟鄂尔多斯民歌编译小组、文化部内蒙古民族艺术调查组合译，1959 年。

文字改革出版社编：《太阳太阳比比看：内蒙古民歌选》，文字改革出版社 1958 年版。

乌兰巴特尔撰词、刘炽作曲：《内蒙古民族之歌》，东北新华书店 1950 年版。

音乐出版社编辑部编：《蒙古歌曲集》（第一册），音乐出版社 1959 年版。

音乐出版社编辑部编：《业余小提琴曲集》（第 2 集），音乐出版社 1959 年版。

音乐出版社编辑部编：《业余小提琴曲集》，音乐出版社 1957 年版。

哲里木盟文化局、内蒙古民族师院中文系编:《科尔沁民歌》,内蒙古人民出版社 1985 年版。

中共青海省委民族民歌搜集整理办公室编:《青海歌谣》,人民文学出版社 1960 年版。

中国唱片厂:《中国唱片歌曲选》(第 2 辑),上海音乐出版社 1958 年版。

中国唱片厂编:《中国唱片歌曲选》(第 2 辑),上海文化出版社 1956 年版。

中国唱片厂编:《中国唱片歌曲选》,新知识出版社 1955 年版。

中国科学院内蒙古分院语言文学研究所、中国作家协会内蒙古分会合编:《内蒙古歌谣》,人民文学出版社 1960 年版。

中国民间文艺研究会编:《工矿大跃进歌谣选》,作家出版社 1958 年版。

中国民间文艺研究会编:《农村大跃进歌谣:资料本》(三),中国民间文艺研究会,1958 年。

中国民间文艺研究会编:《农村大跃进歌谣选》,作家出版社 1958 年版。

中国民间文艺研究会编:《少数民族大跃进歌谣选》,作家出版社 1959 年版。

中国民间文艺研究会国庆献礼丛书办公室编:《中国歌谣选:初选稿》(第 2 卷上编),中国民间文艺研究会国庆献礼丛书办公室,1959 年。

中国民间文艺研究会国庆献礼丛书办公室编:《中国歌谣选:初选稿》(第 2 卷下编),中国民间文艺研究会国庆献礼丛书办公室,1959 年。

中国民间文艺研究会国庆献礼丛书办公室编:《中国歌谣选:初选稿》(第 3 卷),中国民间文艺研究会国庆献礼丛书办公室,1959 年。

中国民间文艺研究会资料室编:《中国民间文学资料·歌谣》(二),中国民间文艺研究会资料室,1959 年。

中国民间文艺研究会资料室编:《中国民间文学资料·歌谣》(一),中国民间文艺研究会资料室,1959 年。

中国音乐家协会内蒙古分会编:《内蒙古得奖歌曲集》,内蒙古人民出版社 1963 年版。

中国音乐研究所编:《中国民歌》,音乐出版社 1959 年版。

中国作家协会内蒙古分会编:《内蒙古跃进民歌选》,内蒙古人民出版社 1958 年版。

中国作家协会新疆维吾尔自治区分会编:《新疆歌谣》,人民文学出版社 1960 年版。

中央音乐学院编:《中国民歌选》,万叶书店 1953 年版。

中央音乐学院民族音乐研究所编:《中国革命民歌选》(第 2 版),音乐出版社 1956 年版。

中央音乐学院民族音乐研究所编:《中国革命民歌选》(第 3 版),新音乐出版社 1954 年版。

中央音乐学院民族音乐研究所编:《中国民歌选》(第二集),音乐出版社 1957 年版。

中央音乐学院民族音乐研究所编:《中国民歌选》(第三集),音乐出版社 1958 年版。

中央音乐学院民族音乐研究所编:《中国民歌选》,音乐出版社 1954 年版。

中央音乐学院研究部:《中国革命民歌选》,万叶书店 1952 年版。

作家出版社编辑部编:《地方工业满天星:工业跃进歌谣》,作家出版社 1958 年版。

作家出版社编辑部编:《红钢好似火龙翻:工矿跃进歌谣》,作家出版社 1958 年版。

(三) 民间故事

[苏] 阿·依·夏达耶夫编:《金蛋》,郝苏民译,甘肃人民出版社 1957 年版。

白歌乐翻译整理:《成吉思汗的两匹骏马》,内蒙古人民出版社 1979 年版。

达赉·白歌乐译:《成吉思汗的两匹骏马》,内蒙古人民出版社 1957 年版。

达赉·白歌乐译:《骄傲的天鹅:内蒙古民间故事》,内蒙古人民出版社 1958 年版。

董森、肖莉编:《民间童话故事选》,北京出版社 1979 年版。

额博力图等编译:《蒙古族寓言故事》,内蒙古人民出版社 1983 年版。

郝苏民、薛守邦译编:《布里亚特蒙古民间故事集》,中国民间文艺出版社出版 1984 年版。

胡尔查:《胡尔查译文集》(共 3 卷),远方出版社 2009 年版。

[蒙古] 霍扎:《蒙古民间故事》,(苏) 柯契尔金绘图、王崇廉、范之超译,少年儿童出版社 1955 年版。

贾芝、孙剑冰编:《中国民间故事集》,作家出版社 1959 年版。

贾芝、孙剑冰编:《中国民间故事选》(第二集),作家出版社 1961 年版。

贾芝、孙剑冰编:《中国民间故事选》(第一集),人民人学出版社 1980 年版。

贾芝、孙剑冰编:《中国民间故事选》(第一集),作家出版社 1958 年版。

贾芝主编:《中国民间故事选》(第三集),人民文学出版社 1988 年版。

李翼、王尧整理:《蒙藏民间故事》,中国香港:令代图书公司 1957 年版。

李翼整理:《内蒙民间故事》,通俗读物出版社 1955 年版。

《蒙古族动物故事》,胡尔查译,中国民间文艺出版社 1984 年版。

内蒙古文学艺术工作者联合会民间文学研究组编、周公和等绘图:《马头琴:内蒙古民间故事》,少年儿童出版社 1956 年版。

内蒙古语言文学历史研究所文学研究室编:《蒙古族民间故事选》,上海文艺出版社 1979 年版。

青海人民出版社编辑部编:《民间故事选》,青海人民出版社 1959 年版。

上海文艺出版社编:《中国动物故事集》,上海文艺出版社 1978 年版。

孙剑冰编著:《内蒙古民间故事》,王树忱绘图,少年儿童出版社 1958 年版。

孙剑冰采集:《天牛郎配夫妻》,上海文艺出版社 1983 年版。

塔·武力更搜集:《沙格德尔的故事》,仁亲嘎瓦校订,陈乃雄、道布合译,内蒙古人民出版社 1963 年版。

陶立璠、李耀宗编:《中国少数民族神话传说选》,四川民族出版社 1985 年版。

陶立璠、莫福山编:《中国少数民族爱情故事选》,甘肃人民出版社

1983 年版。

　　新疆人民出版社编:《新疆兄弟民族民间故事选》,新疆人民出版社 1979 年版。

　　中国科学院内蒙古分院语言文学研究所:《蒙古族民间故事集》,上海文艺出版社 1962 年版。

　　中央民族学院汉语文学系、民族文学编选组编:《中国少数民族寓言故事选》,甘肃人民出版社 1982 年版。

　　(四) 笑　话

　　陈清漳、塞西、芒·牧林整理:《巴拉根仓的故事》,内蒙古人民出版社 1960 年版。

　　芒·牧林编注:《巴拉根仓故事集成》,内蒙古人民出版社 1985 年版。

　　祁连休编:《少数民族机智人物故事选》,上海文艺出版社 1978 年版。

　　(五) 史诗和民间叙事诗

　　边垣编写:《洪古尔:蒙古民族故事》,商务印书馆 1950 年版。

　　边垣编写:《洪古尔》,作家出版社 1958 年版。

　　陈清漳等搜集整理:《嘎达梅林》(蒙古族),上海文艺出版社 1979 年版。

　　琶杰说唱、其木德道尔吉整理:《英雄格斯尔可汗》,安柯钦夫译,作家出版社 1959 年版。

　　(蒙古族) 桑杰扎布译:《格斯尔传》(蒙古族),人民文学出版社 1960 年版。

　　色道尔吉译:《江格尔》(蒙古族民间史诗),人民文学出版社 1983 年版。

　　中国民间文艺研究会编:《嘎达梅林:蒙古民间故事诗集》,陈清漳等译,海燕书店 1951 年版。

　　(六) 民间戏曲

　　安柯钦夫、芒·牧林译:《毛依罕好来宝选集》(汉文),作家出版社 1959 年版。

　　莫尔吉胡:《追寻胡笳的踪迹:蒙古音乐考察纪实文集》,上海音乐学院出版社 2007 年版。

内蒙古自治区文化局编：《二人台剧本选集》，内蒙古人民出版社
1960 年版。

内蒙古自治区文化局编：《二人台资料汇编》，内蒙古人民出版社
1961 年版。

内蒙古自治区文化局编：《好来宝》，内蒙古人民出版社 1955 年版。

琶杰等、陶·漠南等译：《春风解冻：内蒙民间传说诗》，通俗读物
出版社 1956 年版。

张紫晨编：《中国民间小戏选》，上海文艺出版社 1982 年版。

中国曲艺研究会主编：《好来宝选集》，作家出版社 1957 年版。

（七）民间舞蹈

北京群众艺术馆编、周鹤亭记录、野蜂绘图：《牧人舞：蒙古人民共
和国舞蹈》，北京出版社 1957 年版。

北京舞蹈学校印：《内蒙古地区民间舞蹈教材》，公私合营西城誉印
社 1958 年版。

甘珠尔扎布、王宪忠改编，明太作曲：《筷子舞：蒙古舞》，上海文
艺出版社 1959 年版。

民族出版社编：《少数民族舞蹈画册》，民族出版社 1958 年版。

内蒙古民间艺术研究室编：《内蒙古舞蹈选集》（一），内蒙古人民出
版社 1965 年版。

中国舞蹈艺术研究会编：《鄂尔多斯舞》，贾作光编舞、记录、明太
作曲、野蜂绘图，上海文化出版社 1957 年版。

中国舞蹈艺术研究会编：《中国民间歌舞》，上海文化出版社 1957
年版。

（八）其他

额尔敦·陶克陶编：《蒙古谚语》，内蒙古人民出版社 1959 年版。

孩子剧团编：《孩子剧团从上海到武汉》，大路书店 1938 年版。

孩子剧团史料编辑委员会编：《在战火纷飞的年代》，北京兴凤印刷
厂 1996 年版。

孩子剧团团史编辑组编：《孩子剧团》，四川少年儿童出版社 1981
年版。